Rosslyn Elliott

Mit Herz, Mut und Verstand

francke

Über die Autorin:
Rosslyn Elliott studierte Literatur- und Theaterwissenschaften an der Yale University. Zusammen mit ihrem Mann und ihrer Tochter lebt sie im Süden der USA.

Bibliografische Information Der Deutschen Nationalbibliothek
Die Deutsche Nationalbibliothek verzeichnet diese Publikation in der Deutschen Nationalbibliografie; detaillierte bibliografische Daten sind im Internet über http://dnb.dnb.de abrufbar.

ISBN 978-3-86827-714-2

Originally published in English under the title:
Lovelier Than Daylight
Published by arrangement with Thomas Nelson, a division of HarperCollins Christian Publishing, Inc., Nashville, Tennessee 37214, U.S.A.

Deutsch von Rebekka Jilg
Umschlagbilder: © fotolia.com / Raisa Kanavera
© iStockphoto.com / Bliznetsov
Umschlaggestaltung: Verlag der Francke-Buchhandlung GmbH / Christian Heinritz
Satz: Verlag der Francke-Buchhandlung GmbH
Printed in Czech Republic

www.francke-buch.de

Kapitel 1

Ohio, 1875

Hohes Gras und Wildblumen versperrten ihr die Sicht. Susanna blieb inmitten der Wiese stehen. Sie hatte das unangenehme Gefühl, als beobachte sie jemand – doch außer ihr war an diesem heißen Junimorgen bestimmt niemand hier draußen.

Ganze Heerscharen von Margeriten lugten mit flachen gelben Augen aus der Graswand vor ihr. Die drückende Luft umhüllte sie von allen Seiten und die undurchdringliche Stille wurde nur vom Summen einer Wespe unterbrochen, die über Susannas Kopf schwirrte.

Ihre Schwester brauchte sie. Sie musste so schnell wie möglich das Farmhaus erreichen. Susanna umfasste den Griff ihrer schweren Reisetasche mit beiden Händen und kämpfte sich durch das Gras, suchte nach alten Fußspuren, um in diesem Gestrüpp nicht vom Weg abzukommen. Unter der Bluse und dem Korsett floss der Schweiß über ihren Rücken. Der Unterrock hing schwer um ihre Beine. Am liebsten hätte Susanna ihre Locken aus dem Nacken geschüttelt und sich Luft zugefächelt, doch sie stapfte weiter. Immerhin hielt ihr Strohhut die Sonne etwas ab.

Die andauernde Hitze dieses Sommers wollte einfach nicht nachlassen, eine Hitze, die auf der Haut brannte wie Whiskey auf der Zunge. Susanna hatte einmal einen Schluck Whiskey probiert, weil ihr Vater es von ihr verlangt hatte. Er hatte gesagt, sie solle den widerlichen Geschmack kennenlernen, damit die Neugier sie niemals in Versuchung führen würde – obwohl sie ihm glaubhaft versichert hatte, dass das Trinken keinen Reiz auf sie ausübte. Der Whiskey hatte schon mehr als genug Übel angerichtet.

Doch daran wollte sie jetzt nicht denken. Sie war hier, um ihrer Schwester und ihren Nichten und Neffen Gesellschaft zu leisten und mit ihnen ein paar schöne Tage zu verbringen, bevor sie sich auf den Weg zum College nach Westerville machte.

In ihrer Tasche hatte sie eine Überraschung, die die Kleinen bestimmt stundenlang beschäftigen würde – Bögen um Bögen mit hauchdünnem Papier in sieben verschiedenen Farben. Damit würde sie den Kindern zeigen, wie man etwas Wunderbares entstehen lassen konnte, nämlich genaue Abbildungen der Blumen aus dem Botanikbuch. Susanna konnte es kaum erwarten zu sehen, wie die Freude über die bunten Basteleien die Sorgen aus den kleinen Gesichtern wischen würde, zumindest für die wenigen Tage, die sie bei ihnen war. Ein Lächeln zupfte an ihren Mundwinkeln. Die Kinder würden sich mit leuchtenden Augen um sie versammeln und fragen, was denn in ihrer Tasche sei, denn sie wussten, dass ihre Tante immer eine Überraschung mitbrachte. Sie wünschte sich nur, sie könnte ihnen noch mehr geben.

Ein Schornstein ragte über das Gras, das sich endlich zu einer Lichtung öffnete. Das Haus, in dem ihre Schwester mit ihrer Familie lebte, kauerte vor ihr, die weiße Farbe blätterte von den Holzwänden. Rostige Arbeitsgeräte lehnten an den Wänden und auf den umliegenden Feldern wuchs nur etwas welkender Mais. Doch diese Vernachlässigungen konnte man Rachel nicht vorwerfen. Mit einem faulen Ehemann und sechs hungrigen kleinen Mäulern konnte Rachel sich nicht auch noch um die Bewirtschaftung der Felder kümmern.

Susanna eilte weiter. Ihre Schultern schmerzten vom Gewicht der Reisetasche.

Warum kamen die Kinder noch nicht herbei, um sie zu begrüßen? Zumindest Clara und Wesley hatte sie draußen bei der Arbeit erwartet, auch wenn Rachel die kleineren Kinder bei dieser Hitze vermutlich im Haus lassen würde.

Susanna blieb stehen. Etwas war mit den Beeten geschehen. Die Blumen lagen zertrampelt und braun auf der Erde neben dem Haus. In Susannas Hals formte sich ein Kloß – Rachel musste untröstlich sein. Die einzige Farbe und das winzige bisschen Luxus im Haus waren durch die Blumen eingezogen, die Rachel so unendlich geduldig gegossen und gepflegt hatte. Und jetzt waren sie alle vertrocknet.

Susanna stellte ihr Gepäck auf der untersten Stufe der Veranda ab, stieg die Treppe hinauf und klopfte. Aber keine Antwort. Zaghaft legte sie die Hand auf den Knauf und öffnete die knarzende Tür.

„Rachel?“ Susannas Ruf sank in eine gespenstische Stille hinein. In ihrem Magen entstand ein seltsames Gefühl der Leere. Nur zögernd ließ sie den Türknauf los, während sie einen Schritt über die Schwelle setzte. Das kleine Wohnzimmer mit seinen abgenutzten Möbeln war leer.

Mit wenigen Schritten hatte sie das kleine Zimmer durchquert, lief durch den dunklen Flur und schob die Tür zum Schlafzimmer auf. Auch hier war niemand. Die Bettwäsche war zerwühlt, der Quilt lag auf dem Boden und die Kinderwiege war leer. Irgendetwas stimmte hier ganz und gar nicht. Susannas Herz klopfte rasend schnell und ihr Atem beschleunigte sich.

Nein, sie durfte nicht in Panik ausbrechen. Vielleicht waren die Kinder oben und kümmerten sich um Rachel. In ihrem letzten Brief hatte ihre Schwester geschrieben, dass sie leichtes Fieber hatte. Wenn sie immer noch krank war, würden sich Clara und Wesley um sie kümmern, denn ihr Vater wäre mit Sicherheit keine große Hilfe.

Die abgestandene, modrig warme Luft im Haus verursachte Übelkeit bei Susanna, doch sie stieg trotzdem die schmale Treppe hinauf. Hier gab es zwei Kinderzimmer: eins für die zwei älteren Jungs und eins für die drei Mädchen.

„Clara?“, fragte sie in die Stille hinein.

Beide Zimmertüren standen offen und es strömte ein unangenehmer Geruch heraus. Susanna spürte ein eiskaltes Ziehen in ihrer Brust. Sie zog ein Taschentuch hervor und wappnete sich, um hinter die Tür zu blicken. Es war viel zu still hier. Sie presste sich das Tuch an die Nase und trat entschlossen vor.

Das Zimmer war vollkommen durchwühlt, aber verlassen. Der scheußliche Gestank kam von benutzten Windeln, die auf dem Boden lagen. Fliegen krabbelten darauf herum. Eine alte Decke lag wie ein unordentlicher Haufen auf dem Bett, als hätten die Kinder damit gespielt. Das alles sah Rachel überhaupt nicht ähnlich. So schwer ihre Lebensumstände auch sein mochten, hatte sie ihr Heim doch immer sauber und ordentlich gehalten. Susanna versuchte zu schlucken, aber ihr Mund war wie ausgetrocknet.

Das Zimmer der Jungs war gleichermaßen verlassen und die Bettdecken ebenso unordentlich. Aus der alten Kommode war eine Schublade gezogen worden, die nun auf dem Boden lag.

Susanna eilte nach unten; ihre Absätze trommelten auf die Dielen. Sie musste so schnell wie möglich zurück in die Stadt und herausfinden, ob jemand etwas über den Verbleib von Rachel Leeds, George Leeds und ihren Kinder wusste. Sie würde jetzt nicht den Kopf verlieren, sie würde ruhig bleiben, ermahnte sie sich selbst. Doch dazu musste sie das Treppengeländer sehr fest umklammern.

Sie sollte ihrer Schwester eine Nachricht hinterlassen, falls sie noch einmal hierherkommen würde. Ein einfacher Schreibtisch stand an der Wohnzimmerwand. Susanna durchsuchte die Schubladen. Es gab nur einige Papierfetzen, doch das würde ausreichen. Keine Tinte – vielleicht gab es einen Bleistift. Sie öffnete die zweite Schublade.

„Was tust du hier?“

Susanna zuckte zusammen und wirbelte herum.

George stand in der Tür; der Gestank von Alkohol wehte bis zu ihr herüber. Er trug keine Krawatte und sein Hemd und die Weste waren schmutzig und zerknittert. Sein ungepflegter Schnurrbart ging in den struppigen Backenbart über. Susanna konnte sich kaum noch daran erinnern, dass er vor einigen Jahren ein gut aussehender, hart arbeitender Farmer gewesen war, der um ihre fröhliche Schwester geworben und ihr Herz erobert hatte. Doch nun war Rachel schon lange nicht mehr fröhlich. Seinetwegen.

„Wo sind Rachel und die Kinder?“ Ihre Stimme wollte ihr kaum gehorchen.

„Weg.“

Sie musterte ihren Schwager prüfend. Hatte Rachel ihn tatsächlich verlassen? Aber wohin sollte sie mit all ihren Kindern gehen?

Er starrte zurück. „Sie ist weg. Mit einem anderen Mann.“

„Das kann nicht sein. Sie war krank, das hat sie mir geschrieben.“

„Vielleicht hatte sie Gehirnfieber, vielleicht ist das ihre Ausrede.“ George Leeds Mund verzog sich zu einer verächtlichen Grimasse. „Aber sie war nicht zu krank, um den Zug zu nehmen.“

Rachel. Susannas Herz zog sich zusammen. „Wo sind die Kinder?“

„Die hat sie dem Staat übergeben."

„Dem Staat?", wiederholte sie fassungslos.

„Dem Waisenhaus."

„Aber warum sollte sie das tun?"

„Vielleicht wollte sie die Blagen nicht bei sich haben, wenn sie mit dem anderen Kerl ein neues Leben anfängt. Und ich kann mich bestimmt nicht um sie kümmern. Jetzt sind sie mutterlos."

„Aber sie sind nicht vaterlos. Du lässt deine Kinder ins Waisenhaus gehen?" Susannas Hände fingen an zu zittern und sie versteckte sie hinter dem Rücken.

„Sie hat mich nicht gefragt. Sie hat mir einfach einen Zettel dagelassen. Aber jetzt ist es vorbei, ich will nichts mehr mit ihnen zu tun haben. Und du brauchst gar nicht mit mir zu diskutieren, Susanna Hanby. Du und deine Schwester, ihr glaubt, ihr könnt mit eurem Aussehen alles erreichen. Ihr Hanbys haltet euch doch sowieso für was Besseres! Ich könnte dich mit einer Hand hochheben, wie ich es mit deiner Schwester getan habe. Naja, du siehst ja, was aus Weibern wie ihr wird – eine Ehebrecherin."

Er war ein Lügner. Rachel war niemals eingebildet gewesen, auch wenn sie wunderschön war – vielmehr gewesen war. Susannas Nägel gruben sich schmerzhaft in ihre Handflächen. Am liebsten hätte sie George ins Gesicht geschlagen.

„In welchem Waisenhaus sind sie?"

„Keine Ahnung. Irgendeins in Columbus. Wie sollte ich mich um die Rotznasen kümmern? Und dann auch noch ein Baby? Die brauchen eine Frau."

„Nein, nur einen nüchternen, anständigen Mann!" Susanna schob sich an ihm vorbei zur Tür hinaus und taumelte die Treppe hinunter. Alle sechs Kinder waren verschwunden. Und was konnte sie schon tun, wenn Rachel sie tatsächlich dem Staat übertragen hatte und George sie nicht zurückhaben wollte?

Sie griff sich ihre Tasche, raffte ihre Röcke und lief davon, so schnell sie konnte. Das konnte einfach nicht wahr sein. Rachel würde so etwas Grauenhaftes nicht tun. Vielleicht war es ja George gewesen, der die Kinder weggegeben hatte.

Doch warum sollte er lügen?

Es sei denn, er hatte Rachel etwas angetan.

Nein, an so etwas durfte sie gar nicht erst denken; sonst würde sie es nicht bis zum Bahnhof schaffen. Bestimmt war schon ein Brief von Rachel an sie unterwegs. Ihre Schwester würde ihr schreiben, was geschehen war, und alles aufklären.

Susanna dachte an Georges alkoholgeschwängerten Atem und an seine Unmenschlichkeit und Gleichgültigkeit seinen Kindern gegenüber. Wut flackerte in ihr auf – sie schloss die Augen, atmete tief durch und ließ ihren Zorn weiterlodern. Sie würde die Kinder finden. Sie durften nicht voneinander getrennt und fremden Familien übergeben werden, wo sie vielleicht nicht geliebt und schlecht behandelt wurden.

Sie hatte Rachel von Anfang an vor George gewarnt, genau wie ihre Eltern. Wenn Rachel nur auf ihre Familie gehört und den Antrag von George Leeds abgelehnt hätte, wäre das alles nicht geschehen. Natürlich hatte George damals, als sie ihn kennengelernt hatte, noch nicht Tag und Nacht getrunken. Er war ein fröhlicher, fleißiger Farmer gewesen, der am Wochenende leider nur zu gerne in den Saloon gegangen war. Ihre Eltern und Susanna hatten Rachel vor der Zukunft gewarnt, aber sie hatte ihre Bedenken beiseitegewischt.

Susanna konnte nicht schlecht von ihrer Schwester denken, nicht nach allem, was sie durchgemacht hatte. Und bestimmt nicht jetzt, wo Rachel verschwunden war.

Sie schüttelte das Zittern aus ihren Armen und Beinen und ging weiter. Sollte sie nach Hause zurückkehren und ihren Eltern erzählen, was passiert war, damit sie die Kinder zu sich holten?

Aber wie sie das bewerkstelligen sollten, konnte sich Susanna beim besten Willen nicht vorstellen. Die letzten Ersparnisse ihrer Familie wurden für das Schulgeld gebraucht, das Susanna für das College in Westerville benötigte – Geld, das zu einem festen Bündel gerollt in ihrer Handtasche versteckt war. Ihre Eltern wurden alt und konnten sich von dem kleinen Stück Land und der Kuh und den paar Hühnern gerade mühsam ernähren. Sie war eine Hanby; deshalb schickten ihre Eltern sie ans Otterbein-College, wo alle Hanbys ihren Abschluss gemacht hatten.

Nein, Susanna durfte nicht zurückgehen – sie musste ihre Reise wie geplant fortsetzen. Westerville war nur wenige Bahnstationen entfernt. Ihr Onkel Will und ihre Tante Ann waren wohlhabender als ihre Eltern, nicht wahr? Vielleicht konnten sie sogar die anderen Verwandten überreden, Rachel und ihren Kindern zu helfen, auch wenn diese Verwandten mittlerweile über das ganze Land und sogar im Ausland verstreut lebten.

Susanna stolperte über eine Wurzel und klammerte sich an ihre Tasche, um das Gleichgewicht nicht zu verlieren. George Leeds war einmal ein guter Mann gewesen, bevor der Whiskey ihn ruiniert hatte. Dieser grässliche Whiskey! Am liebsten hätte sie alle Fässer dieser Welt verbrannt.

Die Hitze machte sie benommen. *Ich werde nicht ohnmächtig.* Ihre Bluse war klatschnass und Schweiß strömte ihr übers Gesicht, als würde ihr ganzer Körper über das Schicksal ihrer kleinen Nichten und Neffen weinen.

Onkel Will würde seine Großnichten und -neffen nicht im Stich lassen. Und wenn er seinen letzten Dollar für sie geben müsste – er würde es tun.

Vor ihr wurde ein Dach sichtbar, von dem Licht widerspiegelte. Susanna hatte den Bahnhof fast erreicht.

Ihre Nichten waren noch so klein ... Della und Annabeth. Und Jesse war ein Baby. Er würde sich nicht einmal an seine Mutter oder seine Familie erinnern können, wenn man ihn weggab.

Wo war ihre Schwester nur? Susanna ließ ihre Tasche mit einem dumpfen Schlag fallen und schlug die Hände vors Gesicht. Am liebsten hätte sie nur noch geweint, doch sie musste sich zusammenreißen. Tränen halfen jetzt nicht weiter.

Sie konnte nichts erreichen, bis sie es nicht endlich wieder zurück in die Zivilisation geschafft hatte. Susanna atmete tief durch, nahm ihre Tasche wieder auf und ging weiter, fixierte das Dach der kleinen Bahnstation. Sie würde Rachel und die Kinder nicht im Stich lassen.

Kapitel 2

„Die *New Yorker Staatszeitung* sucht nach einem guten Journalisten.“ Mr Reinhardt wedelte mit einer Zeitung in Johanns Richtung und warf ihm über den Rand seiner Brille hinweg einen scharfen Blick zu.

Johann tat unbeeindruckt und kurbelte an dem großen Eisenrad der Druckerpresse. Die Platte glitt vor, hielt kurz inne und glitt dann zurück, prägte die Reihen deutscher Worte erst auf die eine Seite des Blattes, dann auf die andere. Das regelmäßige Klacken der Maschine hallte von den Wänden des großen Raumes wider.

„Hast du mich gehört, Johann?“ Mr Reinhardt hob seine ohnehin schon laute Stimme. Die Geräusche der Maschine waren keine Herausforderung für seinen kräftigen Bariton, in dem der unverkennbare bayerische Akzent seines Heimatlandes mitschwang.

„Ja, Sir.“ Johann blickte nicht auf, sondern konzentrierte sich weiter auf die Druckerpresse. Ein schmaler Junge stand an der Walze, nahm jedes fertige Blatt heraus und brachte es zum Trockenregal.

„Und du bist nicht interessiert?“

„Woran?“

„Daran, Reporter zu werden. Für die Rubrik *Tagesgeschehen*.“

Johanns Kopf fuhr hoch und sein Blick flog zu Mr Reinhardt, der ihn aufmerksam beobachtete.

Der Herausgeber öffnete die Zeitung und zeigte auf die letzte Seite, als könnte Johann die Anzeige aus dieser Entfernung lesen. „Ja. Sie suchen jemanden mit Erfahrung, steht hier. Einen Reporter, der schon viele Artikel über Kriminalität für eine deutsche Zeitung geschrieben hat.“

New York – wo gigantische Pressen zehn Seiten auf einmal und achttausend in der Stunde drucken konnten! New York – wo sich dunkle Gestalten in zwielichtigen Spelunken und Opiumhöhlen herumtrieben und die Geschichten so zahlreich gesät waren, dass ein Reporter knietief durch sie hindurchwaten konnte, wenn er sein elegantes Stadthaus verließ! New York – das Mekka eines jeden Zeitungsschreibers.

Johann schluckte, dann seufzte er resigniert. „Das kann ich nicht, Mr Reinhardt.“ Er konzentrierte sich auf das hypnotisierende Schwingen der Platte unter sich.

„Warum nicht?“

Einige Erklärungen blieben lieber ungenannt. Er schwieg.

Mr Reinhardt starrte durch seine Brille auf die Zeitung und las laut vor. *„Der Bewerber soll den Ausschnitt eines eigenen Artikels von nationaler Wichtigkeit vorweisen, eine Geschichte, die selbst den abgebrühtesten Stadtbewohner mitreißt.“*

„Das ist schon eine Herausforderung.“ Johanns Interesse loderte auf. „Vor allem für uns Landeier aus Columbus.“ Er liebte einen guten Wettkampf.

Mr Reinhardt gluckste. „Ich finde, du solltest dir eine Story suchen, damit du die Stelle bekommst. Nutze diese Möglichkeit, Johann. Du kannst dich immer noch dagegen entscheiden.“ Er faltete die Zeitung zusammen. „Ich sehe doch dein Gesicht, wenn wir über New York sprechen. Gib zu, dass du dorthin willst.“

Johann kurbelte noch einige Male an dem Rad. „Also gut, ich werde eine interessante Geschichte finden.“ Er konnte ohne Probleme etwas Großes schreiben, wenn er sich wirklich darauf konzentrierte. Das verführerische Gaslicht und die Schatten der Großstadt tauchten vor seinem inneren Auge auf. Selbst das geschäftige Columbus wirkte dagegen wie ein kleines Dorf.

Die Eingangstür wurde aufgerissen und ein weiterer Druckerjunge stürmte herein. „Danke, Herr Giere“, sagte der blonde Junge zu Johann. „Tut mir leid, dass meine Pause so lange gedauert hat.“ Er übernahm das Rad, als Johann zurücktrat und ihm den Platz überließ.

„Kein Problem. Es macht mir nichts aus, die Arbeit eine Weile zu übernehmen. Du weißt, dass ich die Presse mag.“ Johann wandte sich an Mr Reinhardt. „Ich muss jetzt gehen, Sir, mein Vater wartet.“ Er schnappte sich seinen Hut vom Haken und ging in Richtung Tür.

„Zeig ihnen, woraus wir hier im Westen gemacht sind, Johann!“ Das Poltern von Mr Reinhardts Stimme begleitete ihn hinaus ins Freie.

„Front Street“, rief der Fahrer und zog an den Zügeln seines Gespanns. Die Pferdebahn kam zum Stehen – zwanzig Passagiere drängten sich in den Sitzen und starrten, von der unerträglichen Hitze gequält, in der Hoffnung auf einen Luftzug aus den Fenstern.

Johann sprang auf die zerfurchte Straße hinunter und wich geschickt einer vorbeirauschenden Kutsche aus. Einige hundert Schritte brachten ihn in den Brauereihof, in dem sich ein Fuhrwerk ans andere reihte. Etliche stämmige Pferde waren vor die großen Wagen gespannt. Sein Vater hatte in die neu importierten Tiere investiert. Die gefleckten Grauen mit ihren runden, muskulösen Schultern und Traversen zogen die schweren Bierwagen ohne Probleme. Doch immer noch sprach sein Vater häufig voller Sehnsucht von den kräftigen deutschen Arbeitspferden, die er in seiner Jugend gelenkt hatte.

Johann ging an den Tieren vorbei und grüßte Heinrich, den Braumeister, der neben dem ersten Gespann stand.

Der rothaarige Mann winkte mit seinem einen Arm zurück. „Guten Abend!“ Die Kugeln der Konföderierten hatten Heinrich einen leeren linken Ärmel beschert. So wie ihm war es auch vielen anderen Männer aus dem *German Village* ergangen, dem Wohnviertel, das in den zwanziger Jahren von deutschen Auswanderern gebaut worden war. Heinrich arbeitete nach seinem Verlust doppelt so hart, um den fehlenden Arm auszugleichen. Doch Johanns Vater hätte niemals einen so guten Arbeiter entlassen, der zudem so viel für die Union geopfert hatte. Nicht nach dem, was die Familie Giere selbst im Krieg verloren hatte.

Johann tauchte in den unverkennbaren Geruch von Hopfen ein, der aus den Toren der Brauerei strömte.

„Johann!“ Sein Vater stand im Türrahmen. Zum ersten Mal bemerkte Johann, dass sich in sein blondes Haar viele graue Stellen mischten. Vom Alter oder von den Sorgen des Lebens?

Sein Vater zeigte nach oben, wobei sich sein brauner Mantel gefährlich über seinen muskulösen Schultern spannte. „Hast du das neue Schild gesehen?“ Oben auf der Leiter hatte einer der Arbeiter die Worte *Gebrüder Giere* überpinselt und schrieb nun in großen Lettern *Giere & Sohn.*

„Gefällt es dir?", fragte sein Vater lächelnd, doch gemischt mit einem Hauch von Melancholie. Er kam zu Johann herüber, den Hut vor die Brust gepresst. „Es konnte nicht für immer so bleiben. Es ist jetzt zehn Jahre her – wir müssen weitermachen. Fritz würde es so wollen."

Johann hoffte, dass sich der scharfe Schmerz der Schuld nicht auf seinem Gesicht zeigte. „Es sieht gut aus. Genau das hätte Onkel Fritz sich gewünscht." Er klopfte seinem Vater auf die Schulter und suchte vergeblich nach Worten, während der Glanz New Yorks sein Gewissen verätzte.

Sein Vater räusperte sich. „Ein Kunde braucht unsere Aufmerksamkeit." Er nickte in Richtung Hof.

Johann wandte sich um. Drüben an der Laderampe waren bereits einige Fässer auf den Wagen des dritten Gespanns geladen worden. Die Arbeiter rollten ein weiteres heran, während ein großer, dünner Mann zuschaute.

„Ich möchte dich ihm gerne vorstellen." Sein Vater nahm Johann am Ellbogen und führte ihn zu dem Besucher.

„Mr Henry Corbin, das ist mein Sohn Johann, der Ihnen gerne behilflich sein wird."

„Freut mich, Sie kennenzulernen, junger Mann." Der hagere Mann drückte Johanns Finger überraschend fest. „Bei einem neuen Unternehmen können wir jede Hilfe gebrauchen." Sein Akzent war rau und ungehobelt.

„Ein neues Geschäft, Mr Corbin?", fragte Johann. Er war müde, doch er musste höflich sein. Die *Hoster-Brauerei* am Ende der Straße war ein ernst zu nehmender Konkurrent. Die Gieres brauchten jeden Kunden, damit ihre eigene Brauerei überlebte.

„Wir eröffnen einen Saloon in Westerville." Corbin steckte seine Daumen in den Gürtel und beobachtete mit selbstgefälligem Gesichtsausdruck, wie das nächste Fass verladen wurde.

„Wir, Sir?", fragte Johann. „Haben Sie einen Partner?"

„Meine Frau und ich. Sie und die Kinder kommen in die Stadt, wenn ich mich niedergelassen habe."

Johann sagte nichts, hob aber in Richtung seines Vaters eine fragende Augenbraue, als Corbin gerade nicht hinschaute. Westerville, Ohio, war bekannt für seine sturen Bewohner, die sich hartnäckig gegen Alkoholausschank in jeglicher Form zur Wehr setzten. Das wusste jeder. Selbst die Hosters waren mit ihrem Versuch gescheitert, dort Bier zu verkaufen.

Sein Vater nickte leicht. „Ja, ein couragierter Schritt. Mr Corbin wird ein starker Wind entgegenwehen, das wissen wir alle. Aber die Menschen in Westerville sollten selbst entscheiden können, ob sie ein Bier und die deutsche Gemütlichkeit haben wollen."

„Genau." Mr Corbin schien nicht wirklich interessiert an dieser Unterhaltung. „Ich sehe, dass wir mit dem Beladen fertig sind."

Heinrich ging zu dem Wagen und kletterte geschickt auf den schmalen Fahrersitz. Er konnte keine Fässer mehr schleppen, aber zu seinen Aufgaben gehörte neben der Beaufsichtigung der Verladung auch der Transport der Ware. Mr Corbin starrte auf den leeren Ärmel, der vor seinem Gesicht baumelte. Heinrich sah den Mann nicht an, doch sein Gesicht wurde rot.

„Mr Corbin, ich fürchte, Sie werden hinten bei der Ladung mitfahren müssen", sagte Johanns Vater. „Es ist ein Frachtwagen und keine Kutsche."

Beide lachten.

„Pfff, Mr Giere. Dann kann ich meine Ladung auch besser im Auge behalten." Henry Corbin sprang auf die Ladefläche wie ein Vogel, der abhob. Wie ein sehr großer, dürrer Vogel.

„Und Johann, du wirst ihn begleiten."

„Nach Westerville?" Johann verbarg seine Überraschung, indem er seinen leichten Sommermantel abklopfte.

„Ja. Es ist nur eine Stunde Fahrt mit dem Zug. Du kannst beim Abladen helfen. Mr Corbin hat Bedenken wegen der Sicherheit seiner Fracht."

Die Menschen in Westerville würden alles andere als erfreut sein. In dieser Stadt, die von der *Kirche der Vereinigten Brüder in Christus* und den Methodisten geprägt war, war ein Saloonbesitzer nicht willkommen. Das könnte sehr interessant werden. Johann ergriff die Hand, die Corbin ihm entgegenstreckte, und kletterte zu ihm, um sich zwischen die Fässer zu setzen.

Das neue Schild über der Brauerei sprang ihm anklagend ins

Auge: *Giere & Sohn.* Er pfiff ein paar Noten eines Walzers, um den Geist seines toten Onkels zu vertreiben, während der Wagen auf die Straße rumpelte. Wie konnte er seinem Vater seine Partnerschaft versagen, wenn der doch schon seinen Bruder im Krieg verloren hatte? Wenn sein Vater doch noch andere Söhne hätte!

Doch selbst wenn er die Stelle in New York bekäme, müsste Johann sie nicht annehmen. Darüber konnte er sich auch später noch Gedanken machen.

Westerville gegen Corbins Saloon. Das klang nach einer vielversprechenden Story.

Kapitel 3

Der Waschraum eines Zuges war nicht der beste Ort für eine Dame, um sich frisch zu machen, doch es musste reichen. Susanna tauchte den Zipfel ihres Taschentuches in den Zinnkrug mit dem Wasser und rieb ihre blassen Wangen, um ihnen etwas Farbe zu verleihen. Nichts würde ihre Erschöpfung verbergen können, doch sie musste sich wenigstens so lange mit den schlimmen Neuigkeiten zurückhalten, bis sie ihre Tante und ihren Onkel angemessen begrüßt hatte. Susanna hoffte, dass die beiden es rechtzeitig zum Bahnhof schaffen würden. Sie hatte ihnen vor der Abfahrt noch ein Telegramm zukommen lassen, um sie zu unterrichten, dass sie schon heute und nicht erst, wie ursprünglich geplant, in einigen Tagen eintreffen würde. Doch Susanna würde Onkel Will nicht wie eine hysterische Furie überfallen – sie ließ nicht zu, dass der Mann ihrer Schwester sie so tief sinken ließ. Sie würde gefasst bleiben und alles präzise erzählen, wie sie es erlebt hatte, würde sich auf das Wichtigste beschränken. Wenn sie sich nur streng auf Rachels Unschuld und Georges Lügen konzentrierte, würde sie dieses Gespräch auch überstehen, ohne in Tränen auszubrechen.

Ihr Onkel und ihre Tante hatten ihr Leben damit verbracht, die Schwachen und Unschuldigen vor den Starken und Gewalttätigen zu beschützen – Susanna vertraute darauf, dass sie wissen würden, was zu tun war. Sie war mit den Geschichten aufgewachsen, die ihr Vater über den Mut und den Gerechtigkeitssinn von Will und Ann Hanby erzählt hatte. Wenn es jemanden gab, der in so einer Situation helfen konnte, waren es genau diese beiden Menschen.

Der Zug wurde langsamer. Susanna hielt sich an dem Waschtisch fest, um nicht das Gleichgewicht zu verlieren. Sie schob das Tuch zurück in ihre Handtasche, schlüpfte durch die Tür und ging, gerade als der Zug anhielt, zurück zu ihrem Platz. Das verzierte Holz und die Polster waren so luxuriös, dass sie ihr Abteil am liebsten gar nicht verlassen hätte. Es wäre viel leichter gewesen, einfach weiterzufahren wie in einem Traum und alles um sich herum zu vergessen.

Doch ihre Nichten und Neffen waren irgendwo an einem unbekannten Ort und würden endgültig auseinandergerissen werden, wenn sie sich nicht bald um sie kümmerte.

Zum Glück dauerte es noch zwei Monate, bis Susannas Studium am College beginnen sollte. Vielleicht konnte sie bis dahin diese Katastrophe entzerren, eine Erklärung für das Ganze finden und Rachel wieder mit ihren Kindern vereinen – und sich dann anschließend um das kümmern, weswegen sie eigentlich hier war: das Studium. Susanna wollte ihre Eltern nicht enttäuschen, die eine so hohe Meinung von ihren akademischen Fähigkeiten hatten. Es stimmte; das Lernen war ihr schon immer leichtgefallen, doch trotzdem hatte sie bisher kein wirkliches Interesse für die klassischen Fächer entwickelt – nur für die Botanik, doch weibliche Studenten waren in den Naturwissenschaften normalerweise nicht zugelassen. Susanna hatte ihre Entscheidung für ein Studienfach bisher aufgeschoben und darauf gehofft, dass ihr ihre weitere Zukunft klar werden würde, wenn sie sich einschrieb. Doch jetzt war Rachel verschwunden. Wie sollte sie sich da überhaupt auf irgendein Studium konzentrieren?

Die Tür öffnete sich und ein Gepäckträger kam herein, erkennbar an seiner schicken Uniform mit den Messingknöpfen. Der Zug war nicht sehr voll und außer Susanna schien aus diesem Abteil niemand aussteigen zu wollen.

Der Mann nahm ihre Tasche von der Gepäckablage über ihrem Kopf. „Darf ich das für Sie auf den Bahnsteig bringen, Miss?“ Vielleicht hatte er Mitleid, weil sie so blass war – oder die Gepäckträger hier waren immer so höflich.

„Ja, bitte.“

Draußen half er ihr auf den Bahnsteig hinunter.

„Vielen Dank.“

In diesem Moment rief eine helle Stimme: „Susanna!“

Tante Ann kam auf sie zu, langsam aufgrund ihres fortgeschrittenen Alters, doch mit einem Lächeln auf dem Gesicht, das alle Falten überstrahlte. Es war für Susanna jedes Mal wieder ein Schock, sie mit ihren schneeweißen Haaren zu sehen. Doch ihre zarte Statur war immer noch unverändert, selbst jetzt, wo sie bereits weit über sechzig war. Hinter Tante Ann erspähte Susanna ihren Onkel Will, der sich mithilfe seines Gehstockes über den Bahnsteig kämpfte. Sein Haar war immer noch voll, aber ebenso weiß wie das seiner Frau. Susannas Vater war fünfundsechzig, also musste Will siebenundsechzig sein. Susanna war die jüngste Vertreterin der nachfolgenden Hanby-Generation. Ein Außenstehender hätte sie vermutlich eher für die Enkelin als für die Nichte von Ann und Will gehalten.

Der Anblick ihrer geliebten Gesichter ließ Susannas Herz schneller schlagen. Sie wünschte, sie müsste ihnen nicht diese schrecklichen Neuigkeiten überbringen. Sie winkte und zwang sich zu einem schwachen Lächeln.

Tante Ann legte ihre Hand in dem schlichten Handschuh auf Susannas Schulter, um sie liebevoll von oben bis unten zu mustern. „Du bist schon so erwachsen, meine Liebe. Und wie wunderschön du in den letzten Jahren geworden bist! Willkommen in Westerville."

„Danke." Susannas Lächeln erstarb.

„Was ist los? Gibt es einen Grund, warum du heute schon angereist bist?" Die Sorgen im Gesicht ihrer Tante ließen Susannas Selbstbeherrschung zusammenbrechen. Onkel Will stellte seinen Gehstock mit einem Klicken auf den Boden, als er erkannte, dass etwas nicht stimmte.

„Ich habe auf dem Weg hierher bei Rachel vorbeigesehen." Susanna atmete tief ein und schluckte. *Herr, hilf mir.* Wenn sie nicht hier mitten auf dem Bahnsteig zusammenbrechen wollte, musste sie sich an die heiße Wut klammern, die sie verspürt hatte, als George ihr im Farmhaus gegenübergestanden hatte.

„Was ist geschehen, Liebes?" Tante Anns Augen, die sonst immer weich und liebevoll waren, blickten forsch und fordernd.

„Rachel war nicht da." Susanna zwang sich dazu, die folgenden Worte auszusprechen. „George sagte, sie wäre mit einem anderen Mann weggegangen. Und er behauptete, dass sie die Kinder dem Staat übergeben habe."

Aus dem Gesicht ihrer Tante war alle Farbe gewichen. „Dem Staat übergeben?"

„Er sagte, sie hätte die Kinder in ein Waisenhaus gegeben. Alle. Wir müssen sie zurückholen." Ihre Stimme brach und sie räusperte sich schnell. *Halte dich an der Wahrheit fest, sag es ihnen.* „Ich glaube nicht, was er über Rachel gesagt hat. Sie würde so etwas niemals tun!“

„Natürlich nicht“, stimmte ihre Tante zu.

Susanna spürte Onkel Wills festen Griff um ihren Ellbogen, der sie stützte. Sie merkte, wie beruhigende neue Kraft in ihre schwachen Beine strömte. „George glaubt, dass die Kinder nach Columbus gebracht wurden.“

„Wahrscheinlich in die *Hannah-Neil-Mission*“, sagte ihr Onkel. Seine sonst so weiche Stimme klang angespannt und er starrte auf den Zug, als wolle er aufspringen, wie ein Mann es getan hätte, der halb so alt war wie er. „Wir werden dort zuerst nachfragen.“

Tante Ann legte ihm eine Hand auf den Arm. „Warte“, sagte sie sanft. „Die Kinder werden nicht gleich morgen zu anderen Familien geschickt. Lass uns Susanna erst einmal nach Hause bringen, damit sie sich erfrischen und stärken kann.“

Die Anspannung wich aus seiner Haltung, obwohl die Falten um seinen Mund sich noch vertieften, als er zu Susanna sagte: „Deine Tante hat recht – du musst dich ausruhen.“

Das Letzte, was Susanna im Augenblick tun wollte, war, sich irgendwohin zu setzen und sich auszuruhen. Sie fürchtete sich vor den Gedanken und Tränen, die unweigerlich aufsteigen würden, wenn sie zur Ruhe kam. Sie wollte nicht einmal essen, denn ihr Magen hatte sich zu einem winzigen Knoten zusammengezogen und in ihrem Mund hatte sie den Geschmack von rostigen Nägeln. „Rachel würde ihre Kinder niemals im Stich lassen. Vor allem nicht aus … aus so einem sündigen Grund.“ Sie biss sich auf die Unterlippe. Sie wollte diese schrecklichen Worte nicht denken, doch das Echo von Georges Behauptungen hallte in ihrer Erinnerung nach.

„Mein Liebes, wir denken nur das Beste von ihr. Es tut mir schrecklich leid, dass du diese Bürde die ganze Fahrt über alleine tragen musstest.“ Tante Ann griff nach Susannas Hand. Onkel Will winkte dem Gepäckträger, der daraufhin Susannas Tasche hinter ihnen her über den Bahnsteig trug. Der Zug pfiff und kündigte damit seine baldige Abfahrt an. Über ihren Köpfen hatten sich die Wolken zusammengeballt und die Hitze war so drückend, dass man das Gefühl hatte, sogar der Staub läge erschöpft auf der Straße.

„Soll ich Sie mitnehmen, Bischof Hanby?“, rief ein junger Mann mit einem Maultierwagen von der anderen Straßenseite herüber. „Mein Vater hat mir gesagt, ich soll Sie umsonst fahren, wann immer es nötig ist."

„Ach, danke", rief ihr Onkel zurück. „Das wäre wirklich hervorragend. Aber du musst mich nicht Bischof nennen – Mr Hanby reicht völlig."

Der junge Mann lenkte seinen Karren zu ihnen herüber und Onkel Will reichte der Tante seinen Stock, bückte sich und hob Susannas Reisetasche auf die Ladefläche.

„Und wir setzen uns daneben", sagte er zu Susanna. „Es ist zwar nicht sehr komfortabel, aber besser als ein Gang mit einer schweren Last."

Sie nickte und Tante Ann drückte mitfühlend ihre Hand.

Ihre Tante war immer so unglaublich freundlich. Susanna und Rachel hatten es als Kinder geliebt, die Hanbys in Westerville zu besuchen. Rachel hatte die großen Cousins mit ihren lustigen Geschichten zum Lachen gebracht.

Wie sollte sie ihre Schwester nur finden? Susanna verdeckte ihre Angst mit dem ersten Kommentar, der ihr einfiel. „Ist euer neues Zuhause in der Nähe?"

„Nur die State Street runter." Die Antwort ihres Onkels klang leise. Sie hatten ihr früheres Haus verloren, nachdem Onkel Will es zugunsten des Otterbein-Colleges beliehen hatte. Als das College fast bankrottgegangen wäre, war das Anwesen der Hanbys von den Gläubigern verkauft worden. Doch ihr Onkel hatte nie ein bitteres Wort über diese Sache verloren. Ihm war nur wichtig, dass das College in Westerville überleben konnte. Und das hatte es.

Der Wagen rollte die Straße hinunter, bis er vor einem kleinen weißen Haus hielt, an dessen Rückseite sich eine Scheune anlehnte.

Der Fahrer hob die Reisetasche von der Ladefläche und brachte sie auf die Veranda. Er tippte sich noch einmal an seine Mütze, dann lief er zurück zu seinem Wagen und schnalzte mit den Zügeln. Gehorsam machte sich das Maultier auf den Weg zurück zum Bahnhof.

Onkel Will hielt die Tür auf, sodass Susanna hinter ihrer Tante das Haus betreten konnte.

Während sie ihren Hut abnahm, nahm sie die Veränderungen in

sich auf. Verschwunden waren die großen, dicken Teppiche, die sie aus dem vorherigen Heim der Hanbys kannte. Stattdessen lag ein einfacher Läufer auf dem Boden. Zwei Schaukelstühle standen vor einem kleinen Holzofen, zwei Sessel und ein Regal über dem Kamin waren die einzigen weiteren Möbelstücke. Es war ein Schock. Offensichtlich ging es Tante Ann und Onkel Will finanziell kaum besser als Susannas Eltern.

„Du wirst oben schlafen", erklärte Onkel Will. „Wir zeigen es dir später."

„Erst einmal mache ich dir etwas zu essen", sagte ihre Tante. Sie trat an den Küchentisch, wobei ihr blaues Kleid raschelte. Selbst nachdem sie acht Kinder auf die Welt gebracht hatte, war Ann Hanby immer noch zierlich und anmutig.

„Ich gehe in die Scheune", beschloss Onkel Will. „Wenn wir morgen nach Columbus fahren wollen, sollte ich das Geschirr heute noch fertig machen und in den Laden bringen." Die Tür fiel hinter ihm zu.

Tante Ann mischte Mehl und Wasser, dann formte sie den Teig zu kleinen Brötchen. Susanna ging durch die Küche und suchte nach einer Aufgabe. Sie betrachtete ein Regal mit Küchengeräten und einer Reihe fein säuberlich aufgestellter Blechdosen. Selbst in diesem gemütlichen, ordentlich aufgeräumten Raum erschien ihr alles falsch und durcheinander. Monatelang hatte sie sich darauf gefreut, endlich studieren zu können, ihr Wissen zu erweitern und sich ganz der Botanik zu widmen. Doch stattdessen war nun ihre Familie zerrissen und sie war ratlos, weil sie keinen Ausweg sah. Doch sie durfte nicht aufhören zu funktionieren.

„Kann ich dir irgendetwas helfen?" Ihre eigene Stimme klang selbst für Susanna fremd und unsicher.

Tante Ann wischte sich die Hände an der Schürze ab. „Warum gehst du nicht zu Will und redest mit ihm, während ich das Abendessen mache? Er würde sich über deine Gesellschaft freuen. Er arbeitet so oft alleine da draußen."

„Ja, das mache ich." Wahrscheinlich würde es ihr sogar leichter fallen, mit Onkel Will zu sprechen als mit ihrer einfühlsamen Tante, deren Freundlichkeit den Schmerz nur weiter an die Oberfläche zerren würde.

Draußen stand die weiß getünchte Tür der Scheune offen. Das gedämpfte Nachmittagslicht fiel auf Onkel Wills gebeugten Kopf, während er auf der Sattlerbank saß. Doch er hielt nichts in seinen Händen. Sie waren gefaltet und er hatte seine Augen geschlossen. Susanna blieb stehen und ließ die Ruhe seines Gebetes durch sich hindurchströmen.

Er sah auf. „Komm rein." Er zeigte auf einen Hocker nicht weit von seinem Sitzplatz entfernt. „Nach dem Essen gehen wir zum Telegrafenbüro und schreiben der *Hannah-Neil-Mission*."

Sie atmete tief ein. „Danke."

„Wir werden die Kinder finden. Mach dir keine Sorgen." Onkel Will legte einen Streifen hellen Leders vor sich auf den Tisch und suchte das richtige Werkzeug aus. „Du und Rachel, ihr habt euch immer an Blumen erfreut."

Was hat das zu bedeuten? Susannas Brust zog sich bei der Erinnerung an die zerstörten Blumen im Garten ihrer Schwester zusammen. Sie brachte kein Wort über die Lippen.

Onkel Will fing an, mit dem Hammer vorsichtig auf den Meißel zu klopfen, und grub auf diese Weise kleine Muster in das Leder.

Seine Knöchel waren von Arthrose geschwollen, aber immer noch kräftig. Es musste ihm schreckliche Schmerzen bereiten, stundenlang mit dem Werkzeug zu arbeiten. Doch offenbar schien ihm das nichts auszumachen.

Nach einigen Minuten legte Onkel Will seine Werkzeuge beiseite und schwang ein Bein über die Bank, um aufzustehen. Er legte Susanna den Lederstreifen in die Hand. Eingraviert in die braune Oberfläche war eine glockenförmige Blume, die von einem Stiel herabhing.

Sie verfolgte die zarten Linien mit den Fingern. „Ein Schneeglöckchen?"

„Ein Entwurf meines Schwiegervaters, den er erst an mich und den ich später an meine Söhne weitergegeben habe." Onkel Wills braune Augen strahlten unter seinen weißen Brauen. „Ein Zeichen der Hoffnung, wie Mr Miller immer sagte."

Susanna steckte das Leder vorsichtig in die verborgene Tasche ihres Rockes, behielt jedoch die Finger darum geschlossen und spürte die zarten Linien.

Die Erwähnung von Onkel Wills Söhnen brachte Susanna kurz auf andere Gedanken. „Wo ist Cousin Samuel?“ Der jüngste Sohn ihres Onkels lebte eigentlich in der Stadt. „Ich weiß, dass er auf Reisen ist, aber Mutter hat nicht gesagt, wohin er fährt.“

„Er forscht für eine Unternehmung in Alabama. In ein paar Monaten wird er zurückkommen.“

Ihr Onkel hatte noch weitere Söhne: Willie war Arzt geworden und weggezogen. Und Ben und Cyrus – nun, sie würde diese alten Wunden nicht aufreißen.

„Und nach dem Abendessen gehen wir zum Telegrafenbüro?“, fragte sie. Ein klarer Plan war etwas, an dem sie sich festhalten konnte.

„Ja, das werden wir. Sollen wir reingehen und essen?“ Onkel Will bot ihr seinen Arm an und führte sie zum Haus zurück.

„Ich sollte auch meinen Eltern schreiben“, sagte Susanna seufzend.

Wie sollte sie ihren Eltern nur beibringen, was George gesagt hatte? Sie würde Rachel nicht mit seinen Lügen beschmutzen. Und vor allem konnte sie ihnen nicht von ihren Enkelkindern schreiben, noch nicht. Es würde ihnen das Herz brechen. Am besten wartete sie mit dem Brief an ihre Eltern, bis sie den schlechten Neuigkeiten einige gute hinzufügen konnte.

Und sie betete dafür, dass dies bald der Fall sein würde.

Kapitel 4

„Westerville! Fünfzehn Minuten Aufenthalt!“, rief der Schaffner.

Johann sprang auf den Bahnsteig. Das sollte genug Zeit sein, um die Fässer abzuladen, vor allem, wenn die Gepäckträger und Corbin halfen.

Corbin steckte die Finger in den Mund und stieß einen markerschütternden Pfiff aus. Erschrocken fuhren alle Anwesenden zu ihm herum. Ein Fahrer mit einem schweren Wagen sah Corbins Winken, schwang sich auf seinen Kutschbock und schnalzte seinen Pferden zu. Sie trotteten die wenigen Meter zum Zug, vollkommen unbeeindruckt von dem Stahlkoloss, der neben ihnen schnaufte. „Ich soll Ihre Fracht transportieren?“

„Nur bis zur State Street.“

Der Fahrer nannte einen Preis und Corbin stimmte zu. Dann begannen er und Johann, die Fässer, Kisten und das Gepäck auf die Ladefläche zu befördern. Als sie mitten in der Fracht saßen, blickte sich der Fahrer zu ihnen um. „Zu dem Haus der Witwe Clymer, richtig?“

„Genau.“ Corbin klang erschöpft.

Der Fahrer schnalzte mit den Zügeln, woraufhin sich die Tiere mit der schweren Last in Bewegung setzten. Der Wagen ruckelte. Johann beugte sich vor, um ein Fass festzuhalten, während sie die Straße hinunterrollten.

Wieder wandte sich der Fahrer zu ihnen um. „Und was führt Sie nach Westerville, Mister?“, fragte er Corbin.

„Ich eröffne einen Schankbetrieb.“

Der Mann sah Corbin scharf an. „In der Stadt?“

„Das ist der Plan.“

„Deshalb die ganzen Fässer?“

„Genau.“ Corbin starrte nach vorne, als wolle er dem Fahrer – und allen anderen Menschen um sich herum – klarmachen, dass man sich ihm besser nicht in den Weg stellen sollte.

„Und wird das so eine Trinkhalle, wie sie die Deutschen in Columbus haben? Mit Bier?“

„Es wird ein amerikanischer Saloon. Natürlich haben wir auch Bier, aber vor allem Whiskey und Gin."

Die Augen des Fahrers wurden groß. Wortlos wandte er sich wieder nach vorne. Die Stille war zum Zerreißen angespannt, während der Wagen die State Street entlangrollte. Dann blieb er stehen.

Der Fahrer zeigte auf die Eichentür und das Glasfenster daneben. „Das ist das Haus der Witwe Clymer. Das haben Sie doch gemietet." Er sprang vom Wagen, um die Pferde anzubinden. „Beeilen Sie sich besser beim Abladen. Ich bekomme mit meinen Nachbarn Riesenärger, wenn sie erfahren, dass ich derjenige bin, der Sie mit dem ganzen Zeug hierhergefahren hat." Er verschränkte die Arme vor der Brust und lehnte sich an die Anbindestange.

Käufer betraten und verließen die umliegenden Geschäfte und überquerten die Straße im trüben Licht des Nachmittags. Die Tür der Apotheke öffnete sich. Eine ältere Dame trat heraus, gekleidet in ein elegantes, aber schlichtes Kleid aus cremefarbenem Stoff, den Rücken hielt sie gerade. Nur an dem schneeweißen Haar und den vorsichtig gesetzten Schritten konnte man ihr fortgeschrittenes Alter erkennen.

Gerade wollte sie offenbar die Straße überqueren, doch sie blieb stehen, als ihr Blick die Bierfässer streifte. Eine junge Dame folgte ihr aus dem Geschäft und wäre fast mit ihr zusammengeprallt.

„Es tut mir leid, Tante! Geht es dir gut?" Als die junge Dame keine Antwort bekam, ging sie um die Wartende herum und starrte auf den Wagen. „Beunruhigt dich etwas?" Sie war wunderschön; ihr braunes Haar floss unter dem Strohhut in langen Locken über ihren Rücken.

„Was ist denn, Ann?" Ein Mann mit schneeweißem Haar nutzte seinen Stock, um neben die ältere Dame zu treten, dann folgte er ihrem Blick. „Oh."

Johann bemerkte die Sorgen auf seinem ausdrucksstarken Gesicht, als er die Bierfässer prüfend musterte. Entschlossen umklammerte der ältere Mann seinen Stock, tat einige Schritte über die Straße und schüttelte dem Fahrer die Hand. „Noah, ich habe dich diese Woche noch nicht gesehen. Was ist das hier?"

„Das ist nicht meine Schuld. Ich wusste nicht, was sie vorhaben, bis wir schon längst alles aufgeladen hatten." Der Fahrer holte ein

Stück Tabak hervor, schob es sich in den Mund und fing nervös an zu kauen. „Ich mag zwar aus Blendon stammen, aber ich weiß, dass es dafür Ärger geben wird. Sagen Sie niemandem, dass ich ihn hergebracht habe."

Johann war an das Ende der Ladefläche getreten und öffnete die Klappe. „Mr Corbin? Lassen Sie uns ausladen."

„Ist das Bier?", fragte die ältere Dame.

„Ja, Ma'am", bestätigte Noah.

Corbin und Johann hoben das erste Fass vom Wagen und schleppten es zur Tür.

„Warten Sie", sagte Corbin. Die beiden Männer stellten das Fass vorsichtig auf die Erde. Corbin griff an den oberen Türrahmen und zog einen Schlüssel hervor. Die Witwe Clymer musste ihm gesagt haben, wo er zu finden wäre. Das Schloss schnappte mit einem Klick auf und Corbin stieß die Tür weit auf. „Rollen Sie es hier hin, Mr Giere."

„Giere ..." Der ältere Herr mit dem Stock sah Johann neugierig an. „Ein deutscher Name und der eines Brauers aus Columbus, wenn ich mich nicht irre?"

Ein Brennen breitete sich auf Johanns Gesicht aus. Diese Fragen klangen harmlos; doch er hatte schon zu oft erlebt, dass solchen Fragen klagende Anschuldigungen folgten über Ungläubige, die sich am Sonntag dem Alkohol hingaben. Johann wuchtete das Fass drinnen neben die Tür und machte sich wieder auf den Weg zum Wagen. Corbin sollte selbst zusehen, wie er es in den Keller schaffte.

„Sie eröffnen einen Saloon, Mr Hanby." Noahs Wangen beulten sich vom Tabak und er kaute weiter, während er sprach. „Hier bei der Witwe."

Johann und Corbin hoben ein weiteres Fass zu Boden. Der weißhaarige Mann sah schweigend zu. Er bot der älteren Dame, vermutlich seiner Frau, den freien Arm an, während sie den zweiten nach der jungen Dame ausstreckte. Die drei Menschen sahen aus wie aus einem Magazin – das vornehme ältere Paar mit ihrer wunderschönen jungen Begleiterin. Und diese junge Dame war wirklich faszinierend, musste Johann sich eingestehen, mit ihren großen, grünen Augen und den feinen Gesichtszügen. Sie sah so zart und zerbrechlich aus, als wäre sie nicht von dieser Welt und könnte jeden Moment davonschweben wie ein zierlicher Schmetterling.

Corbin knirschte verärgert mit den Zähnen und ging in das Haus, um seinen neuen Saloon zu begutachten. Johann folgte ihm mit einer Kiste. Er fühlte sich mehr als unwohl, als er an den Zuschauern vorbeikam.

Als er die Kiste abgestellt hatte und wieder aus dem Haus trat, spuckte der Fahrer seinen Tabaksaft aus. Er traf Johanns Schuhe. Er hätte den Mann beim Kragen packen und ihm Manieren beibringen sollen. Doch der Wunsch seines Vaters stand an erster Stelle und das bedeutete, dass er sich wie ein Gentleman verhalten musste. Schweigend ging er zum Wagen.

„Sie haben neben Bier auch Whiskey und Gin", bemerkte Noah, der Fahrer.

Johann schaute auf und blickte genau in das Gesicht der jungen Dame, die nur einen Schritt von ihm entfernt stand. Er erkannte die Angst, die sich in ihrem Gesicht ausbreitete, als Noah die alkoholischen Getränke erwähnte. Zögernd ging er weiter. Es gefiel ihm nicht, eine junge Dame zu beunruhigen, auch wenn sie ein wenig zu zart besaitet schien. Doch er konnte nichts Verwerfliches darin erkennen, wenn ein Mann sich am Sonntagnachmittag sein Glas Bier gönnte.

„Ich wünschte, Sie würden das nicht tun, Sir." Die junge Dame sprach ihn direkt an.

Warum sah sie so verärgert aus und hatte ihre kleinen Hände zu Fäusten geballt? Es sah aus, als wollte dieses zarte Wesen ihn angreifen. Johann senkte den Kopf und unterdrückte ein Lächeln.

„Da gibt es nichts zu grinsen." Drohend kam sie ihm noch näher.

„Natürlich nicht, Miss." Jetzt war ihm das Lachen tatsächlich vergangen. Was für ein Wespennest war das, in das Henry Corbin offensichtlich gestochen hatte, wenn vornehme Damen schon beim bloßen Anblick eines Bierfasses zu wütenden Faustkämpferinnen wurden?

„Ich fürchte, ich bin nicht verantwortlich für Mr Corbins Entscheidung, sein Etablissement hier zu eröffnen", erklärte Johann. „Ich erfülle nur seine Anweisungen und die Wünsche meines Vaters."

„Dann hoffe ich, wenn Sie ein Gentleman sind, dass Sie die Bitte einer Dame erwägen. Schicken Sie Ihr Teufelszeug in andere Städte, aber verschonen Sie unsere damit." Ihre Stimme hatte sich erhoben.

Die ältere Dame legte ihr beruhigend eine Hand auf den Arm. „Komm, Susanna, kümmern wir uns um unsere eigenen Angelegenheiten." Sie machte Anstalten weiterzugehen, doch weder die junge Dame noch der ältere Herr bewegten sich.

„Ich denke, Sie sollten über das nachdenken, was meine Nichte sagt, meine Herren. Sie beide." Der Mann beobachtete Johann und Corbin, während sie das letzte Fass absetzten. „Lassen Sie uns vernünftig miteinander reden. Ich bin William Hanby. Und Sie sind ...?"

„Henry Corbin. Und das ist Johann Giere, der mir beim Transport hilft."

„Ich möchte Ihnen meine Frau vorstellen, Mrs Hanby, und meine Nichte, Miss Hanby."

Johann tippte sich grüßend an den Hut, wobei er sich seines staubbedeckten Gesichtes und der schmutzigen Arme bewusst war. Mr Corbin zeigte keine Reaktion.

„Mr Corbin", sagte Mr Hanby. „Ich hoffe, wir können uns noch einmal über Ihre Entscheidung unterhalten. Ich verspreche Ihnen, dass ich stets die Ruhe bewahre, was mich von den meisten hier unterscheidet. Deshalb werden wir uns wahrscheinlich früher oder später wiedersehen."

„Es gibt nichts zu besprechen."

„Das werden wir sehen." Mr Hanby nickte. „Einen schönen Tag wünsche ich Ihnen." Als er mit dem Stock auf den Boden klopfte und sich abwandte, ergriff seine Frau seinen Ellbogen. Die junge Dame folgte ihnen mit einem letzten feindseligen Blick auf die Bierfässer.

Auf der Straße wandten sich immer mehr Köpfe zu ihnen um. Fünfzig Meter entfernt hatte sich eine kleine Gruppe Männer formiert und kam in ihre Richtung.

Wenn Johann sich nicht beeilte, hier wegzukommen, verspielte er jede Möglichkeit, eventuell als Reporter über diese Sache zu berichten. Er durfte nicht mit Corbin gesehen werden, denn dann würden die Menschen ihm nicht mehr vertrauen und ihm nichts

Interessantes für die Zeitung berichten. „Ich sehe, wir haben alles ausgeladen, Mr Corbin. Ich muss mich dann wieder auf den Heimweg machen."

„Gut. Ich komme nächste Woche wieder zur Brauerei und hole Nachschub."

„Viel Erfolg." Johann beeilte sich, in einer Nebengasse zu verschwinden. Verstohlen machte er sich auf den Weg zum Bahnhof, während ihm der Schweiß den Nacken hinunterlief. Manchmal waren diese Mäntel kaum auszuhalten. Viel einfacher wäre es, hemdsärmelig herumzulaufen, doch kein ehrenwerter deutscher Geschäftsmann würde es riskieren, für einen einfachen Arbeiter gehalten zu werden. Es gab genug Respektlosigkeiten, die einem Einwanderer vonseiten der anderen Amerikaner entgegenschlugen. Den meisten war es egal, dass auch Johann hier geboren worden war und ihn eigentlich nichts von denen unterschied, deren Väter aus Schweden oder England kamen.

Keiner der Bewohner von Westerville war ihm so nahegekommen, dass man ihn wiedererkennen könnte – keiner außer den Hanbys. Also wäre seine Anonymität bei einer möglichen Recherche gesichert, wenn er dieser Familie nicht wieder über den Weg lief. Aber die Geschichte könnte sich auch morgen schon erledigt haben. Corbin war in der Stadt, ebenso sein Schnaps. Die Westerviller konnten ihn schlecht dazu zwingen zu verschwinden. Alles war legal. Doch irgendetwas an dem entschlossenen Auftreten der Stadtbewohner sagte Johann, dass er in nächster Zeit noch viel aus Westerville hören würde. Und wenn das der Fall war, würde der *Westbote* lange vor dem *Journal* oder der *Dispatch* die genauen Hintergrundinformationen dieser Story kennen.

Damit wäre Mr Reinhardt sehr zufrieden.

Johann wäre der Erste, der Neuigkeiten erhielt, obwohl er nur nebenberuflich für den *Westboten* arbeitete und kein Vollzeitjournalist war. Er musste lediglich dafür sorgen, dass er sich von der wunderschönen Kreuzritterin und ihresgleichen fernhielt.

Kapitel 5

„*Hannah-Neil-Mission*", las Onkel Will auf dem Blechschild. „Sollen wir hineingehen und nachfragen?"

„Ja." Susannas Handflächen waren vor Aufregung und Nervosität schweißnass. Verstohlen rieb sie sie an ihrem Rock trocken. Das Gebäude sah gepflegt aus. Es erstreckte sich über drei Stockwerke, hatte große Fenster und weiße Säulen, die das unterste Stockwerk zierten. Susanna hatte sich ein Waisenhaus eher wie ein Gefängnis vorgestellt, doch dieses Gebäude hier war offensichtlich, bevor es seinem wohltätigen Zweck zugeführt worden war, ein vornehmes Herrenhaus gewesen. Der Rasen war kurz gehalten, die Büsche sorgsam beschnitten. Auf der gegenüberliegenden Straßenseite lag ein riesiges Gebäude – ausgewiesen als ein Heim für Blinde – friedvoll in der Vormittagssonne. Eine Frau ging langsam, doch ohne Zögern oder Unsicherheiten durch den Garten. Nur an ihrem weißen Stock konnte man erkennen, dass es sich um eine Bewohnerin handeln musste.

Wenn eine blinde Frau sich so sicher durch ihre eigene Dunkelheit bewegen konnte, dann konnte Susanna ebenso entschlossen sein. Ihr Onkel war sein ganzes Leben über tapfer gewesen – sie durfte ihn jetzt nicht enttäuschen. Sie stieg die vier Stufen zu der überdachten Veranda hinauf, auf der zwei leere Schaukelstühle standen.

Sie dachte an den alten Stuhl ihrer Schwester. Rachel hatte es geliebt, ihre Babys darin zu schaukeln und ihnen Lieder vorzusingen, bei denen sie sich niemals richtig an den Text erinnern konnte und eigene Worte dazu erfunden hatte. Rachel musste eines Tages wieder für ihre Kinder singen, dachte Susanna – sie durften nicht für immer getrennt bleiben.

Susanna schob die Erinnerungen beiseite und ergriff den schweren Türklopfer. Dreimal ließ sie ihn niederfallen. Onkel Will stand abwartend an ihrer Seite.

Die Tür öffnete sich und eine schlicht gekleidete Frau mit einer weißen Haube trat heraus. „Guten Morgen."

Susannas Angst wurde plötzlich so groß, dass ihr die Worte im Halse stecken blieben. Schnell warf sie einen Hilfe suchenden Blick zu Onkel Will.

„Wir suchen einige Kinder, die vielleicht diese Woche hier abgegeben wurden“, erklärte er.

„Da müssen Sie mit der Leiterin sprechen, Sir. Kommen Sie doch bitte herein.“

Die Frau öffnete die Tür und Onkel Will bedeutete Susanna mit seiner freien Hand, dass sie vorgehen sollte. Sie raffte ihren Rock, um die Schwelle zu überqueren, und betrat das Foyer, während die Frau mit der weißen Haube schon in einem angrenzenden Flur verschwand.

Die Luft hier drinnen war kühler, die Decken hoch und elegant. Die Eingangshalle sah aus, als gehöre sie zu einem normalen Wohnhaus; es standen gepolsterte Stühle und ein Sofa neben einem kalten Kamin. Der kühle, graue Stein, der die Feuerstelle umgab, hätte Susanna beinahe dazu verlockt, ihre Wangen daran zu pressen, wie sie es als Kind immer im Sommer im Haus ihrer Eltern getan hatte, um sich abzukühlen. Anders war hier nur der teure Marmor, der als Kaminsims verwendet worden war. Bestimmt würde der noch viel besser kühlen. Einen solchen Luxus hatte es im Haus ihrer Eltern nie gegeben.

„Guten Morgen.“ Eine Frau mittleren Alters in einem dunkelblauen Kleid trat zu ihnen in das Foyer. Sie trug eine braune Mappe und näherte sich den Besuchern mit geradem Rücken und gemessenem Schritt.

„Guten Morgen. Sind Sie die Leiterin dieser Einrichtung?“, fragte Susanna.

„Das bin ich. Mrs Loomis ist mein Name.“

„Und ich bin Susanna Hanby.“

„Willkommen. Ich habe gehört, dass Sie auf der Suche nach einigen Kindern sind. Handelt es sich um Verwandte von Ihnen?“ Mrs Loomis schaute Susanna prüfend, aber freundlich an.

„Ja, Ma'am.“ Susanna atmete tief ein. Es roch nach Lavendel und frisch gebackenem Brot. „Der Nachname der Kinder ist Leeds; es sind sechs. Drei Jungs und drei Mädchen. Ich bin ihre Tante, die Schwester ihrer Mutter.“

„Ja." Die Stirn der Leiterin legte sich in Falten. Sie öffnete die Mappe und sah hinein. „Ich wünschte, ich hätte nur gute Nachrichten für Sie, Miss Hanby." Sie sprach leise, als wolle sie einen Schlag abmildern. „Ich habe Kinder mit dem Namen Leeds aufgenommen."

„Aber das sind doch wunderbare Neuigkeiten!" Susanna trat einen Schritt vor und ihr Herz wurde leichter.

„Ich konnte aber nur drei der Kinder aufnehmen. Es tut mir leid. Wir hatten leider nur Platz für die drei jüngsten in unserer Krippe. Die anderen Schlafsäle sind voll – übervoll, wenn ich ehrlich bin."

„Wo sind sie?", fragte Susanna. „Die älteren, meine ich – Clara, Wesley und Daniel?"

„Sie wurden ins *Hare-Waisenhaus* geschickt. Es liegt im Geschäftsviertel, Ecke Town und High Street. Nicht weit von hier mit der Pferdebahn."

Susanna seufzte. „Ich hatte Schlimmeres befürchtet. Immerhin sind sie noch in der Stadt."

„Nun ja ..." Mrs Loomis schloss die Mappe und barg sie in ihren Armen. „Wenn Sie das *Hare-Waisenhaus* sehen, werden Sie verstehen, warum ich sie am liebsten hierbehalten hätte."

Onkel Will bewegte sich, wobei sein Stock leise auf den Boden klopfte. „Mrs Loomis, wurden die Kinder von ihrer Mutter abgegeben?"

„Ja, Sir." Ihr Gesicht schien sich gegen weitere Fragen zu verschließen. „Mehr kann ich Ihnen nicht sagen."

Dann hatte Rachel sie also weggegeben, genau wie George gesagt hatte. Susannas Herz schmerzte und ihr Onkel wirkte ebenso niedergeschmettert. War auch der Rest der Geschichte wahr? Niemals. Es musste eine andere Antwort geben.

Susanna umklammerte ihre Handtasche. „Darf ich die Kleinen sehen? Della ist erst fünf Jahre alt. Und die kleine Annabeth und Jesse, das Baby."

„Natürlich. Folgen Sie mir, bitte." Mrs Loomis führte sie zu einer Treppe.

„Onkel Will, wenn du hierbleiben willst ..." Susannas Stimme brach ab, während ihr Blick auf seinen Stock fiel.

„Ich bin noch nicht so gebrechlich, dass ich nicht ein paar Stufen bewältigen könnte." Doch er stöhnte leise, als er langsam die Treppe hochstieg.

Im zweiten Stock drang das Schreien von Säuglingen an Susannas Ohren. Die Heimleiterin ging durch den Flur und öffnete eine große Eichentür. Die Geräusche wurden lauter; Licht fiel auf den Boden. Susanna folgte ihr nach innen. Anhand des Marmorfußbodens ließ sich erahnen, dass dies früher einmal ein Ballsaal gewesen sein musste. Jetzt standen hier anstatt eines Pianos oder einer Festtafel lange Reihen mit Stubenwagen. Eine Frau in der Kleidung einer Kinderpflegerin hielt ein Baby an der Schulter und tätschelte seinen Rücken. Sie war so liebevoll wie eine Mutter. Susannas Herz zog sich zusammen.

Die Heimleiterin rief der Mitarbeiterin zu: „Alice, bringst du bitte Jesse Leeds? Er ist der Neuzugang."

„Ja, Ma'am." Das Baby, das sie gehalten hatte, schrie lauter, als die Pflegerin es ablegte. Sie ging an das Ende der Reihe und murmelte dem Kleinen leise liebevolle Worte zu, während sie ihn vorsichtig herausholte.

Das kleine rothaarige Köpfchen gehörte eindeutig zu Jesse. Er fing leise an zu weinen und verlangte nach seiner Mutter – Susanna erinnerte sich nur allzu gut an sein verzweifeltes Schluchzen. So viele Mal hatte sie Rachel mit den Kindern geholfen. Sie wickelte die Bänder ihrer Handtasche von ihren Fingern und versuchte, sie trotz des unerwarteten Schmerzes zu entspannen. Unbemerkt hatte sie die Bänder so fest um die Finger geschlungen, dass sie weiße Stellen hinterlassen hatten.

Die Heimleiterin sah sie mitfühlend an. Als die Kinderpflegerin zu ihnen kam, deutete sie mit einem Nicken an, dass Jesse in Susannas Arme gelegt werden sollte.

Liebevoll schaute sie in das Gesicht des Babys, während sie es vorsichtig hielt. Jesse sah genau aus wie Rachel, alle ihre drei Jungs ähnelten ihr mit ihrem rotbraunen Haar und den großen runden Augen. Susanna drückte ihn an sich und er barg sein Köpfchen an ihrem Hals. Bei dem typischen Babygeruch traten ihr die Tränen in die Augen. Sie wandte sich ab, um ihre Schluchzer zu verbergen. Tränen strömten über ihr Gesicht und fielen auf das Hemdchen ihres Neffen. Warum, warum nur hatte ihre Schwester George geheiratet? Niemals zuvor hatte ein Mitglied ihrer Familie eine so schlechte Entscheidung getroffen. Rachel hatte einen Trinker geheiratet. Dabei waren sie die Hanbys. Niemand in ihrer Familie trank auch nur einen Tropfen Alkohol. Doch Rachel hatte die Bedenken ihrer Familie auf die leichte Schulter genommen und geglaubt, es sei ganz egal, ob der Mann, den sie heiraten wollte, ihre Werte teilte oder nicht. Und jetzt war Rachel verschwunden – und womöglich waren auch bald ihre Kinder unerreichbar weg. Susanna drückte Jesse noch fester an sich.

Nach einigen Minuten verlagerte sie Jesses Gewicht auf ihrem Arm, wischte sich das Gesicht mit dem Ärmel ab und wandte sich Onkel Will zu, in dessen mitfühlenden grauen Augen sie seinen inneren Kampf erkennen konnte.

„Jesse muss mit uns kommen“, sagte sie entschlossen.

Die Augenbrauen der Heimleiterin hoben sich und sie verschränkte die Arme über ihrer Mappe. „Miss Hanby, Sie sind unverheiratet.“

„Ja. Aber meine Tante und mein Onkel sind seit Jahrzehnten verheiratet. Sie leben in Westerville. Ich lebe bei ihnen und gehe aufs College.“

„Ich möchte nicht unhöflich sein“, sagte die Leiterin vorsichtig. „Aber Sir, Sie sind …“ Sie presste die Lippen zusammen und suchte offensichtlich nach den richtigen Worten. „Sie sind nicht mehr im Frühling Ihrer Jahre. Und bei Ihrer Frau wird das vermutlich ebenso sein.“

„Ja.“ Onkel Will lächelte, als er ihr den unhöflichen Hinweis auf seinen Gehstock und sein weißes Haar vergab.

„Verzeihen Sie mir, wenn ich neugierig erscheine, aber haben Sie ausreichende finanzielle Möglichkeiten, um dieses und die anderen Kinder zu versorgen?“

Sein Lächeln verschwand. „Nein.“

„Es tut mir leid, aber unsere *Women's Benevolent League* hat klare Richtlinien aufgestellt, um das Wohlergehen der Kinder zu schützen, die wir betreuen. Und diese Richtlinien besagen, dass Kinder nur in junge Familien abgegeben werden, die – natürlich auch in finanzieller Hinsicht – ohne Probleme ein Kind versorgen können.“

Susanna legte beschützend ihre Hand auf Jesses Kopf. „Aber es sind doch meine Neffen und Nichten."

Das Baby starrte sie an, als wüsste es, dass etwas Seltsames im Gange war.

„Miss Hanby, es ist schwer, aber wir müssen auch an die Zukunft der Kinder denken. Diese drei sind so jung …" Sie schlug wieder ihre Mappe auf. „Jesse, Della und Annabeth werden ein wunderbares Zuhause finden, wo es ihnen an nichts mangeln wird. Kinderlose Paare werden sie als die Kinder lieben, die sie niemals haben konnten."

„Werden sie zusammenbleiben? Im gleichen Zuhause?"

Die Heimleiterin antwortete nicht sofort. Schließlich seufzte sie und sagte: „Das ist unwahrscheinlich. Wir haben eine Familie, die schon seit Monaten auf ein Baby wartet, einen Jungen. Und eine andere würde gerne die zweijährige Annabeth nehmen. Die Fünfjährige könnte in ein anderes Zuhause gehen."

Susanna konnte nicht länger zuhören. „Die Kinder dürfen nicht getrennt werden." Sie beugte sich über Jesse, der sich eine Strähne ihres Haares geschnappt hatte und fröhlich glucksend daran zog.

„Ich werde nach den Mädchen schicken, damit Sie die Mädchen sehen können."

Susanna sah, dass die Heimleiterin einer weiteren Pflegerin etwas zuflüsterte, die gerade den Raum betreten hatte. Dann wandte sie sich wieder an Susanna und ihren Onkel. „Unsere Richtlinien existieren, um die Kinder zu schützen, die uns anvertraut sind. Anhand dessen, was Sie mir berichtet haben, ziehe ich die Schlussfolgerung, dass Sie keine Möglichkeit haben, den Kindern eine gute Zukunft zu bieten. Es gäbe einen Weg, wie Sie die Kinder zurückbekommen könnten, aber ich kann ihn Ihnen unter diesen Umständen nicht empfehlen."

Susanna schwieg und drückte Jesse fest an sich.

Die Heimleiterin fuhr fort: „Wenn der Vater der Kinder käme und sie holen würde, bevor wir sie in andere Familien gegeben haben, würden wir sie ihm übergeben. Aber Mr Hanby, ich bitte Sie, lange darüber zu beten, ob Sie wirklich die Verantwortung für so viele Kinder übernehmen wollen, die Sie gar nicht wirklich versorgen können."

Onkel Will nickte und seine Schultern sanken erschöpft herab.

Jesse war in Susannas Armen eingeschlafen. Sein Atem ging gleichmäßig und sein rundes Gesicht sah aus wie das eines Engels.

Die Tür öffnete sich und zwei kleine Mädchen in hübschen Kleidchen aus cremefarbenem Leinen kamen herein. Annabeth und Della waren ordentlicher gekleidet als jemals zuvor und hielten sich ängstlich an den Händen.

Dellas Augen wurden groß. „Tante Susanna!"

Susanna reichte den kleinen Jesse ihrem Onkel, der das Baby mit Leichtigkeit auf einem Arm hielt.

Della zog Annabeth mit sich und sprang in Susannas Arme. „Bist du gekommen, um uns abzuholen?" Ihre blauen Augen wurden feucht. „Mama hat uns hierhergebracht."

„Ich weiß, Della." Susanna durfte nicht weinen, wo die Mädchen doch ihre Zuversicht brauchten. „Ich weiß." Sie umarmte Dellas kleinen Körper und kniete sich hin, um Annabeth in ihren anderen Arm zu ziehen.

Annabeths dunkles Haar war hinter den Ohren zu zwei kleinen Zöpfchen gebunden. Ihr sommersprossiges Gesichtchen war noch immer schmal, doch es war in den wenigen Tagen schon etwas rosiger geworden. „Mama?"

„Nein, meine Kleine. Mama ist nicht hier."

„Ich will Mama." Annabeths Unterlippe fing an zu zittern.

„Alles wird gut, Mädchen, das verspreche ich." Susanna hätte den Kindern so gerne versprochen, dass sie sie zu sich nehmen würde, doch sie würde diese Zusage nicht machen, bis sie sie nicht erfüllen könnte.

„Miss Hanby, ich schlage vor, dass Sie zum *Hare-Waisenhaus* gehen und nach den anderen schauen", schlug die Heimleiterin vor. „Wir werden diese Kinder in den nächsten drei, vier Wochen nicht vermitteln. Sie brauchen Zeit, um Gewicht zuzulegen und kräftiger zu werden."

Schuldgefühle durchzuckten Susanna. Wie konnte sie die Sache mit George und Rachel erklären? Und wie sollte sie das dünne, blasse Aussehen der Kinder begründen?

„Danke, Mrs Loomis." Sie drückte die Mädchen noch einmal und wünschte sich, sie könnte sie für immer festhalten und beschützen. Als Susanna sich vorsichtig losmachen wollte, klammerten sich die beiden Mädchen an sie. „Ich muss gehen", sagte sie und berührte Dellas Wange. „Sei brav und kümmere dich um Annabeth. Ich komme wieder und sehe nach euch."

„Ich will mit dir gehen!", bettelte Della, wobei die Tränen über ihr Gesicht strömten.

„Ich weiß. Aber das hier ist ein guter Ort. Sei geduldig und ich werde wiederkommen."

Sie musste ihre kleinen Händchen abschütteln, wo sie sie doch am liebsten niemals losgelassen hätte. Die Pflegerin zog die beiden Mädchen zu sich.

„Betet brav und esst alles, was ihr hier bekommt. Vor allem das Gemüse." Susanna zwang sich zu einem fröhlichen Tonfall, doch sie würde die Fassung verlieren, wenn sie nicht schnell von hier verschwand. Onkel Will übergab Jesse der anderen Pflegerin.

Susanna spürte die Blicke der beiden Mädchen in ihrem Rücken, als sie und Onkel Will hinausgingen, und hörte Dellas leises Schluchzen. Als sich die Flügeltür hinter ihnen schloss, griff sie nach Onkel Wills Arm und ging dicht neben ihm, klammerte sich förmlich an ihn. Sie hatte das Gefühl, ihr Herz würde zerreißen.

Sie verabschiedeten sich von der Leiterin und gingen die Straße hinunter. Onkel Will führte Susanna zur Haltestelle.

„Können wir uns die Fahrt leisten?", fragte sie ihn. Wenn sie nur etwas von ihrem Studiengeld verwenden könnte, um für ihre Auslagen auszukommen! Doch es war genau für ein Jahr berechnet und ihr Onkel hatte darauf bestanden, dass sie es nicht anrührte.

„Mach dir deshalb keine Sorgen." Er klimperte mit ein paar Münzen in der Tasche. „Wir mögen nicht viel haben, aber ich kann immer noch arbeiten und wir haben ein wenig zur Seite gelegt. Die Kinder stehen jetzt an erster Stelle."

Als die Pferdebahn kam, setzte sich Susanna auf die Bank neben ihren Onkel und schaute aus dem Fenster. So viele schöne Häuser! Jede Familie, die hier lebte, könnte die Kinder aufnehmen, denn wer in solchen Villen lebte, hatte bestimmt mehr als genug „finanzielle Mittel", um sie zu versorgen. Das war so schrecklich falsch. Was konnte wichtiger sein als die Liebe einer Familie und Geschwisterkinder, die zusammenbleiben durften?

Sobald sie in das Geschäftsviertel kamen, wurde der Verkehr dichter und die Gebäude waren mit Schildern gekennzeichnet: *Juwelier Varner, Ohio Öfen & Rohrleitungen, J. Halls Stoffe & Regenschirme.* Vor dem Geschäft, das den Namen *Smithson, Bestatter* trug, stand ein angeschirrtes Gespann, das nur darauf zu warten schien, einen Toten abzuholen.

„Dort." Onkel Will zeigte nach rechts. „Die High Street. Von hier aus können wir laufen."

Onkel Will hatte eine beachtliche Ausdauer für einen Mann seines Alters, trotz seines Humpelns. Nach einem energischen Fußmarsch die High Street hinunter schien seine Kraft immer noch nicht nachzulassen, wobei Susanna es auch unterließ, sich weiter an seinen Arm zu klammern, um ihn nicht zusätzlich zu belasten.

Sie wandten sich nach rechts auf die Town Street und kamen an weiteren Geschäften vorbei – in einem Schaufenster waren unzählige Nähmaschinen zu sehen, direkt daneben befand sich eine Drogerie. Das Nachbarhaus war ein rußbedecktes graues Gebäude, dessen hässliche, nackte Wände sofort ins Auge stachen. Die buntbemalten Schilder, die die anderen Häuser zierten, fehlten gänzlich. Alles machte einen verwahrlosten Eindruck.

Onkel Will überprüfte die Adresse auf der handgeschriebenen Karte, die ihnen die Heimleiterin gegeben hatte. „Das Haus dort ist unser Ziel."

Das vierstöckige Gebäude wirkte trostlos und abweisend. Die Fenster waren so verdreckt, dass man auch von der Straße aus nicht hineinschauen konnte. Man konnte die traurigen Vorhänge hinter dem schmutzigen Glas nur erahnen. Vielleicht hatten sie einmal fröhliche Farben gehabt, doch nun schienen sie so grau zu sein wie die Fenster und die Wände.

Susanna versuchte, sich ihre Beklommenheit nicht anmerken zu lassen, und ging die Stufen zur Tür hinauf. Als sie den Türklopfer ergriff, löste sich die Verankerung fast vollständig aus dem Holz, sodass die ganze Konstruktion nur noch an einem Nagel hing. Sie warf einen schnellen Blick zu Onkel Will hinüber, der neben sie getreten war und nun fest mit der Faust klopfte. Das gedämpfte Geräusch schien nicht laut genug zu sein, um im Inneren eine Antwort hervorzurufen.

Doch sofort öffnete sich die Tür und ein rundes Gesicht mit kleinen Schweinsäuglein starrte sie durch den Spalt feindselig an. „Was ist?“

„Mein Name ist William Hanby“, sagte Susannas Onkel. „Wir haben gehört, dass hier drei Kinder mit dem Namen Leeds abgegeben wurden.“

„Und?“

Onkel Will sprach mit undurchschaubarem Gesichtsausdruck weiter: „Wir wollen die Kinder sehen und uns versichern, dass es ihnen gut geht. Diese junge Dame ist ihre Tante und ich bin ihr Großonkel.“

„Die Kinder sind vertraglich diesem Waisenhaus übergeben worden. Verstehen Sie das?“

„Ja“, sagte Onkel Will und ein Schatten flog über sein Gesicht.

Die Tür öffnete sich ein klein wenig weiter und eine stämmige Frau kam zum Vorschein, deren schmutzige Schürze sich um die Hüfte spannte. Ihre grauen Locken standen wirr und ungekämmt unter ihrer Haube hervor. „Also, Sie wollen sie sehen?“

„Wenn es möglich ist.“ Selbst jetzt, in seinem hohen Alter, konnte Onkel Will noch sehr charmant sein, wenn er es wollte. Und offensichtlich schien er es für richtig zu halten, seinen Charme an diesen unfreundlichen Hausdrachen zu verschwenden.

Die plumpe Frau schien ihren Widerstand aufzugeben und nickte einmal knapp. „Na gut.“

Onkel Will stellte seinen Stock auf die oberste Stufe und zog sich hinauf. Susanna folgte ihm in die dunkle Halle und etliche Treppenfluchten hinauf bis ins oberste Stockwerk. Sie sah die Anspannung in seinen Schultern, doch er gab keinen Laut von sich, während er voranging. Dieser Aufstieg musste ihn arg in den Knien schmerzen.

Das oberste Stockwerk teilte sich in zwei große Bereiche auf. Susanna war sicher, dass dieses Gebäude früher einmal ein Warenhaus oder eine Fabrik gewesen war, denn die Räume waren schmucklos und unpraktisch. Putz lag wie alter Käse auf dem Boden herum. Die Decke musste dringend renoviert werden. Überall waren Löcher und Flecken zu erkennen.

„Sie haben Probleme mit dem Dach?“, fragte Onkel Will.

„Unser Stifter hat uns leider kaum Mittel hinterlassen. Wir müssen es mit dem wenigen Geld, das wir zur Verfügung haben, notdürftig schaffen", sagte die Frau über die Schulter hinweg. „Ich bin übrigens Mrs Grismer, die Haushälterin."

An der entfernt liegenden Wand reihten sich Pritschen aneinander, auf denen Kinder saßen und irgendetwas in ihrem Schoß arbeiteten.

„Leeds!", rief Mrs Grismer.

Alle Gesichter wandten sich ihr zu. Dann sprang ein Kind auf. „Tante Susanna!" Ein Mädchen lief auf Susanna zu, die dürre Gestalt und das abgewetzte Kleidchen nur allzu vertraut.

„Clara", sagte Susanna und umarmte ihre Nichte. „Geht es dir gut?" Claras dünne Schultern zitterten unter der Berührung.

„Oh ja, oh ja." Claras Augen strahlten, obwohl ihre Stimme brüchig klang. „Bist du hier, um uns abzuholen?"

„Nein." Mrs Grismers Stimme klang hart. „Ihr gehört jetzt hierher und wir werden bestimmen, wohin ihr geht und was ihr zu tun habt. Nur unter diesen Bedingungen dürfen Kinder hier abgegeben werden."

Susanna musste vorsichtig sein, sehr vorsichtig. „Wo sind Wesley und Daniel?"

„Sie schleppen Kohle und verdienen sich ihr Brot." Die Haushälterin stand mit in die Hüfte gestemmten Armen da.

„Ich verstehe." Susanna versuchte, ihren Tonfall so unverbindlich wie möglich zu halten.

„Wie steht es um die Finanzen dieser Einrichtung?", fragte ihr Onkel.

„Grauenvoll, einfach grauenvoll." Mrs Grismers Stimme kippte in einen klagenden Jammerton. „Wir haben nur zehn Dollar für Gemüse für das gesamte Frühjahr und den Sommer. Für dreißig Kinder, Sir! Stellen Sie sich das vor!"

Während ihre Litanei weiterging, warf Susanna einen verstohlenen Blick auf ihren Onkel. Er wirkte fasziniert, was wirklich seltsam war. Oh – jetzt verstand sie. Er lenkte die Frau ab, damit Susanna etwas Zeit hatte, um allein mit Clara zu sprechen.

Leise flüsterte Susanna ihrer Nichte zu: „Wir versuchen, euch hier herauszuholen, Clara. Aber jetzt geht es noch nicht. Seid geduldig. Und betet für uns."

„Ich habe Angst, Tante Susanna. Daniel hustet so schlimm."

Das waren schlechte Neuigkeiten. Daniel war immer das zerbrechlichste von Rachels Kindern gewesen und hatte selbst bei der kleinsten Erkältung einen rasselnden Husten entwickelt.

„Gestern ist ein Stück Decke auf einen anderen Jungen gefallen. Er hat am Kopf geblutet." Clara lehnte sich an ihre Tante, als suche sie etwas Wärme in dieser eisigen Umgebung.

„Es wird nicht lange dauern", versicherte Susanna. „Wir holen euch hier raus, egal wie." Egal, was es kosten würde – Susanna konnte ihre Nichte und Neffen unter keinen Umständen hierlassen.

Die Stimme der Haushälterin wurde wieder lauter. „Die Mädchen müssen nähen. Sie nähen für ihr eigenes Abendessen, wie Sie sehen."

Clara blickte auf das Stück Stoff hinab, das sie immer noch in Händen hielt. Es sah aus wie die Unterhose eines Mannes. Susannas Wangen wurden schamrot. Clara war viel zu jung, um zu wissen, wie die Unterwäsche eines Mannes aussah. Gab es denn keine besseren Aufgaben für die Mädchen?

„Nun, Mrs Grismer", sagte ihr Onkel. „Unseren tief empfundenen Dank, dass Sie uns mit unserer Nichte haben reden lassen."

Die Frau schnaubte selbstzufrieden. „Wenn ich es sagen darf, Mr Hanby, den Kindern ginge es ohne mich noch viel schlechter."

„In der Tat." Onkel Will klang erstaunlich optimistisch.

Ist das wirklich wahr oder vergreift sich die Frau vielleicht am Essen der Kinder? Doch Susanna durfte ohne Beweise keine haltlosen Behauptungen aufstellen.

„Normalerweise sind Besucher nicht erlaubt, also müssen Sie jetzt gehen", sagte die Haushälterin.

„Ja", erwiderte Onkel Will. „Vielleicht schauen wir demnächst noch einmal vorbei und bringen Ihnen Süßigkeiten für die Kinder."

Ein Funkeln trat in Mrs Grismers kleine Augen. „Sie wären sehr willkommen, Mr Hanby."

Und mit weiteren Nettigkeiten ihres Onkels machten sie sich auf den Weg nach unten.

Susanna schwieg den ganzen Weg bis zur Pferdebahn. Onkel Will bot ihr ohne Kommentar seinen Arm an, als wüsste er, dass einer jungen Dame, die nicht mehr weinen konnte, auch die Worte fehlten.

Kapitel 6

Johann drehte den Zapfhahn am Fuß des Fasses auf und hielt eine Tasse darunter, während die bernsteinfarbene Flüssigkeit ausströmte. Dieses Bier war fertig und hatte genau den richtigen Anteil an Hopfen, um seinem Vater zu schmecken. Er nahm einen Schluck und kostete ausgiebig. Ja, dieses Bier war gut gebraut – leicht und herb mit der Farbe von Honig, nicht so sauer wie das Bier, das einige andere Brauer ahnungslosen Kunden unterzuschieben versuchten.

Er rief Heinrich durch den Keller zu: „Das hier ist fertig!"

„Sehr gut. Ich sage den Männern, dass sie sich noch heute Nachmittag darum kümmern sollen."

Die Stimme seines Vaters erklang von oben. „Johann?"

„Hier unten, Vater."

Schritte erklangen auf der Holztreppe und Johanns Vater kam in Sichtweite. Sein breites Gesicht ließ ihn immer fröhlich wirken, doch dieses Mal waren seine Augenbrauen zusammengezogen. „Wir haben ein kleines Problem."

Henry Corbin stakste hinter ihm her. Sein dunkles Haar, die olivfarbene Haut und das verkniffene Gesicht waren der komplette Gegensatz zu Johanns Vater mit seiner fröhlichen, jovialen Art.

„Gestern Nacht haben bei mir Anhänger der Westerviller Abstinenzbewegung ihr Unwesen getrieben." Corbins Worte waren voll Zorn und Wut. „Sie haben Löcher in die Fässer geschlagen und das Bier auslaufen lassen."

„Und was ist mit dem Schnaps?" Johann brauchte Einzelheiten, wenn er wirklich für die Zeitung über diese Sache berichten wollte.

Corbin nahm ein Päckchen Tabak aus seiner Tasche. „Dem ist nichts passiert. Sie haben wahrscheinlich nicht dran gedacht oder jemand hat sie überrascht, sodass sie ihr Werk nicht vollenden konnten." Er stopfte sich den Kautabak in den Mund.

Ein paar ruinierte Fässer Bier waren keine interessanten Neuigkeiten für den *Westboten*.

Sein Vater legte eine Hand auf Corbins Schulter. „Wir werden

Ihnen die Fässer natürlich kostenlos ersetzen, Mr Corbin. Aber Sie müssen besser aufpassen und Wachen aufstellen, denn mehr als einmal können wir das nicht machen."

„Das ist sehr freundlich von Ihnen, Mr Giere. Vielen Dank." Mr Corbins Tabak bildete einen Klumpen in seiner Wange, während er sprach.

„Ich glaube an die Freiheit, Mr Corbin. Und an das Gesetz. Sie dürfen nicht durch kriminelles Verhalten aus einem rechtmäßigen Geschäft vertrieben werden, nicht in Amerika." Johanns Vater wandte sich an Heinrich. „Wie ist das neue Bräu?"

„Noch besser als das letzte", versicherte Heinrich.

„Dann geben wir Mr Corbin davon etwas mit."

Johann hoffte, das Corbin nicht auf den Boden spucken würde. Es war unhöflich, in einem Gebäude Tabak zu kauen, ohne auch nur um Erlaubnis zu fragen, selbst in einer Brauerei. Doch es gab keinen Anlass, Corbin als Gentleman zu sehen. Von daher befürchtete Johann, dass alles Mögliche passieren könnte.

Heinrich trat an das Tor und rief den Arbeitern etwas auf Deutsch zu. Sie kamen mit Tragegurten herbei und räumten die Fässer in Höchstgeschwindigkeit ins Lager. Sein Vater sah lächelnd zu, während die Männer sich auf Deutsch unterhielten.

„Wenn du möchtest", bot Johann an, „kann ich Mr Corbin wieder helfen, das Bier nach Westerville zu bringen."

„Danke, mein Junge. Es wird nicht leichter sein als beim ersten Mal."

Es wird wahrscheinlich noch mehr Ärger bringen – und interessante Neuigkeiten für meinen Artikel.

Für die Reise musste Johann noch schnell seine Tasche holen. Es war nicht das erste Mal, dass er froh war, dass sein Elternhaus nur zwei Straßen von der Brauerei entfernt lag. Seine Mutter stand mit dem Rücken zu ihm am Tisch der großen Küche und rollte Rouladen. Johann sah zu, wie sie auf die Fleischstreifen erst Schinken legte, dann Zwiebeln und saure Gurken aus dem Glas. Danach rollte sie das Fleisch zusammen und umwickelte es geschickt mit einem Zwirn.

Johann setzte ein trauriges Gesicht auf. „Rouladen. Und ich bin zum Abendessen nicht zu Hause. Und ich habe Hunger. Das Leben ist hart."

„Du armer Junge." Seine Mutter schnalzte mit der Zunge. „Was können wir da nur machen?" Sie sah ihn lächelnd an. Ihre apfelroten Wangen waren voller als vor zehn Jahren, doch sie sah in ihrer weißen Bluse und der Schürze immer noch sehr adrett aus.

„Wenn du mir nicht wenigstens eine aufhebst, werde ich untröstlich sein", jammerte er.

„Ich bin sicher, Lotte macht dir gerne welche, wenn sie erfährt, wie sehr du Rouladen liebst."

Johann schwieg. Bei jeder Unterhaltung, die er mit seiner Mutter führte, war es nur eine Frage der Zeit, bis das Gespräch auf die Tochter ihrer besten Freundin kam. Lottes Schönheit, Lottes hausfraulichen Fähigkeiten, Lottes Kochkünste. Er würde einfach nichts dazu sagen und hoffen, dass sich das Thema schnell wieder erledigt hatte.

„Lotte ist die beste Köchin, die ich kenne", beharrte seine Mutter.

Er seufzte. „Ich muss meine Tasche holen und weg."

„Wohin denn?"

„Ein Auftrag für Vater."

„Das tut mir leid für dich. Aber es gibt noch Brötchen im Schrank."

„Danke." Er öffnete die Tür und schnappte sich eins der Gebäckstücke. Das Wasser lief ihm im Mund zusammen. Diese Kunstwerke der Backkunst waren unübertroffen. Seine Mutter hatte das Rezept aus *Kaufmanns Bäckerei* erhalten. Typisch deutsche Brötchen, wie sein Vater immer wieder beteuerte. Johann schob es für die Fahrt zum Bahnhof in seine Tasche. „Wo sind die Mädchen?" Er hatte angenommen, seine beiden Schwestern wären hier, um der Mutter zu helfen.

„Im Turnverein."

Ah, diese verrückte Angewohnheit. Die Mädchen verbrachten neuerdings immer mehr Zeit im Turnverein. Vielleicht war es ein Zeichen dafür, dass sie langsam erwachsen wurden und sich für Männer interessieren. Und das konnte seiner Mutter ja nur entgegenkommen, da sie es gar nicht abwarten konnte, endlich eine Hochzeit auszurichten.

Johann verabschiedete sich von seiner Mutter und ging mit der Tasche über der Schulter nach draußen. Wenn der Wagen schon beladen war, konnten Corbin und er noch den Nachmittagszug erwischen. Doch er würde sich nicht zu Corbin setzen, wenn der Mann darauf bestand, im Raucherabteil zu reisen. Ein Geschäftsmann hatte seine Verpflichtungen, aber in einem vollgequalmten, stinkenden Zugabteil zu sitzen, gehörte bestimmt nicht dazu.

„Wir schaffen es gerade noch, den nächsten Zug zu erreichen", sagte Onkel Will. Er bot Susanna seine Hand an. Sie stieg aus dem Wagen, wobei ihr Rock durch den Staub zu ihren Füßen schwang. Es war immer noch schrecklich heiß, als wäre das sonst milde Klima Ohios vom Sommer im Westen verdrängt worden. Der Stoff auf ihren Schultern brannte im Sonnenlicht immer heißer, während sie ihr Tempo an die langsameren Schritte ihres Onkels anpasste.

Der Zug stand schon am Gleis, schnaufte vor sich hin und schien stolz auf sein dunkelgrünes Aussehen und die filigranen vergoldeten Zierleisten zu sein. Ein Pfiff ertönte.

Onkel Will beschleunigte seine Schritte und stemmte sich fester auf seinen Stock. „Wir kaufen die Karten beim Schaffner."

Sie schafften es gerade noch rechtzeitig zum nächsten Einstieg. Der Schaffner hielt ihnen die Tür auf, dann kletterte er hinter ihnen in den Wagen und schloss die Tür mit einem Dreh am Griff. Onkel Will blieb stehen, um seine Geldbörse hervorzuholen. Susanna ging in den Gang und wartete. Da der Zug sich noch nicht in Bewegung gesetzt hatte, stand die Luft und die Hitze war trotz der Lüftungsluken über ihren Köpfen drückend. Ihr Onkel sollte den höheren Preis für die erste Klasse eigentlich nicht bezahlen, doch sie wusste, dass er sie niemals in den unteren Klassen reisen lassen würde. Widerspruch wäre sinnlos. Onkel Will drückte dem Schaffner das Geld in die Hand und nahm die Fahrkarten entgegen. Dann kam er zu ihr und bedeutete ihr, weiterzugehen.

Der Wagen der ersten Klasse war voller Reisender. Die ausladenden Strohhüte der Damen, geschmückt mit Bändern oder Blumen, lugten über die Sitze hinweg. Die Männer sahen aufgrund der Hitze so erschöpft aus, als wären sie zu Fuß marschiert und nicht bequem im Zug gereist. Es gab keine freien Plätze.

„Versuchen Sie es weiter vorne", rief der Schaffner ihnen nach.

Susanna öffnete die hölzerne Tür mit den ausgefallenen Schnitzereien und betrat ein Abteil, das eher wie ein Salon anmutete. An der Wand war Tapete angebracht, sodass das Abteil wie ein Zimmer in einem Hotel wirkte.

In einem der bequem gepolsterten Sitze saß der blonde Sohn des Brauers, den Susanna in Westerville kennengelernt hatte. Er sah von seiner Zeitung auf. Seine blauen Augen wurden groß vor Überraschung, als er sie erkannte.

„Guten Tag", sagte er und sprang auf. „Miss Hanby, richtig?"

Sie konnte sich nicht an seinen Namen erinnern. Irgendetwas Deutsches, das nach Bier klang. Doch sie wollte ohnehin nichts mit ihm zu tun haben, wie höflich er auch immer sein mochte. Es war schlimm genug, wenn Menschen etwas so Furchtbares taten, wie Alkohol herzustellen. Doch wenn sie zudem auch noch attraktiv aussahen, war das noch viel schlimmer. Susanna dachte flüchtig an ihren Schwager George – wie elegant er ausgesehen hatte, als er ihre Schwester umworben hatte. Und was war nun aus ihm geworden?

„Mr Giere", sagte ihr Onkel hinter ihr.

Das war es. *Giere* wie *Biere*. So würde sie es sich merken können.

Susanna wollte sich eigentlich nicht in seine Nähe setzen, doch es wäre albern, die Fahrt auf der schwankenden Plattform zwischen den Zügen zu verbringen, vor allem mit ihrem alten Onkel. Aber sie würde ja nicht mit Mr Giere sprechen müssen. Wahrscheinlich wollte er ohnehin seine Zeitung lesen und würde sie in Ruhe lassen. Bei der schrecklichen Erinnerung an die Kinder, die immer noch an ihr nagte, war Susanna ohnehin nicht in der Lage, ein Gespräch zu führen.

„Nach dir, meine Liebe", sagte ihr Onkel und wies auf einen Platz dem jungen Mann gegenüber.

Bevor sie sich setzen konnten, stieß der Zug ein lautes Pfeifen aus und setzte sich in Bewegung. Ihr Onkel stemmte sich gegen den Ruck, doch Susanna stolperte in Richtung des jungen Mannes. Sofort streckte er die Hand aus, um sie am Ellbogen zu stützen. Doch sie hatte ihr Gleichgewicht schnell wiedergefunden und zuckte vor seiner Berührung zurück. „Ich bin durchaus in der Lage, in einem Zug zu stehen, danke.“ Sie setzte sich und fühlte sich gereizt wie eine wütende Katze.

Auch Mr Giere nahm wieder Platz, während ihr Onkel sich ebenfalls niederließ. „Es tut mir leid, Miss Hanby. Ich wollte nur nicht, dass Sie fallen.“

„Ich werde nicht fallen, weil ich nicht betrunken bin.“

„Susanna ...“ Die leise, mahnende Stimme ihres Onkels beruhigte sie nicht im Mindesten.

„Ebenso wenig wie ich“, sagte der junge Brauer. „Sie wirken sehr aufgebracht, Miss Hanby.“ Er schien eher neugierig zu sein als verärgert über ihr Verhalten.

Er hatte ja keine Ahnung. Die traurigen Gesichter ihrer Nichten und Neffen kamen Susanna wieder in den Sinn. Sie starrte ihn an, während jeder Knochen in ihrem Körper zu schmerzen schien. Am liebsten hätte sie geweint. Doch sie riss sich zusammen.

„Es tut mir leid, Mr Giere“, sagte ihr Onkel. „Meine Nichte hat heute einen schweren Schock erlitten und ist noch nicht wieder sie selbst, wie ich fürchte.“

„Du musst dich nicht für mich entschuldigen, Onkel“, sagte sie und schaffte es kaum, sich zusammenzureißen. „Stattdessen sollte sich Mr Giere lieber bei uns entschuldigen und bei all den anderen Familien, die durch Alkoholmissbrauch auseinandergerissen werden.“

Onkel Will hob eine Augenbraue, sagte aber nichts.

„Ich möchte nicht mit einer Dame streiten“, sagte der junge Mann und Röte stieg aus seinem Kragen auf, „aber ich muss darauf hinweisen, dass meine Familie keinen hochprozentigen Alkohol produziert oder verkauft. Wir brauen Bier, was viel … maßvoller ist. Sollte uns das nicht wenigstens etwas Gnade einbringen, Miss Hanby?“

„Nein. Bier ist genauso gefährlich wie Whiskey. Ich bin sicher, dass viele biertrunkene Männer aus dem Saloon nach Hause schwanken, um dort ihre Frauen zu verprügeln oder faule Nichtsnutze zu werden, die nicht mehr für ihre Kinder sorgen können.“

Bei dem Gedanken an George mit seinem unsteten Blick und den Ringen unter den Augen wurde ihr übel.

Warum musste sie hier und jetzt diesem jungen Mann gegenübersitzen? Ein leises Mahnen ihres schlechten Gewissens machte Susanna nur noch unglücklicher. Sie war noch nie zuvor so unhöflich zu jemandem gewesen, doch der Schmerz hatte ihre Zunge geschärft und sie schien nicht in der Lage zu sein, sie wieder zu zügeln.

Ihr Onkel unterbrach die angespannte Stille: „Wohin reisen Sie heute, Mr Giere?"

„Wieder nach Westerville, Sir."

„Ein geschäftlicher Anlass?"

„Ja, Sir." Mr Giere schien unentschlossen, ob er noch mehr sagen sollte, doch dann atmete er tief durch. „Aber um ehrlich zu sein, schlägt mein Herz für den Journalismus, nicht für die Brauereikunst." Er warf Susanna einen Blick zu, als erwarte er eine Antwort von ihr.

Sie wandte sich ab und blickte aus dem Fenster auf die Industriegebäude, die vorbeirollten, während ihre Locken sie im Nacken kitzelten und sie sich am liebsten gekratzt hätte. Sie spürte, dass sie kurz vor einem Gefühlsausbruch stand. Sie durfte nichts mehr sagen.

„Wirklich, Journalismus?" Onkel Will wirkte erleichtert, da nun endlich das Thema gewechselt werden konnte. „Und arbeiten Sie auch in diesem Bereich?"

„Nicht gegen Bezahlung, Sir. Aber ich schreibe einmal die Woche einen Artikel für den *Westboten*. Meistens über Straftaten."

„Und werden Sie eines Tages die Brauerei für die Zeitung aufgeben?"

Der junge Mann rutschte hin und her und nahm den Hut von einer Hand in die andere. „Ich weiß es nicht, Sir."

„Eine schwierige Entscheidung, wenn es ein Familienunternehmen zu unterstützen gilt." Ihr Onkel war so unglaublich ruhig – vielleicht hatte ihn das Amt des Predigers immun gegen den Schock unmoralischen Verhaltens gemacht.

„Ja, Sir." Mr Giere schwieg einen Moment und sah aus dem anderen Fenster hinaus, dann faltete er seine Zeitung auf, als wolle er weiterlesen. Doch mitten in der Bewegung hielt er inne. „Ich habe eine persönliche Bitte an Sie, Mr Hanby." Er sah wieder zu Susanna hinüber und seine blauen Augen funkelten, dann schaute er wieder zu ihrem Onkel zurück. „Und vielleicht verstehen Sie mich ja, wenn ich Ihnen sage, dass ich die Möglichkeit sehe, das Brauereigeschäft hinter mir zu lassen." Er blickte vorsichtig drein – oder vielleicht verlegen? Nun, das sollte er auch sein. Und er würde von niemandem hier Anerkennung erhalten, solange er nicht seinen Worten Taten folgen ließ.

„Was möchten Sie damit sagen, Mr Giere?", fragte ihr Onkel.

„Ich reise nicht nur des Geschäftes wegen nach Westerville, sondern um dort eine Geschichte für die Zeitung zu finden. Wenn ich sie bekomme, könnte ich den Journalismus zu meinem Beruf machen." Er sprach schnell, als müsse er es hinter sich bringen, bevor er es sich wieder anders überlegte.

„Ich verstehe." Susanna spießte Mr Giere mit ihrem Blick auf. „Und diese Geschichte wollen Sie ausgerechnet in Westerville finden?"

„In Henry Corbins Saloon. Ich bin sicher, dass Ihre Stadt ihn nicht akzeptieren wird."

„Ich fürchte, da haben Sie recht, Mr Giere", sagte Onkel Will nachdenklich. „Lassen Sie uns hoffen, dass Mr Corbin kampflos aufgibt. Aber Sie haben mir immer noch nicht Ihre Bitte genannt."

„Wenn ich wirklich eine Geschichte finden will, darf man mich in der Stadt nicht als Sohn des Brauers kennen. Niemand wird mir offen begegnen, wenn man mich als Feind sieht."

„Was Sie aber sind – das ist eine Tatsache", bemerkte Susanna.

„Ich bin nicht derjenige, der den Saloon eröffnet, Miss Hanby. Die Brauerei meiner Familie ist nicht einmal für den Großteil des Alkohols verantwortlich. Wie auch immer; ich hoffe, dass Sie meine Identität nicht verraten, wenn ich meine Nachforschungen anstelle."

„Wenn es dazu führt, dass Sie das Geschäft Ihres Vaters verlassen, dann helfen wir Ihnen, wo wir können." Susanna hörte selbst die Anspannung in ihrer Stimme. Auch der junge Mann musste das gehört haben, denn er wandte den Blick ab.

Ihr Onkel seufzte. „Es ist nicht meine Angelegenheit, Mr Giere, und deshalb mögen Sie sich in der Stadt bewegen, wie Sie wollen.

Ich werde mich nicht einmischen, doch ich werde natürlich auch nicht lügen, wenn mich jemand direkt danach fragt."

„Natürlich nicht, Sir", sagte der junge Mann und wirkte unbehaglich. „Und vielen Dank." Er erhob sich, den Hut in der einen, die Zeitung in der anderen Hand. „Da meine Anwesenheit Miss Hanby stört, werde ich mir einen anderen Platz suchen." Mit einem höflichen Nicken wandte er sich ab und ging durch die Tür in den nächsten Wagen.

„Susanna ..." Ihr Onkel legte den Kopf schief und schaute sie traurig an.

„Es tut mir leid, Onkel. Ich bin nicht ich selbst." Tränen traten in ihre Augen – sie verabscheute sich dafür, dass sie ihren Onkel, der sie so großzügig unterstützte, mit ihrem Verhalten enttäuschte. Doch das Leid ihrer Nichten und Neffen konnte sie einfach nicht verdrängen. Sie blinzelte die Tränen weg und senkte den Kopf.

Sie spürte eine leichte Berührung an ihrer Schulter. „Du musst Ruhe bewahren, Liebes. Nach anderen zu schlagen, wird dir nicht helfen, deinen Schmerz leichter zu ertragen."

Sie wusste, dass Onkel Will recht hatte. Man durfte einer Ungerechtigkeit nicht mit einer anderen begegnen. Doch sie konnte nicht ruhig oder höflich sein, wenn sie den Menschen begegnete, deren Produkte George Leeds in so trauriger Weise verändert hatten. Wenn es tatsächlich so war, dass Rachel ihren Ehemann verlassen hatte, konnte Susanna ihr deshalb keine Vorwürfe machen. Doch wie um alles in der Welt hatte ihre Schwester ihre Kinder aufgeben können? Ein solches Verhalten wäre selbstsüchtig, ebenso selbstsüchtig wie Georges Trinkerei. Susanna wollte das nicht glauben. Sie würde bis zum letzten Atemzug an Rachels gutem Charakter festhalten.

Die Räder ratterten; die Fenster klapperten und für einen kurzen Augenblick wünschte sie sich George auf die Schienen unter den Zug.

Susanna fuhr zusammen. *Herr, Herr, nimm meine Gedanken und heile sie! Bin ich wirklich so böse, dass ich mir den Tod eines Menschen wünsche? Verliere ich nicht nur meine Familie, sondern auch mein Vertrauen in dich, meinen Glauben und meine Hoffnung?*

Kapitel 7

Die bunten Papierbögen lagen in der geöffneten Reisetasche und strahlten selbst in dem gedämpften Licht von Susannas kleinem Zimmer farbenfroh und freundlich. Es war zu schrecklich, diese Erinnerung an die Kinder jedes Mal zu sehen, wenn sie ins Zimmer trat. Susanna nahm den Stapel und ging nach unten. Sie trat zu ihrer Tante, die gerade beim Nähen war.

„Kennst du jemanden, der das gebrauchen könnte?" Susanna streckte ihr das zarte Papier entgegen.

Tante Ann blickte auf. „Das ist ja wunderschönes Papier. Warum willst du es weggeben?"

„Weil ..." Susanna schluckte. „Ich wollte eigentlich den Kindern beibringen, wie man damit Papierblumen bastelt."

Ihre Tante steckte die Nadeln in den Stoff und legte ihn auf den Stuhl neben sich. „Ach, Liebes." Sie erhob sich und trat an Susanna heran, um sie liebevoll in ihre Arme zu ziehen. „Du musst es behalten, damit du es ihnen zeigen kannst, wenn wir sie nach Hause geholt haben."

„Wie denn, Tante? Selbst wenn das Waisenhaus uns die Kinder überlassen würde, hätten wir kein Geld, um uns um sie zu kümmern. Nicht um alle sechs. Ich würde liebend gerne mein Studiengeld für sie geben, aber nicht einmal das wäre auch nur annähernd genug."

„Dein Onkel würde das auch gar nicht zulassen – deine Ausbildung ist ihm zu wichtig. Aber er hat andere Pläne, die dir vielleicht Hoffnung machen. Er ist in der Scheune, falls du mit ihm sprechen möchtest." Tante Ann tätschelte Susannas Arm. „Und es würde dir guttun, ein wenig nach draußen zu kommen, vielleicht für einen kleinen Spaziergang."

Susanna kämpfte gegen das seltsame Gefühl an, dass ihre Arme, die Schultern und das Gesicht wie in Blei gegossen waren und sich kaum bewegen konnten – sie war wie erstarrt, unfähig, auch nur einen Finger zu rühren. Doch sie musste stärker sein, so wie ihre Tante.

„Ich gehe zu Onkel Will hinaus." Vielleicht konnte sie das Papier in einer Schublade in der Sattlerei aufbewahren, damit es ihr wenigstens aus den Augen war.

Als Susanna durch die Tür der Sattlerei trat, beugte sich Onkel Will gerade konzentriert über seine Arbeitsbank. Seine Hände hantierten unglaublich schnell mit Hammer und Meißel. Als das helle Tageslicht aufblitzte, als Susanna eintrat, hielt er inne und sah auf.

„Guten Tag, meine Liebe." Sein Blick wanderte zu dem Papier in ihren Händen. „Was hast du da?"

„Etwas für die Kinder, wenn sie nach Hause kommen." Susanna zwang sich dazu, zuversichtlich zu klingen. „Kann ich es hier irgendwo aufbewahren?"

„Leg es vorerst auf den Tisch. Ich räume eine Schublade frei, wenn ich hier fertig bin."

Susanna tat, wie er gesagt hatte, und wandte sich dann wieder an ihren Onkel. „Tante Ann hat vorgeschlagen, dass ich mit dir reden soll. Es geht um deine Pläne mit den Kindern."

„Oh ja." Er legte die Werkzeuge weg, rieb die Falten auf seiner Stirn und erhob sich mühsam. „Komm, sieh dir das an."

Susanna folgte ihrem Onkel zu der Tür, die in den anderen Teil der Scheune führte, wo die Kuh und das Pferd standen. Als sie diesen durchquert hatten, betraten sie einen langen Flur, was Susanna überraschte. Drei Meter zwischen Sattlerei und Scheune? Dann erkannte sie, dass sie sich unter dem Heuboden befinden mussten. Onkel Will öffnete die Eingangstür weiter, um mehr Licht hereinzulassen. Er trat an eine verschlossene Tür an der rechten Seite und öffnete sie mit einem schnellen Dreh mit dem Schlüssel aus seiner Tasche.

In dem Lagerraum, der sich dahinter auftat, standen Kisten und Säcke und Reihen über Reihen von Regalen, die mit Einmachgläsern beladen waren.

„Das ist das Essen, das wir in der Gemeinde sammeln, um Bedürftige zu unterstützten", erklärte Onkel Will. „Ich habe gestern gefragt, ob unsere Gemeinde einverstanden wäre, wenn wir das Essen verwenden, um Rachels Kinder ein Jahr lang zu versorgen. Alle haben zugestimmt. Nach dieser Zeit müssen wir noch fester auf Gott vertrauen, doch immerhin wäre das erste Jahr gesichert."

Ein kleiner Funke Hoffnung flackerte in Susanna auf. „Wird das genug sein, um die Leiterin der *Hannah-Neil-Mission* zu überzeugen?"

„Ich bezweifle, dass sie uns gestatten wird, die Kinder zu adoptieren." Onkel Will schloss den Lagerraum sorgfältig wieder ab. „Aber es ist alles, was wir haben, also müssen wir daran festhalten und beten, dass Rachel zurückkommt oder George die Kinder abholt und sie uns übergibt. Immerhin könnten wir sie ernähren."

Die Erleichterung war wie ein Windhauch, der in ein versiegeltes Gewölbe strömte. „Danke!" Susanna umarmte ihn stürmisch.

Onkel Will lächelte sie an. „Eigentlich ist es die Gemeinde, der du danken müsstest."

„Natürlich. Ich schreibe ihnen einige Zeilen auf, die du vielleicht am Sonntag verlesen könntest."

Er nickte. „Der andere Teil des Plans beinhaltet, dass ich die Produktion meiner Lederarbeiten erhöhe, vor allem beim Zaumzeug. Die Erntezeit steht vor der Tür und es werden mehr Gespanne auf den Feldern gebraucht." Er sah mit kritischem Blick auf einen Sattel, der auf dem Ständer an der Wand lag. „Wenn ich nur die Fähigkeiten meines Schwiegervaters hätte, würden meine Arbeiten höhere Preise erzielen, aber ich komme einfach nicht an ihn heran."

„Aber du arbeitest doch schon so viel." Eine Idee schob sich in Susannas Gedanken. „Kann ich dir vielleicht dabei helfen?"

„Du wirst mit deinen Studien genug zu tun haben."

„Ich kann es beides schaffen – bitte, unterrichte mich. Wenn du bis spät in die Nacht arbeitest, kann ich es auch."

„Wir werden sehen. Ich kann nicht zulassen, dass du deine Studien vernachlässigst." Onkel Will versuchte, streng dreinzublicken, doch ein Lächeln zuckte an seinen Mundwinkeln. Offenbar schien ihm der Gedanke zu gefallen, Gesellschaft bei der Arbeit zu haben. Vielleicht würde er ja zustimmen. Er ging zurück zu seiner Bank und nahm den Meißel wieder auf.

In Susannas Kopf überschlugen sich die Fragen – sie musste Rachel finden, denn jetzt war alles dafür bereit, dass die Kinder zu ihnen kommen könnten.

Ihre Tante hatte vorgeschlagen, dass sie einen Spaziergang machte. Vielleicht würde das ihrem Onkel Zeit geben, über ihr Angebot nachzudenken, sodass er ihr später etwas von seinem Handwerk beibringen würde. Jetzt waren seine Augen schmal, seine Aufmerksamkeit ganz auf den Lederstreifen in seinen Händen konzentriert. Susanna beobachtete ihn mit inniger Zuneigung. Der Körper mochte alt sein und das Haar weiß, doch seine sturköpfige Güte war noch genauso ungebrochen wie eh und je.

Sie würde spazieren gehen, solange er in seine Arbeit vertieft war. Susanna musste nur an die Rückkehr der Kinder glauben; daran, dass alles wieder gut und geordnet verlaufen würde, dann würde es auch so werden. Ja, sie würde jetzt spazieren gehen und nach einigen Blumen Ausschau halten, die als Vorlage für die Papierblumen dienen könnten. Eisenkraut vielleicht … das blühte momentan. Vielleicht in der Nähe des Flusses? „Onkel, ich glaube, ich mache einen Spaziergang zum Fluss."

„Das ist eine gute Idee." Er hörte ihr nur halb zu, da er in seine Arbeit versunken war.

Susanna nahm ein blaues Blatt Papier vom Tisch und lieh sich einen Stift.

Die Hitze war immer noch drückend, aber das Sonnenlicht hob ihre Laune. *Besser heiß und sonnig als heiß und trüb,* dachte sie. Sie ging schnell und spürte, wie das Blut durch ihre Adern pumpte, wie sich der Schweiß auf ihrer Haut sammelte. Sie passierte die Geschäfte und bog in die College Street ein.

Wo konnte sie nach Rachel suchen? Sie wälzte die Möglichkeiten in ihren Gedanken hin und her.

Nachdem sie das Gelände des Otterbein-Colleges überquert und hinter sich gelassen hatte, erreichte sie den Pfad, der zum Flüsschen Alum an der Westseite der Stadt führte. Wasser glitzerte durch die Bäume.

Die Ufer waren noch grün, trotz der Hitze gut genährt durch das Wasser, obwohl der kleine Fluss geschrumpft schien und schon ausgetrocknete Stellen am Rand zu erkennen waren. Als Susanna weiterging, entdeckte sie ein ganzes Büschel Lanzen-Eisenkraut, das sich neben einer Brücke angesiedelt hatte. *Verbena hastata.* Der lateinische Name sprang sie förmlich an, während sie das Ufer neben der Brücke hinunterkletterte und dabei das blaue Papier festhielt. Die Kinder würden diese Blume lieben, zudem wäre es eine große Herausforderung, sie nachzubilden. Perfekt.

In ihrer Handtasche bewahrte Susanna eine kleine Schere für genau diesen Zweck auf. Sie kramte sie hervor und trat an das Blumenbüschel heran, um die perfekte Vertreterin ihrer Art zu finden. Hoffnungsvolle Zeilen stiegen in ihren Gedanken auf, ein Kirchenlied, und während sie zwischen den Stielen wählte, fing sie an zu summen. Das Lied beruhigte ihre Seele und stärkte Entschlossenheit.

Sie würde nicht aufgeben – sie würde diese Vorlage falten, weil sie überzeugt war, dass ihre Liebe zu Rachel und den Kindern am Ende siegen würde. Und sie würde alles tun, um wieder mit diesen geliebten Menschen vereint zu werden.

Johann stapfte mit großen Schritten den Pfad entlang, der zu dem Milchviehbetrieb führte. Es wurde Zeit, ein paar Bewohner der Stadt zu dem neugegründeten Saloon zu befragen. Johann wusste schon ganz genau, wo er damit anfangen würde.

Die Bäume um ihn herum wurden weniger, als er die Brücke über den Bach überquerte. Was war das für ein Geräusch dort unten? Jemand summte – es war eine Melodie, die er kannte, ein Kirchenlied. Er blickte über das Geländer. Eine junge Frau mit Strohhut und in einem einfachen grünen Kleid stand mit dem Rücken zu ihm, ihre schlanke Gestalt umringt von Büschen mit kleinen, blauen Blüten. Sie sah aus, als wäre sie direkt in eine französische Landschaftsmalerei hineingetreten. Beim Klang seiner Schritte blickte sie auf.

Es war diese Abstinenzlerin – Miss Hanby.

Nicht schon wieder!

Doch ihre Meinung von ihm sollte sein Verhalten nicht beeinflussen. Er würde sich ihr gegenüber genauso höflich verhalten wie gegenüber jedem anderen Menschen, doch der Stachel ihrer Anschuldigungen saß noch immer tief in seinem Fleisch. Er schaute weg und ging weiter, wollte ihre Aufmerksamkeit nicht auf sich ziehen.

„Mr Giere?"

Zu seiner Überraschung kletterte sie das Ufer hinauf auf ihn zu, in der einen Hand ein Büschel Blumen, in der anderen eine kleine Schere. Wollte sie ihn damit erstechen? Das würde ihn nicht im Mindesten überraschen. Doch trotz allem konnte Johann nicht anders; er musste ihre Schönheit bewundern, das geheimnisvolle Strahlen ihrer grünen Augen. Ihr Gesicht war ungewöhnlich rosig – von der Hitze? Oder würde sie gleich wieder einen Wutausbruch bekommen?

Er versuchte, sich seine Abneigung nicht anmerken zu lassen, und blieb stehen, um sich gegen das zu wappnen, was nun kommen mochte. „Ja, Miss Hanby? Kann ich Ihnen irgendwie helfen?"

Die junge Dame blickte auf die Blumen in ihrer Hand hinab. Es waren lange Stiele mit kleinen blauen Blüten, die sich über die ganze Länge hinwegzogen. „Ich möchte mich bei Ihnen entschuldigen." Sie wagte es nicht, den Kopf zu heben, sondern starrte weiterhin auf die Pflanzen in ihrer Hand. „Es war sehr unhöflich, was ich im Zug zu Ihnen gesagt habe. Obwohl ich immer noch nicht billigen kann, womit Ihre Familie Geld verdient, ist das kein Grund, mich Ihnen gegenüber so zu verhalten."

„Danke, Miss Hanby. Ich bewundere Ihre Offenheit." Und das tat Johann tatsächlich. Eine ehrliche Entschuldigung war ein Zeichen von Größe und Reife, das viele nicht über die Lippen brachten.

Eine angespannte Stille entstand.

„Das war schon alles." Miss Hanby wandte sich ab, ohne den Kopf zu heben, doch er erhaschte einen Blick auf ihre Augen, in denen Tränen zu schimmern schienen. Jetzt tat sie ihm leid. Ganz offensichtlich machte ihr irgendetwas schwer zu schaffen und ließ sie so launenhaft werden. Sie schien nicht von Natur aus so unfreundlich zu sein und sie hatte ein Gewissen.

„Miss Hanby ..."

Sie wandte sich um, blinzelte die Tränen weg.

Er folgte ihr einige Schritte. „Wenn es Ihnen nichts ausmacht, würde ich gerne fragen, was Sie da unten getan haben."

„Ich bin auf einer botanischen Suche." Sie sagte dies mit solcher Ernsthaftigkeit, dass er sein Grinsen unterdrückte.

„Ach wirklich? Sie sind Botanikerin?"

„Amateurin."

„Und haben Sie gefunden, wonach Sie suchten?"

„*Verbena hastata.*" Sie hielt ihm die Blumen entgegen.

„Und was gedenken Sie damit zu tun?"

„Ich nehme sie Blatt für Blatt auseinander und studiere ihre Struktur."

Johann gefiel die sachliche Art, wie Miss Hanby das sagte, als wäre nichts Ungewöhnliches daran, eine Blume zu sezieren, anstatt sie in eine Vase zu stellen. Sie war eine intelligente Frau, vielleicht ein wenig … nun ja … exzentrisch. „Ich verstehe", sagte er. „Ist das der Reiz, den Blumen auf Sie ausüben? Das Studium?"

„Der Aufbau von Blumen folgt universellen Prinzipien, nach denen Gott sie entworfen hat, Mr Giere. Wir können viel von ihnen lernen."

Er stellte sich der leisen Herausforderung ihrer Aussage. „Sie sagen also, die Blumen geben uns eine moralische Lektion? Sind sie nicht auch wunderschön?"

„Das ist ja genau die Lektion. Das genaue Befolgen der himmlischen Prinzipien macht sie so schön – es vertieft die Schönheit, die wir an der Oberfläche erkennen können."

„Bis man sie in ihre Einzelteile zerlegt."

Fast hätte Miss Hanby gelächelt. „Aber ich stelle eine neue Blume aus Papier her, die genau nach ihrem Vorbild gemacht ist."

Die Unterhaltung wurde mit jeder Antwort seltsamer. „Warum?"

Seine Gesprächspartnerin hielt kurz inne und ihr Gesichtsausdruck machte einige geheimnisvolle Veränderungen durch. Sie presste die Blume fest an sich. „Ich muss Sie noch einmal bitten, Mr Giere – bitte helfen Sie dem Saloonbesitzer nicht mehr, indem Sie ihn mit Bier unterstützen."

Warum, um alles in der Welt, musste sie auf dieses leidige Thema zurückkommen, wo sie sich doch gerade so angeregt über etwas anderes unterhalten hatten? Offensichtlich bedeutete ihre Entschuldigung nicht, dass sie ihren eigensinnigen Kreuzzug beendet hatte. Johann konnte die Verärgerung in seiner Stimme nicht unterdrücken, als er ihr antwortete. „Das ist nicht meine Entscheidung, Miss Hanby. Sie müssen mit Mr Corbin sprechen, nicht mit mir."

Ihre Augen wurden kalt und undurchlässig wie Jade. „Guten Tag, Mr Giere." Sie wandte sich ab und stieg mit schwingendem Rock und ihren Blumen zurück hinunter zum Fluss. Als er das Ende der Brücke erreicht hatte, warf er noch einmal einen Blick zurück.

Miss Hanby schien ihn schon vergessen zu haben. Sie zog einen der Stiele aus dem Strauß in ihrer Hand, um die blauen Blüten mit entschlossenem, analytischem Blick zu untersuchen.

Sie war kratzbürstig und starrsinnig, hatte jedoch einen sehr interessanten Charakter – manchmal kühl und wissenschaftlich, dann wieder weich und zugänglich. Doch Johann war klar, dass sie beide sich niemals einig werden würden.

Das war auch gut so. Wenn Westerville ihn tatsächlich mit seiner Geschichte versorgen sollte, wäre Miss Hanby mit ihrer leidenschaftlichen Abneigung gegen Alkohol bestimmt mitten im Geschehen.

Und jetzt musste er erst einmal seinen Freund treffen – Mr Bergen, einen Witwer, der im Westen des Flüsschens lebte und dort seine kleine Milchviehherde hielt. Er begrüßte Johann freudig und öffnete die Tür des roten Farmhauses weit. „Ach, mein Freund, es ist schon lange her. Hast du denn deinen Vater gar nicht mitgebracht?" Er führte Johann in die Küche.

„Heute nicht, Mr Bergen."

Der stämmige Mann in Latzhose bot Johann einen Stuhl an. Er setzte sich. „Ich brauche Ihre offene Meinung."

„Für den *Westboten*? Bin ich denn so berühmt?" Mr Bergen grinste fröhlich.

Johann erwiderte das Lächeln. „Ihre Meinung über Westerville. Sie leben schon ein Jahrzehnt lang hier, also haben Sie bestimmt ein Gespür für die Stadt."

Der Farmer setzte sich ihm gegenüber und lehnte sich in seinem Stuhl zurück. „Ja."

„Wird sich aus der Eröffnung des Saloons eine interessante Geschichte entwickeln oder wird sich alles innerhalb der nächsten Tage in Luft auflösen?"

Mr Bergen hob die Augenbrauen bis zum Haaransatz. „Oh nein,

es wird sich gar nichts in Luft auflösen. Die Menschen in dieser Stadt sind gute Menschen, doch sie sind alle sehr, sehr störrisch. Es wird mit Sicherheit große Probleme geben, wenn der Saloon morgen öffnet. Das sagt jeder."

Johann dachte nach. „Dann bleibe ich vielleicht bis morgen Abend."

Mr Bergen wischte sich über die Stirn, auf der sich in der Nachmittagshitze Schweißperlen gebildet hatten. „Merk dir meine Worte, mein Junge – diese Sache wird kein Zeitungsreporter verpassen wollen."

Kapitel 8

Ein donnerndes Getöse riss Johann aus dem Schlaf. Er krabbelte aus dem Bett und blinzelte gegen das Morgenlicht an. Wo war er? Der Lärm half nicht gerade dabei, sein verschlafenes Gehirn in Gang zu bringen. Glocken. Es waren Kirchenglocken, ohrenbetäubend laut, selbst bei geschlossenem Fenster.

Der Anblick des Himmelbettes und der einfachen Porzellanwaschschüssel ließ Johann langsam in die Wirklichkeit zurückkehren. Richtig, er war in Westerville, im *Commercial House Hotel.* Er war über Nacht geblieben, um zu sehen, was mit Corbins neuer Bierlieferung und dem Saloon geschehen würde. Und er war eingeschlafen, wo er doch hatte wach bleiben wollen, um die Straße zu beobachten. Er schüttelte den Kopf über sich selbst. Er würde einen großartigen Kriminalreporter abgeben.

Johann schaute aus seinem Fenster im zweiten Stock und zuckte noch einmal zusammen, weil die Glocken nicht leiser werden wollten. Es hörte sich an, als läute jede Kirche der Stadt Alarm. Über die Dächer hinweg konnte er die Türme dreier Kirchen erkennen, in denen die Glocken schwangen. Unten auf der Straße liefen die Bewohner in Richtung Ecke College und State Street, die sich schnell mit Fußgängern füllte.

Er musste schnell dort hinunter, was auch immer da vor sich ging. Johann zog die Hose an und knöpfte sie zu, dann besah er sich im Spiegel und wischte sich einen Fussel aus seinen blonden Bartstoppeln. Keine Zeit für eine Rasur. Er schnappte sich seinen Hut und flog die wenigen Stufen hinunter und aus dem Hotel hinaus.

Draußen mischten sich aufgeregte laute Stimmen unter die tobenden Glocken. Er ging die Stufen hinab und verschmolz mit der Menschenmenge. Alle Einwohner der Stadt schienen sich vor dem Haus der Witwe Clymer versammelt zu haben, nur einen Block von seiner eigenen Unterkunft entfernt. Die State Street war so vollgestopft, dass Johann sich an den Wänden der Häuser entlangschieben musste, um überhaupt vorwärtszukommen. Endlich hatte er einen guten Aussichtspunkt erreicht – er war nur noch wenige Meter von Corbins Saloon entfernt, stand aber in einer Nebenstraße, sodass der Saloonbesitzer ihn nicht sehen konnte. Johann wollte nicht riskieren, dass er von Henry Corbin um Hilfe gebeten und so als eine Art Mitstreiter erkannt wurde – das hätte seine Arbeit an der Story vollkommen ruiniert. Seinem Vater gegenüber hatte er seine Pflichten erfüllt, indem er das Bier geliefert hatte; Corbin schuldete er nichts. Jetzt konnte er endlich Reporter sein.

„Henry Corbin, kommen Sie raus!", rief ein Mann mit schwarzem Hut und dem Kragen eines Geistlichen. Er schien einer der Anführer der Masse zu sein und hatte sich vor dem Saloon aufgebaut. Der Mann mochte in seinen Vierzigern sein, hatte ein rotes Gesicht und breite Schultern.

„Wir gehen nicht weg, Corbin", rief ein anderer hinter ihm. „Öffnen Sie und stellen Sie sich uns!"

Von den verschlossenen Fenstern her kam keine Antwort.

Der Anführer wandte sich an die Menschen, die hinter ihm standen. „Er scheint sich für sein Handeln zu schämen. Vielleicht bringt ihn diese Scham dazu, seinen Whiskey zu nehmen und von hier zu verschwinden." Er schien entschlossen zu sein, aber nicht gewalttätig. Offenbar wollte er die aufgebrachte Menge beruhigen.

„Sie sagen es, Reverend Robertson", schrie jemand von hinten. Einige Frauen stimmten mit einem lauten Amen zu.

Hunderte drängten sich in der Main Street. Vielleicht war es nicht die gesamte Stadt, aber bestimmt ein Großteil der Erwachsenen. Johann ging in Gedanken mögliche Überschriften für seinen Artikel durch. *Abstinenzler-Stadt geht gegen Saloon auf die Straße.* Nicht gerade eine Überschrift, die ihm einen Job in New York sichern würde, aber eine spannende Story für den *Westboten*.

„Kommen Sie raus, Corbin!", rief der Reverend in Richtung Haus.

Die Menge pfiff und klatschte. Auf der anderen Seite der Straße, unter dem Schild des Schuhmachers, entdeckte Johann eine bekannte schlanke junge Dame in hellgelbem Kleid und mit Strohhut, neben der ein weißhaariger Gentleman stand. Die Hanbys.

Miss Susanna klatschte jedoch nicht. Sie hatte die Arme verschränkt, ihre Handtasche baumelte an einem Handgelenk. Selbst aus der Entfernung konnte Johann erkennen, dass ihre Stirn in Sorgenfalten gelegt war. Bestimmt beschuldigte sie ihn nach wie vor, Corbin bei seinem Saloon unterstützt zu haben. Ja, wahrscheinlich war er in ihren Augen sogar für jeden einzelnen Trunkenbold in ganz Amerika verantwortlich, auch wenn er nicht einmal Brauer sein wollte. Doch Johann konnte nichts tun, um ihre Meinung von ihm zu ändern. Und er würde auch niemand anderen umstimmen können, der der Meinung war, dass die Deutschen mit ihren Brauereien und ihrem Bier für den Verfall der moralischen Sitten verantwortlich waren. Er konnte Miss Hanby ja wohl kaum mit in die Kirche nehmen und ihr seine Familie beim Gottesdienst zeigen. Ach was, was dachte er da – eine solche Überlegung sollte nicht einmal nötig sein! Vorurteile waren abscheulich, selbst bei so wunderschönen jungen Damen.

Doch vielleicht war er ungerecht, überlegte Johann. Miss Hanby hatte nichts über Deutsche gesagt – sie klammerte sich nur fest an ihren Überzeugungen, die sie für gut und richtig hielt. Gutes zu tun war nicht falsch; er fände ihr leidenschaftliches Verhalten sogar attraktiv, wenn es sich nicht gegen ihn persönlich richten würde.

Die roten Saloontüren öffneten sich. Corbin trat heraus, in jeder Hand je eine Pistole, gen Himmel gerichtet. Er stieß die Türen hinter sich zu und stellte sich mit grimmigem Gesicht der Menschenmenge entgegen. Langsam ließ er seinen Blick schweifen. Stille fiel über die Straße.

„Sie werden mich nicht schikanieren", sagte Corbin mit seiner rauen Stimme, „mögen Sie auch Hunderte oder Tausende sein. Mit meinem im Gesetz festgeschriebenen Recht, Waffen zu tragen, werde ich mich gegen jeden verteidigen, der mich daran hindern will, ein legales Geschäft zu eröffnen." Er schwenkte die Pistolen.

Der Reverend trat einen Schritt zurück und die Menschen um Johann herum fingen an, besorgt zu murmeln.

„Stecken Sie die Waffen weg, Mr Corbin!" Eine ruhige Stimme erklang von hinten.

William Hanby ging langsam durch die Menschenmenge, die sich teilte, als wäre er Mose mit seinem Stock. „Corbin, diese Menschen sind keine Gesetzlosen. Sie wollen einfach nur, dass Sie sie anhören."

Corbin schien unsicher und ließ seine Pistolen langsam sinken, doch er steckte sie nicht weg.

„Ihr Geschäft gefährdet die Existenz des Otterbein-Colleges", sagte Mr Hanby ruhig. „Viele Familien haben ihr gesamtes Erspartes gegeben, um das College nach dem verheerenden Feuer wieder aufzubauen. Das College ist das Herzblut Westervilles. Und seit über zwanzig Jahren vertrauen die Menschen ihre Kinder dem Otterbein-College an, weil es keine Trinklokalität in der Stadt gibt, in der ihre unschuldigen Söhne auf die schiefe Bahn geraten könnten."

„Wenn ein Mann einen Saloon betritt, ist das seine eigene Entscheidung", erwiderte Corbin. „Ich werde niemanden zwingen, zu mir zu kommen. Und bevor ich mich um die Kinder anderer sorge, kümmere ich mich um meine eigenen. Sie müssen essen; deshalb werde ich Geld verdienen und ihnen Mahlzeiten kaufen."

„Sie sind ein selbstsüchtiger Mann, Corbin", rief eine krächzende Stimme. „Verschwinden Sie aus unserer Stadt!"

Mr Hanby wandte sich zu dem Rufer um, als wolle er ihn zum Schweigen bringen. Mr Corbins Gesicht verhärtete sich.

„Wir werden Sie bis zu unserem letzten Atemzug bekämpfen", schrie eine weibliche Stimme. Johann blickte sich um und sah eine untersetzte alte Frau, die drohend ihre Fäuste schüttelte. Die Regeln des Anstandes und guten Benehmens schienen mit dem Glockengeläut weggespült worden zu sein.

„Er hört uns nicht zu", rief ein Mann den anderen zu. Die Menge murmelte zustimmend und trat geschlossen auf Corbin zu; einige Gesichter waren besorgt, andere wütend, wieder andere so, als wären sie jetzt lieber zu Hause und beugten sich nur dem Zwang der Gruppe.

Corbin hob wieder seine Pistolen, spannte sie mit lautem Klicken und zielte in Richtung der Menschenmenge. Einige wurden nervös, als die dunklen Löcher des Laufs auf sie zeigten.

„Ihr seid Fanatiker", knurrte Corbin. „Und ich werde mich euch nicht beugen. Kniende, kirchenliedersingende Scheinheilige seid ihr. Selbstgerecht und engstirnig!" Der Strom der Beschimpfungen riss nicht ab, sondern wurde immer lauter und beleidigender, sodass einige Männer sich zu ihren Frauen umwandten und sie verlegen anschauten. Johann warf einen schnellen Blick zu Susanna Hanby hinüber, der die Schamesröte ins Gesicht gestiegen war. Am liebsten wäre er vorgetreten und hätte Corbin befohlen, sein schmutziges Mundwerk in Gegenwart von Damen zu halten.

Mit einem letzten Fluch verschwand Corbin in seinem Saloon und warf die Tür zu. Ein Riegel wurde vorgeschoben.

Schockiert von den Obszönitäten schauten sich Männer und Frauen schweigend an.

„Er hört uns nicht zu, Mr Hanby", sagte schließlich eine ältere Dame.

„Ich sage, wir gehen da rein und schmeißen ihn aus der Stadt", rief ein junger Mann. Laute „Amen! Amen!" signalisierten die Zustimmung der Menge.

William Hanby hob beschwichtigend die Hände. „Lasst uns nichts überstürzen. Keiner von uns soll Hand an einen anderen legen – wir sind zum Frieden aufgerufen."

Bei diesen Worten schienen die meisten Anwesenden erleichtert zu sein. Einige wenige knurrten.

Reverend Robertson ergriff wieder das Wort. „Die Kraft des Gebetes ist mächtig. Wir wollten nichts ohne Gebet tun."

„Amen!", sagte ein Mann. Die Menge fing an zu murmeln.

„Lasst uns in die Methodistenkirche gehen, Schwester!", sagte eine hübsche Frau mittleren Alters zu den anderen Frauen, die in ihrer Nähe standen. „Wir werden beten und singen, bis wir ganz Ohio davon überzeugt haben, diesen Saloon zu boykottieren."

„Männer, ihr habt die Damen gehört! Wir sollten nichts anderes tun", drängte Reverend Robertson. „Alle Männer folgen mir in die Presbyterkirche zum Gebet und zu einer Diskussion! Jeder ist willkommen, egal, welcher Konfession er angehört." Einige Männer traten zu ihm.

Die hübsche Frau ergriff den Arm einer anderen und ging über die Straße. Sie fing mit volltönender Stimme an, ein Lied der Abstinenzler-Bewegung zu singen.

Johann kannte die Melodie – das tat jeder Amerikaner. *When Johnny Comes Marching Home.* Doch anscheinend kannten die Menschen in Westerville einen vollkommen anderen Text. Jemand musste ihn so umgeschrieben haben, dass er zu der vorherrschenden Meinung hier passte, dass Alkohol eine Sünde war. Mittlerweile sang die Hälfte der Menge mit; ihre Füße stampften im Takt wie bei einer kleinen Armee. Frauen und Männer trennten sich und strebten auf die beiden Kirchtürme zu wie Blätter, die auf einem Teich an gegenüberliegende Ufer geschwemmt werden. Nun schienen sie nicht mehr wütend zu sein, sondern fröhlich und entschlossen.

Die Männer gingen in die Kirche der Presbyter. Wenn Johann sich unter sie mischte, würde er nicht weiter auffallen; immerhin waren es Hunderte. Er folgte der Menge, während sie dahinfloss, doch er sang nicht mit, obwohl der Rhythmus der Musik ihn ergriff und die Melodie in seinem Kopf wirbelte. Er kannte den neuen Text nicht. Doch selbst wenn er es getan hätte, hätte er nicht vorgetäuscht, ein leidenschaftlicher Abstinenzler zu sein, nur um eine Story zu bekommen.

Johann sah auf, als er an der Stelle vorbeikam, an der Miss Susanna gestanden hatte. Sie stand immer noch dort und wartete offensichtlich darauf, dass ihr Onkel zu ihr zurückkehrte. Überrascht starrte sie Johann an. War da ein Funken Missbilligung in ihren Augen zu erkennen? Er wandte sich gereizt ab und ging weiter. Sollte sie doch denken, was sie wollte! Ihm war es egal, solange die Hanbys seine Identität in Westerville nicht preisgaben.

Die hohen Ziegelmauern des Kirchturmes erhoben sich gegen die grünen Bäume im Hintergrund, die zinnenartige Spitze wirkte wie ein Abwehrturm. Im Gegensatz zu dem niedrigen Kirchengebäude wirkte der Turm vollkommen unpassend. Und auch die Glocke war ungewöhnlich groß.

An der Eingangstür verlangsamten sich die Schritte der Männer. Einige begrüßten sich und traten anschließend in die Sitzreihen; andere schienen fremd zu sein, gingen langsam und suchend den Gang hinunter und ließen den Blick zur niedrigen Decke hinaufschweifen. Der Kirchenraum war bei Weitem nicht so elegant wie der von Johanns Kirche, der *St. John's Church*, in der sich eine der zahlreichen deutschen Kirchengemeinden in Columbus traf. *St. John's* imponierte dem Besucher mit polierten Glasfenstern und glänzenden Orgelpfeifen. Doch Westerville war eine kleine Stadt und der schlichte Kirchenbau hatte seinen ganz eigenen Charme. Außerdem hatte Johanns Gemeinde einen Kredit von zwanzigtausend Dollar aufnehmen müssen, um das Kirchengebäude zu errichten – eine Schuld, die schwer auf den Schultern seines Vaters und der anderen Gründer lastete. Vielleicht war die Entscheidung für eine schlichtere Variante doch der bessere Ansatz.

Die Reihen füllten sich. Johann hielt sich gemeinsam mit einigen anderen Männern, die keine Sitzplätze mehr gefunden hatten, im Hintergrund. Diese bunte gemischte Menschenmenge war ideal – niemand erkannte Johann als Außenseiter. Tatsächlich war die Hälfte der Männer Außenseiter, zumindest in dieser Kirche.

Reverend Robertson stand auf und räusperte sich. „Meine Herren, die Zeit ist gekommen, uns gemeinsam zum Schutz unserer Familien zu erheben.“ Er sprach etwa zehn Minuten lang, eine leidenschaftliche Rede, die die Männer fesselte, die an seinen Lippen hingen. Viele seiner Aussagen wurden mit Amenrufen von den Zuhörern unterstützt.

Dann hielt er inne. „Unter uns ...“ Seine Augen musterten die Anwesenden in den Kirchenbänken. „Auch unter uns haben wir lebende Beispiele dafür, welche zerstörerische Kraft der Genuss berauschender Getränke haben kann. Einer dieser Männer hatte den Mut, umzukehren und seine Vergangenheit hinter sich zu lassen. Ich hoffe, ihr werdet ihn darin unterstützen, vor uns Zeugnis abzulegen. Ich würde Sie gerne nach vorne bitten, Bruder Pippen.“

Inmitten der Zuhörer erhob sich ein schlanker Mann und schritt langsam nach vorne zur Kanzel, wo er schließlich neben dem Reverend stehen blieb. Er trug einen einfachen Mantel, der an den Ellbogen bereits fadenscheinig wurde, doch seine Haare waren ordentlich zurückgekämmt und sein Gesicht lebhaft. Er wandte sich an die Zuhörer.

„Ich schäme mich nicht dafür, zu sagen, dass mein Herr Jesus Christus mich vor einem Jahr hier an diesem Ort von einem verschwendeten Leben und der Trunksucht errettet hat.“ Seine leise Stimme konnte man ganz hinten kaum hören, doch Mr Pippen sprach, ohne zu zögern. „Und indem er das getan hat, hat er meine Frau und meine Kinder vor einem Leben in Hunger und Elend bewahrt.“

„Gelobt sei Gott“, rief ein anderer Mann aus einer der Bänke. Reverend Robertson wandte sich an Mr Pippen, murmelte ihm etwas zu und schüttelte seine Hand.

Nach einem Moment sprach der schlanke Mann weiter. „Durch eine unselige Bekanntschaft mit einigen Farmarbeitern habe ich mich von alkoholischen Getränken verführen lassen. Ehe ich mich versah, hatte die Sucht von mir Besitz ergriffen. Ich dachte von morgens bis abends an nichts anderes mehr als an mein Glas Whiskey. Ich habe meine gute Anstellung auf Mr Jones' Farm verloren." Er sackte in sich zusammen. „Und ohne die Güte der braven Frauen von Westerville hätten meine Frau und meine Kinder nichts zu essen gehabt. Auch so mussten sie schrecklich leiden ..." Mr Pippens Stimme brach und er schluckte mühsam. „Lasst nicht zu, dass Henry Corbin diesen Saloon eröffnet. Die Versuchung ist zu groß, vor allem für die jungen Männer, die ihren Freunden durch die Eingangstüren folgen. Ich konnte durch Gottes Gnade meine Sucht bekämpfen, doch ich bitte euch: Helft dabei, andere vor dem gleichen schlimmen Schicksal zu bewahren."

„Das werden wir tun!", riefen einige von hinten.

„Gott segne Sie, Bruder", sagte der Reverend. Als Mr Pippen sich wieder hingesetzt hatte, hob der Prediger seine Hände. „Lasst uns beten."

Nach dem Gebet nahmen die Männer die Liederbücher auf und sangen laut die ergreifenden Kirchenlieder. Wie eine Stimme erhoben sich die Gesänge gemeinsam voller Kraft und Vitalität. Johann sang auch, doch leise, damit seine Stimme keine Aufmerksamkeit erregte. Im deutschen Männerchor in Columbus sang er den zweiten Tenor und aus Erfahrung wusste er, dass die Menschen um ihn herum mit dem Singen aufhören und ihm zuhören würden, wenn er zu laut war. Selbst in seiner eigenen Gemeinde hielt er sich zurück, um mit seiner Stimme mit den anderen zu verschmelzen, damit er niemanden vom Gottesdienst ablenkte.

Ein zweiter Pastor aus einer anderen Gemeinde erhob sich und sprach. Nach einigen weiteren Lebenszeugnissen von Männern, die dem Alkohol entkommen waren, beendete Reverend Robertson die Versammlung. „Geht und dient dem Herrn und bittet alle, die ihr kennt, dass sie den Saloon boykottieren."

Einige Männer verließen die Kirche, vermutlich um ihrer Arbeit nachzugehen. Die meisten blieben allerdings und unterhielten sich in kleinen Grüppchen.

„Guten Morgen, Bruder.“ Ein Mann mit pockennarbigem, doch freundlichem Gesicht streckte Johann seine Hand entgegen. „Sind Sie neu in Westerville? Ich habe Sie hier noch nie gesehen.“

„Ja, Sir. Die Geschäfte führen mich hierher. John Green; es freut mich, Sie kennenzulernen.“ Johann spürte einen Stich seines Gewissens. Er hasste es, sich mit falschem Namen vorzustellen, doch die Familie Giere war einfach viel zu bekannt in der Gegend.

„Nun, freut mich ebenfalls. Dies hier ist eine wichtige Angelegenheit.“

„Ja, Sir.“ Johann hörte zu, wie der Mann die Geschichte seines Großvaters erzählte, der ebenfalls dem Alkohol verfallen war. Dicht neben ihnen unterhielt sich eine Gruppe junger Männer und Johann ließ sich von ihrem Gemurmel ablenken.

„Das ist nicht richtig“, sagte einer von ihnen flüsternd. Ein anderer brachte ihn mit einer Bewegung zum Schweigen. Die Unterhaltung ging leiser weiter, bis sie wieder heftiger wurde. Johann trat unauffällig einen Schritt näher.

„Was, wenn Corbin nicht verschwindet?“

„Es gibt Wege, dafür zu sorgen. Das Überleben des Colleges steht an erster Stelle.“

„Manche Männer sind dickköpfiger als andere. Er ist wirklich stur. Ich glaube nicht, dass er sich so leicht zum Gehen bewegen lässt.“

„Dann werden wir ihn mit unseren Fäusten überzeugen. Oder mit anderen Methoden.“

Johann wandte sich schnell um, um einen kurzen Blick auf die Männer zu werfen, dann blickte er wieder seinen Gesprächspartner an und nickte, als hätte er aufmerksam zugehört.

Die Männer hinter ihm waren jung, vielleicht Anfang Zwanzig. Das war nicht überraschend. Junge Männer prahlten gerne herum.

Einer von ihnen hatte Johann neugierig gemustert, aber nachdem er sich wieder abgewandt hatte, ging die Unterhaltung weiter. Der junge Mann hatte einen nasalen Bariton und seine Stimme trug weit. Was er selbst für ein Flüstern hielt, war für andere die normale Gesprächslautstärke. „Das Gesetz gibt uns leider keinen Rückhalt. Dennoch dürfte es nicht legal sein, so ein Geschäft zu eröffnen, vor allem nicht gegen unseren Willen.“

„Und vor allem, weil es um das College geht“, fügte ein anderer hinzu. „Manche Situationen erfordern besondere Maßnahmen.“

Waren sie vielleicht sogar Studenten des Otterbein-Colleges? Das richtige Alter hatten sie; ihre Wortwahl würde ebenfalls dazu passen, wobei Johann nicht erwartet hätte, dass Studenten die Anwendung von Gewalt in Betracht ziehen würden.

„Lasst uns nach draußen gehen“, sagte ein anderer. „Hier können wir nicht in Ruhe sprechen.“ Sie verließen die Kirche, setzten ihre Hüte auf und verschwanden in der frühen Hitze des Sommermorgens.

Johann überlegte kurz, ihnen zu folgen. Doch er entschied sich dagegen. Das wäre zu offensichtlich und er würde nicht die Möglichkeit bekommen, sie weiter zu belauschen, wenn sie ihn entdeckten. Er lächelte den pockennarbigen Mann an und dankte ihm für die interessante Unterhaltung, dann machte er sich selbst auf den Weg.

Draußen brannte die Sonne auf seine Schultern und machte ihn durstig. Am liebsten hätte er jetzt ein Glas der erfrischenden Limonade seiner Mutter genossen oder ein herbes, eiskaltes Bier, direkt aus den Kühlfässern in der Brauerei. Er fand keinen Geschmack an dem harten Alkohol, den die Menschen hier verurteilten; ja er verstand sogar, warum sie ihn so hassten. Der einzige Sinn der harten Drinks war es, zu berauschen und die stärksten Männer in abscheuliche Tiere zu verwandeln. Aber ein gutes Bier war etwas völlig anderes, egal was Susanna Hanby sagte.

Johann beschleunigte seinen Schritt und ging zurück zum Hotel. Er musste unverzüglich nach Columbus zurück und den ersten Bericht über das Geschehen hier einreichen, doch er würde schnellstmöglich wieder hierherkommen, wenn es seine Aufgaben in der Brauerei erlaubten. Die Geschichte dieses Saloons wurde von Stunde zu Stunde interessanter. Er würde die Gesichter der jungen Männer aus der Kirche nicht vergessen. Diese Clique sollte er besser im Auge behalten.

Mr Reinhardt setzte seine Brille auf und inspizierte den Artikel. Nach ein, zwei Minuten legte er ihn auf den Schreibtisch und tippte mit dem Finger darauf. „Ausgezeichnet. Prägnant, aber lebhaft; ungewöhnlich; eine ganze Stadt, die auf die Barrikaden geht. Morgen werde ich den Artikel veröffentlichen und ihn dann an die *New Yorker Staatszeitung* schicken."

„Was?" Johann schnellte aus seinem Stuhl über den Tisch und schnappte sich seinen Artikel, bevor Mr Reinhardt ihn wieder an sich nehmen konnte. „Das ist doch gar kein Artikel über ein Verbrechen."

„Aber er zeigt dein Talent. Du willst doch bestimmt deinen Fuß in die Tür bekommen, damit sie vor dir niemand anderen anstellen."

„Will ich das?", fragte Johann zweifelnd.

„Dein Talent ist viel zu groß, um es unter den Scheffel zu stellen. Ich tue es zu deinem Besten. Und jetzt gib mir den Artikel zurück."

Johann zögerte, dann reichte er Mr Reinhardt das Blatt Papier über den Tisch. „Na gut. Aber sagen Sie es niemandem."

Mr Reinhardt gluckste. „Spätestens wenn du deine Taschen packst, werden sie es ohnehin erfahren."

„Das ist doch eher unwahrscheinlich." Die Mischung aus Adrenalin, Sehnsucht und Schuld machte Johann unruhig, sodass er aufsprang. „Ich muss zurück – unser Braumeister will mit mir sprechen."

„Nur noch einen Augenblick." Mr Reinhardt nahm seine Brille ab und legte sie auf den Schreibtisch. „Du liebst es, für die Zeitung zu schreiben."

„Ja, Sir."

„Warum?"

„Weil die Menschen wissen müssen, dass Verbrechen und Ungerechtigkeiten in ihrer unmittelbaren Umgebung geschehen."

„Warum?", stocherte Mr Reinhardt weiter.

Johann war irritiert über die bohrenden Fragen. „Weil wir in einer Demokratie leben und die Menschen sich nicht selbst regieren können, wenn sie nicht die Wahrheit über die Welt wissen, die sie umgibt. Was, wenn unsere reichen Mitbürger niemals von der Armut und dem Leid im Rest der Stadt erfahren würden? Warum sollten sie jemals Spendengelder geben oder für einen Umbruch stimmen?" Er war leidenschaftlich geworden, was ihm albern vorkam, jetzt, wo er Luft holen musste. Mr Reinhardt kannte ihn viel zu gut.

Doch der Herausgeber lächelte. „Das sind sehr gute Gründe. Und warum solltest du Brauer sein?"

Johann schwieg.

„Es gibt nur eine Antwort – um deinen Vater glücklich zu machen. Da habe ich doch recht, oder?"

Johann erhob sich. „Es ist mehr als das. Mein Vater hat schon seinen Bruder im Krieg verloren und einen weiteren vor langer Zeit in Deutschland. Ich bin der letzte Giere, der den Namen weitertragen kann."

„Dein Onkel Fritz war auch mein Freund, Gott gebe seiner Seele Frieden. Aber du kannst dich durch dieses Opfer doch nicht von deinem gottgegebenen Talent abwenden und etwas völlig anderes tun."

„Wer sagt, dass es gottgegeben ist? Gott will, dass ich meinen Vater ehre."

„Einem Mann wird kein Talent gegeben, damit er es vergräbt."

Diese Argumentation machte Johann unsicher. Es stimmte – seine Loyalität Gott gegenüber war größer als die Verpflichtungen gegenüber seinem Vater. Doch den Willen Gottes für den eigenen Lebensweg zu erkennen, war keine einfache Sache. „Woher wissen wir, dass wir den Allmächtigen nicht nur als Ausrede benutzen, um unsere eigenen selbstsüchtigen Wünsche zu rechtfertigen?"

„Du beobachtest und hörst zu und betest." Mr Reinhardt klang barsch, als wäre ihm das Gespräch zu persönlich geworden. Er erhob sich und fing an, die Zettel auf seinem Schreibtisch zu sortieren. „Ich bin sicher, dass du das Richtige erkennen wirst."

Johann öffnete die Tür des Büros und trat hinaus.

„Du bist nicht zum Brauer geboren, Johann!" Mr Reinhardts laute Stimme klang über das Geklapper der Presse hinweg.

Johann schloss hastig die Tür, als könne ihn die dünne Holzschicht vor den Verlockungen New Yorks schützen.

Kapitel 9

An George Leeds
Union Center, Ohio

30. Juni 1875

Lieber George,

wir haben die Kinder gefunden und möchten sie zu uns nehmen. Wir bitten dich darum, dein väterliches Recht in Anspruch zu nehmen und die Kinder aus den Heimen abzuholen, damit sie bei uns leben können. Wir werden deine Zugreise bezahlen und alle Ausgaben in Columbus. Bitte antworte auf diesen Brief und lass uns wissen, wann du ankommst. Informiere mich bitte auch, wenn du irgendwelche Informationen über den Verbleib meiner Schwester hast. Du kannst dir vorstellen, dass ich mir große Sorgen um sie mache.

Mit hoffnungsvollen Grüßen
Susanna Hanby

An Susanna Hanby
State Street 31
Westerville, Ohio

3. Juli 1875

Ich habe deinen Brief bekommen. Ich werde auf keinen Fall tun, was du willst. Deine Schwester hat die Kinder im Heim abgegeben und es ist nicht meine Schuld, dass sie jetzt alleine sind. Lass sie zu besseren Müttern gehen, die ihre Kinder nicht im Stich lassen.

Deine Schwester ist ein verlogenes Weibsbild, eine Herumtreiberin. Sie hat mir nicht gesagt, wohin sie will.

George Leeds

Susanna faltete den Brief einmal, zweimal, dreimal, zu einem winzigen Viereck, als könne sie ihn einfach so verschwinden lassen.

„Was ist los?" Ihr Onkel streckte seine kräftige Hand nach dem Brief aus.

Sie reichte ihm das Papier. Er entfaltete es wieder und überflog die Zeilen wortlos.

„Was sollen wir jetzt tun?", fragte sie verzweifelt. „Er hat abgelehnt. Sie werden die Kinder wegschicken und wir werden sie verlieren." Der Gedanke brannte in ihr wie ein heißes Feuer. Und wie konnte George es nur wagen, so von seiner Schwester zu sprechen? *Ein verlogenes Weibsbild. Eine Herumtreiberin.* Unter Eid hätte Susanna vor Gericht beschwört, dass ihre Schwester so etwas nicht tun würde. Je mehr sie darüber nachdachte, desto wahrscheinlicher schien es ihr, dass kein anderer Mann an Rachels Verschwinden beteiligt war.

Ihr eng geschnürtes Mieder schmerzte schrecklich und sie konnte kaum genug Luft bekommen. Sie betete inständig, dass Rachel noch lebte.

„Sei nicht zu verängstigt", sagte Onkel Will und sah sie liebevoll an. „Sie werden die Kinder in den nächsten Wochen nicht wegschicken. Wir werden uns etwas anderes überlegen."

„Ich muss die Kinder wieder besuchen. Sie dürfen nicht glauben, dass ich sie dort lassen will, vor allem nicht an diesem schrecklichen Ort, wo Clara und die Jungs sind."

„Wir werden uns in drei Tagen wieder auf den Weg machen. Die Feierlichkeiten des Unabhängigkeitstages sind dann vorbei und der Verkehr in und um die Stadt wird nicht mehr so dicht sein. Aber wenn wir uns zu bald wieder dort blicken lassen, erregen wir den Verdacht der Haushälterin im *Hare-Waisenhaus.* Wenn sie denkt, dass wir versuchen, die Kinder zurückzuholen, wird sie uns nicht mehr einlassen."

„Ich habe das Gefühl, ich würde zerspringen."

„Warum gehst du nicht in die Stadt und holst Süßigkeiten für unseren Besuch in Columbus? Du weiß doch, dass ich dieser Dame versprochen habe, dass wir beim nächsten Mal etwas mitbringen. Wir müssen uns ihre Gunst erhalten. Und dann schmuggeln wir einen unserer Schinken für die Kinder ins Haus. Süßigkeiten für die Leiterin, aber echtes Essen für die Kinder."

„Du bist so gut zu uns." Susanna war überwältigt von dem Gedanken, dass Onkel Will einen der beiden kostbaren Schinken opfern würde, die sie im Keller gesehen hatte. Doch er hatte ja auch gesagt, dass die Scheune voll war mit einer Jahresration Essen.

„Du gehörst zu meiner Familie. Genau wie Rachel und ihre Kinder."

Das Fenster des Zuckerbäckers war übervoll mit leuchtenden Süßigkeiten: farbenfroh umwickelte Sahnebonbons, Schokoladenriegel mit verschnörkelten Aufschriften, bestäubte Gelee- und Pfefferminzbonbons, grüne und blaue Lutscher. Im Inneren des kleinen Geschäfts breitete sich für Kinder eine magische Welt voller kleiner Kistchen und Dosen mit Süßwaren aus.

„Die Kinder werden es lieben, wenn wir sie mit hierherbringen." Das Gesicht von Tante Ann strahlte glücklich.

Wie sehr wünschte sich Susanna, sie könnte ebenso vertrauensvoll an die Rückkehr der Kinder glauben. Sie versuchte immer wieder sich einzureden, dass alles gut werden würde; doch die Angst war ihr ständiger Begleiter. Es war so schwer zu warten. Sie musste versuchen, so gelassen wie ihre Tante zu werden.

Susanna stöberte in den Behältern neben dem Fenster und hielt bei den bunt eingewickelten Köstlichkeiten inne. „Können wir ein paar Sahnebonbons kaufen? Wesley liebt Sahnebonbons."

„Sei nicht zu enttäuscht, wenn die Kinder nichts von den Süßigkeiten bekommen."

„Ich werde etwas in meiner Tasche verstecken." Susanna würde nicht zulassen, dass die Haushälterin alles alleine aß. Sie schaufelte zehn Bonbons in eine Papiertüte und faltete sie zu.

Vor dem Fenster hatten sich drei Kinder versammelt, die sich die Nasen an der Scheibe platt drückten. Sie waren dünn und trugen abgenutzte Kleidung; die Ärmel waren ausgefranst, die Hosenbeine des Jungen zu kurz.

Susanna wandte sich zu ihrer Tante um. „Ich will den dreien auch etwas geben." Sie nickte in Richtung der kleinen Gesichter. „Wer sind sie?"

„Die Pippens", sagte ihre Tante leise. „Sie haben nicht viel, aber sie kommen wieder ganz gut über die Runden, seit ihr Vater nicht mehr dem Alkohol verfallen ist. Ich kenne ihre Mutter. Wir können jedem ein Bonbon geben, wenn du möchtest."

Die Türglocke läutete. Eine Frau betrat den Laden, deren Kleidung ebenso wie die der Kinder abgenutzt wirkte. Sie konnte nicht älter sein als fünfundzwanzig Jahre, doch sie sah aus wie ein Handtuch, das zu oft am Waschbrett ausgewrungen worden war: blass, verhärmt und abgenutzt. Doch sie wirkte trotz allem nicht unglücklich.

„Guten Tag, Mrs Hanby." Ein Lächeln erhellte kurz das Gesicht der hageren Frau, doch ihre Zähne waren brüchig, als hätte sie zu lange ohne Milch und Fleisch auskommen müssen.

„Sie sehen gut aus, Mrs Pippen", sagte Susannas Tante freundlich. „Gesund und glücklich in diesen Tagen?" Es schien eine andere Frage unter der Oberfläche mitzuschwingen, eine von Frau zu Frau.

„Oh ja", antwortete Mrs Pippen. „Heute ist Marys Geburtstag und sie bekommt eine Zuckerstange." Das Strahlen in ihren Augen machte deutlich, wie groß die Bedeutung dieser Worte war. Sie lächelte in Richtung des kleinen flachsblonden Mädchens vor dem Fenster, das auf Zehenspitzen dastand und mit großen Augen durch die Scheibe spähte.

Susanna tauschte einen Blick mit ihrer Tante aus. Sie würden den Kindern heute keine Süßigkeiten geben und damit die Freude von Mrs Pippen ruinieren, die sich nur eine einzige Zuckerstange leisten konnte.

„Wie wunderbar", sagte Tante Ann warmherzig. „Und ich backe später Kuchen. Ich möchte Mary gerne einen Schokoladenkuchen bringen. Ich weiß, dass sie ihn gerne mag."

„Vielen Dank", sagte Mrs Pippen mit der Demut einer Frau, die schon lange daran gewöhnt war, Essensspenden nicht auszuschlagen.

Sie reichte der Verkäuferin hinter dem Tresen ihr Geld. Diese tat eine einzige Zuckerstange in eine braune Tüte. „Wir sehen uns also später?“, fragte Mrs Pippen Susanna und ihre Tante.

„Wir schauen bei Ihnen vorbei“, versprach Tante Ann.

Die Tür schloss sich hinter der verhärmten Frau. Susanna beobachtete, wie sie die rotweiße Süßigkeit an das kleine Mädchen weitergab. Das Erste, was das Mädchen tat, war, die Zuckerstange in drei Teile zu brechen, damit es sie mit Bruder und Schwester teilen konnte. Ein plötzlicher Schmerz berührte Susannas Herz, als sie zuschaute, wie Mrs Pippen mit ihren Kindern um die Ecke verschwand.

Ihre Tante bezahlte die beiden kleinen Tüten Süßigkeiten, die sie ausgewählt hatten. Ein paar Minuten später folgten sie den Spuren der Pippens über die ausgetrocknete Straße. Der Himmel war zwar wolkenverhangen, doch die Hitze immer noch unglaublich drückend.

Susanna nahm ein Taschentuch aus ihrer Handtasche und tupfte ihre Stirn trocken. „Haben die Pippens mittlerweile wieder genug zu essen?“

„Ja, obwohl ein Laib Brot hier und da nicht schaden kann.“

„Aber was ist mit dem Saloon?“ Die ersten Vorboten von Kopfschmerzen krochen über Susannas Schläfen. „Wird ihr Vater nicht in Versuchung geraten?“

„Ich hoffe und bete, dass das nicht passiert.“

„Und ich bete dafür, dass der Saloon ein unrühmliches Ende findet und Mr Corbin die Stadt verlässt.“ Susanna bemerkte, dass sie unbewusst das obere Ende der Papiertüte, die sie trug, in ihren Händen zerknüllt hatte.

„Versuch, dir keine Sorgen zu machen. Dich beschäftigt schon genug.“ Ihre Tante legte sanft eine Hand auf Susannas Schulter. „Lass Gott sich der Sache annehmen.“

„Vielleicht macht er das durch die mutigen Menschen von Westerville.“

„Ja, vielleicht.“ Ihre Tante wirkte gedankenverloren und rollte ihrerseits ihre Papiertüte zwischen den Händen.

„Einige der Einwohner scheinen sehr entschlossen zu sein.“ Bei diesem Gedanken empfand Susanna ein Gefühl der Erleichterung. Sie würde nichts dagegen einwenden, wenn andere versuchten, Henry Corbin aufzuhalten, was es auch kosten mochte. Familien wie die Pippens mussten beschützt werden.

Der Anblick der drei blassen Kinder, die so dürr und in schäbiger Kleidung vor dem Fenster gestanden hatten, hatte Susanna erschüttert. Sie waren so zart und zerbrechlich, genau wie ihre Nichten und Neffen. Die Ähnlichkeit schmerzte so sehr, dass sie es kaum ertragen konnte. Wenn Susanna den Kindern ihrer Schwester nicht helfen konnte, während sie das schreckliche Warten ertragen musste, konnte sie wenigstens diesen Kleinen helfen. Sie würde ihrer Tante helfen, ihnen Essen zu bringen, und sich mit allen Kräften dafür einsetzen, dass der Saloon nicht eröffnet würde.

Die Rückkehr ins Haus ihrer Verwandten brachte eine angenehme Überraschung für Susanna: Onkel Will nahm sie mit in die Scheune und zeigte ihr, wie man Leder nähte.

„Ich schlage die Löcher“, erklärte er, „und du kannst die Teile zusammennähen. Aber nur, bis das Semester im September beginnt – danach wirst du zu viel zu tun haben.“

Sie stimmte zu, doch nur, um ihn zu beruhigen. Es war gleichgültig, was sie jetzt auch sagte – sie würde ohnehin so lange arbeiten, wie es nötig war, um die Kinder wieder zurückzubringen.

Die Technik mit der Doppelnadel brauchte etwas Übung, doch sie war nicht so schwer, vor allem, da die Löcher schon vorgeschlagen waren. Onkel Will zeigte Susanna, wie die Stiche fester wurden, indem man mehr Spannung verwendete. Sie verdoppelte ihre Anstrengungen, bis er zufrieden nickte.

„Sehr gut“, lobte er. „Ich sehe, dass das Hanbyblut in dir fließt.“ Er lachte leise. „Musst du denn drinnen nichts mehr erledigen? Es ist fast schon Mittagszeit.“

„Ich habe gerade das richtige Gespür bekommen, wie ich die Stiche auszuführen habe. Könntest du Tante Ann fragen, ob sie meine Hilfe braucht? Wenn nicht, würde ich das hier gerne vor dem Essen fertig machen.“ Susanna deutete mit dem Kopf in Richtung des Lederhaufens zu ihren Füßen.

„Überanstreng dich nicht“, sagte er liebevoll und verließ die Scheune.

Es dauerte etwa zwanzig Minuten, bis Susanna die Schlingen und die Halter für das Leder des Zaumzeuges genäht hatte. Wenn sie diese Arbeit für ihren Onkel erledigte, konnte er seine Produktion verdoppeln.

Ein Schatten fiel auf sie. Sie hob den Kopf.

Ein junger Mann stand in der Tür. „Guten Tag, Miss.“ Er war etwa in Susannas Alter, mit einem jungenhaften, sommersprossengesprenkelten Gesicht und vorstehenden Zähnen.

„Guten Tag.“ Susanna erhob sich erstaunt und hielt immer noch das Leder in ihrer Linken.

„Sind Sie eine Sattlerin?“ Seine Überraschung war fast schon komisch.

„Ich helfe nur meinem Onkel.“

„Ihrem Onkel? Dann sind Sie Gast hier, nehme ich an?“ Der junge Mann nahm seinen Hut ab und musterte Susanna voller Bewunderung von Kopf bis Fuß. Verlegen und mit hochrotem Kopf wandte sie sich ab und hängte das Zaumzeug an die Wand.

„Bleiben Sie länger bei den Hanbys?“, erkundigte sich der Besucher.

„Ja, ich werde hier aufs College gehen.“

„Dann willkommen.“ Der junge Mann trat zu ihr und verbeugte sich leicht. „Ich bin ein Kommilitone von Ihnen am Otterbein. Abel Wilson.“

„Schön, Sie kennenzulernen, Mr Wilson.“

Er starrte sie noch eine weitere Minute lang an. Was wollte er?

Jetzt errötete auch er, wodurch seine Sommersprossen fast verschwanden. „Ich hoffe, Sie denken nicht allzu schlecht von unserer Stadt nach dem, was gestern geschehen ist.“

„Überhaupt nicht. Ich verstehe den Zorn der Menschen hier vollkommen. Der Saloon ist eine Gefahr. Und er könnte sogar den guten Ruf des Otterbein-Colleges ruinieren.“

„Genau! Sie verstehen es also?“ Abel Wilson sah sie so aufgeregt an, als hätten sie gerade ein Staatsgeheimnis ausgetauscht.

Susanna selbst empfand das Gespräch weniger dramatisch, doch sie spürte eine Art Verbundenheit zu ihm. „Ich stimme Ihnen absolut zu, Mr Wilson. Ich werde mich freuen, wenn Mr Corbins unseliges Geschäft aus der Stadt verschwindet."

„Miss Hanby, ich verspreche Ihnen, dass ich alles in meiner Macht Stehende tun werde, um Ihrem Wunsch zu entsprechen." Abel Wilson wirkte erhaben, auf eine etwas alberne, aber berührende Art und Weise.

Diese Situation fühlte sich langsam seltsam an. „Suchen Sie nach meinem Onkel?"

„Ähm – ja. Mein Vater braucht ein Geschirr."

Gut. Genau wie Onkel Will es geahnt hatte, würde das Geschäft während der Erntezeit gut laufen. Und Susanna wusste, wie sie helfen konnte. „Wenn es Ihnen nichts ausmacht, kurz zu warten, hole ich ihn, Mr Wilson."

„Überhaupt nicht, Miss Hanby." Er sah sie verträumt an, als sie an ihm vorbeiging. Dieser Blick erinnerte sie an einige der Jungs aus der Schule. Sie musste lächeln, als sie an die Küchentür trat. Charmante, dumme Kerle. Wie konnte es sein, dass selbst diese unreifen Jünglinge in ihrer Naivität Recht von Unrecht unterscheiden konnten, während der deutsche Brauer, der ein gestandener Gentleman und Geschäftsmann zu sein schien, es nicht erkennen wollte?

Eins war sicher: Wenn Susanna ihre Nichten und Neffen hierherbrachte, würde ihnen niemand sagen müssen, dass anständige Menschen nicht tranken. Sie hatten schon auf schreckliche Weise erfahren müssen, dass dies die Wahrheit war.

Dieser Gedanke ließ ihr Lächeln über Mr Wilson verblassen. Kein freudiges Gefühl konnte länger als wenige Augenblicke andauern, wo sie doch um die Sicherheit der Kinder bangen musste. Susanna seufzte. Sie konnte sich nicht vorstellen, es noch drei weitere lange Tage auszuhalten, die Kinder nicht zu sehen.

Kapitel 10

Die Notiz lag vor Johann auf dem Schreibtisch. Nur wenige Zeilen, doch sie ließen sein Herz rasen.

Ich habe Nachricht von der Staatszeitung erhalten. Sie stimmen mit mir überein, was dein Talent angeht. Jetzt wollen sie einen Artikel über eine Straftat. Bis Freitag.
Reinhardt

So unglaublich es auch erschien: Die große New Yorker Zeitung hatte Interesse an ihm – Johann Giere aus Columbus! Ohne Zweifel war es ein Vorteil, dass es nicht allzu viele deutschsprachige Reporter gab, aber trotzdem. Johann war ursprünglich der Überzeugung gewesen, dass Mr Reinhardt seinen Artikel über den Saloon viel zu überstürzt eingesandt hatte. Das Letzte, was er erwartet hatte, war eine Rückmeldung von der *Staatszeitung* – vor allem nicht so rasch. Sollte er die Sache weiterverfolgen? Der Nervenkitzel und die Herausforderung waren zu groß, um zu widerstehen. Vielleicht hatte Mr Reinhardt recht und es war Gottes Weg, dass Johann Reporter wurde. Vielleicht würde sein Vater ihn verstehen … doch dieser Gedanke war so unwahrscheinlich, dass Johanns Herz sofort sank. Darüber würde er sich später Gedanken machen, entschied er. Die Wahrscheinlichkeit war ohnehin sehr gering, dass die *Staatszeitung* ihn für gut genug befinden würde, selbst wenn er den besten Artikel seines Lebens verfassen würde. Doch erst einmal musste er eine gute Straftat finden, über die er berichten konnte.

„Johann, komm bitte her!" Die Stimme seiner Mutter klang von unten herauf. Vielleicht brauchte sie seine Hilfe beim Heben des Sauerkrautfasses, wenn sie schon fertig damit war, es zu befüllen – ihr Rücken schmerzte häufig nach so viel Anstrengung. Johann legte seinen Stift neben das Tintenfass und ließ seinen Artikel auf dem Schreibtisch trocknen.

Als er in die Küche trat, saß Mrs Thalberg am Tisch, neben ihr ihre Tochter Lotte mit blonden Locken und rosigen, runden Wangen. Johann seufzte unhörbar. Er hätte vorsichtiger sein müssen – seine Mutter hatte ihm in letzter Zeit viel zu viele solcher Fallen gestellt.

„Guten Tag", sagte er höflich.

„Guten Tag", sagte Lotte in fast völlig akzentfreiem Englisch, während ihre Mutter freundlich nickte.

„Ich bin heute Abend bei Hulda eingeladen", erklärte Lotte. „Ich dachte, da du zur Probe des Männerchores gehst, könnten wir ein Stück zusammen gehen, oder?" Ihre braunen Augen funkelten. Lotte war bildhübsch; mit ihren hellblonden Locken und den dunkelbraunen Augen fiel sie jedem Betrachter sofort ins Auge. Es war ein Leichtes für sie, bei den Tanzveranstaltungen im Biergarten einen Partner zu finden.

„Es wäre mir eine Freude", sagte Johann. Lotte war ein nettes Mädchen und er würde sich ihr gegenüber stets freundlich verhalten. Es war nicht ihre Schuld, dass ihre beiden Mütter Tag und Nacht ihre zukünftige Hochzeit planten und wahrscheinlich schon die Speisenfolge ausgesucht hatten. Die beiden Mütter hatten Lotte die falschen Gedanken eingepflanzt.

„Gehst du sofort zur Probe?", fragte Lotte.

„Ja, in einer Minute." Johann starrte auf die Kuckucksuhr im Flur und wünschte sich, dass der kleine Vogel hervorspringen und für Ablenkung sorgen würde. So nett Lotte auch sein mochte, hatte sie doch eine unangenehme Angewohnheit: Sie liebte es, ihm etwas vorzusingen, wenn sie beide alleine waren. Sie gab vor, dass sie sich Ratschläge für ihre Singtechnik von ihm erhoffte, doch sie suchte sich immer Liebeslieder aus. Lotte hatte eine gute Singstimme und schien seine Hilfe nicht wirklich zu brauchen. Sie wollte ihm einfach nur im Mondlicht schöne Augen machen. Das wäre bestimmt wundervoll, wenn er romantische Gefühle für sie gehegt hätte, doch so löste ihr Gesang nur den Wunsch in ihm aus, dass er am liebsten auf der Stelle nach New York ziehen wollte. Johann wusste, dass er ihr irgendwann einmal sagen musste, dass er sich nicht in Leidenschaft nach ihr verzehrte. Doch bisher ging er einem solchen Gespräch aus dem Weg.

Der Kuckuck kam aus seinem Häuschen. „Zeit zu gehen", sagte er erleichtert.

Seine Mutter lächelte ihn zuerst an, dann Mrs Thalberg. Die beiden Mütter strahlten bis über beide Ohren. Johann unterdrückte ein Seufzen und wandte sich um, um Lotte die Tür aufzuhalten. „Nach dir, bitte." Sie strahlte ihn an, als sie hinausschwebte. Johann warf seiner Mutter einen entnervten Blick zu, als Mrs Thalberg nicht hinschaute. Sie zwinkerte schelmisch. Er schloss die Tür ein klein wenig fester, als es nötig gewesen wäre.

Sie waren kaum auf der Straße angekommen und Lotte hatte sich gerade bei ihm untergehakt, als ein Ruf erklang. „Johann!"

Es war sein Vater, der hinter ihnen aus Richtung High Street kam. Er winkte begeistert. „Ich habe gerade erfahren, dass es nächstes Jahr auf der Jubiläumsfeier eine Abfüllvorstellung gibt. Das wirst du doch bestimmt übernehmen? Ich kann so lange nicht von hier weg, aber du könntest ... Oh, guten Abend, Lotte." Sein Vater begrüßte Lotte freundlich. Lotte war im Hause Giere gerne gesehen; nicht nur wegen der heimlichen Träume von Johanns Mutter, sondern vor allem, weil sie mit seinen Schwestern eng befreundet war. Zum Glück waren seine Schwestern vorhin nicht zu Hause gewesen, sondern im Turnverein bei ihrem Strickklub. Ansonsten hätte es viel Gekicher und Getuschel in der Küche gegeben.

„Wenn du die neuesten Abfülltechniken vorstellst", sagte sein Vater hoffnungsvoll, „haben wir einen großen Vorsprung vor Hoster und den anderen Bierbrauern."

„Ja, Sir", antwortete Johann. Was hätte er auch sonst sagen sollen? Würde er nächstes Jahr zu dieser Zeit schon in New York leben? Allein der Gedanke daran ließ die Schuldgefühle in Johann wachsen. Er musste von hier weg – der Vater mit seinen Erwartungen und die klammernde Hand von Lotte an seinem Arm waren einfach zu viel.

„Wir müssen das genauer besprechen, Vater, wenn ich vom Männerchor zurückkomme." Es gelang ihm, zustimmend zu klingen.

„Und sind beim Männerchor jetzt auch junge Damen zugelassen?" Sein Vater hob die Augenbrauen. Johann hätte ihn am liebsten geschüttelt.

Lotte lachte. „Nein, Sir. Ich gehe zu Hulda und Johann ist so freundlich, mich zu begleiten."

„Eine gute Ausrede, mein Sohn.“ Sein Vater grinste ihm zu.

Johann senkte abrupt den Kopf. „Also, ich muss los, wenn ich nicht zu spät kommen will.“

Sein Vater verabschiedete sich und ging in Richtung Haus. Allmählich breiteten sich die Schatten der Abenddämmerung über den Straßen aus.

Johann begleitete Lotte durch die Seitenstraßen der Siedlung, vorbei an kleinen Ziegelhäusern mit ihren typisch deutschen Satteldächern. Hatte sein Vater gesehen, wie aufgewühlt er gewesen war? Er hoffte nicht.

„Ich habe ein neues Lied gehört“, bemerkte Lotte.

„Wirklich?“ Ein schrecklicher Fehler – er hätte sie einfach weiterreden lassen sollen. Doch er war zu abgelenkt gewesen von dem Gespräch mit seinem Vater, um geschickt auszuweichen.

„Ich singe es dir vor und du kannst mir sagen, was ich besser machen kann.“ Lotte setzte einen sehnsuchtsvollen Gesichtsausdruck auf und begann: *„Mein Herz, ich kann nicht leben …“*

Während sie nebeneinander hergingen, sang sie ihm vor, dass sie ihn nicht mehr lieben könnte, weil ihre Liebe so hoch war wie der Mond und so tief wie die See.

Johann konnte schlecht einfach weggehen, also wandte sich sein Ärger nach innen, bis er das Gefühl hatte, seine Eingeweide würden sich verknoten. Er wäre jetzt lieber mit der zornigen Miss Hanby zusammen gewesen, die ihn für das personifizierte Böse hielt, als Lottes Gesang zu ertragen. Wenigstens hatte Miss Hanbys Wut etwas Tiefes, Echtes, während dieses Liebeslied ihn an den widerlichen Geschmack von altem Marzipan erinnerte.

Sie war fertig.

„Sehr schön“, sagte Johann gehorsam.

„War meine Technik fehlerhaft? Bestimmt war sie das, für einen so begnadeten Sänger wie dich.“

„Ich habe nicht viel Übung“, widersprach er. „Ich weiß nur das, was wir bei Herrn Lang lernen. Und vielleicht ein bisschen was von unserem Schulchorleiter.“

Sie lächelte, vielleicht weil sie sich an ihren exzentrischen Musiklehrer aus der Mittelschule erinnerte. „Aber du singst wunderschön – genau so, wie du alles so gut machst.“

„Du bist zu freundlich.“ Wie konnte er sie nur davon abbringen, dermaßen für ihn zu schwärmen? Lotte verdiente einen Mann, der ihre Zuneigung erwiderte. Wenn es ihr endlich gelingen würde, Johann zu vergessen, würde sie bestimmt einige Verehrer finden, die aufrichtige Gefühle für sie hatten. Lotte musste sich dafür nicht selbst kleinmachen. „Ich denke, du singst sehr gut und brauchst meinen Rat nicht.“

„Danke.“ Sie umklammerte seinen Arm noch fester, bis ihre Röcke seine Hose berührten. Johann konnte sich nicht von ihr zurückziehen, ohne unhöflich zu wirken – Wärme stieg ihm in die Wangen und er zählte still die Sekunden vor sich hin, um sich abzulenken. *Eins, zwei, drei, vier, fünf …*

Er schaffte es bis dreiundvierzig, bevor sie wieder sprach – natürlich schaffte sie keine ganze Minute, den Mund zu halten.

„Bei den Hosters ist nächstes Wochenende ein Tanzabend“, sagte Lotte.

Die Stille war schrecklich. Er musste etwas sagen. „Ich … ich weiß nicht, ob ich in der Stadt sein werde.“ Vielleicht fand er einen Grund, nach Westerville zu fahren.

„Oh.“ Sie klang wie ein kleines Mädchen, dem man seinen Lolli weggenommen hatte.

„Es tut mir leid.“ Johann hasste es, sie so niedergeschlagen zu sehen – er musste einen anderen freundlichen Weg finden, ihr klarzumachen, dass er nicht der Richtige für sie war. Höfliche Neutralität schien offenbar nicht zu wirken.

„Da vorne wohnt Hulda.“ Lotte zeigte geradeaus.

Johann begleitete sie in die angegebene Richtung, während ihre Röcke immer noch an seinem Bein entlangstrichen.

Als sie die Treppe erreicht hatten, die zur Haustür führte, blieb Lotte stehen, ohne seinen Arm loszulassen, und wandte sich ihm zu. Sie war viel zu nahe. „Schade, dass unser Spaziergang so kurz war. Es ist immer schön in deiner Gesellschaft.“ Sie hob ihr Kinn.

Meine Güte. Sie wollte ihn küssen. Was sollte er tun? Er durfte nicht zu schockiert wirken, das würde nur ihre Gefühle verletzen. Johann erstarrte, dann tätschelte er ihren Arm und trat einen Schritt zurück. „Du bist ein nettes Mädchen, Lotte.“

Sie senkte den Blick, dann blickte sie ihn mutig wieder an und zwang sich zu einem Lächeln. „Danke, dass du mich hergebracht hast."

„Gute Nacht."

„Auf Wiedersehen", sagte sie und erklomm die Stufen.

Am liebsten wäre Johann Hals über Kopf davongelaufen, doch er beherrschte sich und marschierte angemessenen Schrittes die Straße entlang. In weniger als fünf Minuten hatte er es zu dem Haus des Männerchores geschafft und schlüpfte durch die Tür. Er konnte die Männer im Saal am Ende des Flures schon singen hören.

Er musste um Antworten beten. Wie konnte er es schaffen, weder Lotte noch seinen Vater zu verletzen? Vielleicht war Westerville die Antwort, die er suchte. Wenn die Gruppe junger Männer tatsächlich auf illegale Mittel zurückgreifen würde, um Corbin aus der Stadt zu vertreiben, hätte er seinen Artikel über eine Straftat. Und in New York gab es keine besitzergreifenden Mütter, die ihn um jeden Preis verkuppeln wollten. Doch er würde seine Familie schrecklich vermissen, das wusste er. Und sein Vater würde den Schock, Johann als Geschäftspartner zu verlieren, niemals überwinden.

Die Stimmen der Männer erhoben sich erneut, die Tenöre schmetternd wie Trompeten, die Bässe tief wie Trommeln. Mit einem Seufzer ließ Johann seine Gedanken davonfließen und betrat den Raum mit dem Lied auf den Lippen.

Lieber Onkel, liebe Tante,
ich bin nach Columbus gefahren. Macht euch bitte keine Sorgen, ich werde vorsichtig sein. Ich komme heute Abend mit Nachrichten von Rachel zurück, wie ich hoffe.
In Liebe
Susanna

Entfernte Rufe drangen in ihr Versteck, das Rumpeln von Fuhrwerken und von Zeit zu Zeit ein Peitschenknallen. Sie versteckte sich im Schatten der grauen Wand des Waisenhauses; den Hut hatte sie ins Gesicht gezogen.

Mittlerweile hatten ihre Tante und ihr Onkel mit Sicherheit die Notiz gefunden, die sie auf ihrem Bett hinterlassen hatte – Susanna hoffte, dass sie nicht zu enttäuscht wären. Doch sie hatte keine andere Wahl. Sie konnte nicht untätig in Westerville sitzen und kostbare Zeit verstreichen lassen. Und da George die Kinder nicht abholen wollte, war das ihre einzige Möglichkeit, um an die Kinder heranzukommen: Sie musste Rachel finden.

Hier beim *Hare-Waisenhaus* erhoffte sie sich von den älteren Kindern Hinweise auf den Verbleib ihrer Schwester. Doch ihr Onkel hatte sicher recht mit seiner Warnung, dass sie nicht zu bald wieder auftauchen durften, um die schreckliche Haushälterin nicht misstrauisch zu machen. Für Mrs Grismer musste es aussehen, als wären sie nur entfernte Verwandtschaft, die mit gelegentlichen Besuchen und kleinen Essensspenden ihr Gewissen erleichtern wollten.

Susanna musste außer Sichtweite bleiben und hoffen, dass sie früh genug war, um die Jungs auf dem Weg zur Arbeit zu erwischen.

Langsam verstrichen die Minuten. Ihr Herz schlug jedes Mal schneller, wenn ein Fußgänger vorbeikam. Sie hatte keinen Grund, so nervös zu sein, ermahnte sie sich selbst. Selbst wenn ein Fremder sie ansprach, was sie hier zu tun hätte, würde Mrs Grismer nichts von ihr erfahren. Doch die lange Reise alleine mit dem Zug war anstrengend gewesen. Ihr Onkel würde nicht begeistert sein, wenn er erfuhr, dass sie etwas von ihrem Studiengeld für ihren Ausflug verwendet hatte. Und Tante Ann würde sich Sorgen machen, dass Susanna unbegleitet durch die Straßen ging. Susanna war es nicht gewöhnt, unehrlich zu sein. Ihr Verhalten bedrückte ihr Gewissen, vor allem, nachdem Onkel und Tante so unglaublich freundlich zu ihr gewesen waren.

Ein Dröhnen ließ sie zusammenzucken, doch es war nur der Karren eines Lieferanten, dessen Räder auf dem Kopfsteinpflaster klapperten. Bestimmt wartete sie mittlerweile schon mehr als eine Stunde hier. Sollte sie sich ins Gebäude schleichen? Sie schluckte schwer gegen die Enge in ihrem Hals. Unauffällig stieg sie die Stufen hinauf, legte ihre Hand auf die Türklinke und zog.

Verschlossen. Trotz größter Anstrengungen bewegte sie sich keinen Millimeter. Ein Passant ging auf der Straße vorbei und Susanna erstarrte. Als der Mann vorüberging, ohne sich um sie zu kümmern, stieß sie erleichtert ihren angehaltenen Atem aus und lief zurück neben die Treppe, die wenigstens einen gewissen Sichtschutz bot.

Wenn sie die Kinder nur irgendwie wissen lassen könnte, dass sie hier war, konnten sie vielleicht mit einer Ausrede herauskommen. Selbst wenn Daniel und Wesley arbeiteten, war Clara hier. Als Älteste würde sie vielleicht etwas über Rachels Pläne wissen.

Susanna suchte im Schmutz der Straße nach Kieseln. Das Fenster im dritten Stock, direkt über ihr, war das Fenster, neben dem die Mädchen beim Nähen gesessen hatten. Susanna flüsterte ein leises Gebet und warf eine Handvoll Schmutz so weit nach oben, wie sie konnte.

Natürlich flogen die Steinchen viel zu kurz, prallten vom Vorsprung des Fensters im zweiten Stock ab und rieselten gegen die Scheibe im ersten. *Was habe ich nur getan? Ist das Mrs Grismers Wohnzimmerfenster?* Susanna schlug erschrocken eine Hand auf den Mund und kroch tiefer in den Schatten der Treppe.

Das Klicken des Fensterriegels und ein lautes Quietschen ließen sie erstarren.

„Wer ist da?“, erklang die ungehaltene Stimme der Haushälterin über ihr.

Doch nach einem Augenblick wurde das Fenster wieder geschlossen. Womöglich war die Frau zu unbeweglich, um sich weit aus dem Fenster zu lehnen und nach unten zu schauen. Vielleicht hatte sie das Geräusch auch gar nicht wirklich interessiert. Es hätte auch ein Eichhörnchen sein können, das auf der Fensterbank entlanglief. Oder eine Ratte. Susanna erschauderte.

Für zwei oder drei Minuten wagte sie es nicht, sich zu bewegen, aus Angst, die Haushälterin könnte immer noch am Fenster stehen. Dann schlich sie zu einem weiteren Schmutzhaufen an der Wand.

Konnte sie es wagen? Die Wahrscheinlichkeit, entdeckt zu werden, wurde noch größer, wenn sie wieder schlecht warf. Sie musste so werfen, dass der Schmutz nicht gerade nach unten fiel. Susanna huschte die Gasse entlang, um einen besseren Winkel zum Werfen zu bekommen. Sie würde die Steinchen wie ein Diskuswerfer schleudern müssen, um die Distanz zu überbrücken. Das war kaum zu schaffen ohne göttlichen Beistand. Ihre Cousins hatten sie stets gelobt, sie könnte ganz gut werfen – für ein Mädchen. *Hilf mir, Herr. Bitte hilf mir.* Susanna atmete tief ein. Das Blut pochte in ihren Ohren, sie hielt die Augen auf das Fenster gerichtet und schleuderte die Steinchen mit aller Macht.

Sie prasselten gegen das Fenster des dritten Stockes und dann in einem hohen Bogen auf die andere Seite der Gasse. Geschafft! Doch hatte es etwas genutzt?

Wenn sie wollte, dass ein Kind sie von dort oben sah, musste sie sich mitten in die Gasse stellen. Susanna trat von der Wand weg und ging langsam den Weg entlang, dann wandte sie sich um und ging zurück. Inständig betete sie, dass sich Mrs Grismer nicht für das Geschehen vor ihrem Fenster interessierte. Doch oben rührte sich ebenfalls nichts. Oder doch?

Ein kleines, blasses Gesicht erschien hinter dem Glas. Susanna winkte, eine kurze, hektische Bewegung, da sie Angst hatte, zu viel Aufmerksamkeit zu erregen. Sie blieb stehen und starrte nach oben. Sie flehte, dass das fremde Kind sich an sie erinnerte, obwohl sie nur einmal dort oben gewesen war. Es war das erste Mal im Leben, dass sie froh darüber war, nur zwei Kleider zu besitzen.

Dann erschien ein vertrautes Gesicht hinter dem schmutzigen Fenster. *Clara! Gott sei Dank, Gott sei Dank.* Das Mädchen hielt eine Hand hoch. *Warte.*

Und genau das tat Susanna, etwa eine Viertelstunde lang. Sie versteckte sich im Schatten des Nachbarhauses und wartete. Endlich öffnete sich die Seitentür des Waisenhauses und ihre Nichte kam mit einem Nachttopf heraus. Sie hielt ihn in beiden Händen. Ihr Gesichtsausdruck war so ungerührt, als hätte sie Susanna nicht entdeckt. Sie ging einfach voran, als wäre der Nachttopf das Einzige, das sie interessierte.

Susanna hielt den Atem an, als Clara den Topf abstellte, eine kleine Schaufel aus ihrem Gürtel zog und anfing, ein kleines Loch im Hof neben dem Zaun zu graben. Susanna blieb in ihrem Versteck in der Nähe des Zaunes, sodass man sie vom Heim aus nicht sehen konnte.

„Tante! Was tust du hier?", flüsterte Clara. „Komm nicht näher. Vielleicht beobachtet sie mich."

„Ich will deine Mutter finden." Susanna sprach fast tonlos, doch sie sah, dass Clara sie verstanden hatte. Freude erhellte ihre Gesichtszüge, als sie den Inhalt des Topfes sorgfältig in die Erde goss und das Loch langsam mit Erde bedeckte.

Susanna murmelte: „Du musst mir alles sagen, was mir helfen könnte."

„Ich weiß nur noch, dass sie gesagt hat, Kinder wären auf Booten nicht erlaubt."

Boote? War ihre Schwester über den Fluss in einen anderen Staat gereist oder vielleicht sogar in ein anderes Land? Aber auf Dampfbooten waren Kinder erlaubt, genau wie auf Ozeandampfern. „Sonst nichts?", fragte sie drängend.

„Clara!", rief eine scharfe Stimme aus dem Haus.

Das Mädchen zuckte zusammen und schnappte sich den Nachttopf, um zum Haus zurückzulaufen.

Ein unendlich starker Drang, sich einfach ihre Nichte zu schnappen und sie mit sich zu nehmen, überkam Susanna. Sie klammerte sich an dem Zaun fest. Clara in der Tür verschwinden zu sehen, war wie ein Schlag vor den Brustkorb. Susanna bekam kaum noch Luft.

Sie blieb noch etwa fünf Minuten, nachdem sich die Tür hinter ihrer Nichte geschlossen hatte. Jetzt war nicht der Zeitpunkt für Hysterie. Sie musste sich auf ihre Aufgabe konzentrieren und stets ihr Ziel im Auge behalten. Jeder weitere Kontakt mit Clara am heutigen Tag konnte ihre Hoffnungen zunichtemachen, sie jemals zu sich zu holen.

Boote. Susanna würde das Beste hoffen und fest daran glauben, dass sie ihre Schwester finden würde. Rachel hatte nicht das Land verlassen und sie würde sie finden, ganz bestimmt. Wenigstens war ihre Schwester George entkommen und noch am Leben. Falls Rachel es zu den Booten geschafft haben sollte – was auch immer damit gemeint war.

Am Scotio konnten diese Boote nicht liegen. Er war ein sandiger Fluss und gefährlich zu befahren.

Dann war die nächste Möglichkeit die Kanalhafenanlage.

Es wäre bodenlos leichtsinnig, wenn Susanna ohne Begleitung

zum Hafen gehen würde – denn aus Erzählungen wusste sie, dass nur ein ganz bestimmter Typ Frauen sich dort aufhielt. Sie würde ihre Ehre und wahrscheinlich auch ihr Leben aufs Spiel setzen, wenn sie sich dorthin begab. Und wenn ihr etwas zustieß, wer sollte dann Rachel finden?

Also konnte sie nichts mehr tun, zumindest nicht für heute.

Doch – sie konnte einen Laufjungen bezahlen und ihn an den Hafen schicken, damit er dort eine Nachricht aufhängte. Und wenn er ehrlich war, konnte er sich auch nach Rachel umhören. Susanna würde den Namen ihres Onkels und seine Adresse als Kontakt verwenden.

Nun gut, das würde sie tun. Und obwohl ihr der Gedanke überhaupt nicht behagte, musste sie danach wieder nach Westerville zurückkehren und die Hilfe ihres Onkels für ihr weiteres Vorgehen erbitten.

Immerhin hatten Claras Informationen einen neuen Ansatzpunkt geliefert.

Kapitel 11

Ihre Notiz und ihr unerlaubter Ausflug nach Columbus hätten wahrscheinlich viel mehr Aufregung verursacht, wenn nicht während ihrer Abwesenheit eine andere Nachricht auf der Türschwelle der Hanbys gefunden worden wäre. Susanna entdeckte sie auf dem Kaminsims.

Wenn du weißt, was gut für dich ist, hältst du den Mund, Hanby. Halt dich aus der Saloonsache raus oder du wirst es bereuen.

„Tante, was ist das?" Susanna konnte ihr Entsetzen kaum verbergen.

„Oh, das solltest du eigentlich gar nicht sehen. Will sollte den Zettel wegräumen." Ihre Tante seufzte.

„Wer war das?", fragte Susanna. Die Worte waren drohend, aggressiv, hässlich. „Hat Onkel Will eine Ahnung?"

„Nein." Ihre Tante nahm den Zettel und knüllte ihn in ihre Tasche. „Wir wissen noch nicht einmal, von welcher Seite er kommt. Er könnte von den Befürwortern des Saloons kommen, die glauben, dass Will sich zu offen gegen den Saloon ausgesprochen hat – oder von den Abstinenzlern, die finden, dass er zu milde zu Mr Corbin gewesen ist."

„Was will Onkel Will unternehmen?"

„Nichts. Man hat ihn schon oft bedroht, als er noch mit den Flüchtlingen gearbeitet hat. Noch nie hat er sich zum Schweigen bringen lassen."

Später an diesem Abend hörte Susanna, wie ihre Tante und ihr Onkel stritten. Sie zuckte bei den Worten zusammen, die gut verständlich durch die Dielen ihres Schlafzimmers drangen: das gespannte Flüstern höflicher Menschen, die miteinander haderten. Niemals hätte sie sich solch eine Unterhaltung zwischen den beiden vorstellen können. War sie etwa verantwortlich dafür?

Onkel Will sagte: „Wenn es auch nur die kleinste Möglichkeit gibt, muss ich nach Rachel suchen."

„Aber es ist doch nur ein schwacher Hinweis. Es muss einen besseren Weg geben, als jedes Dock in Ohio abzusuchen. Vor allem bei dem, was momentan in der Stadt vor sich geht. Du weiß, dass ich Rachel liebe – ich würde alles tun, um sie zurückzuholen. Aber ich will nicht, dass du dich auf solch einer sinnlosen Reise verausgabst."

„Etwas anderes können wir nicht tun."

„Was ist mit Mr Corbin – verlangt diese Sache nicht deine volle Aufmerksamkeit? Niemand sonst wird es schaffen, ihn zur Vernunft zu bringen."

„Das kann doch noch ein oder zwei Tage warten." Onkel Will klang erschöpft. Kein Wunder, dass Tante Ann sich Sorgen um seine Gesundheit machte.

Es wurde still. Susanna konnte fast sehen, wie er sich über die Augenbrauen rieb.

„Vielleicht", sagte ihre Tante schließlich. „Aber jeder Tag, den dieser Saloon hier geöffnet hat, ist eine weitere Versuchung für die, die nicht stark genug sind, um zu widerstehen." An der Sorge in ihrer Stimme konnte Susanna erkennen, dass sie vor allem an die Pippens dachte.

„Aber auch hier dürfen wir nichts überstürzen", erwiderte ihr Onkel. „Oder uns von unseren Gefühlen leiten lassen. Zu viele Menschen hier sind schon trunken von ihrem übertriebenen Streben nach Abstinenz."

Wen meinte er damit – wie konnte der Wunsch nach Abstinenz übertrieben sein? Bestimmt meinte er nicht die normalen Bürger, die einfach nur gegen den Saloon waren. Sie hatten jeden Grund, gegen Alkohol zu sein, und zwar aus vollem Herzen. Ihr Onkel war immer ein Verfechter der Abstinenz gewesen, ein großes Vorbild für sie und die ganze Familie. Ließen seine Überzeugungen etwa nach? Unruhig erhob Susanna sich und trat an den kleinen Tisch, auf dem ihr Botanikbuch lag. Die Tatsache, dass sie die beiden – wenn auch unfreiwillig – belauschte, behagte ihr ganz und gar nicht.

Gut, ihre Stimmen waren wieder so leise geworden, dass Susanna sie nicht mehr länger verstehen konnte. Dann würde sie sich jetzt in ihr Buch vertiefen und hoffen, dass die willkommene Ablenkung ihr endlich Schlaf bringen würde.

Die Seiten raschelten, als sie sie umblätterte. Dies war nun das einzige Geräusch im nächtlichen Haus. Die Kerze flackerte in ihrem Ständer auf dem Schreibtisch. Susanna würde mehr Kerzen und auch Lampenöl kaufen, wenn sie erst ihre Putzstelle im Schlafsaal der Studentinnen angetreten hätte. Ohne diese Anstellung, die ihr Onkel für sie arrangiert hatte, würde Susanna sich das College niemals leisten können, auch nicht mit den mageren Ersparnissen ihrer Familie.

Die wunderschönen Zeichnungen der Blumen verzauberten sie: der Schwung der Blätter und Blüten, die strahlenden Farben. Es musste ein sehr teures Buch gewesen sein, als ihre Cousins es damals für ihre Studien gekauft hatten. Und nun durfte Susanna es benutzen. Sie konnte es kaum erwarten, dass das Semester im Herbst begann und sie endlich Botanik studieren durfte. Doch würde Rachel da sein, um ihre Freude zu teilen? Würden sie gemeinsam darüber sprechen können, was sie alles in ihrem Garten anbauen konnte?

Susanna schloss die Augen und presste die Finger gegen die Stirn, um die aufsteigenden Kopfschmerzen wegzumassieren. Sie musste wissen, wo Rachel war. Wenn sie und ihr Onkel übermorgen zur *Hannah-Neil-Mission* fuhren, würde sie die Leiterin fragen, ob Rachel vielleicht einen Hinweis gegeben hatte, wohin sie gehen wollte. Vielleicht gab es mehr als nur die kryptische Erwähnung von Booten.

Susanna würde keinen Schlaf finden, wenn sie nicht an etwas anderes dachte. Also las sie weiter in dem großen Werk von Carl von Linné, dem berühmten Naturforscher und Botaniker. Oh, es war unglaublich interessant. Er hatte die Blumenuhr entwickelt, die berücksichtigte, zu welcher Tageszeit sich welche Blüte öffnete. Anscheinend konnte man die richtigen Pflanzen in einem Kreis pflanzen, um ein Zifferblatt zu imitieren. Je nach Tageszeit und Lichteinfall würden sich dann die entsprechenden Blüten zu der entsprechenden Zeit öffnen und dann …

Ein ohrenbetäubendes Donnern zerriss die nächtliche Stille und ließ die Fensterscheiben zittern. Susanna fuhr erschrocken zusammen, sodass sie fast vom Stuhl gerutscht wäre. Sie wickelte ihren

Morgenmantel um sich und lief ans Fenster ihres Schlafzimmers. Draußen war es stockfinster – kein Mond, keine Sterne. Die Wolken schienen alles zu verdecken.

Entfernte Rufe waren von Norden her zu hören. Der Tumult wurde lauter. Kleine Lichtkugeln blitzten zwischen den Nachbarhäusern hervor, getragen von dunklen Silhouetten.

„Susanna?“ Ihre Tante lugte zur Tür herein. „Kannst du etwas sehen? Was geschieht dort draußen?“

„Ich weiß es nicht – die Leute laufen über die Straße.“

Ihre Tante öffnete das Fenster, sodass die Geräusche von draußen hereindrangen.

„Der Saloon!“, rief jemand. „Corbin hat irgendwas gemacht. Wir hätten ihm die Waffen abnehmen sollen.“

„Um Himmels willen“, rief Tante Ann besorgt. „Vielleicht sollten wir rausgehen und nachsehen. Ich hoffe, es wurde niemand verletzt.“

„Ja, lass uns gehen.“ Susanna öffnete ihren Kleiderschrank, warf den Morgenmantel weg und schlüpfte in ihr Tageskleid. In der Dunkelheit würde niemand sehen, dass sie kein Korsett trug.

Ihre Tante schien durch ihren provisorischen Aufzug nicht beunruhigt zu sein. „Ich muss mich noch schnell fertig machen. Wir treffen uns in fünf Minuten unten.“

„Gut. Und Onkel Will?“

„Er hat gesagt, wir sollen vorgehen. Er will uns so schnell wie möglich folgen.“

Susanna und ihre Tante gesellten sich zu den wenigen Menschen, die sich allmählich an der Kreuzung State und College Street versammelten. Tante Ann hatte eine Laterne mitgebracht, die genug Licht für ihren Weg spendete, wenn sie sie tief genug hielt. Ihre Köpfe allerdings blieben im Dunklen. Straßenlampen gab es nur wenige, selbst im Stadtzentrum. Hier und dort blitzten andere Laternen auf.

Es hatten sich etwa dreißig oder vierzig Menschen vor Corbins Saloon versammelt. Susanna blinzelte durch die Dunkelheit, doch bisher konnten sie nichts Ungewöhnliches sehen. Nur ein modriger, starker Gestank lag in der Luft.

„Schießpulver", flüsterte ihre Tante. „Viel Schießpulver. Um Himmels willen!"

Die eine einsame Straßenlaterne in der Nähe von Corbins Saloon warf ein geisterhaftes Licht auf das Gebäude. Das Glas der Fenster war zerbrochen, nur einzelne Scherben standen noch wie böse Zähne in den Rahmen.

„Was ist passiert?", fragte ihre Tante die alte Frau, die Corbin heute Morgen noch ihre Faust entgegengestreckt hatte.

„Anscheinend hat man Corbin eine Lektion erteilt." Die Frau zeigte auf das Dach.

Susanna sog erschrocken die Luft ein. Das Dach war aus seiner Verankerung gerissen und hing schief auf dem Gebäude.

„Der Saloon wurde im wahrsten Sinne des Wortes in die Luft gejagt", sagte die Frau mit einem knappen Nicken in Richtung des Schadens.

„Wurde Mr Corbin verletzt?" Tante Ann war besorgt.

„Nein." Die Frau blickte weiter auf das zerstörte Dach. „Er war wohl an der anderen Seite, als es passiert ist. Und das ist auch gut so – wir wollen ihn nicht töten, wir wollen nur, dass er verschwindet."

„Ich bin froh, dass ihm nichts zugestoßen ist", sagte ihre Tante. „Und es ist schrecklich, so ein schönes Gebäude zu beschädigen. Die Witwe Clymer wird untröstlich sein, wenn sie davon erfährt."

„Das Gebäude ist weniger wert als die Seelen, die gerettet werden können, wenn Corbin von hier verschwindet." Die Frau sprach voller Überzeugung. Im Stillen musste Susanna ihr zustimmen.

Schrille Flüche drangen durch die zerstörten Fenster. Offensichtlich war Mr Corbin mit seiner Wortwahl nicht höflicher als am Morgen. Ein einzelnes kleines Licht bewegte sich durch den Saloon. Dann trat der große, dürre Mann aus der Tür und schrie die Gaffer an: „Die Rumflaschen sind zerbrochen, aber dem Whiskey ist nichts passiert. Ich öffne mein Geschäft morgen früh. Ich bin ein Amerikaner und ich lasse mich nicht herumschubsen."

Niemand reagierte darauf. Er verschwand wieder in dem Gebäude und man konnte sehen, wie das Licht weiter durch die Räume hüpfte.

Reverend Robertson trat vor und wandte sich an die Menge. „Freunde! Selbstjustiz ist nicht die richtige Antwort – wir müssen friedlich protestieren."

Zustimmendes Gemurmel.

„Lasst mich die Petition vorlesen, die ich mit einigen anderen Predigern aufgesetzt habe. Wir bitten euch alle, morgen in der Methodistenkirche vorbeizukommen und sie zu unterschreiben."

Er entrollte ein Blatt Papier. Der Junge neben ihm hielt seine Laterne höher und der Reverend fing an, laut vorzulesen.

„Wir, die unterzeichnenden Bürger von Westerville, verpflichten uns hiermit feierlich, dass wir keinen Kurzwarenhändler, Lebensmittelhändler, Arzt, Anwalt, Handwerker oder anderen Geschäftsmann unterstützen werden, der den Saloon in Westerville aufsucht, fördert oder ausstattet."

Einige Zuhörer applaudierten. „Ich unterschreibe!" – „Und ich auch!" Ein Raunen ging durch die Menge.

„Wir unterscheiben doch auch, nicht wahr, Tante Ann?"

„Natürlich", sagte ihre Tante. „Wir unterstützen jede legale Methode, um Mr Corbin zum Gehen zu bewegen."

Susanna war sich da nicht so sicher. Ja, im Prinzip schon, aber bei einem Mann wie Corbin schien eine einfache Petition vergebliche Mühe zu sein. Ob man mit legalen Methoden wirklich weit kam bei ihm?

Ihr tat die alte Witwe leid, der das Gebäude gehörte, doch sie konnte es nicht verurteilen, dass jemand Corbin auf diese Weise vertreiben wollte. Es war ein solches Wagnis wert, wenn er dadurch tatsächlich dazu bewogen wurde, die Stadt zu verlassen und schwache Männer nicht mehr in Versuchung zu führen.

Zwischen den Menschen auf der Straße hatte sich eine angeregte Unterhaltung ergeben, wie man am besten weiter vorgehen sollte.

„Ann!" Onkel Will schob sich durch die versammelte Menge zu ihnen. Als er sie erreicht und seine Laterne sinken ließ, war er etwas außer Atem, doch immer noch voller Würde. „Ich habe Reverend Robertson darum gebeten, zu uns nach Hause zu kommen. Meine Liebe, könntest du nach den anderen Predigern suchen und auch nach Professor Hayworth und dem Collegepräsidenten? Schick jeden, den du finden kannst, zu uns."

„Ja, mein Lieber." Tante Ann drückte seine Hand, warf einen bekümmerten Blick auf sein müdes Gesicht und bahnte sich dann einen Weg durch die Menschenmenge.

„Susanna, würde es dir etwas ausmachen, zurück nach Hause zu gehen und dort auf uns zu warten? Dann ist jemand an der Tür, wenn die Gäste ankommen, bevor wir wieder da sind."

„Natürlich, Onkel."

Susanna beeilte sich, zum Haus ihrer Verwandten zurückzukehren, doch angesichts der vielen Menschen auf den Straßen war das ein mühsames Unterfangen. Außer Atem erreichte sie endlich das kleine Haus. Nur kurz danach trat auch Tante Ann durch die Haustür.

„Du solltest wieder ins Bett gehen, Liebes." Tante Ann hängte ihre Haube an einen Haken.

Susanna entzündete die Lampe auf dem Kaminsims. „Ich bin nicht müde, Tante. Lass mich Tee für die Gäste kochen." Da sich gerade sechs oder sieben angesehene Würdenträger ihrer Stadt auf den Weg zu ihrem Haus machten, war der richtige Zeitpunkt gekommen, den sorgsam gehüteten guten Tee anzubrechen. Susanna würde alles tun, um ihrer Tante die Sorgen zu nehmen, die sie durch ihre Reise nach Columbus noch vergrößert hatte.

„Also gut. Ich danke dir." Ihre Tante trat in die Küche, um die Teetassen zu holen. Susanna folgte ihr. War ihre Tante böse auf sie? Es schien nicht so, doch Susanna fühlte sich trotzdem, als sei sie in Ungnade gefallen.

Die Männer betraten einer nach dem anderen das Haus; einige wirkten zerstreut, andere alarmiert.

Onkel Will trat als Letzter mit Professor Hayworth und dem Präsidenten des Colleges ein. Susanna reichte den Männern ihre Tassen, die sie dankbar annahmen.

„Meine Herren, mir gefällt die Stimmung einiger Mitbürger ganz und gar nicht", begann ihr Onkel. „Dieser Konflikt darf nicht weiter fortschreiten."

„Das stimmt", sagte der Präsident. Er war jünger als Onkel Will, ein stämmiger Mann mittleren Alters, mit braunem Haar und einem altmodischen Backenbart. „Es kann dem Ruf unseres Colleges nur schaden, wenn Brandstiftung oder andere Skandale hier geschehen – Westerville muss eine friedvolle, sichere Stadt bleiben."

„Nicht zu vergessen die Gefahr, der alle im Saloon ausgesetzt waren.“ Reverend Robertson stellte seine Teetasse ab. „Henry Corbin aus der Stadt zu vertreiben ist schön und gut, doch nicht in einem Leichenwagen, bitte.“

Unterdrücktes Murmeln erklang im Raum.

„Ich habe einen anderen Vorschlag.“ Professor Hayworth versuchte, seinen vom Alter gebeugten Rücken gerade aufzurichten. Doch egal, ob gebeugt oder nicht, er war immer noch eine imposante Erscheinung und zog mit seiner würdevollen Ausstrahlung und seiner sonoren Bassstimme seine Zuhörer in den Bann. „Corbin wird nicht hier weggehen, es sei denn, er wird entschädigt. Einen Verlust wird er nicht hinnehmen wollen. Aber wenn wir ihm anbieten, seine Waren zu kaufen, bekommt er seine Investition zurück und kann anderswo sein Glück versuchen.“

„Ich verabscheue die Vorstellung, diesem Krämer des Ruins auch noch Geld in den Rachen zu werfen“, bemerkte einer der anderen Prediger.

Onkel Will trat an den Kamin und drehte die Lampe heller, um so die Schatten aus den Ecken zu verscheuchen. „Trotzdem könnte es unsere einzige Möglichkeit sein, ohne weitere Gewalt aus dieser Sache herauszukommen.“

Der Prediger seufzte tief.

„Ich fürchte, dass ich nicht die finanziellen Mittel besitze, um diesen Plan durchzuführen.“ Diese ehrliche Aussage verlieh ihrem Onkel in Susannas Augen nur noch mehr Würde. „Aber ich stelle mich zur Verfügung, Mr Corbin dieses Angebot zu überbringen, wenn wir uns dafür entscheiden.“

„Ich kann die Hälfte des Geldes stellen“, bot der Collegepräsident an.

„Mrs Hanby, könnte ich bitte einen Bogen Papier bekommen?“ Professor Hayworth zog einen kleinen Bleistift aus seiner Reverstasche. „Und bitte nehmen Sie mein Kompliment für Ihren vorzüglichen Tee entgegen.“

Tante Ann riss einen Zettel aus dem Haushaltsbuch und reichte ihn dem Professor. Er notierte einige Zahlen. „Geben Sie mir einen Moment, während ich die Kosten für Corbins Güter überschlage.“

Die Unterhaltung drehte sich weiter um den Plan, wie man die nötigen Gelder auftreiben könnte, um dem Saloonbesitzer seine Kosten zu erstatten. Schließlich entschied man sich dazu, dass Susannas Onkel und Professor Hayworth Mr Corbin ihren Vorschlag unterbreiten sollten.

„Was du heute kannst besorgen ...“, sagte ihr Onkel.

„Dem stimme ich zu.“ Professor Hayworth erhob sich und nahm seinen Stock in die Hand. „Wir sollten keine Sekunde verlieren, bevor es noch zu einem regelrechten Aufstand kommt.“

Die Männer traten aus dem Haus, wünschten sich einen guten Abend und gingen durch die finstere Nacht nach Hause. Tante Ann verabschiedete ihren Mann mit einem Kuss auf die Wange, bevor dieser dem Professor nach draußen folgte.

Als alle gegangen waren und Stille über das Haus fiel, ging ihre Tante nach oben. „Bleib nicht zu lange wach, Susanna“, rief sie leise über die Schulter. „Und mach dir keine Sorgen. Dein Onkel ist der richtige Ansprechpartner, wenn es darum geht, wütende Männer zu besänftigen.“

Susanna setzte sich in den Schaukelstuhl am Fenster und beobachtete die Laternen, die in der Hand der Passanten die State Street auf und ab wanderten.

Es war nicht die Angst um ihren Onkel, die sie wach hielt. Sie vertraute ihm. Auch der Geruch nach Schießpulver, der noch immer in der Luft hing, beschäftigte ihre Gedanken nicht.

Sie hatte wichtigere Sorgen als den Saloon. Übermorgen wollten Tante Ann und Onkel Will gemeinsam mit ihr wieder nach Columbus fahren und die Kinder besuchen, ihnen Essen bringen und ihnen Mut zusprechen. Und bei diesem Besuch musste Susanna unbedingt mehr über Rachels Verbleib herausfinden. Wenn nicht, wäre die Zeit für die Kinder bald abgelaufen.

Kapitel 12

Es klopfte an der Haustür. Es war erst acht Uhr morgens – wer würde um diese Zeit etwas von ihnen wollen? Tante Ann hob fragend eine Augenbraue in Susannas Richtung und trocknete ihre Hände an einem Tuch ab, bevor sie ihre Schürze ablegte und in den Vorflur ging.

Vielleicht war es Henry Corbin, der seine Meinung nach genauerem Nachdenken doch noch geändert hatte. Das hoffte Susanna jedenfalls. Ihr Onkel war am Boden zerstört gewesen, als er gestern Nacht nach Hause gekommen war und berichtet hatte, dass Henry Corbin ihr Angebot vehement abgelehnt hatte. Er wollte sich auf keinen Fall ausbezahlen lassen und die Stadt verlassen.

Tante Ann öffnete die Tür. Susanna spähte aus der Küchentür und sah einen fremden Mann in Uniform. „U.S. Marshall, Ma'am. Ich habe eine Nachricht aus Columbus."

Susanna schrak zusammen und ihr Herz verdoppelte seine Schläge. *Herr, bitte lass nichts mit den Kindern sein!*

Ihre Tante überflog das Schreiben und wurde blass.

„Was ist los?" Susanna brachte die Frage kaum über die Lippen.

„Es ist ein Haftbefehl gegen Will." Tante Anns Stimme zitterte.

„Es tut mir leid, Ma'am. Wahrscheinlich kommt nichts dabei heraus. Nur eine Vorladung – vielleicht kommt es nicht einmal zu einem Prozess."

„Aber was soll er denn bloß getan haben?", fragte Susanna.

„Einen Aufruhr angezettelt, laut Anklage. Aber nicht nur er – sechs weitere Männer ebenfalls."

„Wahrscheinlich alle Prediger der Stadt." Tante Ann verschränkte die Arme vor der Brust. Ihre Augen blitzten wütend und sie sah plötzlich viel jünger aus. „Dank Mr Corbin, nehme ich an."

„Ich fürchte, so ist es." Der Marshall klang ernst, doch Susanna hörte auch einen Funken Langeweile in seiner Stimme. Für ihn war das Überbringen einer solchen Schreckensnachricht ein alltäglicher Auftrag. „Wo ist Mr Hanby?"

„Hinten in der Scheune bei der Arbeit.“ Störrisch blieb Tante Ann im Eingang stehen und versperrte dem Mann den Weg.

„Dann gehe ich ums Haus herum und hole ihn.“

„Nein!“ Tante Anns Stirn legte sich in Falten. „Lassen Sie mich vorgehen und die Botschaft überbringen. Ich bringe ihn her.“

„Sagen Sie ihm, dass eine Flucht keinen Zweck hat. Es würde alles nur noch schlimmer machen.“

„Seien Sie nicht albern.“ Tante Ann zuckte keinen Millimeter zurück. „Er hat nichts Falsches getan; also hat er keinen Grund, sich zu verstecken oder zu fliehen.“

Sie wandte sich mit erhobenem Haupt ab und ging in die Küche. Als die Hintertür, die direkt zur Scheune führte, hinter ihr zufiel, hörte Susanna nichts mehr. Erst nach ein paar Minuten erklang das Klopfen von Onkel Wills Stock auf dem Boden. Er wirkte nicht bekümmert, als er das Haus betrat, doch Tante Anns Gesicht war angespannt.

„Werden Sie mich in Handschellen abführen?“ Onkel Will lächelte fast.

Der Marshall schien etwas verlegen zu sein. „Nein, Sir. Es wirkt nicht so, als bestünde ein Fluchtrisiko.“

„Ich komme ganz brav mit.“ Onkel Will lachte, doch Susanna sah Tränen in den Augen ihrer Tante.

„Und Ann“, sagte er liebevoll, „nimm es nicht zu schwer. Es ist nichts. Ich werde im Handumdrehen wieder hier sein. Aber eigentlich“, wandte er sich an Susanna, „sollten wir unseren Plan, die Waisenhäuser zu besuchen, nicht vernachlässigen. Ihr beide solltet das Essen für die Kinder einpacken und mit mir kommen. Es wäre ja sinnlos, diese Reise zu verschwenden.“

„Sie dürften im Zug aber nicht mit Ihnen sprechen, Sir.“ Der Marshall klang entschuldigend.

„Wahrscheinlich haben sie mein Gerede ohnehin schon satt.“ Onkel Will legte seiner Frau eine Hand auf den Rücken. „Gehe in Frieden, meine Liebe. Wir sehen uns am Bahnhof.“

„Das erinnert mich ans letzte Mal.“ Die Hand von Tante Ann zitterte, als sie ihm seinen Hut reichte.

„Das ist doch schon fünfzig Jahre her“, sagte er lächelnd. „Vergangenheit. Und dieser Richter verwendet bestimmt keine Prügel.“

Er nahm seinen Hut und umarmte seine Frau. Sie nahm sein faltiges Gesicht in die Hände und küsste ihn sanft auf den Mund.

Der Marshall musterte seine Schuhe und räusperte sich. Onkel Will drückte Ann noch einmal und trat dann vor, um mithilfe seines Stockes die Stufen hinunterzusteigen.

„Nur Mut, Susanna“, rief er über die Schulter. „In der Stadt wird sich alles klären.“

Johann spähte vorsichtig nach links und rechts, bevor er das Haus verließ. Zur Pferdebahnhaltestelle waren es nur ein paar Blocks, doch Lotte hatte die unangenehme Angewohnheit, aus dem Nichts aufzutauchen, wenn er es am wenigsten erwartete. Gut – niemand in Sicht. Mit eiligen Schritten lief er die High Street entlang und warf von Zeit zu Zeit einen Blick über die Schulter, ob ihn seine hartnäckige Verehrerin nicht doch verfolgte.

Als der Pferdebahnwagen kam, bezahlte Johann die Fahrt und sank in einen der Sitze. Er würde gleich zum *Westboten* fahren, aber vorher musste er weiter stadtaufwärts zum Polizeipräsidium, wo er sich regelmäßig den wöchentlichen Verbrechensbericht abholte. Am Capitol Square verließ er die langsam fahrende Bahn und ging mit schnellen Schritten weiter.

Die Hitze wollte einfach nicht nachlassen – seit über einem Monat hatte es nun schon nicht mehr geregnet. Die Blätter der Bäume auf dem Platz raschelten vertrocknet. Johann nahm seinen Hut ab und fächelte sich etwas Luft zu, doch sie war zu heiß, um Erleichterung zu bringen.

Eine große Menschenmenge kam von Norden her auf ihn zu, verschluckte andere Fußgänger in ihrer Mitte und setzte den Weg unbeirrt weiter fort. Sie überquerte die Straße, was von einigen Fahrern mit bösen Rufen quittiert wurde. Es mussten an die zweihundert Menschen sein. Neugierig beschleunigte Johann seine Schritte, um die Menge einzuholen. Jetzt war sie nur noch wenige Meter entfernt. Eine Handvoll Männer an der Spitze wurde bewacht von einigen Polizisten. Anscheinend standen sie unter Arrest, obwohl keiner von ihnen Handschellen trug.

Das weiße Haar und der Bart eines Gefangenen kamen ihm bekannt vor. Mr Hanby aus Westerville! Und der Mann mit dem weißen Halskragen neben ihm war Reverend Robertson. Was ging denn da vor sich? Johann hatte einige entscheidende Wendungen verpasst, wie es schien. Er musste sich sofort auf den neuesten Stand bringen. Anscheinend waren die Verhafteten und die Menge, die ihnen folgte, auf dem Weg zum Gerichtsgebäude. Worum auch immer es ging, morgen würde alles in der *Dispatch,* der Konkurrenzzeitung, stehen. Nun, dann würde er einfach einen besseren Artikel schreiben müssen, mit mehr Details.

In der Menge, die den Männern folgte, kam ihm das ein oder andere Gesicht ebenfalls bekannt vor. Das waren die Frauen von Westerville, da war Johann sich sicher.

Und dort, mit erhobenem Kopf, schritt die wunderschöne, jähzornige Miss Hanby zusammen mit ihrer Tante.

Er trat an die Damen heran. „Guten Morgen, Miss Hanby."

Die junge Frau hob ihre feinen Augenbrauen. „Sie hier, Sir? Was für eine Überraschung."

Nicht gerade die freundlichste Begrüßung, die er jemals erhalten hatte. „Stimmt etwas nicht? Ich habe Mr Hanby vorne bei den Polizisten gesehen."

„Mein Onkel wurde fälschlicherweise durch Ihren Komplizen, Mr Corbin, beschuldigt und verhaftet."

Johann hielt seine Hände hoch, um ihre Worte abzuwehren, dann sagte er leise: „Vergessen Sie nicht Ihr Versprechen, Miss Hanby. Ich bin nicht Corbins *Komplize* und will auch nicht in diesem Licht gesehen werden."

Miss Susanna wirkte nicht, als bereue sie ihre unfreundlichen Worte. Ihre Tante blickte ihn von der Seite her an.

„Wenn Sie so freundlich wären", Johann versuchte demütig zu wirken, „mir zu sagen, was Mr Hanby und den anderen vorgeworfen wird? Ich kann Ihnen versichern, dass der *Westbote* eine sachliche und neutrale Darstellung der Ereignisse bringen wird."

„Wir haben wichtigere Dinge zu tun, junger Mann." Weiße Linien der Anspannung überzogen das Gesicht der älteren Dame. „Wir können hier nicht herumtrödeln."

Johann schluckte die abweisende Antwort herunter. Mrs Hanby

musste neben sich stehen; sonst wäre sie gewiss nicht so unhöflich. Wie traurig musste es sein, dass ihr Mann einem Richter vorgeführt wurde! Johann wünschte, er könnte ihr irgendwie helfen.

„So lauten die Vorwürfe“, sagte Miss Hanby. „Corbin wirft meinem Onkel und den anderen Predigern vor, einen Aufstand angezettelt zu haben.“

„Bei dem Treffen, das ich auf der Straße beobachtet habe?“ Johann konnte es nicht glauben. Journalistische Objektivität hin oder her, aber das war ein lächerlicher Vorwurf.

„Ich bin mir nicht sicher – es scheint mir albern, das einen Aufstand zu nennen.“ Miss Hanby schob sich schnell und fahrig eine lockige Strähne hinters Ohr. „Aber vorgestern Nacht wurde eine Ladung Schießpulver im Saloon gezündet und hat das Gebäude beschädigt. Vielleicht will Mr Corbin eine Verbindung zwischen dem Zusammentreffen der Menschen und diesem Gewaltakt herstellen.“

Eine Explosion – ein Verbrechen! Die Westerville-Geschichte war gerade zu einem Straftatreport geworden. Während er die banalen Überschriften in Columbus überflogen hatte, war ihm die interessante Geschichte entgangen: Es handelte sich nicht nur um eine Straftat, sondern noch dazu um eine außergewöhnliche.

Susanna fasste den Arm ihrer Tante fester und hob ihr Kinn. „Und jetzt müssen wir gehen. Wir haben Wichtiges zu erledigen.“ Sie schob ihre Handtasche unruhig von einem Arm auf den anderen.

Johann hätte vielleicht über ihre hochtrabende Ausdrucksweise gelächelt, wäre die Trauer in ihren Augen nicht so greifbar gewesen. Ihr Strohhut umrahmte ihr Gesicht in einer Art, die bezaubernd gewesen wäre, wenn sie gelächelt hätte. So allerdings wirkte sie fast verzweifelt bei ihrem Versuch, stark zu sein.

„Begleiten Sie Ihren Onkel nicht vor Gericht?“

„Er wollte, dass wir fernbleiben – er sagte, unsere Angelegenheiten seien wichtiger. Außerdem ist er überzeugt, dass ihm und den anderen Angeklagten nichts geschehen wird, da sie alle unschuldig seien. Ich glaube ihm“, sagte Miss Hanby fest. „Und deshalb tue ich, was er wünscht.“

„Darf ich Sie dann begleiten?“

„Nein, das dürfen Sie nicht.“

Obwohl er schon damit gerechnet hatte, dass Miss Hanby sein Angebot ablehnen würde, hatte Johann doch eher eine höfliche Absage erwartet. Diese offene Ablehnung traf ihn sehr. Miss Hanbys Tante wandte den Kopf ab, als wollte sie den anderen Marschierenden hinterherschauen, doch Johann glaubte, Ärger und Verlegenheit auf ihrem Gesicht zu sehen. Sie war offensichtlich überrascht über die Unhöflichkeit ihrer Nichte, was nach Johanns Vermutung darauf schließen ließ, dass die junge Frau sich sonst nicht so verhielt.

„Ich verstehe", sagte er leise.

„Ich wünschte, das täten Sie tatsächlich, Mr Giere."

Johann blickte sich schnell um, doch niemand schien gehört zu haben, dass sie seinen Namen verwandt hatte. Wenn sie nicht vorsichtig war, würde sie seine Anonymität ruinieren.

„Unsere Aufgabe heute wäre gar nicht nötig, wenn der Alkohol die Familie meiner Schwester nicht zerrissen hätte." Miss Hanby blickte ihn anklagend an. Was war mit dem unbekümmerten Mädchen geschehen, das mit seiner Schere zwischen den Wildblumen herumgeklettert war und ihm eine Entschuldigung angeboten hatte?

„Es tut mir leid, das zu hören, Miss Hanby." Johann versuchte weiterhin, ihr freundlich und zuvorkommend zu antworten.

„Junger Mann, würden Sie etwas für mich tun?", fragte plötzlich Mrs Hanby – deutlich höflicher als ihre Nichte.

„Gerne."

„Könnten Sie mir den genauen Weg zum Gericht beschreiben, damit wir meinen Mann dort abholen können, wenn unsere Geschäfte erledigt sind?" Sie sah sehr blass aus, als würde sie sich nichts mehr wünschen, als an der Seite ihres Mannes zu bleiben. Doch Mr Hanby musste seine Gründe dafür haben, dass er seine Frau und seine Nichte nicht dabeihaben wollte. Wahrscheinlich wollte er nicht, dass sie miterlebten, falls es vor Gericht vielleicht doch nicht so gut für ihn lief.

„Ja, Ma'am." Er erklärte ihr den Weg detailliert.

„Danke, Sir."

Die beiden Damen schwebten davon, ohne auch nur einen Blick zurückzuwerfen. Nach einem kurzen Augenblick, in dem er ihnen gedankenverloren hinterhergeschaut hatte, wirbelte Johann herum und lief der sich schnell entfernenden Abordnung aus Westerville nach.

Im Gerichtssaal war die Atmosphäre angespannt. Die Menschen standen schweigend an den Wänden, während der Richter einige Eröffnungsworte sprach. Endlich rief er die Männer aus Westerville auf.

Der Anwalt der Prediger erhob sich. „Ich bitte Euer Ehren, diese haltlose Anklage sofort abzuweisen. In Westerville gab es keinen Aufstand; deshalb können diese Männer auch gar keinen angestiftet haben."

„Aber hier lese ich", sagte der Richter und musterte die Klageschrift auf seinem Tisch, „dass es eine Explosion gab und das Hab und Gut des Klägers beschädigt wurde. Wo ist der Kläger?"

Ein zweiter Anwalt erhob sich. „Er konnte sein Geschäft nicht verlassen, um hier vor Gericht zu erscheinen, Euer Ehren, vor allem nach den Verlusten, die ihm durch den Aufstand entstanden sind."

„Aufstand?", rief einer der Männer aus Westerville aus dem Zuschauerraum ungläubig.

„Ruhe!", sagte der Richter und schlug mit seinem Hammer auf den Tisch. „Ich habe gehört, dass alle Angeklagten Prediger sind. Sie sollen sich erheben."

Die sieben Männer erhoben sich. Mr Hanby stützte sich schwer auf seinen Stock. Den anderen Männern fiel das Aufstehen leichter, doch sie waren bei Weitem nicht so ruhig wie der Sattler.

„Ihr Geistlichen, verfolgt ihr diesen Geschäftsmann, weil er euren Glauben nicht teilt?" Das Gesicht des Richters verfinsterte sich.

Du liebe Zeit, das war nicht gerade eine professionelle Frage. Was dachte der Richter sich dabei, so voreingenommen zu sein? Vielleicht war der Mann einer dieser sogenannten Freidenker, die der Meinung waren, dass jeder frei von der Last der Religion leben sollte.

„Nein, Euer Ehren, diese Herren verfolgen niemanden", sagte der Verteidiger und wirkte irritiert. „Sie haben nichts Falsches getan und hatten mit dem Schießpulverangriff nichts zu tun."

„Das behaupten sie zumindest." Der Richter schnaubte verächtlich. „Ich habe schon viel von den Menschen aus Westerville gehört und davon, wie *freundlich* sie mit Ungläubigen umgehen. Alle sind Mitglieder der *Kirche der Vereinigten Brüder in Christus*, was?"

Einer der Prediger trat vor. „Einige von uns, Euer Ehren. Wir sind auch Methodisten und Presbyter."

„Alle vom gleichen Schlag", entschied der Richter. „Ich setze eine Kaution fest. Einhundert Dollar pro Person, ansonsten verbringen Sie die Zeit bis zu Ihrem Prozess im Gefängnis."

Ein erschrockenes Raunen ging durch den Saal. Die Anwesenden waren entsetzt, was Johann absolut nachvollziehen konnte. Ihm wäre es nicht anders gegangen. Das war eine unglaublich hohe Kaution für jemanden mit dem Gehalt eines Predigers.

„Nun, können Sie diese Kaution stellen? Oder sollen die Beamten Sie gleich ins Gefängnis bringen?" Der Richter kicherte hämisch.

Der Anwalt der Prediger trat vor. „Euer Ehren, ich habe mündliche Zusagen, dass die Kaution gestellt wird."

„Das muss ich sehen. Sofort." Der Richter tippte mit seinem krummen Finger auf seinen Tisch.

Der Anwalt wandte sich an die Zuhörer. „Sie haben den Richter gehört, meine Damen und Herren. Diejenigen, die vorhin mit mir gesprochen haben, mögen nun vortreten."

Einer nach dem anderen kamen zahlreiche Männer und Frauen nach vorne. Einer legte eine Banknote auf den Tisch, eine andere etwas, das wie ein Scheck aussah. Nachdem alle vorgetreten waren, hatte Johann den Überblick verloren. Es mussten dreißig oder vierzig gewesen sein.

Der Richter beugte sich mürrisch über den Haufen aus Banknoten, Münzen und Schecks.

„Das scheint angemessen zu sein", sagte er schließlich widerwillig. „Der Schatzmeister wird einen Beleg erstellen, bevor die Angeklagten entlassen werden können."

Eine Welle der Entrüstung durchzog die Menschen, die an der Wand standen. „Sie sind unschuldig!", sagte eine Frau laut und deutlich.

„Ruhe!" Wieder schlug der Richter mit seinem Hammer auf den

Tisch. „Oder ich lasse Sie alle einsperren, wenn Sie sich nicht benehmen können. Diese Anhörung ist vertagt."

Die Beamten brachten die sieben Männer durch eine Seitentür hinaus. Johann versuchte zu folgen, doch ihm wurde der Weg versperrt.

Er schlüpfte zurück in den Gang und verließ das Gericht durch die Haupttür. Er musste sofort seinen Vater informieren, dass er noch heute Abend nach Westerville reisen würde. Er konnte vorgeben, nach der Explosion nach Corbin sehen zu wollen. Doch viel wichtiger war, dass er beobachtete, was als Nächstes geschehen würde.

Kapitel 13

Susanna hob die Hand und klopfte an die Tür des *Hare-Waisenhauses*. Der lockere Türklopfer vom letzten Mal hatte zwischenzeitlich vollends den Geist aufgegeben und nur eine helle Stelle auf dem verwitterten Holz hinterlassen.

„Ja?" Die bekannte misstrauische Stimme erklang, während sich gleichzeitig ein Spalt in der Tür auftat und ein fleischiges Auge sichtbar wurde.

„Guten Morgen, Mrs Grismer. Ich bin Miss Hanby – Sie wissen bestimmt noch, die Tante der Leeds-Kinder. Wir haben Süßigkeiten mitgebracht, die Sie ihnen geben können, wenn Sie es für angemessen halten."

Susanna wartete ängstlich auf eine Antwort, dann schwang die Tür weit auf und enthüllte die plumpe Frau in ihrer schmutzigen Schürze. „Ach so, Miss Hanby. Dann kommen Sie mal rein."

Susanna und ihre Tante traten an der Haushälterin vorbei in die bröckelnde Halle. Susanna musste ein Schaudern unterdrücken.

Als sie die schlimmen Zustände bemerkte, wirkte Tante Ann völlig schockiert, doch schnell hatte sie sich wieder gefangen und setzte einen freundlichen Gesichtsausdruck auf. „Mrs Grismer, ich glaube nicht, dass ich schon einmal das Vergnügen hatte – doch Sie kennen meinen Ehemann, Mr Hanby."

„Ja", sagte die Haushälterin mit einem breiten, schmierigen Grinsen. „Ein charmanter Mann." Ihr Mund knirschte bei jedem Wort, als würde sie kauen und nicht sprechen.

„Wie wäre es, wenn Sie mir alles über das *Hare-Waisenhaus* erzählen, während Susanna ihre Nichte und Neffen besucht? Dies scheint mir ein Fall der Nächstenliebe zu sein. Vielleicht kann ich mit den Damen aus unserer Kirche über mögliche Unterstützungen sprechen." Tante Ann war so unendlich freundlich, dass der skeptische Ausdruck auf Mrs Grismers Gesicht verschwand, um von etwas noch Unangenehmerem ersetzt zu werden – Gier.

„Das wäre gut, Mrs Hanby. Lassen Sie uns in mein Wohnzimmer gehen, wo es viel gemütlicher ist. Miss Hanby, Sie kennen den Weg zu den Kindern noch?" Susanna vermutete, dass die Haushälterin sich den beschwerlichen Weg ins Dachgeschoss ersparen wollte.

„Ja, Mrs Grismer." Susanna wollte nicht weiter warten. Sie presste ihre große Handtasche an sich und nahm den würzigen Duft des Schinkens wahr, den ihre Tante in Scheiben geschnitten und in Wachspapier gepackt hatte. Glücklicherweise hatte Tante Ann daran gedacht, das Fleisch gut einzuwickeln, damit sich der Geruch nur sehr schwach entfalten konnte.

Susanna erklomm die Stufen. Die Mädchen waren wieder an ihrer Stopfarbeit. Drei Mädchen saßen zusammen auf einer Decke und flüsterten leise miteinander. Sie erstarrten, als sich die Tür öffnete, und blickten Susanna mit ihren blassen Gesichtern erschrocken an, als sie den Raum betrat.

„Ich bin es nur! Miss Hanby", sagte sie leise. Im Raum roch es nach Urin. Die armen Mädchen! Bestimmt hatte eins der kleineren nicht mehr einhalten können – Susanna wusste, wie schnell das bei kleinen Kindern passieren konnte. Sie hoffte, dass das Kind nicht zu hart bestraft worden war.

„Tante Susanna!", sagte Clara und sprang auf. Sie blieb an ihrem Platz, als hätte sie Angst, ihre Matratze ohne Erlaubnis zu verlassen. Was hatte diese Frau den Kindern angedroht?

Sie ging in den höhlenartigen Raum hinein und umarmte Clara. „Hallo, meine Kleine", sagte sie zärtlich. „Ich habe etwas für euch." Sie hoffte, dass Clara sich daran erinnerte, dass sie von ihrem letzten Treffen nichts erwähnen durfte.

„Wo sind Wesley und Daniel?", fragte Susanna. „Bei der Arbeit?"

„Wesley schon. Daniel ist zu krank." Claras Gesicht wirkte ausgemergelt. Sie zeigte auf einen kleinen Haufen, der unter einer der Decken an der anderen Seite des Raumes lag.

Susannas Magen drehte sich um und sie ergriff Claras Hand. „Lass uns nach ihm schauen."

Als sie an die Matratze trat, sah Susanna, dass Daniels Haut eine ungesunde graue Farbe angenommen hatte und seine Augen geschlossen waren. Sie konnte keine Bewegung erkennen, außer dem hektischen Atem, der seine Brust hob und senkte. Sie zögerte, ihn aufzuwecken, doch er musste schnell etwas essen, bevor Mrs Grismer zurückkehrte.

Sie kniete sich neben ihn und legte eine Hand auf seine zerbrechliche Schulter. „Danny", flüsterte sie. Seine Lider flatterten, dann blickte Susanna plötzlich in seine müden Augen, die so sehr den Augen ihrer Schwester glichen. „Tante Susanna!", sagte er heiser.

Tränen traten ihr in die Augen. *Halt!* Den Kindern ging es schlecht genug. Sie zog die Schinkenscheiben aus ihrer Tasche. „Danny, du musst dich hinsetzen und etwas essen."

Susanna half ihm beim Aufsetzen und legte den Schinken in seinen Schoß, dann reichte sie auch Clara ein Stück. „Versucht es so zu essen, dass die anderen es nicht sehen", flüsterte sie. Die Schuldgefühle übermannten sie fast. Alle dreißig Mädchen brauchten dringend Essen. Doch sie hatte nicht genug für alle. Vielleicht war Tante Ann in der Lage, Mrs Grismer davon zu überzeugen, dass die Kirche ihnen allen ein Essen spendete.

Clara wandte den anderen Mädchen den Rücken zu, damit sie sie nicht sahen. Gierig schlang sie den Schinken hinunter, ganz und gar nicht mehr das kleine Fräulein mit den vornehmen Tischmanieren, das Susanna von früher kannte. „Was ist mit Wesley?", fragte Clara, als sie eine weitere Scheibe gegessen hatte. „Und den anderen Kindern?"

„Ich kann dir den Rest für Wesley dalassen – und vor allem für Danny. Er braucht Fleisch, um wieder gesund zu werden. Es tut mir leid, dass ich nicht mehr mitbringen konnte, aber wir hatten Angst, dass die Haushälterin es uns abnehmen würde." Susanna wünschte sich, sie hätte den ganzen Schinken in ihre Handtasche packen können, aber das wäre Mrs Grismers gierigen Augen bestimmt nicht entgangen.

Clara nickte. „Danke." Sie lehnte sich an Susannas Schulter. „Können wir bald hier weg?"

Sie atmete tief ein. „Sobald ich es arrangieren kann." Sie legte ihre Arme um die Kinder, während Danny weiteraß. Susanna beobachtete, dass sein Gesicht mit jedem Bissen etwas mehr Farbe bekam. Der Kleine hatte schon auf der Farm immer husten müssen; dieser Ort hier konnte sein Todesurteil bedeuten.

Das Bild ihres Cousins Ben stieg vor ihrem inneren Auge auf: ein gut aussehender junger Mann und brillanter Musiker, dessen anfällige Lungen ihn viel zu früh ins Grab gebracht hatten. Und dann war sein Bruder Cyrus im nächsten Jahr an der gleichen Schwäche gestorben.

Sie würde wie eine Löwin kämpfen, um Danny dieses Schicksal zu ersparen – er war noch so jung. Doch trotz der drückenden Hitze lief ihr ein kalter Schauer über den Rücken. Sie würde niemals Tante Anns Gesicht vergessen, als sie an Bens Sarg gestanden hatte. Bens Frau Kate hatte danach die Stadt verlassen, weil sie mit all den schmerzhaften Erinnerungen nicht leben konnte. Im nächsten Jahr war Susanna nicht auf Cyrus' Beerdigung gewesen, weil ihre Tante und ihr Onkel es sich so gewünscht hatten. Beinahe war sie deshalb erleichtert gewesen. Susanna hätte nicht gewusst, wie sie die Trauer dieses zweiten Verlustes hätte ertragen sollen. Gott hatte die Hanbys in vielen Dingen reicht gesegnet, doch starke Lungen gehörten nicht dazu. Sorgenvoll schaute Susanna auf ihren kleinen Neffen herab. Offenbar hatte Danny diesen Erbteil der mütterlichen Familie abbekommen. Wie konnte sie ihn weiter beschützen? Sie hasste den Gestank der Fäulnis und des Schimmels hier drin – das konnte nicht gesund sein; schon gar nicht für jemand mit schwachen Lungen.

„Kannst du die in deine Tasche stecken?“, flüsterte sie Clara zu und reichte ihr die restlichen Scheiben Schinken.

„Die wird sie vielleicht finden.“ Clara starrte wie gebannt auf die eingeschlagenen Schinkenscheiben. „Sie durchsucht öfter unsere Taschen. Aber hier …“ Sie steckte den Schinken in die Tasche von Daniels Hose. „Wenn er sich drauflegt, wird sie den Schinken nicht entdecken. Sie interessiert sich nicht für uns, wenn wir krank sind.“

Wut flackerte in Susanna auf, doch sie presste die Lippen zusammen und schluckte ihre Gefühle hinunter. Es würde nur Schaden anrichten, wenn sie die Kinder gegen die Ungerechtigkeiten aufstachelte. „Geht es Wesley gut?“

„Er hat Hunger, aber er ist nicht krank.“ Claras Augen wirkten riesengroß in ihrem jungen Gesichtchen, als sie versuchte, ihre Tante zu beruhigen.

Das machte es für Susanna nur noch schwerer. Sie ballte ihre Hände in den Rocktaschen zu Fäusten und erhob sich. „Ich muss gehen, bevor Tante Ann ihr Gespräch mit Mrs Grismer beendet.“

Sie beugte sich hinab und küsste erst Clara, dann Daniel auf die Wange. „Daniel, versteck das gut."

„Ja, Tante." Er wandte sich zur Wand und legte sich auf den Schinken, dann schob er sich das letzte Stückchen seiner Scheibe in den Mund. Er schien zu müde zum Kauen.

„Passt aufeinander auf. Wir kommen wieder." Susanna wandte sich ab. Sie schaffte es kaum, aufzustehen und zur Tür zu gehen. Ihre Knie schwankten; sie fühlte sich zerbrochen und haltlos wie ein rohes Ei.

„Auf Wiedersehen, Tante", sagte Clara. „Danke."

Susanna winkte zum Abschied, dann wandte sie sich um und stieg die Treppe hinunter.

Im Wohnzimmer rettete sie ihre Tante vor Mrs Grismers nicht enden wollender Litanei. Sie wünschten der Haushälterin einen schönen Tag und versprachen, mehr Süßigkeiten vorbeizubringen.

„Aber kommen Sie nicht zu bald wieder", warnte die Frau. „Nach unseren Statuten dürfte ich Sie gar nicht einlassen."

„Natürlich werden wir Ihnen nicht zur Last fallen", sagte Tante Ann in einem unbekümmerten Tonfall, der ihr so gar nicht ähnlich sah. „Außerdem sind zu viele Süßigkeiten ja gar nicht gut für Kinder. Vielleicht kommen wir nächste Woche wieder? Dann kann ich bestimmt auch einen Kuchen mitbringen, den eine der Frauen aus der Gemeinde gebacken hat. Mrs Clark macht einen wunderbaren Birnenkuchen, der den Kindern schmecken wird."

„Eine Woche sollte in Ordnung sein", sagte die Haushälterin widerwillig. „Ich denke, einen Besuch in der Woche kann ich übersehen."

„Dann bis nächste Woche", sagte Tante Ann. „Und danke für das, was Sie für die Kinder tun." Sie ergriff Susannas Hand und verabschiedete sich höflich.

Als sie auf der Straße ankamen, flüsterte Susanna: „Sie tut nichts für die Kinder. Nichts – außer ihnen das wegzunehmen, was für sie bestimmt ist." Sie zitterte vor Wut und Empörung.

„Ja, ich weiß", flüsterte ihre Tante zurück. „Aber lass uns weitergehen. Hier können wir nicht sprechen."

Tatsächlich bewegte sich der graue Vorhang am Fenster, als sie daran vorbeigingen.

Als sie an der Pferdebahnhaltestelle ankamen, sagte Susanna leise: „Eine schreckliche, widerliche Frau."

„Ja." Ihre Tante nickte traurig.

Auf dem Weg zur *Hannah-Neil-Mission* schwiegen sie. Das Gebäude war genauso hell und freundlich wie bei ihrem letzten Besuch. Jesse lachte und Annabeth und Della waren nicht mehr so traurig wie beim vorigen Mal, obwohl sie immer noch nach ihrer Mama fragten. Als Susanna mit den Umarmungen und Begrüßungen fertig war und Tante Ann den Kindern die Süßigkeiten übergeben hatte, gingen sie zurück auf ihr Zimmer.

„Mrs Loomis, ich möchte Sie etwas fragen", sagte Susanna zu der Heimleiterin, die sie freundlich willkommen geheißen hatte. „Hat meine Schwester irgendetwas darüber gesagt, wo sie hingehen will? Ich muss wissen, ob sie Hilfe braucht." Sie sagte nicht *„oder noch am Leben ist"*, obwohl ihr durchaus bewusst war, dass diese Möglichkeit bestand.

„Es tut mir leid, Miss Hanby." Die Heimleiterin sah sie an. „Es ist nicht üblich, dass eine Mutter ihre Kinder in die Hand des Staates gibt. Normalerweise sind in einem solchen Fall beide Eltern verstorben. Ich habe daher keine Aufzeichnungen gemacht, um eventuelle rechtliche Konsequenzen für Ihre Schwester oder die Kinder zu vermeiden."

Würde der Staat Rachel für das, was sie getan hatte, ins Gefängnis schicken? Susanna hatte daran bisher keinen Gedanken verschwendet und auch jetzt schob sie jeden Gedanken daran energisch zur Seite. Doch sie konnte einfach nicht aufgeben. „Hat sie denn überhaupt nichts gesagt? Bitte", bettelte sie.

Die Leiterin zögerte lange. „Sie hat irgendetwas davon gesagt, dass die Kinder nicht auf den Booten leben könnten."

„Das war alles?"

„Ja."

Da war es schon wieder – die Boote. Doch bisher hatte sich noch niemand auf den Anschlag gemeldet, den Susanna im Hafenbüro hatte anbringen lassen; falls der Junge ihren Auftrag überhaupt ausgeführt hatte. „Danke. Und können Sie mir noch sagen, wann die Kinder weggeschickt werden?" Ihre Stimme zitterte.

Die Heimleiterin antwortete leise: „Am dreißigsten Juli."

Am dreißigsten! Schon in drei Wochen! Susanna konnte nicht mehr sprechen. Sie taumelte aus der Tür, lief schneller und schneller.

Sie hörte, wie ihre Tante sich hastig verabschiedete, während Susanna die große Eingangstür aufstieß und auf die Straße stolperte. Dort stützte sie sich gegen eine Steinsäule und rang um Luft. Ein Fußgänger musterte sie neugierig, doch das war ihr egal. Sie beugte sich vor, klammerte sich an den Stein und kämpfte gegen die Enge ihres Korsetts an, während sie verzweifelt versuchte, Luft zu bekommen.

Eine weiche Hand legte sich sanft auf ihre Schulter. Tante Ann. „Ich weiß, dass du das alles kaum ertragen kannst, Kind. Du musst es aber nicht allein durchstehen."

Das tief empfundene Mitleid in den Worten ihrer Tante ließ Susanna in Tränen ausbrechen. Ihr Herz wollte diese Last nicht aufgeben, so schmerzhaft sie auch war; denn sie fürchtete, dass sie ansonsten Rachel und die Kinder verlieren würde. Der drückende Schmerz war alles, was sie hatte, um ihre geliebte Schwester und ihre Kinder festzuhalten, bis sie endlich wieder vereint waren.

Sie wischte sich das Gesicht ab und schnaubte in ihr Taschentuch. „Wir sollten zurückgehen und nachsehen, ob Onkel Will uns braucht."

„Ja, du hast recht. Lass uns zum Gerichtsgebäude gehen." Tante Ann tat ihr Bestes, um sich zu beeilen, doch ihre Schritte waren langsam und schwerfällig.

Susanna passte sich ihrer Geschwindigkeit an. Während sie langsam die Straße entlanggingen, war Susannas Innerstes immer noch in Aufruhr. Ihre Gedanken und Überlegungen wirbelten durch ihren Kopf. Selbst wenn sie Rachel nicht finden konnte, musste sie die Kinder irgendwie zu sich holen, bevor die drei Wochen abgelaufen waren. So würden ihre Eltern, wenn Susanna ihnen erzählen musste, dass Rachel verschwunden war, wenigstens den Trost ihrer Enkel haben. Sie alle zu verlieren, würde ihren Vater wahrscheinlich umbringen, denn er war viel zerbrechlicher als Onkel Will, auch wenn er einige Jahre jünger war.

Auf der High Street angekommen, gingen sie an einem Geschäft nach dem anderen vorüber, aber Susanna war zu erschöpft, um neugierig zu sein. Doch ihre Tante musterte aufmerksam die Auslagen: Eisenwaren, Stiefel und Schuhe, Kohle, Porzellan, selbst eine Eisdiele für Damen.

„Oh, sieh doch nur", sagte Tante Ann und zeigte auf ein Schaufenster. „So viele Schnittblumen." Sie zwang sich zu einem tapferen Lächeln. „Warum gehst du nicht hinein und siehst dich um? Das Gericht ist nur wenige Blocks entfernt – ich sehe nach Will; dann holen wir dich hier wieder ab."

Susanna musterte die wunderbaren Blumen im Schaufenster lustlos: Nelken, Rosen, Iris. „Ich sollte bei dir bleiben. Was, wenn Onkel ..." Sie sprach nicht weiter.

Tante Ann schüttelte den Kopf. „Nein, bitte bleib hier. Es wird dir guttun. Wir haben kein vergleichbares Geschäft in Westerville – einen Laden, in dem all diese wundervollen Blumen versammelt sind."

Vielleicht wollte Tante Ann nicht, dass sie sofort mitkam. Vielleicht wollte sie einige Zeit mit ihrem Mann allein verbringen, um zu erfahren, wie die Anhörung gewesen war. Oder vielleicht wollte sie Susanna einfach nur eine Freude gönnen.

„Also gut, ich sehe mir die Blumen an", sagte Susanna schließlich. „Beeilt euch nicht meinetwegen."

Ihre Tante lächelte und drückte ihr zum Abschied kurz die Hand. Susanna öffnete die Tür und betrat den Blumenladen.

Sofort umhüllte sie der Duft der verschiedenen Blüten. Sie schloss die Augen, atmete tief ein und spürte, wie ihre Anspannung nachließ.

„Guten Morgen, Miss." Eine kleine Frau mit wettergegerbtem Gesicht und Schürze kam aus dem Hinterzimmer. Ihre Aussprache klang fast wie die von Mr Giere, nur war der deutsche Akzent noch deutlicher zu hören. „Kann ich Ihnen bei der Auswahl helfen?"

„Ich möchte mich nur umschauen." Susanna wurde bewusst, dass sie immer noch Tränen auf den Wangen haben musste. Als sie blinzelte, fühlten sich ihre Lider geschwollen an.

„Bitte seien Sie unser Gast. Ich bin Mrs Pfeiffer. Wenn Sie unsere Blumen einen Augenblick genießen wollen und sich ausruhen möchten, können Sie sich gerne dort hinsetzen." Die Verkäuferin zeigte auf eine Holzbank, die auf schwarzen Eisenfüßen stand.

„Danke", erwiderte Susanna berührt von der Freundlichkeit.

Die Frau humpelte zurück in das Hinterzimmer.

Susanna wanderte von einem Eimer zum nächsten. Hier standen einige tiefblaue Iris mit funkelnden gelben Streifen, dort war eine hauchzarte weiße Wolke aus Nelken, die sanften Duft verbreiteten. Mrs Pfeiffer musste viel Liebe und Engagement investieren, um ihren Kunden diese zauberhaften Blumen anbieten zu können. Zum ersten Mal analysierte Susanna nicht den Aufbau der Blüten oder überlegte, wie die Blätter zu kategorisieren seien. Sie saugte einfach nur die Schönheit auf und fand Trost in diesem Blütenmeer. Genauso liebte Rachel Blumen – als ein Geschenk an alle ihre Sinne.

Direkt neben dem Fenster strahlten einige Taglilien im Sonnenschein. Susanna ging hinüber. Taglilien waren Rachels Lieblingsblumen und genau diese hatte George in ihrem Garten zertrampelt. Diese Blumen waren perfekt: ihre orangen Blüten wunderbar geschwungen, der gelbe Ring in der Mitte gesprenkelt von braunen Pünktchen. Susanna fuhr mit der Fingerspitze über das Staubblatt und zerrieb den Pollen zwischen Daumen und Zeigefinger. Solch ein Wunder – es verlor niemals seinen Reiz. Sie beugte sich vor, schloss die Augen und atmete den Duft ein, bis sie fast glaubte, sie stünde im Garten ihrer Schwester und Rachel direkt neben ihr.

Kapitel 14

Johann ging die High Street entlang. Er trug seine Tasche in der einen und den Polizeibericht in der anderen Hand. Zwei Morde waren geschehen; zudem war ein lebloser Körper gefunden worden, von dem man nicht wusste, ob es sich um Mord oder Selbstmord handelte. Das waren schreckliche Ereignisse, doch nichts, das die Aufmerksamkeit der New Yorker Bevölkerung erregen würde. Mord, Totschlag und Selbsttötungen waren in einer Großstadt wie New York trauriger Alltag, da war sich Johann sicher. Die einzige Geschichte, die Spannung versprach, war die Explosion in Westerville. Ab jetzt würde er sie genau verfolgen. Sein Vater konnte ihn sicherlich einige Tage entbehren. Heinrich war ja da, der sich sehr zuverlässig um die Bierlieferung kümmerte. Johann würde die Konten abrechnen, wenn er wieder zurück war.

Vor ihm ergoss sich ein Strom Menschen aus dem Gerichtsgebäude. Waren die Bewohner von Westerville nach der Anhörung etwa noch so lange geblieben? Anscheinend; denn jetzt entdeckte er Reverend Robertson, der einem Mann die Hand schüttelte. Zweifellos waren die Prediger ihren Unterstützern, die die Kaution hinterlegt hatten, unendlich dankbar.

Johann ging an einem Schuster vorbei, dann am Blumenladen. Ein Sonnenstrahl ließ einige orange Blumen im Schaufenster aufleuchten.

Zu seiner Überraschung entdeckte er ein vertrautes Gesicht, das ihn seit etwa zwei Wochen immer wieder beschäftigte und das er erst vor Kurzem wiedergesehen hatte – Miss Susanna Hanby. Sie stand über die orangen Blumen gebeugt, hielt die Augen geschlossen und hatte einen so sehnsüchtigen Ausdruck auf ihrem Gesicht, wie es Johann noch nie bei jemandem gesehen hatte und der sein Herz tief berührte. Ihre geschwollenen Augenlider ließen vermuten, dass Miss Hanby geweint hatte; doch ihre Schönheit traf ihn viel mehr als ihre Traurigkeit. Das Sonnenlicht umströmte sie und streute goldene Funken über ihre braunen Locken. Ihr gelbes Kleid und die orangen Blumen vermittelten den Eindruck, als sei Miss Susanna selbst der Ursprung des Strahlens. Ihr Gesicht leuchtete vor Sehnsucht, ihre Lippen waren in ihrer Versunkenheit leicht geöffnet.

Warum fühlte er sich so sehr von ihr angezogen?

Es gab nichts Oberflächliches an ihr, nichts Albernes wie etwa Lottes Schwärmerei, die sich in ihren Liedern äußerte. Vielleicht sollte er mit Miss Hanby sprechen.

Nein, besser nicht – sie verabscheute ihn und alles, wofür er ihrer Meinung nach stand.

Doch sie war faszinierend und außerdem musste er seine Verbindungen nach Westerville pflegen, um an gute Informationen für seinen Artikel zu gelangen. Johann sprach sich selbst Mut zu. Er nahm den Hut ab, öffnete die Ladentür und trat ein. Die Türglocke klingelte.

Miss Hanby blickte erschrocken auf und trat schnell einen Schritt von den Blumen zurück. Ihr Gesicht war offener und verletzlicher, als er es jemals zuvor gesehen hatte, als wüsste sie nicht genau, was sie bei diesem überraschenden Wiedersehen tun sollte.

Eine alte Dame kam aus dem Hinterzimmer. Johann kannte Mrs Pfeiffer; sie lebte einige Straßen von den Gieres entfernt. Sie lächelte ihn mit ihren Zahnlücken an. „Kann ich Ihnen helfen, Sir?"

Sie tat so, als würde sie ihn nicht wiedererkennen. „Noch nicht, danke."

Mrs Pfeiffer nickte und humpelte mit einem wissenden Blick zurück hinter den Vorhang.

Er wandte sich an Susanna. Was sollte er jetzt sagen? Darüber hätte er vielleicht früher nachdenken sollen. „Ihr Onkel wurde gegen Kaution entlassen."

„Dem Himmel sei Dank." Erleichterung überzog ihr Gesicht, konnte die Sehnsucht in ihren grünen Augen aber nicht vertreiben.

„Waren Sie erfolgreich?"

„Nicht vollkommen." Sie schlug die Augen nieder, sodass ihre langen Wimpern ihre faszinierenden grünen Augen verdeckten. Johann ermahnte sich selbst, sich nicht von seinem Vorhaben ablenken zulassen. Er sollte ihr ein Friedensangebot machen, etwas, um ihr zu zeigen, dass er nicht der gedankenlose Nichtsnutz war, für den sie ihn hielt. „Kann ich Ihnen irgendwie helfen? Ich kenne die Stadt sehr gut und kann Ihnen alles zeigen, was Sie suchen."

Ein erschöpftes Lächeln trat auf ihr Gesicht. Endlich schien er einmal nicht das Ziel ihres Ärgers zu sein. „Ich fürchte, dass Sie mir nicht helfen können, Mr Giere."

„Ich bin sehr gut darin, Dingen auf den Grund zu gehen."

„Es ist eine Privatangelegenheit."

„Aber vielleicht kann ich Ihnen doch helfen, das zu finden, was Sie suchen. Es gibt sehr viele Geschäfte hier in Columbus, die ich durch meine Recherchen für die Zeitung gut kenne."

Ihre grünen Augen funkelten. „Was ich suche, finden wir in keinem Geschäft, Mr Giere", flüsterte sie leise. „Ich bin verzweifelt auf der Suche nach meiner Schwester, die verschwunden ist – womöglich hat ihr Ehemann ihr etwas angetan, der ein Trinker ist." Sie beugte sich vor, klammerte sich an ihre Handtasche und zitterte vor Aufregung und Anspannung. „Und ihre sechs Kinder sind hier in Columbus in zwei Waisenheimen und uns – also mir und meinem Onkel und meiner Tante – ist es nicht gestattet, sie zu uns zu nehmen. Wir hätten auch gar nicht die Mittel dafür." Schmerz zog über ihr Gesicht und sie sprach nach wie vor sehr leise. „Ohne die Zustimmung ihres nichtsnutzigen Vaters können wir nichts tun. Und er ist dem Alkohol treu ergeben, was ihn faul und brutal werden ließ. Also in welches Geschäft muss ich gehen, um meine Schwester wiederzubekommen?" Mit zitternden Lippen wandte Miss Hanby sich ab und durchquerte den Laden bis hin zu den Vasen, in denen weiße und rote Rosen standen. Sie verschränkte die Arme vor der Brust und ihre Schultern sackten herab.

Johann spürte, wie seine Wangen schamrot wurden. Kein Wunder, dass Miss Hanby so unberechenbar und kratzbürstig gewesen war – sie litt schrecklich unter den Ereignissen, die ihrer Familie zugestoßen waren. Er trat zu ihr und stellte sich dicht hinter sie, damit Mrs Pfeiffer nichts von ihrem Gespräch mitbekommen konnte. „Ich bitte Sie ehrlich um Verzeihung. Ich hätte mich nicht einmischen dürfen."

Miss Susanna blinzelte ihre Tränen weg und seufzte zitternd.

„Aber ich bin ungelenk in Ihre Privatangelegenheiten gestolpert und wünschte, ich könnte Ihnen helfen. Wie ist der Name Ihres Schwagers und wo lebt er?"

„George Leeds." Sie blickte auf. „Er lebt in Union Center. George hasst meine Familie – er behauptet, meine Schwester wäre mit einem anderen Mann weggegangen und hätte die Kinder verlassen. Aber ich weiß, dass sie so etwas niemals tun würde!" Der Wiederspruch zwischen ihren leidenschaftlichen Worten und ihrer zarten Schönheit war faszinierend.

„Union Center ist nicht weit weg", bemerkte Johann. „Vielleicht kann ich mit Mr Leeds sprechen. Ein bisschen reden, ihm ein Glas Bier spendieren und sehen, ob er seine Meinung vielleicht ändert."

Ihre Augen wurden immer größer und sie sah ihn an – mit einer Mischung aus Hoffnung, Zweifel und Verärgerung über sein Angebot. Bevor sie ihn wegen des Bieres beschimpfen konnte, hielt Johann die Hände hoch. „Warten Sie. Sie haben gesagt, Ihr Schwager würde Ihre Familie hassen. Aber ein Mann, der mit Ihnen nichts zu tun hat, ein freundlicher Mann, mit dem man ein Glas Bier trinken und reden kann – Mr Leeds ist unter diesen Umständen vielleicht empfänglicher für gesunden Menschenverstand und Mitleid."

Miss Hanby atmete tief ein und seufzte. Einige Augenblicke vergingen, in denen sie auf die Blüten der Rosen starrte. „Was Sie sagen, klingt vernünftig." Sie schaute ihn direkt an, ihre Wimpern immer noch feucht und dunkel. „Sie würden zu ihm gehen und mit ihm sprechen, um uns zu helfen?"

„Kein Gentleman könnte Ihre Geschichte hören oder Ihre Verzweiflung sehen, ohne Mitleid zu empfinden." Die Worte wirkten steif – vielleicht machte er sich damit vor ihr zum Narren, doch es war die Wahrheit.

„Ich danke Ihnen dafür", sagte sie leise und wandte sich wieder den Blumen zu. Sie senkte den Kopf und Johann beobachtete, wie sich die verschiedensten Gefühle auf ihrem Gesicht spiegelten. Dann fing sie sich, atmete tief durch und setzte ein höfliches Lächeln auf. „Danke."

„Ich treffe Sie in Westerville", versprach er. „Sobald ich mit diesem Mann gesprochen habe."

Sie schlang ihre Finger ineinander. „Ich muss jetzt gehen." Sie ging zur Tür. Johann sprang vor und hielt sie ihr auf.

„Auf Wiedersehen." Was sollte er noch sagen? „Bis bald." Sehr einfallsreich.

Er nickte ihr zu, als sie ging. Als das Türglöckchen klingelte, lugte die alte Frau aus dem Hinterzimmer hervor, ob vielleicht ein neuer Kunde gekommen war.

„Haben Sie Interesse an einem Blumenstrauß, Mr Giere?", fragte sie neugierig.

„Nein – oder doch. Warten Sie. Ja, ich möchte Blumen kaufen, wenn Sie einen Boten haben, der sie sofort ausliefert."

„Habe ich. Eduard!", rief sie nach hinten. Gleich darauf sprang ein etwa zehnjähriger Junge in Kniehosen hinter dem Vorhang hervor.

„Dann nehme ich diese hier." Johann zeigte auf seine Wahl.

„Eine interessante Wahl, Sir. Etwa so viele?" Sie nahm einen Strauß in die Hand.

Als er nickte, lächelte sie und fing an, die Stängel sorgsam einzuwickeln. „Ich lege sie in feuchtes Papier, dann halten sie, bis sie in die Vase kommen."

„Gut, aber bitte beeilen Sie sich."

In weniger als zwei Minuten hatte der Junge seine Anweisungen erhalten. Er nahm den verpackten Strauß und lief aus der Tür.

„Miss, Miss!", rief eine junge Stimme.

„Er scheint dich zu rufen, Susanna." Ihr Onkel wies auf einen Jungen, der vollkommen außer Atem mit einem Päckchen im Arm auf sie zulief.

Tante Ann wirkte überrascht. „Kennst du ihn?", fragte sie leise, als der Junge die Stufen zum Gerichtsgebäude hochhüpfte, wo sie standen.

„Nein", erwiderte Susanna verwirrt.

Der Kleine blieb stehen, schnaufte erleichtert durch und streckte ihr vorsichtig seine Lieferung entgegen. „Mit Grüßen von dem Gentleman, Miss."

Eingeschlagen in leuchtend grünes Papier lagen fünf perfekte Lilien. Sie wirkten unglaublich zerbrechlich, strahlten aber in leuchtendem Orange.

Lilien. Orange. Die Bedeutung des Geschenkes tröpfelte langsam in Susannas Verstand und ihr stieg die Röte ins Gesicht. „Ich sollte sie nicht annehmen“, sagte sie zu ihrer Tante.

„Von wem sind sie denn?“, fragte Tante Ann. Ihre Augenbrauen zogen sich fast bis zu ihrem weißen Haaransatz hoch.

„Von Mr Giere.“ Susannas Gesicht brannte.

„Du solltest diese wunderschönen Blumen nicht ablehnen. Nimm sie an“, riet ihre Tante.

„Meinst du?“

Nachdem ihre Tante mehrfach energisch genickt hatte, nahm Susanna den Strauß entgegen. Ihre Tante war zu freundlich, um solch ein Geschenk abzulehnen, aber trotzdem …

Sie konnte kaum glauben, dass Mr Giere ihr diese wunderbaren Blumen geschickt hatte – und, viel schlimmer noch, dass ihre Tante sie überredete, sie solle sie annehmen. Bestimmt kannte Tante Ann die Bedeutung dieses Geschenkes, so wie alle Damen, die das *Godeys-Magazin* lasen.

In der Sprache der Blumen hatten orangefarbene Lilien nur eine einzige Bedeutung: Leidenschaft.

Kapitel 15

Der Briefumschlag hatte keine Absenderadresse. Er war adressiert an Susanna, darunter stand der Name ihres Onkels, Westerville, Ohio. Sie kannte die Handschrift nicht.

Susanna schob einen Finger unter die Lasche und brach das Siegel, versuchte es nicht zu zerbrechen, auch wenn ihr Puls raste und ihre Hände zitterten. War er etwa von der *Hannah-Neil-Mission?* Oder schlimmer, vom *Hare-Waisenhaus?* Kein Brief von dort konnte gute Neuigkeiten enthalten. Aber die Haushälterin würde den Hanbys ohnehin nicht schreiben, also konnte der Brief eigentlich nicht von dort stammen. Susanna holte tief Luft und entfaltete das Schreiben.

Wie seltsam. Es war nicht in der gleichen Handschrift verfasst wie die Adresse auf dem Umschlag. Der Brief sah aus, als wäre er gedruckt, aber nicht in guter Qualität. Einige Buchstaben waren fester eingedrückt, andere lockerer und sie standen auch nicht in einer geraden Linie. Alles war in Großbuchstaben verfasst.

> SUSANNA, ES GEHT MIR GUT, ABER ICH KANN MICH NICHT MIT DIR TREFFEN. SUCH NICHT WEITER NACH MIR. DEINE SCHWESTER

Susanna hob den Umschlag hoch und hielt ihn ins Licht. Ein Poststempel aus Columbus. Sie starrte ihn einen Moment lang an, dann legte sie den Umschlag auf ihren Schreibtisch und stützte den Kopf in die Hände.

Was hatte das zu bedeuten? Kam der Brief wirklich von Rachel? Er war offenbar mit einer dieser neumodischen Maschinen geschrieben worden, von denen sie neulich in der Zeitung gelesen hatte – einer Schreibmaschine. Doch warum sollte Rachel eine benutzen? Und wer hatte den Umschlag beschriftet?

Sie hob den Kopf und musterte ihn wieder. Es schien ihr, als werde ihr der Boden unter den Füßen weggerissen und sie hinge hilflos in der Luft. War alles nur ein Trick? Wenn George Rachel etwas angetan hatte, sie verletzt hatte – oder schlimmer –, hätte er einen solchen Brief auf einer Schreibmaschine verfassen und vorgeben können, er wäre von Rachel. Angewidert schloss Susanna die Augen. George schien ihr eigentlich nicht so gerissen oder berechnend, um so etwas durchzuziehen, doch eine drohende Gefängnisstrafe konnte einen Mann zu allem befähigen. Und Susanna fiel wirklich kein vernünftiger Grund ein, warum ihre Schwester eine Schreibmaschine verwenden sollte oder warum jemand anderes den Umschlag beschriftete. Sie musste einfach dafür beten, dass der Herr in seiner Güte gewährte, dass dieser Brief echt war und sie durch ihn irgendwie ihre Schwester finden würde.

Mr Giere würde George besuchen, das hatte er zumindest versprochen. Sie blickte zu den orangefarbenen Lilien, die in einer Vase auf der Fensterbank standen. Einige Male hatte sie sie schon wegwerfen wollen, abgelenkt durch ihren markanten Duft – ganz abgesehen davon, dass die satten Blüten sie immer wieder an Mr Giere erinnerten. Doch sie brachte es nicht übers Herz, die Blumen zu zerstören, denn sie waren ebenfalls eine Erinnerung an Rachel. Der blonde junge Mann hatte die Lilien höchstwahrscheinlich nur gekauft, weil Susanna sie bewundert hatte, als er das Geschäft betrat. Es war eine Geste der Freundlichkeit, vielleicht angeregt durch das Mitleid, das er durch ihre Geschichte für sie empfand. Mr Giere konnte nicht von Grund auf schlecht sein, wenn sein Herz von dem traurigen Schicksal von Rachel und ihren Kindern berührt wurde. Doch keine noch so gute Tat konnte sie mit dem Beruf seines Vaters versöhnen. Sie nahm die Hilfe von Mr Giere nur deshalb an, weil er vorhatte, das Brauereigeschäft zu verlassen.

Edel ist, wer edel handelt. Über das gute Aussehen von Mr Giere nachzudenken, war keine gute Idee – und Susanna sollte sich auch nicht von seinem leichten deutschen Akzent einlullen lassen, der nur auftrat, wenn er aufgeregt war. All diese Dinge waren trügerisch, genau wie die anfängliche Freude, die ein alkoholisches Getränk brachte. Man musste tiefer blicken, bis auf das Wesen einer Person, vorbei an den Oberflächlichkeiten bis hin zu den moralischen Prinzipien. Und Mr Gieres Prinzipien standen bisher noch nicht fest.

Susanna erhob sich, nahm ihren gehäkelten Schal von dem Haken ihrer kleinen Garderobe und band ihn sich schnell um. Sie konnte sich nicht dazu durchringen, ihrer Tante und ihrem Onkel den Brief schon jetzt zu zeigen. Er schien zu bedrohlich, zu fragwürdig. Ihr Kopf schmerzte. Sie durfte nicht die ganze Zeit über diese schrecklichen Dinge nachdenken, sonst würde sie noch verrückt werden. Susanna beschloss, zu dem einen Ort zu gehen, an dem sie Ruhe und Ablenkung erfahren würde – in die Bibliothek der Philalethischen Literaturgesellschaft in der Towers Hall. In den Sommermonaten war niemand dort. Es war ihre Privatbibliothek – ihr Rückzugsort.

Die Stille hieß Susanna in dem weichen, gedämpften Licht der Lesehalle willkommen. Einige gepolsterte Stühle warteten auf sie, als wollten sie sie in die Arme schließen wie gute Freunde. Susannas Absätze klickten leise auf dem Holzboden, als sie auf die hohen Regale zutrat und das Buch suchte, das sie mit solcher Freude gelesen hatte. Es war die einzige Möglichkeit, vor diesem schrecklichen, Furcht einflößenden Durcheinander zu fliehen und ihre Gedanken davon abzuhalten, sich ununterbrochen mit George, Rachel und den Kindern zu beschäftigen. Wenn sie noch länger an ihre Schwester dachte, würde sie zusammenbrechen. Eine halbe Stunde des Friedens würde ihr guttun.

Dort – das Buch, das sie suchte. Susanna ergriff den Ledereinband und zog ihn aus dem Regal, dann trat sie an einen Stuhl am Fenster heran und setzte sich seitlich darauf, um es bequem zu haben. Sie zog die Knie unter ihrem Rock hoch wie ein kleines Mädchen, doch hier war ohnehin niemand, dem es auffallen konnte. Mit dem Buch im Schoß lehnte sie sich zurück. Das Licht fiel auf den Buchtitel auf dem Einband.

Die Klugheit und Tugendhaftigkeit der Pflanzen: Ein Abriss über das Leben und Gebaren des Pflanzenreiches. Allein schon der Titel ließ sie lächeln. Irgendwo auf der Welt gab es Menschen, die Pflanzen und Blumen noch höher schätzten, als sie selbst es tat. Sie schlug das Buch bei ihrem Lesezeichen auf.

Es lässt sich nicht leugnen, dass die zentrale Apfelblüte häufig die einzige ist, aus der ein Apfel entsteht. Alle anderen „versuchen ihr Glück", sodass jede Gruppe dieser Blüten uns ein wunderbares Beispiel des Altruismus gibt.

Ein wenig übertrieben klang es schon. Doch sie genoss die Parabeln des Autors aus dem Pflanzenreich, selbst wenn das wahre Wunder im Aufbau der Blüten steckte, in der Art und Weise, wie jede Blume von einer Zahl beherrscht wurde, drei und fünf – manchmal auch zwei und vier – und diese Zahlen sich wieder und wieder in der Blume manifestierten. Gottes perfektes Schema.

Ein Klopfen an der Tür riss Susanna aus ihren Tagträumereien. Hektisch setzte sie sich ordentlich hin, stellte ihre Füße auf den Boden und strich ihren Rock glatt.

Die Tür öffnete sich mit einem Knarren und ein sommersprossiges Gesicht erschien in dem entstandenen Spalt. „Ich hoffe, dass ich Sie nicht störe, Miss …" Der Besucher trat ein und seine Augen wurden groß. „Miss Hanby! Ich wusste nicht, dass Sie es sind."

„Guten Tag, Mr Wilson." Sie erhob sich und klappte widerstrebend das Buch zu.

Der junge Mann schloss seinen Mund über seinen vorstehenden Zähnen und verbeugte sich ungelenk. „Es ist eine Freude, Sie hier zu treffen, Miss." Seine Augen funkelten sternenklar über seinen gesprenkelten Wangen.

„Was führt Sie heute ins College?" Susanna zwang sich, eine höfliche Unterhaltung zu führen, auch wenn ihre Gedanken noch bei dem Buch waren, das sie in Händen hielt.

„Das werde ich Ihnen verraten, Miss Hanby, wenn Sie mir versprechen, es keiner Menschenseele zu sagen."

„Also gut", willigte sie ein und hoffte, dass er sich beeilen würde, damit sie sich wieder ihrer Lektüre zuwenden konnte.

„Ich kenne einige Leute, die sichergehen wollen, dass Mr Corbin es sich noch einmal genau überlegt, ob er nicht doch lieber die Stadt verlässt." Abel Wilson hob verschwörerisch eine Augenbraue.

„Es freut mich, das zu hören", sagte sie höflich. „Wie werden sie ihn dazu bringen? Er hat schon das Angebot abgelehnt, sich ausbezahlen zu lassen."

„Das wissen wir alle. Diese Leute werden also etwas … energischer handeln."

„Sollte ich fragen, was Sie damit meinen?"

„Vielleicht nicht." Er grinste.

Diese Anspielung hinterließ ein mulmiges Gefühl bei Susanna, doch sie dachte an die blassen, schmalen Kinder der Familie Pippen. Kein Wunder, dass die Menschen auf die Barrikaden gingen bei dem, was sie erlebt hatten. Und was war mit dem Otterbein-College? Die Bewohner hatten ihr hart verdientes Geld geopfert, um das College zu retten, und jetzt bedrohte Mr Corbin mit seinem Saloon dessen Existenz. Ohne neue Studenten würde die Institution bankrottgehen.

„Die Menschen werden tun, was nötig ist, Mr Wilson."

„Ja, Miss. Jemand muss dafür sorgen, dass die Tugend triumphiert und die Unschuldigen beschützt werden." Das Strahlen in Mr Wilsons Augen hatte einen leicht fanatischen Zug angenommen.

„Ja", stimmte Susanna zu, obwohl sie sich unbehaglich fühlte, „die Unschuldigen müssen beschützt werden." Das war in jedem Fall richtig; ob er nun übertrieben motiviert war oder nicht.

„Ich bin so froh, dass Sie genauso denken." Er sah aus, als wollte er gleich ritterlich vor ihr auf die Knie gehen. Sie hoffte, dass er es nicht tat – immerhin lebten sie im Jahre 1875 und nicht 1475. Und auch wenn solch eine Geste von einem anderen Mann romantisch gewesen wäre, wäre es ihr von Mr Wilson nur unendlich peinlich.

„Wenn Sie mich jetzt entschuldigen würden, ich muss mich wieder meinen Studien widmen", sagte Susanna freundlich, aber bestimmt.

„Natürlich." Er ging rückwärts und blickte mehrfach hinter sich, um nirgendwo anzustoßen.

Sie seufzte und wünschte sich einen kurzen Augenblick, dass Abel Wilson aussehen würde wie Mr Giere. Es wäre so viel einfacher, wenn Mr Giere der leidenschaftliche Abstinenzler wäre.

Susanna lehnte sich zurück in ihren bequemen Stuhl und schlug das Buch wieder auf. Sie hatte die Stelle verloren, die sie bei Mr Wilsons Eintreten gelesen hatte, und durchsuchte die Kapitelnamen.

Oh. Das hörte sich alles andere als schön an. Doch der Autor hatte bisher so fesselnd und anschaulich geschrieben, dass sie herausfinden wollte, was diese Überschrift zu bedeuten hatte – kein Zweifel war es ein weiterer geistreicher Vergleich. Sie schlug die entsprechende Seite auf.

Es gibt eine Pflanzengattung, die Sipo Matador genannt wird. Sie entspringt dicht neben dem Baum, an den sie sich kletten möchte, und ihr Stiel überzieht den Stamm des Wirtsbaumes mit unzähligen gierigen Ranken. Im Laufe der Zeit tötet sie ihr Opfer, indem sie den Lebenssaft entzieht. Am Schluss bleibt das seltsame Spektakel, bei dem der selbstsüchtige Parasit die Arme um seine leblose Beute geschlungen hat …

Sie schlug erschüttert das Buch zu. *George.*

Wo waren die von ihr heiß geliebten allgemeingültigen Prinzipien der Schönheit und der Uneigennützigkeit geblieben? Ihr Botanikbuch hatte Susanna direkt zurück zu dem verstörenden Brief geworfen, der zu Hause auf sie wartete.

So etwas hatte sie heute bestimmt nicht lesen wollen.

„Ist George Leeds da drin?“, fragte Johann den Jungen, der auf einem großen Pferdewagen saß.

Der Saloon vor ihm wirkte zusammengeschustert aus altem Holz und Nägeln, die Planken waren kreuz und quer angebracht. Die krummen Fenster hatten keine Scheiben und die Läden standen weit offen, um in der glühenden Nachmittagshitze jeden Windzug einzufangen.

„Ja, Sir“, sagte der Junge. „Mr Leeds ist immer da.“ Er schnalzte mit den Zügeln und sein Pferd trabte auf der Main Street davon, die immerhin einen Kramladen, eine Arztpraxis und den unvermeidlichen Saloon bot.

Johann zog eine angewiderte Grimasse und öffnete die Türen des

Verschlages. Drinnen war es schummrig. Das schwache Licht von draußen fiel auf eine selbstgezimmerte Bar, die kaum handwerkliches Geschick erkennen ließ. Der Gastwirt stand dahinter und ein einsamer Gast saß auf einem Stuhl davor. Das war keine Überraschung, denn es war erst zwei Uhr nachmittags. So konnte er Leeds wenigstens schnell identifizieren.

„Mr Leeds?“, sagte er, als der schwarzhaarige Mann sich zu ihm umdrehte und ein bärtiges Gesicht und einen sehr ungepflegten Allgemeinzustand offenbarte – ölige Haut und zerknitterte Kleidung.

„Der bin ich“, brummte der Mann. „Was wollen Sie?“

Die Grenze war nicht weit entfernt, sodass man Fremden gegenüber generell skeptisch eingestellt war. Und Betrunkene waren noch argwöhnischer.

„Ich bin hier, um mit Ihnen zu reden und Ihnen vielleicht ein Bier auszugeben.“ Johann setzte sich neben ihn.

„Ein Whiskey wäre mir lieber.“

Oh nein. Das hatte er eigentlich nicht tun wollen. Kein anständiger Mann würde einem Trunkenbold freiwillig diesen Fusel kaufen. Doch das Wohl von sechs unschuldigen Kindern stand über der Gesundheit dieses körperlichen Wracks. Johann bedeutete dem Barmann, George den Whiskey einzuschenken. „Und für mich ein Bier, bitte.“ Er blickte George an, streckte ihm aber nicht die Hand entgegen – das wäre zu viel gewesen. „Ich bin Johann Giere.“

George Leeds nickte knapp.

Als die beiden Gläser vor ihnen auf die Theke gestellt wurden, nahm Mr Leeds seines auf und probierte die bernsteinfarbene Flüssigkeit, dann seufzte er wohlig. Johann unterdrückte ein Schaudern. Er wollte nicht mit dem Mann trinken, doch wenn er ihn von seinem Anliegen überzeugen wollte, musste er eine Art Gemütlichkeit erzeugen. Er hob sein eigenes Glas an die Lippen und nippte. Dieses Gebräu stammte von den Hosters. Das schmeckte er sofort.

„Sehr anständig von Ihnen, einem Mann einen Drink auszugeben“, sagte George Leeds. „Sie haben mich also gesucht?“ Das Funkeln in seinen Augen signalisierte Johann, dass er auf mehr als einen Drink hoffte. Nicht, wenn Johann es vermeiden konnte. Er würde direkt zum Punkt kommen müssen.

„Ich bin hier, um über Ihre Kinder zu sprechen“, sagte er.

Mr Leeds' Gesicht wurde hart und streitsüchtig. „Was ist mit denen?"

„Nichts, mit dem ich Sie belästigen will. Ich habe gehört, dass es ein schlimmer Schlag für Sie war, als ihre Mutter Sie verlassen hat." Johann versuchte, mitfühlend zu klingen. Es schien zu wirken, denn George verlor etwas von seiner abwehrenden Haltung und nahm noch einen Schluck Whiskey.

„Es war ein Schock, ja das war es." Er lallte fast. „Sie ist mit einem anderen Mann weggelaufen, ohne Grund, und hat sie alle mitgenommen. Bei so einer Mutter sind sie im Heim besser aufgehoben. Wenn jemand sie haben will, kann er *sie* fragen."

Das klang, als bezog er sich auf Susanna. Johann schnaubte unverbindlich. „Also haben Sie keine Ahnung, wohin Ihre Frau gegangen sein könnte?"

George Leeds blickte zur Seite, dann wieder auf sein Glas. „Nein." War da die Andeutung eines Grinsens auf seinem Gesicht?

Er setzte zu lautem Jammern an. „Und seitdem geht es mir wirklich dreckig. Sie sollte sich um die Farm kümmern, während ich arbeite, und jetzt gibt es niemanden mehr, der die ganzen Aufgaben übernimmt. Es sind harte Zeiten für mich."

Doch wer um diese Uhrzeit im Saloon saß, ging offenbar keiner geregelten Arbeit nach. Und um die Farm kümmerte er sich anscheinend auch nicht. Was für ein Mistkerl! Seine Frau hatte die ganze Familie ernährt, sich zusammen mit den älteren Kindern wahrscheinlich halb tot geschuftet – und jetzt beschwerte George Leeds sich, weil seine Köchin, Putzfrau und Kindermädchen in Personalunion die Stadt verlassen hatte.

„Hört sich schlimm an", zwang sich Johann zu sagen.

„Ist es auch." Er blickte griesgrämig drein.

„Nun, in diesem Fall würde ich Ihnen gerne die Zugfahrt nach Columbus bezahlen."

„Wofür?" Sein Atem stank nach Whiskey.

„Für die Kinder wäre es besser, bei der Familie zu bleiben. Deshalb bitte ich Sie als Gentleman, Ihre Kinder nach dem Gesetz einzufordern und sie aus den Heimen zu holen. Danach hätten Sie keine Verantwortung mehr für sie, denn Ihre Verwandten würden sich um sie kümmern."

„Sie meinen die Hanbys?" Mr Leeds grinste wieder, doch es war ein hinterhältiges Grinsen. „Das haben sie mich schon gefragt und ich habe Nein gesagt. Und ich bleibe dabei."

„Ich erstatte Ihnen die Kosten für die Reise und alle Ihre Ausgaben."

Ein Licht funkelte in seinen dunklen Augen. „Also, vielleicht überlege ich es mir nochmal. Ich bräuchte das Geld aber im Voraus."

Es war wahrscheinlich eine Verschwendung, doch Johann klammerte sich an den kleinsten Strohhalm. „Ich gebe Ihnen das Geld für den Zug und bezahle Ihnen ein gutes Essen, wenn wir uns in der Stadt treffen." Er holte das Geld hervor und schrieb mit einem Bleistift die Adresse der Brauerei auf einen Zettel seines Notizbuches. Dann riss er die Seite heraus und reichte sie seinem Gegenüber. „Kommen Sie dorthin und wir werden ein hübsches kleines deutsches Fest feiern."

„Gut." Doch das Grinsen zeigte Johann, dass es vergebene Liebesmüh war.

Hastig verließ er den Saloon und lief auf die Straße, um so schnell wie möglich einen großen Abstand zwischen sich und die jämmerliche Szenerie zu bringen.

Warum hatte er nur gesagt, dass er das tun würde? Ach ja. Susanna. Die ergreifende Erinnerung an ihr wunderschönes Gesicht im Blumenladen machte wenigstens etwas von dem ekligen Gefühl wieder gut, das Johann während des Gespräches mit George Leeds verspürt hatte.

Und er musste zugeben, dass es einen Silberstreifen am Horizont gab, auch wenn er bei George versagt hatte.

Er hatte einen guten Grund, um nach Westerville zurückzukehren und weiter für seinen Artikel zu recherchieren.

Und er würde Susanna wiedersehen.

Kapitel 16

Der Gesang in der Kapelle war nicht sehr melodisch, doch er kam von Herzen. Die Gemeinde sang den Text des Liedes von ganzem Herzen, um gegen die lauernde Bedrohung des Saloons anzugehen. Susanna spürte, dass alle zusammenstanden und vereint waren in ihrer Hoffnung, dass alles gut für Westerville ausgehen würde.

Aus dem Augenwinkel sah sie, wie ein Mann die Kapelle betrat und sich in die letzte Reihe stellte. Sie wandte sich nicht um und starrte ihn auch nicht an, doch sein blondes Haar und seine Haltung waren unverwechselbar – Mr Giere. Ihr Puls beschleunigte sich. Er konnte nur da sein, um ihr von seinem Treffen mit George Leeds zu berichten.

Das Lied kam zum Ende und die Menschen setzten sich, um die Predigt von Reverend Spalding anzuhören. Schließlich entließ er sie mit der dringenden Aufforderung, weiterhin friedlich gegen den Saloon und alle, die mit Corbin zusammenarbeiteten, vorzugehen. Während die Gemeinde nach draußen strömte, war die Stimmung gedrückt. Kaum jemand sagte etwas, bis alle draußen auf dem Collegehof standen.

Mr Giere wartete einige Meter entfernt, den Hut in Händen.

Onkel Will war noch in der Kapelle geblieben, um sich mit dem Reverend zu unterhalten, und hatte den Besucher somit noch nicht entdeckt. Doch Tante Ann winkte fröhlich. „Guten Morgen, junger Mann!“ Sie gab Susanna ein Zeichen und zog sie mit sich, während sie sich einen Weg zu Mr Giere bahnte.

„Guten Morgen, Ma'am.“ Der junge Mann begrüßte Tante Ann höflich und respektvoll. Seine Manieren waren so ganz anders als die oberflächlichen Komplimente und Schmeicheleien der Collegestudenten. Er war bescheidener, aber irgendwie ließ ihn das auch erwachsener wirken – vielleicht sogar lebensklug, denn er schien wirklich Ahnung vom echten Leben zu haben. Doch warum dachte sie überhaupt über solche Dinge nach? Mr Gieres persönliche

Vorzüge waren vollkommen unwichtig im Vergleich zu dem, was er vielleicht über Rachels Kinder herausgefunden hatte.

Susanna folgte ihrer Tante widerstrebend und versuchte, den Gedanken an die Lilien abzuschütteln, die er ihr geschenkt hatte und die sie immer wieder erröten ließen, wenn sie an ihre wahre Bedeutung dachte. Doch ihr war klar, dass sie die Lilien nicht unter diesem Aspekt betrachten durfte. Mr Giere hatte höchstwahrscheinlich gar keine Ahnung davon, dass bestimmte Blumen gewisse Bedeutungen hatten. Jetzt war das sowieso unwichtig. Denn jetzt wollte sie erst einmal die Neuigkeiten über George erfahren.

„Danke, dass Sie extra gekommen sind, um uns zu helfen", sagte Tante Ann. Susanna hatte ihr von Mr Gieres Plan erzählt, mit George Leeds zu sprechen.

„Ich wünschte, ich könnte Ihnen gute Nachrichten bringen", sagte er traurig.

Es war wie ein Schlag in den Magen. Susanna versuchte zu atmen. Sie hatte gewusst, dass es keine Hoffnung gab, aber …

„Es tut mir leid, dass ich keinen Erfolg hatte, Miss Hanby." Mr Giere sah aus, als meine er es ernst, doch Susanna wünschte sich, er wäre nicht so mitfühlend. Das machte es ihr noch schwerer, nicht die Fassung zu verlieren.

„Ich habe nichts anderes erwartet." Sie musste schnell das Gespräch beenden, bevor sie sich nicht mehr zusammenreißen konnte. „George wird uns nicht helfen?"

„Nein. Zuerst war er sehr freundlich zu mir, doch als ich Sie erwähnte, wurde er sehr ablehnend, ganz gleich, was ich zu sagen versuchte." Ein kurzer Ausdruck der Verachtung machte sich auf seinem Gesicht breit, als er weitersprach. „Er hat mir gesagt, dass Ihre Schwester persönlich die Kinder aus dem Heim holen und sie jemandem übergeben müsste."

„Das hat er gesagt?" Susanna konnte nicht nachdenken, war wie gelähmt. Ihre Tante legte ihr liebevoll eine Hand auf den Arm.

Der junge Mann sah aus, als hätte er am liebsten das Gleiche getan, doch dann senkte er den Blick und knetete seinen Hutrand. „Ich habe Leeds gefragt, ob er weiß, wo sich Ihre Schwester aufhält. Daraufhin wurde er sehr zurückhaltend und hat gesagt, dass er nichts wüsste."

„Danke“, murmelte sie. Sollte sie ihm von dem Brief erzählen? Nein, denn dann dachte er vielleicht, dass sie ihn weiter um Hilfe bat. Sie musste sich auf die Lippe beißen, um nicht zusammenzubrechen. Nach einem Augenblick des Schmerzes schmeckte sie Blut. Ihre Tante dankte Mr Giere und fragte ihn, ob sie ihn zum Mittagessen einladen dürfte. Susanna würde Kopfschmerzen vortäuschen müssen – es ging ihr viel zu schlecht für eine höfliche Unterhaltung bei Tisch, vor allem mit ihm.

„Ich denke, ich erledige lieber meine anderen Geschäfte in der Stadt“, sagte er mit einem mitfühlenden Blick auf Susanna. Mr Giere war auf jeden Fall viel zu gut aussehend. Bestimmt half ihm das dabei, das Bier seines Vaters zu verkaufen. „Aber ich würde die Damen gerne nach Hause begleiten. Wo ist Mr Hanby?“

„Er spricht noch mit Reverend Spalding über den Saloon“, erklärte Tante Ann. „Wir gehen schon einmal vor, wie wir es oft tun – er wird pünktlich zum Essen da sein.“

Mr Giere schien zu zögern, als wollte er einer von ihnen seinen Arm anbieten, wüsste aber nicht genau, wem. Nun, Susanna wollte seine Unterstützung ohnehin nicht. Sie ergriff den Arm ihrer Tante. „Sollen wir gehen?“, fragte sie.

Mr Giere verschränkte die Hände hinter dem Rücken und ging in angemessenem Abstand neben Susanna und ihrer Tante her. Er sollte sich nicht zu vertraut verhalten – immerhin waren sie weder verwandt noch befreundet.

„Ich bin froh zu hören, dass Mr Hanby versucht, das Problem mit dem Saloon zu lösen“, sagte er, als er sich dem langsamen Tempo ihrer Tante anpasste. Er wählte seine Worte sorgfältig, was den Effekt seines Akzentes noch hob. „Ich habe keinen Zweifel daran, dass sich jeder Schritt seines Planes an den Gesetzen orientiert.“

„So ist es“, bestätigte Tante Ann. „Die Zeit, als Will mit dem Gesetz in Konflikt geraten ist, ist vorbei. Das war zur Zeit der Sklavengesetze. Vandalismus oder Drohungen würde er niemals zustimmen.“

„Oder vielleicht Schlimmerem.“ Mr Giere wirkte bedrückt. „Deshalb bleibe ich auch heute Abend hier.“

„Um eine dramatische Geschichte für Ihre Zeitung zu bekommen?“ Susanna schaffte es nicht, die Schärfe in ihrer Stimme zu unterdrücken.

„Ich möchte nur", sagte er etwas verärgert, „nach einer interessanten Geschichte suchen. Das ist nicht verboten. Aber ich werde nicht tatenlos danebenstehen und zuschauen, wenn jemand verletzt oder getötet wird, nur um dann mit einem Grinsen einen Artikel für die Presse zu schreiben. Das wäre niemals das Verhalten eines Gentlemans."

Susanna konnte nicht anders, doch sie fing an, diesen blonden jungen Mann mit dem deutschen Akzent zu mögen. Zumindest hatte er seine Prinzipien. Sollte sie ihm erzählen, was Abel Wilson ihr anvertraut hatte? Doch sie hatte ihm versprochen, nichts zu verraten. Und außerdem hatte Mr Wilson ja nicht davon gesprochen, Mr Corbin oder jemand anderen zu töten – sie wollten nur etwas *energischer* sein, was auch immer das bedeutete.

„Glauben Sie, jemand könnte verletzt werden?" Tante Ann sah Mr Giere besorgt an. „Haben Sie irgendetwas gehört?"

„Das kann ich Ihnen nicht sagen." Er blickte unsicher zur Seite. „Aber ich kann Ihnen versichern, dass ich versuchen werde, alles Nötige in Erfahrung zu bringen, vor allem, wenn Leben in Gefahr sind."

„Aber würden Sie damit nicht Ihre Story ruinieren?", fragte Susanna.

„Meine Hoffnung ist, dass die Geschichte sowohl dramatisch als auch vollkommen harmlos sein wird." Er lächelte sie an.

Der Saloon lag auf dem Weg zum Haus der Hanbys. Das Dach hing immer noch schief, als hätte sich das Haus keck einen flotten Hut aufgesetzt. Einige Männer betraten das Gebäude, während Susanna die Eingangstür anstarrte. Schrecklich, dass sie ihre Trinkerei so öffentlich praktizierten – und das an einem Sonntag. War das überhaupt legal? Gab es denn keine Gesetze dagegen? Wenn nicht, sollte es sie geben. Sie musste ihren Onkel fragen.

Ein weiterer Mann schlüpfte um die Ecke und schlich sich mit einem scheuen Blick über die Schulter in den Saloon.

„Tante!" Susanna schnappte nach Luft und blieb wie erstarrt stehen. Mr Giere hielt seine Schritte neben ihr an.

„Was ist denn?", fragte ihre Tante.

Susanna klammerte sich an ihren Ärmel. „Ich glaube, gerade ist Mr Pippen in den Saloon gegangen."

„Nein!" Ihre Tante wurde blass. „Das können wir nicht wissen. Von hier aus kann man es doch gar nicht genau erkennen."

„Miss Hanby hat recht", sagte Mr Giere. „Ich habe ihn auch erkannt."

„Sie kennen ihn?", fragte Susanna wütend.

„Er hat bei dem Zusammentreffen in der Kirche Zeugnis abgelegt."

„Aber Ihnen ist es immer noch egal, dass Sie Corbin geholfen haben, den Saloon zu eröffnen, oder?"

Er schwieg und blickte zu Boden, dann schaute er auf die Tür, hinter der der dürre Mann verschwunden war.

Würde für die armen Kinder, die niemand beschützen konnte, alles ruiniert sein? War ihr Leben, ihre Gesundheit unweigerlich zerstört? Und alles nur wegen der zügellosen Trinkerei, die das Gesetz nicht verbieten wollte? Und Mr Giere würde nichts dagegen unternehmen. Er würde weiter sein Bier an diese Männer liefern und mit ihrem Unglück auch noch Geld verdienen.

Susanna wusste, dass sie ihre Zunge nicht weiter unter Kontrolle halten konnte. Sie raffte ihre Röcke und lief ohne ein weiteres Wort davon – die Straße entlang nach Hause.

Kapitel 17

Johann war sich sicher, dass die beiden alten Männer von der Veranda des Hotels aus Henry Corbin beobachteten. Sie hatten Position in zwei Schaukelstühlen bezogen, als wollten sie sich eine Weile entspannen. Einer hatte einen Stift und ein zerfleddertes Heft auf dem Schoß.

„Guten Abend, Gentlemen." Johann zog sich einen mit Leder gepolsterten Stuhl zurecht, der nicht weit von ihnen entfernt stand. Er setzte sich und streckte seine Beine aus, als hätte auch er bei dieser schwülwarmen Dämmerung nichts anderes zu tun, als sich auf der Veranda zu entspannen.

Er durfte sich von Miss Hanbys Gefühlsausbruch nicht von seiner Story ablenken lassen – er würde weiter nach Informationen suchen, auch wenn er über die Sache mit Arthur Pippen schockiert war. Aber er war nicht dafür verantwortlich. Pippen hatte von seiner Sucht nach Whiskey gesprochen, nicht nach Bier. Doch Johann konnte den Schmerz nicht vergessen, der in Miss Hanbys Augen gestanden hatte, bevor sie davongelaufen war.

Einer der Männer nickte zur Begrüßung, der andere kritzelte nur in sein Buch.

„Sind Sie vom Aufsichtskomitee?" Johann zog seine Mutmaßung aufgrund der Versammlung, die an diesem Abend in der Kirche abgehalten worden war.

„Jepp." Der Schreibende nickte bestimmt. „Ich bin zwar mittlerweile für die meisten Sachen nicht mehr zu gebrauchen, aber in einem Stuhl sitzen kann ich." Er kaute auf einem Zahnstocher herum und entblößte dabei erstaunlich gesunde, weiß blitzende Zähne. „Sind Sie neu in der Stadt?"

„Ich bin nur zur Besuch hier, Sir. Ich war heute Abend auf der Versammlung der Abstinenzbewegung und auch schon beim ersten Treffen dabei."

„Woher stammen Sie?"

„Aus Columbus. Ich reise berufsbedingt sehr viel." Johann starrte auf seine Schuhspitzen und wartete einen Augenblick, um nicht zu neugierig zu erscheinen. „Wonach halten Sie Ausschau?"

„Verstöße, Junge, Verstöße." Der Mann grinste, während sein Zahnstocher in den Mundwinkel wanderte. „Corbin wird bald gegen einige Regeln verstoßen, das garantiere ich."

„Zum Beispiel?"

„Er darf nicht draußen ausschenken. Er darf keine Männer unter achtzehn bedienen. Und er darf nach neun Uhr abends nichts mehr ausgeben."

„Ich verstehe."

Ein lauter Ruf zerriss die Stille auf der Straße. Es war unverkennbar Corbins raue Stimme, die hinter einem der offenen Fenster des Saloons auf der anderen Seite der Straße erklang.

Der mit dem Zahnstocher gluckste. „Er muss es gefunden haben, was?", sagte er zu seinem Freund.

„Denke schon", sagte der andere Mann mit einem Funkeln in den Augen.

„Was hat er gefunden?", fragte Johann.

Bevor er antworten konnte, wurde die Tür des Saloons aufgestoßen. Corbin sprang heraus. „Ich sehe euch da drüben!" Er stieß mit dem Finger in Richtung der beiden Alten, die für ihn im schwindenden Licht nicht mehr als dunkle Schatten sein dürften. Johann war froh, dass Corbin ihn nicht erkennen konnte.

Der eine nahm seinen Zahnstocher aus dem Mund. „Und jetzt?", rief er zurück. „Wir können sitzen, wo wir wollen."

„Ich weiß, dass ihr mich ausspäht und mir schaden wollt", schrie Corbin zurück.

„Was denn, Corbin, stinkt es etwa in Ihrem Laden?" Beide Männer gluckten.

„Ihr Bastarde!" Corbin wedelte mit den Armen herum, als wollte er gleich auf sie losstürmen, doch dann wandte er sich um und stapfte zurück in den Saloon.

Johann murmelte dem Mann mit dem Zahnstocher zu: „Was ist passiert?"

„Man sagt, jemand habe heute Abend ein paar faule Eier durch Corbins Fenster geworfen." Der Mann lächelte wie ein Lausbube. „Das wird ordentlich stinken."

Eine Minute später verließen zwei Besucher hastig den Saloon. Einer von ihnen hielt sich die Hand vor den Mund, als wäre ihm schlecht.

„Sehen Sie?“ Der alte Mann lachte. „Hast du das aufgeschrieben?“, fragte er seinen Freund. „Jetzt geht’s ans Eingemachte.“

„Hab alles“, knurrte sein Freund, der seinen zerdrückten Hut über die Augen gezogen hatte. „Aber langsam sehe ich nichts mehr.“

In diesem Moment kam der Laternenanzünder die Straße entlang und entzündete die wenigen Öllampen mit seinem langen Stab. Das Hotel hatte seine eigenen Verandalampen; ein Dienstmädchen trat heraus und hielt ein brennendes Zündholz an den Docht. Gemütliches Licht flackerte auf.

Während sie noch dabei war, verließ eine Gruppe Männer das Restaurant des Hotels – ein Etablissement, das natürlich keinen Alkohol ausschenkte, aber einfache, kräftige Speisen anbot. Die jungen Männer kamen Johann bekannt vor. Es waren die Studenten des Otterbein-Colleges, die er bei der ersten Versammlung in der Kirche gesehen hatte. Johann beobachtete, wie sie die Stufen hinuntergingen und flüsternd miteinander sprachen.

„Wenn Sie mich jetzt entschuldigen würden, meine Herren“, sagte er zu den beiden Alten auf der Veranda und erhob sich. „Ich mache noch einen kleinen Abendspaziergang.“

„Passen Sie gut auf. Unsere Straßenbeleuchtung ist nicht die beste.“

„Danke.“ Johann folgte den jungen Männern in einem sicheren Abstand. Sein Misstrauen und diese Verfolgung in der Dunkelheit mochten albern sein. Doch etwas an der Art, wie die Männer den Saloon nicht aus den Augen ließen, zeigte Johann, dass sie nicht nur einen nächtlichen Spaziergang geplant hatten.

Er musste vorsichtig einen Fuß vor den anderen setzen, damit er nicht aus Versehen in ein Loch trat und sich am Ende noch den Knöchel brach. Westerville würde von Gaslampen ungemein profitieren. Aber andererseits konnte er sich so in den Straßen bewegen, ohne gesehen zu werden.

Johann schwebte die Straße entlang wie ein Schatten und strengte sich an, in der Dunkelheit etwas zu erkennen. Die jungen Männer flüsterten immer noch miteinander, doch als sie die State Street verließen und sich in Richtung des Flusses wandten, verstummten sie. Johann konnte immer noch hören, wie sie sich vorwärtsbewegten, und hoffte, dass ihre Schritte seine eigenen übertönen würden.

Doch plötzlich fühlte er keinen Boden mehr unter seinem rechten Fuß, taumelte und stürzte zu Boden. Er konnte sich gerade noch mit den Handflächen aufstützen, wobei sich kleine Steinchen schmerzhaft in seine Haut bohrten. Er erstarrte, lauschte, doch die Männer schienen es nicht bemerkt zu haben. Was war er nur für ein Abenteurer – taumelte in der Nacht herum wie ein ungeschickter Schuljunge. Er rappelte sich auf und folgte ihnen weiter.

Die jungen Männer gingen auf ein großes Gebäude zu, ein Lagerhaus oder eine Scheune, wie Johann anhand der im Mondlicht schemenhaft erkennbaren Umrisse vermutete. Vielleicht hatten sie ja nur ein geheimes Vereinstreffen. Doch er würde ein oder zwei Minuten beobachten, was als Nächstes geschah.

Es dauerte nicht lange, bis die Gestalten wieder aus der Scheune kamen. Einige trugen einen Gegenstand zwischen sich, größer als ein Eimer, doch kleiner als ein handelsübliches Bierfass. Näher durfte er nicht an sie heran, sonst würden sie ihn entdecken. Sie gingen um die Ecke der Scheune und verschwanden zwischen den Bäumen.

Johann überlegte, was er nun tun sollte. Der Pfad dort drüben im Wald war ohne Licht noch gefährlicher als der Weg durch die Stadt. Die jungen Männer mussten sich sehr gut dort auskennen. Wenn Johann ihnen weiter folgte, wäre es nur eine Frage der Zeit, bis er über eine Wurzel oder einen Stein stolperte und stürzte. Dann würden sie ihn ohne Zweifel entdecken.

Es war besser, für diesmal aufzugeben. Er konnte auch morgen früh noch einmal zurückkehren und sich hier umschauen. Und vielleicht war ja alles ganz harmlos. Ein paar Collegestudenten, die sich nur amüsieren wollten.

Doch sein Gefühl sagte ihm, dass an dieser Sache weitaus mehr dran war.

Die Morgendämmerung lugte durch das Küchenfenster und warf ein schwaches Licht auf das Essen, das Susanna in den Korb packte. Sie durfte noch nicht wieder zu ihren Nichten und Neffen – die endlos scheinende Woche zwischen den Besuchen würde sich noch vier weitere Tage hinziehen –, doch sie und ihre Tante konnten wenigstens den Pippens beistehen.

Tante Ann betrat mit einem kopflosen Hühnchen in der Hand die Küche. Ihre Schürze war blutverschmiert und sie hatte den grimmigen Gesichtsausdruck einer Frau, die eine wichtige, aber verhasste Aufgabe zu erledigen hatte. Susanna konnte sie bestens verstehen. Zu Hause bei ihren Eltern war sie für das Schlachten der Hühner verantwortlich gewesen, weil sie die Geschickteste gewesen war und die Hühner rasch hatte einfangen können, ohne sie zu großer Aufregung auszusetzen. Doch sie hatte sich immer unwohl dabei gefühlt. Es war eine große Sache, ein Geschöpf in die Hand zu nehmen und sein Leben zu beenden, das Strahlen seiner Augen zu sehen, selbst wenn es so klein war wie ein Huhn.

Ihre Tante wickelte das Hühnchen in ein Papier, nahm ihre Schürze ab und hängte sie auf. „Sollen wir gehen?"

Susanna und Tante Ann gingen an den Geschäften vorbei durch die drückende Hitze. Würde sie denn niemals nachlassen? Ein Pferd an einer Stange schlug mit dem Schweif und versuchte, die Fliegen an seinen Augen abzuschütteln. Das arme Tier! Die Fliegen waren dieses Jahr unerträglich, als suchten sie jeden noch so kleinen Flecken Feuchtigkeit in der nicht enden wollenden Hitze.

Ein Wagen rollte die Straße hinunter und blieb vor dem Saloon stehen. Darin saßen eine hagere Frau mit dunklen Haaren und vier Kinder, die ihr sehr ähnlich sahen. Die Frau kletterte vom Wagen und hob das jüngste Kind, ein Mädchen von vielleicht drei Jahren, zu sich herunter. Nach ihr stiegen zwei Jungen und ein größeres Mädchen auf die staubige Straße. Die Kinder sahen sich neugierig um, ihre dunklen Augen schienen jedes noch so kleine Detail aufnehmen zu wollen. Susannas Herz schmerzte, als sie an ihre Nichten und Neffen denken musste.

„Mama, das ist eine sehr kleine Stadt", sagte das große Mädchen.

„Das habe ich dir doch schon gesagt", sagte die Mutter und lächelte ihre Tochter liebevoll an. „Und jetzt schnappt sich jeder eine

Kiste oder einen Sack und wir gehen nach drinnen." Sie setzte sich das kleine Mädchen auf die Hüfte. Es schlang die Arme um ihren Hals und barg den Kopf an ihrer Schulter. Susanna hielt den Atem an. Sie musste an Rachel und Della denken, die genauso im Garten gestanden hatten, als sie ihre Schwester das letzte Mal gesehen hatte.

Susanna wandte den Kopf über die Schulter und sah, dass sie ins Haus der Witwe Clymer gingen. Es musste Henry Corbins Familie sein.

Es waren Kinder, sagte sich Susanna, und sie konnten nichts für den Beruf ihres Vaters. Was, wenn es den Bewohnern von Westerville gelang, Corbin loszuwerden? Was würde dann mit seinen Kindern geschehen? Wie würden sie überleben und wohin würde die Familie gehen, wenn der Saloon geschlossen würde und sie die Stadt verlassen müssten?

Sie würden schon klarkommen. Henry Corbin würde einfach in irgendeiner anderen Stadt weitermachen. Sie durfte sich nicht erweichen lassen, wenn Familien wie die Pippens durch Corbins Handeln zerstört wurden. Die Gefahr für die Pippens war viel größer als die Mühsal für Corbins Kinder, in einer anderen Stadt neu anfangen zu müssen. Doch Susanna schaffte es nicht, die erwartungsvollen Gesichter der Kleinen zu verdrängen. Warum taten die Menschen nicht einfach das, was richtig war? Die Familie Corbin würde einen schweren Stand in der Stadt haben, doch das war nicht die Schuld von Westerville. Es war vollkommen eigensinnig und rücksichtslos, in dieser Stadt einen Saloon zu eröffnen – Corbin sorgte für eine Krise, die niemals aufgekommen wäre, wenn er sich nur verantwortungsvoll um seine Familie gekümmert und sie nicht in diese Auseinandersetzung hineingezogen hätte.

Die Hanbys gingen auf ein kleines Haus zu, kaum größer als eine Hütte und versteckt unter einigen Bäumen in der Walnut Street. Tante Ann klopfte leise. Susanna spürte das Gewicht des Korbes an ihrem Arm.

Das kleine blonde Mädchen öffnete. „Guten Tag." Sie starrte die beiden Damen neugierig an.

„Wir sind hier, um deine Mutter zu besuchen", erklärte Tante Ann. „Ist sie da?"

„Sie ist im Bett."

„Ist sie krank?"

„Das weiß ich nicht."

Der Junge und das größere Mädchen traten hinter ihre Schwester. Susanna konnte einen Blick in den kleinen Raum dahinter erhaschen, in dem ein kalter Ofen stand und der nur von einem einzigen Fenster erhellt wurde.

„Ich würde gerne mit ihr reden", sagte Tante Ann. „Ich möchte wissen, ob sie Hilfe braucht."

Die Kinder sagten nichts und sahen sie nur mit ihren ausgemergelten Gesichtchen aufmerksam an, als sie an die Tür trat, die ins Hinterzimmer führen musste. Susanna folgte ihrer Tante. Der Anblick dieser Kinder brach ihr das Herz – sie schienen sich von fröhlichen kleinen Menschen in traurigere, viel ältere Versionen ihrer selbst verwandelt zu haben.

In dem dunklen Hinterzimmer lag in einem klapprigen Bettgestell ein dünner Körper unter einer fadenscheinigen Decke.

„Mrs Pippen?", fragte Susanna. Sie ließ ihrer Tante den Vortritt – Mrs Pippen kannte Tante Ann und würde vor ihrer Anwesenheit vielleicht nicht erschrecken.

Der Körper bewegte sich nicht, doch es musste Mrs Pippen sein, wie man an dem langen, fast farblosen Haar erkennen konnte. Ihre Tante ging um das Bett herum.

„Mrs Pippen", sagte sie mit lauter Stimme. „Wir sind hier, um Ihnen zu helfen. Können Sie mich hören?"

Warum fragte sie das? Alarmiert trat Susanna ans Bettende und musterte Mrs Pippens Gesicht.

Sie starrte an die Zimmerdecke, ihre Augen waren glasig. Etwas Seltsames, Unnatürliches lag in ihrem Blick. Ein Schaudern lief Susanna über den Rücken. Es war, als wäre Mrs Pippen aus dem Leben herausgetreten, als lehne ihr leeres Gesicht jede weitere Trauer ab. Doch sie atmete noch immer, das Leben steckte noch in ihr. Warum wirkte sie wie eine leere Hülle und reagierte nicht?

Ihre Tante ergriff die schlaffe Hand der Frau und tätschelte sie. „Mrs Pippen?" Die Frau blinzelte, bewegte sich ansonsten aber nicht.

Susanna spürte, wie eine Gänsehaut über ihre Arme huschte. Der zerbrochene Wille der Frau schien ihren Geist besinnungslos zu machen.

Worte des Trostes würden hier nichts nützen. Doch es musste etwas geben, das Mrs Pippens Lebensgeister wiedererweckte – sie durfte ihre Kinder nicht im Stich lassen, die sie nun mehr als jemals zuvor brauchten. Sollte Susanna das sagen?

Nein, das würde sie nicht – sie wusste nicht, wie man sich in solch einer Situation verhalten musste, sie hatte so etwas noch nie erlebt. Sie hoffte, dass ihre Tante wusste, was zu tun wäre, hoffte, dass sie Mrs Pippen wieder in dieses Leben zurückholen könnte, das zerbrochen und verloren erschien. Das Schicksal dieser Familie war umso schlimmer, da es für kurze Zeit so ausgesehen hatte, als würde alles gut werden.

„Stell den Korb ab und hilf mir bitte“, sagte Tante Ann mit einem eindringlichen Blick auf Susanna. „Wir wollen sie aufsetzen.“

Susanna eilte an das Bett.

Es war anstrengend – Mrs Pippen war schwer, ein muskelloser, knochenloser Klumpen, obwohl sie so zierlich wirkte. Doch endlich schafften sie es, die Frau an den Schultern aufzurichten.

„Halt sie fest“, sagte Tante Ann. Sie ging neben dem Bett auf die Knie. Zu Susannas Überraschung legte sie ihre Arme um Mrs Pippen und drückte sie fest an sich. Dann hob sie den schlaffen Körper hoch, indem sie aufstand. Nun schwankte die Frau mit Tante Anns Hilfe und Susannas Griff um ihre Schultern langsam vor und zurück.

Ihre Tante lockerte ihre Umarmung nicht, sondern fing an, leise zu singen, ein Wiegenlied. Es war, als schwappte eine Welle der Liebe von ihrem Körper zu dem der anderen Frau. Auch als Mrs Pippen keine Reaktion zeigte, ließ sich Tante Ann nicht beeindrucken, sondern sang einfach weiter, ein süßes Lied, das sich irisch anhörte, wie Susanna fand. Nach der zweiten Strophe zuckte Mrs Pippen. Ihre Augen schlossen sich und verbargen ihr seltsames Starren, als sie die Arme hob und sie um Tante Ann legte. Und während sie sich so festklammerte, stieß sie plötzlich ein Stöhnen aus und fing an zu schluchzen. Ihr schwacher Körper wurde durchgeschüttelt. Auch Susanna traten Tränen in die Augen. Dieser Schmerz war kaum auszuhalten.

Ihr Gefühl sagte ihr, dass sie Mrs Pippen mit ihrer Tante alleine lassen sollte, die leise und beruhigende Worte murmelte.

Susanna beschloss, sich um die Kinder zu kümmern. Sie nahm den Korb auf und ging zurück in den größeren Raum, schloss die Tür hinter sich. Die Kinder warteten dort, in einer Ecke zusammengedrängt.

„Alles wird gut", sagte Susanna zu ihnen. „Eure Mutter war krank, aber jetzt geht es ihr schon besser. Wir haben euch etwas zu essen mitgebracht. Ich kann euch etwas kochen, wenn ihr wollt." Sie wusste nicht, wann Mrs Pippen wieder in der Lage sein würde, etwas zu kochen. In einem Eimer lagen einige Kohlebrocken. Susanna schichtete sie in den kleinen Ofen, nahm ein Streichholz aus einer Schachtel neben dem Ofen und entzündete es. Nach kurzer Zeit brannte die Kohle. Zum Glück würde der Abzug den Großteil der Hitze nach draußen abgeben. Susanna trat an das Fenster und öffnete die Läden. Licht ergoss sich golden auf den Boden und den Korb.

Sie holte das Essen daraus hervor. „Hier – Brot für euch. Und auch Milch." Die Kinder griffen schweigend zu, aßen und tranken. Nach einigen Augenblicken sahen ihre Gesichter nicht mehr ganz so trostlos aus.

Susanna fand eine Pfanne, die sie auf den Ofen stellte. Sie gab das Hühnchen hinein und drehte es immer wieder mit schnellen geübten Bewegungen der Gabel um. Die Trauer in ihrem Inneren mischte sich mit Zorn.

Die Welt konnte nicht besser werden, solange Menschen immer wieder den Gewinn über die Moral stellten und andere damit in die Irre führten. Nur die Entscheidung für ein untadeliges Leben konnte die Kinder der Pippens – wie auch ihre eigenen Nichten und Neffen – vor dem Elend bewahren. Eine Entscheidung, die sowohl George Leeds als auch Arthur Pippen abgelehnt hatten. Warum? Wer würde die Maßlosigkeit dem Guten vorziehen? Das Leiden der Freude?

Es schien ihr nun umso wichtiger, dass Westerville in Bezug auf den Saloon die richtige Wahl traf. Erneut stieß Susanna voller Wut die Gabel in die Hähnchenbrust. Sie durfte die Kinder ihrer Schwester noch nicht sehen, aber in der Zwischenzeit würde sie alles tun, was sie konnte, um Henry Corbin aus der Stadt zu vertreiben. Der Mann musste einen anderen Ort für sein Geschäft finden.

Nichts auf der Welt war den Preis wert, den die Pippens für ein Glas Whiskey zu bezahlen hatten.

Kapitel 18

Das Geräusch des Regens drang in seinen Schlaf – ganze Wasserfälle schienen sich gegen das Fenster seines Hotelzimmers zu ergießen. Johann krabbelte im grauen Licht des Morgens aus dem Bett, rieb sich das Gesicht und ging zum Fenster. Über den Fenstersims plätscherte das Wasser hinunter auf die State Street, wo es den Schmutz aufwirbelte und die ganze Straße in eine schaumige braune Masse verwandelte. Dieser Matsch würde den Weg zum Bahnhof nicht gerade angenehm gestalten, doch die Züge würden trotzdem fahren.

Der Saloon sah von hier genauso aus wie sonst, obwohl die Umrisse durch die nasse Fensterscheibe nur unscharf zu erkennen waren. Kein Aufruhr hatte die Bewohner der Stadt aus den Betten geholt. Für Johann war es also eine verschwendete Nacht gewesen. Doch eigentlich war er nicht enttäuscht. Er wollte zwar anwesend sein, wenn sich etwas ereignete, doch er wollte nicht, dass jemand verletzt wurde.

Die gute Auswahl beim Frühstück erklärte die Beliebtheit des Hotels: Spiegeleier, Speck, gebratene Tomaten. Er nahm sich ausgiebig Zeit zum Essen, während der Regen nachließ und der Tag sich langsam aufhellte. Andere Reisende taten es ihm gleich, vertieften sich in ihre Zeitungen, tranken eine zweite Tasse Kaffee. Keiner von ihnen schien einen Regenschirm dabeizuhaben – es war so lange her, dass es geregnet hatte, dass niemand an ein solches Utensil gedacht hatte. Wenn sie das Hotel verließen, wären sie alle den Elementen schutzlos ausgeliefert.

Johann ergriff seinen Hut und die Reisetasche und trat durch die offene Tür hinaus auf die Veranda. Die alten Männer hatten schon wieder ihre Plätze auf der Veranda eingenommen, um Corbins Saloon zu beobachten. Doch sie wirkten bei Weitem nicht so entspannt und fröhlich wie beim letzten Mal. Sie starrten irgendetwas an – er folge ihrem Blick.

Ein Mann war in Sichtweite des Saloons aufgehängt worden. Johanns Herzschlag raste.

Nein, es war kein echter Mann, sondern eine lebensgroße Puppe, durchtränkt vom Regen. Sie war lang und dünn und bekleidet wie Corbin, trug sogar einen Hut, der seinem ähnelte. Unter dem Hut lugte etwas hervor, das an ein Tierfell erinnerte, vermutlich um Corbins schwarze Haare darzustellen. Das Seil um den Hals der Puppe war wie ein Henkersknoten geschlungen.

Johanns Magen drehte sich um. Was für eine widerliche, schmutzige Drohung, die einer zivilisierten Gesellschaft nicht würdig war! Die Männer auf der Veranda setzten unbeteiligte Mienen auf.

Johann musterte gerade die schmutzigen Stufen, die zur Straße hinunterführten, und überlegte, ob er den Gang zum Bahnhof wagen sollte, als ein Husten seine Aufmerksamkeit wieder hinüber zum Saloon zog. Ein Junge von vielleicht zwölf Jahren kam heraus und zog vergeblich an den Füßen der Attrappe. Das Husten jedoch stammte von seiner schluchzenden Schwester neben ihm, die sich bei dem schrecklichen Anblick der Puppe die feuchten Augen mit dem Ärmel abwischte. Johann hatte die Familie Corbin gestern schon durch die Stadt spazieren sehen; sie hatten den Gemischtwarenladen und weitere Geschäfte betreten, waren aber überall sehr niedergeschlagen wieder herausgekommen. Man hatte ihnen offensichtlich keinen herzlichen Empfang bereitet.

Wieder zog der Junge an der Puppe – der Fuß riss ab, was seine Schwester noch mehr zu verstören schien.

„Hol sie runter“, jammerte sie. Die Versuche des Jungen wurden energischer, aber er war einfach nicht groß genug, um das Seil zu erreichen.

Johann stellte seine Tasche ab und lief über die Straße, wobei er versuchte, das spritzende Wasser und den Gestank zu ignorieren, der sich ausbreitete. Der dreckige Schlamm reichte bis über seine Schuhspitzen und nach wenigen Schritten war er nass bis zu den Schienbeinen. Ein paar Regentropfen benetzten seine Hände, als er vorwärtswatete, bis er schließlich neben dem Jungen stand.

Er reckte seine Arme nach oben und mühte sich, den Knoten des Seils zu öffnen, der sich durch die Nässe in eine harte Masse verwandelt hatte. Es dauerte eine gute Minute, bis er es endlich schaffte, den Kopf der ekelhaften Puppe zu befreien.

Die Kinder beobachteten ihn mit großen dunklen Augen. Das Mädchen hatte aufgehört zu weinen.

Ein guter Journalist durfte nur beobachten, doch ein Gentleman musste zum richtigen Zeitpunkt handeln.

„Macht euch keine Sorgen“, sagte Johann zu den Kindern. „Niemand wird euch etwas tun.“ Er packte die Puppe an der Jacke und schleppte sie in die Nebenstraße. Er würde sie so weit entfernt wegwerfen, wie es ihm möglich war, damit die Kinder sie nicht mehr sehen mussten.

Die kleine Gasse war nicht so schlammig wie die Straße. Johann zog den schweren Puppenkörper durch den Dreck wie eine übergroße Schlange. Am Ende der Gasse war ein Mietstall, der hauptsächlich von den Hotelgästen genutzt wurde. Ein Mann trat mit einem Eimer voll Getreide heraus, das Gesicht dreckverschmiert – ein Stallbursche.

„Guten Morgen“, sagte Johann.

Der Stallknecht starrte auf die plumpe Puppe.

Johann schüttelte sie. „Eine schreckliche Sache für die Kinder. Ich will dieses Ding in den Wald werfen. Oder auf einen Misthaufen auf dem Weg.“

„Ich mag keine Whiskey-Verkäufer“, sagte der Mann mit den buschigen Augenbrauen. Tiefe Falten gruben sich um seinen Mund. „Auf welcher Seite stehen Sie?“

„Auf der Seite, die Kinder nicht in Angst und Schrecken versetzen will.“ Johann spürte, wie seine Muskeln sich anspannten und sein Herz immer schneller schlug. Von diesem Kerl konnte er keine Hilfe erwarten. Mit einem Schnauben zog er die Puppe weiter, an dem Misthaufen vorbei in Richtung Wald. Was, wenn jemand versuchte, sie wieder aufzuhängen? Wut loderte in ihm auf, als er sich daran machte, das schreckliche Ding in Stücke zu reißen. Schließlich lagen überall um ihn herum zerrissene Kleidungsstücke und weiße Stücke des Füllmaterials. So, jetzt konnte damit kein Unheil mehr angerichtet werden. Johann warf den Kopf hoch und gab ihm einen gezielten Tritt mit dem Fuß. Die Kugel segelte in die Baumwipfel hinein und blieb irgendwo dort hängen. Jetzt fühlte Johann sich besser. Vielleicht würde ein Vogel sein Nest darin bauen.

Mr Corbin stand unter seinem Schild, als Johann zurückkam. Er versuchte, unbeteiligt zu wirken, doch der Saloonbesitzer winkte ihm zu.

„Guten Morgen", sagte er widerwillig und war sich der alten Männer, die von der anderen Straßenseite herüberstarrten, sehr deutlich bewusst.

„Mr Giere! Sie waren es also, der die Puppe abgenommen hat? Mein Sohn hat mir von einem blonden jungen Mann erzählt."

„Ja, Sir."

„Das war wirklich ein übler Streich." Corbin sägte mit einem Messer an dem Henkersseil und schnitt es von seinem Schild.

„Mr Corbin, ich muss dann aufbrechen." Johann wollte verschwinden, bevor seine Maskerade aufflog.

„Warten Sie." Corbin wandte sich mit dem Seil in der Faust zu ihm. „Ich will Ihnen etwas zeigen."

„Dann komme ich hinten herum", sagte Johann. Musste er denn unbedingt darauf bestehen? Johann wollte es nicht riskieren, länger zusammen mit dem Saloonbesitzer gesehen zu werden.

Er ging zurück in die Gasse und trat an die Hintertür des Hauses. Mr Corbin wartete schon auf ihn. „Kommen Sie rein."

Er folgte dem Mann durch das Hinterzimmer, in dem einige Kisten und Flaschen gelagert waren und wo es immer noch unangenehm nach faulen Eiern roch. Einige Schritte weiter kamen sie in den Hauptraum des Saloons mit der Bar und den Tischen.

„Sehen Sie das?", fragte Corbin stolz.

Auf die Tür gerichtet lag auf der Bar ein Gewehr. Eine seltsame Konstruktion aus Seilen und Knoten war darum errichtet. Corbin trat heran und befreite die Waffe.

„Wenn jemand versucht, nachts hier einzudringen", erklärte er und zeigte auf ein schweres Eisengewicht, das über der Tür schwebte, „fällt das herunter und zieht an dem Seil. Dadurch wird es gespannt und das Gewehr abgefeuert."

Er nahm das Gewicht herunter, um es zu demonstrieren. Johann zuckte zusammen, als ein lautes Klicken ertönte. Wäre das Gewehr geladen gewesen, hätte es nun einen lauten Schlag getan.

„Genial, aber sehr unklug, Mr Corbin." Mit zitternden Händen legte Johann seinen Hut auf die Bar. „Sie dürfen das nicht tun. Hier leben kleine Kinder. Was, wenn eins von ihnen den Mechanismus aus Versehen auslöst? Oder vielleicht in der Schussbahn steht?"

„Meine Kinder sind nicht dumm und wissen, dass sie die Waffe nicht berühren dürfen", widersprach Corbin. „Als meine Tochter meine Erfindung gesehen hat, war sie froh, dass ich sie vor den Menschen beschütze, die mich heute Morgen bildlich aufgehängt haben." Er reckte das Kinn vor und zog die Augenbrauen zusammen.

„Wenn irgendetwas passiert, wandern Sie ins Gefängnis."

„Ich beschütze nur mein Eigentum."

Darauf hatte Johann keine Antwort. Wahrscheinlich hatte Henry Corbin recht – wenn jemand nachts illegal in seinen Saloon eindrang und durch die Konstruktion erschossen wurde, würde er wahrscheinlich wegen Notwehr freigesprochen werden.

„Aber Sie erhöhen die Gefahr für Ihre Familie doch nur, wenn einer von den Angreifern Ihre Waffe entdecken sollte."

„Dann wissen sie wenigstens, dass ich es ernst meine. Todernst." Corbins Gesichtsausdruck war sehr grimmig.

„Tun Sie es nicht, Mann." Johanns Stimme wurde weicher. „Denken Sie an Ihre Frau und die Kinder. Ziehen Sie sie da nicht mit rein."

„Ich habe sie in gar nichts reingezogen. Ich verhalte mich vollkommen legal. Ich werde mich nicht von religiösen Fanatikern aus meinem Saloon vertreiben lassen." Doch in Corbins Augen stand die Sorge.

„Denken Sie noch mal gut über alles nach; das ist alles, was ich sagen kann." Johann nahm seinen Hut wieder auf. „Und jetzt muss ich gehen. Ich war schon seit zwei Tagen nicht mehr in der Brauerei."

„Erzählen Sie Ihrem Vater von alldem. Vielleicht geht er gegen diese Drohungen vor. Immerhin ist es auch schlecht für sein Geschäft." Doch in Corbins Stimme schwang Hoffnungslosigkeit mit.

Johann seufzte und ging auf dem Weg zurück, auf dem er auch gekommen war, durch das Hinterzimmer mit den Kisten und Flaschen, in den Hof und die kleine Gasse unter dem grauen Himmel.

Die Sache mit der Puppe bot eine gute Story für den *Westboten*, aber das machte seine Sorgen über Corbins Kinder nicht kleiner. Er hatte die Befürchtung, dass es nicht bei faulen Eiern und baumelnden Puppen bleiben würde.

Johann ging zum Hotel hinüber, holte seine Tasche und machte sich auf den Weg zum Bahnhof.

Aus welcher Perspektive sollte er seine Story erzählen? Die Wahrheit war nicht gerade schmeichelhaft für Corbins Gegner, unabhängig davon, ob die Mehrheit der Zeitungsleser für oder gegen die Abstinenzbewegung war. Und das würde gleichzeitig bedeuten, dass seine Geschichte nicht schmeichelhaft für Susanna ausfallen würde. Er wollte ihrer Familie nicht noch mehr Schwierigkeiten machen. Doch wenn er den Artikel wirklich bei der *Staatszeitung* einreichen wollte, musste er bei seinen Lesern einen bleibenden Eindruck hinterlassen. Also würde er die Wahrheit schreiben und sie nach New York schicken.

Dann würde er sehen, ob Mr Reinhardt recht hatte und es einen göttlichen Plan für seine Zukunft gab.

Kapitel 19

Durstig trank der trockene Boden die Wasserfluten. Auf dieser Seite der Straße war es gar nicht so schlecht, doch auf der anderen hatte sich im Matsch ein Wagen festgefahren, dessen Fahrer fluchend neben seinem Fuhrwerk stand, bis er Susanna sah und seine Worte zügelte.

Sie beeilte sich, schnell durch den Matsch zu kommen. Ihre Schuhe waren mittlerweile schon stark verkrustet, doch den Rock hatte sie gerafft, sodass er nicht mit dem Schmutz in Kontakt kam. Wenn sie eine Arznei gegen Lungenbeschwerden aus der Apotheke holte, würde sie diese in drei Tagen Daniel verabreichen können. Dieser Gedanke beschleunigte ihre Schritte noch mehr. Die Apotheke war noch ein ganzes Stück entfernt; sie lag in der Nähe des Bahnhofes.

Als sie sich dem Geschäft näherte, trat ein Mann aus dem Gemischtwarenladen nebenan und wäre fast in sie hineingerannt. Es war Mr Giere, der seinen Blick gedankenverloren auf irgendetwas in der Ferne gerichtet hatte. Er konnte gerade noch abbremsen, als er sie entdeckte, und tippte sich höflich an den Hut. „Entschuldigung, Miss Hanby."

„Guten Morgen." Selbst im schummrigen Morgenlicht konnte sie das kristallklare Funkeln seiner Augen sehen. Sie fragte sich, ob er ihr die Blumen aus Mitleid geschickt hatte oder …

Sie musste sich auf die wirklich wichtigen Dinge konzentrieren. „Gestern habe ich die Familie Pippen besucht, Mr Giere."

„Wirklich?" Ein Schatten fiel über sein Gesicht.

„Es geht ihnen sehr schlecht. Mrs Pippen hat fast ihren Lebenswillen verloren."

„Es tut mir leid, das zu hören." Es schien ihn wirklich mitzunehmen.

„Dann darf ich Sie bitten, etwas für mich zu tun?"

„Natürlich." Sein Gesicht erhellte sich sofort.

„Bitten Sie Ihren Vater, die Bierlieferungen an Mr Corbin einzustellen."

Mr Giere zog seine Augenbrauen zusammen. „Miss Hanby, ich würde gerne tun, worum Sie mich bitten." Sein Tonfall klang so vertraulich, dass sie ein Zittern durchfuhr. „Aber ich kann das nicht tun. Ich kann meinen Vater nicht bitten, sein Geschäft zu opfern. Und selbst wenn er es täte, würde das Mr Corbin auch nicht davon abhalten, seinen Saloon zu betreiben."

Er trat näher an sie heran und senkte die Stimme. Susanna hatte den beunruhigenden Gedanken, dass er sie am Arm berühren würde, um sie zu überzeugen. Das wäre wirklich ungehörig gewesen. Doch noch beunruhigender empfand Susanna die Tatsache, dass sie dem gar nicht abgeneigt wäre. Ein Impuls ließ sie näher an Mr Giere herantreten, als könne sie ihn ihrerseits durch Körperkontakt überzeugen.

Doch noch in der Bewegung entfernte sie sich etwas von ihm. „Alles würde helfen. Selbst das kleinste Zeichen des Widerstandes könnte Corbin abschrecken und vielleicht von hier vertreiben. Sie hätten die Pippens sehen sollen!"

„Ich kann mir ihr Leid vorstellen, das versichere ich Ihnen. Ich verstehe, warum Sie sich von dem Saloon so gestört fühlen. Auch mir gefallen die Auswirkungen des Alkoholmissbrauches nicht."

„Dann sagen Sie Ihrem Vater, dass er aufhören soll, zu diesem Missbrauch beizutragen."

„Das tut er aber nicht." Mr Giere sagte das mit viel Leidenschaft, dann schwieg er plötzlich. Susanna fiel die gesunde Gesichtsfarbe auf, die seine Haut während des Sommers angenommen hatte. Sein helles Haar hätte einen Friseurbesuch vertragen können; es hing ihm zerzaust bis über die Ohren wie bei einem Dichter.

Inzwischen hatte Mr Giere sich wieder gefangen. „Das Geschäft meines Vaters hat genauso wenig Schuld an der Trunkenheit wie Christus, der auf der Hochzeit zu Kana Wasser in Wein verwandelt hat."

Susannas Gedanken schlugen Purzelbäume. Was meinte er damit? Sie hatte noch nie gehört, dass jemand vom Herrn wie von einem Weinlieferanten sprach – und kannte sich Mr Giere tatsächlich in der Bibel aus? Wie ein überzeugter Christ? Vielleicht hatte er nur gelernt, gegen Christen zu argumentieren.

„Sind Sie pietätlos?", fragte sie. Zorn flackerte in ihr auf; sie tippte wütend mit dem Zeigefinger gegen die Knöpfe seines Hemdes.

„Überhaupt nicht." Er lächelte, ergriff ihre Hand und barg sie in der seinen. „Schluss damit. Hören Sie mir zu."

Ihre Nerven waren zum Zerreißen gespannt. Sie sollte das nicht zulassen – er hielt ihre Hand. Die Blumen kamen ihr wieder in den Sinn und sie wagte nicht, ihn anzuschauen.

„Sie sind eine leidenschaftliche junge Dame, Miss Hanby. Ich weiß, dass Ihnen das Leid der anderen sehr zu Herzen geht, was eine bewundernswerte Charaktereigenschaft ist. Aber Sie verstehen nicht, wofür Bier eigentlich da ist."

„Wofür sollte es schon da sein!"

„Warten Sie. Ich beweise es Ihnen. Werden Sie bald wieder Ihre Nichten und Neffen besuchen?"

„In drei Tagen."

„Perfekt, am Freitag. Dann würde ich Sie gerne zu einem unserer deutschen Feste einladen, mit Ihrer Tante als Begleiterin natürlich. Sie werden es nicht verstehen, bis Sie es nicht mit eigenen Augen gesehen haben."

Er hielt immer noch ihre Hand. Susannas Knie fühlten sich unsicher an und sie trat einen Schritt zurück. „Das sollte ich nicht tun."

„Haben Sie Angst, dass Sie Ihre Vorurteile überdenken müssen?" Seine Lippen verzogen sich zu einem Lächeln. Sie waren voller, als sie es bisher bemerkt hatte, aber mit festen Konturen, so wie der Mund eines Mannes sein sollte. Susanna schalt sich wegen dieser Gedanken und suchte ein anderes Ziel für ihre Aufmerksamkeit. Was war nur mit ihr los? Sie war überhaupt nicht sie selbst.

„Nein", sagte sie trotzig. „Ich habe keine Angst."

„Dann fordere ich Sie heraus." Jetzt grinste er breit.

„Und ich nehme die Herausforderung an." Sie atmete tief ein und sah ihn direkt an, doch er war immer noch viel zu nahe, sodass sie schnell wieder den Kopf abwandte.

Mr Giere wühlte in seiner Tasche. „Gut." Er zog ein kleines Notizbuch und einen Stift hervor und kritzelte einige Worte nieder. „Hier treffen wir uns, gemeinsam mit Ihrer Tante und Ihrem Onkel, wenn er möchte – es soll alles angemessen verlaufen." In seinen Augen lag ein schelmischer Glanz, der ihr Herz schneller schlagen ließ. Noch schneller. „Um sechs Uhr abends. Es ist eine Feier. Dort werden wir eine angemessene Debatte führen. Und wenn Sie danach nicht Ihre Meinung ändern, biete ich Ihnen dieses Pfand: Ich werde versuchen, meinen Vater davon zu überzeugen, dass er Mr Corbin nicht mehr beliefert."

„Sie werden verlieren, Mr Giere." Susanna wusste, dass sie arrogant klang, doch jemand musste ihm den Kopf zurechtrücken. „Abgemacht." Sie streckte ihm die Hand entgegen, wie es ein Mann tun würde, und er ergriff sie mit einem Lächeln.

„Auf Wiedersehen." Sie bemühte sich, ihre Stimme unter Kontrolle zu halten.

„Bis dann." Mr Giere legte grüßend eine Hand an den Hut und ging summend davon.

Er war viel zu selbstsicher – das ärgerte sie. Egal. Wenn Tante Ann von dieser Einladung hörte, würde sie wahrscheinlich überglücklich sein, dass sich in dieser Angelegenheit etwas tat. Und was für ein Wetteinsatz – Corbin würde keine Bierlieferungen mehr erhalten. Diese Gelegenheit war zu gut, um sie ungenutzt verstreichen zu lassen.

Kapitel 20

Die Tage waren langsamer als Schnecken dahingekrochen, doch endlich durfte Susanna ihre Nichten und Neffen wiedersehen. Es gelang ihr sogar, ihre Nerven im Zaum zu halten, während sie mit den Kindern sprach. Daniel bekam seine Medizin. Es war genauso schrecklich wie beim letzten Mal, die Kinder in diesem Elend zurücklassen zu müssen. Doch das war nichts im Vergleich zu dem Schock, den Susanna verspürte, als sie Rachel sah.

Susanna war sich sicher, dass es ihre Schwester gewesen sein musste – diese Frau, die gerade um die Ecke des Lagerhauses verschwunden war, in Richtung der Docks und der Kanalboote. Sie hatte Rachels Gestalt gehabt, ihr rotbraunes Haar, das Profil ihres Gesichtes. Genau das war der Grund gewesen, warum Susanna darauf bestanden hatte, diesen Weg einzuschlagen. Sie wollte ihre Schwester um jeden Preis finden. Und jetzt – jetzt war sie da.

Susanna fing an zu laufen, behindert durch die vielen Stoffbahnen ihres Kleides. Hinter ihr rief Tante Ann etwas Unverständliches.

Als Susanna um die Ecke eilte, sah sie an den Landestegen einige Frachtkarren, die gerade entladen wurden. Schwitzende Männer mit hochgerollten Ärmeln arbeiteten zwischen den Booten, die am Rand des Kanals vertäut lagen. Susanna blieb stehen, musterte die Menschen. War es Rachel gewesen? Oder nur ihre Wunschträume, die ihr etwas vorspielten?

„Was ist denn?" Tante Ann holte sie atemlos ein.

Vielleicht sollte sie es lieber nicht zugeben, doch Susanna sagte: „Ich dachte, ich hätte Rachel gesehen."

Der Schock in den braunen Augen ihrer Tante wandelte sich schnell in Mitgefühl. „Und? Hast du sie tatsächlich gesehen?", fragte sie sanft.

„Ja. Diese Frau sah ihr so ähnlich. Und die Leiterin des Waisenhauses hat ja auch gesagt, dass Rachel etwas von Booten erwähnt hat."

„Wohin ist sie gegangen?"

„Ich habe sie aus den Augen verloren." Susannas Stimme erstarb.

„Das tut mir leid, Liebes."

Sie wollte nicht aufgeben. „Lass uns zum Hafenbüro gehen und fragen, ob eine Frau hier in der Gegend gesehen wurde, auf die Rachels Beschreibung zutrifft."

Ihre Tante zögerte. „Ich weiß nicht – eigentlich ist es meine Aufgabe, dich vor solch unappetitlichen Orten zu beschützen."

„Zusammen sind wir sicher." Susanna wandte sich in Richtung der kleinen Hütte unter ihnen, wo ein Mann den Hafenverkehr zu koordinieren schien. „Wie kommen wir da runter?" Die Backsteinwand senkte sich bestimmt drei Meter weit zum Wasser hin ab.

Tante Ann zeigte nach vorne. „Dort ist eine Treppe."

Langsam und vorsichtig stiegen sie die Stufen zum Kanal hinab und näherten sich vorbei an Frachtgut und gestapelten Holzstämmen dem Büro. Ein bärtiger Mann rief dem Boot, das gerade anlegte und von Pferden in eine Lücke gezogen wurde, laute Anweisungen zu. Als er die Damen sah, hielt er erstaunt inne.

„Entschuldigung, Sir", sagte Susanna. „Wir suchen nach einer vermissten Frau, rotes Haar, etwa meine Größe, in einem grauen Kleid."

„Tut mir leid, Miss", sagte er. „So jemanden habe ich nicht gesehen."

„Heute nicht oder überhaupt noch nicht?"

„Überhaupt nicht." Er hob seine Hand in Richtung eines weiteren Bootes. „Alles klar!", rief er laut.

Susanna blickte ihre Tante an. Man ignorierte sie und es gab nichts, was sie in Bezug auf die Frau jetzt noch tun konnten. Es war schrecklich, so nahe zu sein und Rachel doch nicht erreichen zu können. Susanna linste durch das Fenster ins Büro hinein. Dort! Ihre Nachricht hing an der Wand – sie sah die Überschrift, die sie dem Botenjungen mitgegeben hatte. *Deine Kinder brauchen dich.* Hatte sie wegen dieser Nachricht vielleicht den mysteriösen Brief bekommen? Oder war es dumm, das zu denken?

„Lass uns gehen", entschied Tante Ann. „Wir fragen oben nach, ob irgendjemand sie gesehen hat. Und dann müssen wir uns auf den Weg zu Mr Giere machen. Es ist fast sechs Uhr." Das Licht der Nachmittagssonne warf lange Schatten in die Hafengassen – es wäre ohnehin nicht klug, länger in dieser Gegend zu bleiben.

„Vielleicht war es auch gar nicht Rachel", sagte Susanna niedergeschlagen.

„Vielleicht, vielleicht auch nicht", erwiderte ihre Tante. „Ich habe noch Monate nach Bens Tod Männer gesehen, die mich an ihn erinnerten. Aber ich will dich nicht entmutigen." Eine tiefe Falte zeigte sich auf ihrer Stirn und ihre Stimme klang leise, fast gebrochen.

„Es ist alles in Ordnung, Tante", sagte Susanna, obwohl ein scharfer Schmerz ihren Brustkorb zusammenzog. „Ich darf mir keine Dinge einbilden, die gar nicht da sind."

„Aber du solltest auch nicht die Hoffnung aufgeben. Komm, lass uns nach oben gehen und die Frachtfahrer befragen, ob sie diese Frau gesehen haben."

Aber keiner der drei Männer mit ihren Arbeitsschürzen – der Wäschereimann, der Fischer und der Kohlenlieferant – hatte eine Frau mit rotbraunen Haaren gesehen.

„Tut mir leid", sagte Susanna zu ihrer Tante. „Ich hätte nicht darauf bestehen sollen, hier entlangzugehen. Ich habe nur Flausen im Kopf."

„Es lag doch auf dem Weg. Du brauchst dich nicht zu entschuldigen. Lass uns Mr Giere davon erzählen und hören, was er uns rät."

Das war ein tröstlicher Gedanke. Mr Giere kannte sich in der Stadt aus, er war Journalist. Er würde wissen, wen man befragen musste, wenn man mehr über die Boote in Erfahrung bringen wollte.

Sicherheitshalber würde sie ihn wegen dieser Sache fragen, *bevor* sie seine Argumente gegen die Abstinenz zerschlug – nur für den Fall, dass er danach wütend auf sie war.

Hosters Biergarten stand in großen Lettern auf dem Schild über dem kleinen Pfad. Auf beiden Seiten standen Lampen, die bei Einbruch der Dämmerung ein gemütliches Licht verbreiten würden.

„Oh“, sagte Susanna überrascht und sah auf die Adresse in ihrer Hand.

„Lass uns hineingehen.“

„Ich glaube nicht, dass ich das kann.“ Susanna kämpfte gegen ihre Abscheu an. Ein Biergarten war die deutsche Variante eines Saloons. Einen solchen Ort sollte sie nicht besuchen.

„Du kannst nicht gewinnen, ohne dich vorher in den Kampf zu stürzen.“ Tante Ann ging mit energischen Schritten voraus, das hellblaue Kleid schwebte über dem grünen Rasen.

Susanna folgte ihr widerstrebend. Auf dem Grundstück, das von großen Bäumen eingegrenzt wurde, formten Büsche eine Hecke, sodass eine zweite Wand entstand. Wo sollten sie entlanggehen? An der Hecke oder direkt hinein?

Ihre Tante zögerte nicht und ging zielstrebig weiter. Auf der anderen Seite der Hecke standen Tische und Bänke in perfekten Rechtecken angeordnet. An etwa zehn Tischen hatten sich schon etliche Familien niedergelassen: Großmütter mit ihren Enkeln, Männer und Frauen mit Kleinkindern auf dem Schoß, junge Frauen, die miteinander kicherten. Laternen auf Holzpfeilern warteten überall im Garten darauf, angezündet zu werden. Hier und dort waren Beete mit ordentlich gepflegten Rosen angelegt worden, weiß, rot und rosa.

Auf einem hölzernen Podium bauten Musiker ihre Instrumente auf. Ein Cellist zupfte an seinen Saiten, ein Kontrabassspieler hob sein schweres Instrument vom Boden. Zwei Violinisten stimmten ihre Geigen. Die Musiker waren in elegante leichte Mäntel gekleidet, als spielten sie auf einem Ball. Susanna war froh, dass sie sich ein Kleid geliehen hatte, das viel schöner war als ihr gelbes Alltagskleid.

„Mrs Hanby, Miss Hanby!“

Mr Giere erschien hinter ihnen und lächelte herzlich. Sein sonst so zerzaustes Haar war ordentlich an Ort und Stelle gekämmt. Susanna hatte fast das Gefühl, als strahlten seine Augen über dem schwarzen Mantel und dem weißen Hemd noch intensiver als sonst. „Danke, dass Sie gekommen sind.“ Er ergriff die Hand ihrer Tante und beugte sich darüber. Dann wandte er sich Susanna zu. „Es ist mir eine Freude.“

„Das werden wir erst noch sehen", erwiderte sie.

Mr Giere lachte. „Ja, das werden wir. Mr Hanby konnte nicht mitkommen?"

„Er spricht heute Abend auf einer Versammlung zu den Männern der Stadt", erklärte Tante Ann, „aber er sendet Grüße."

„Worum geht es?"

„Er will den Männern klarmachen, dass überstürzte und illegale Handlungen gegen Corbin nichts bringen." Ihre Tante sprach voller Stolz über ihren Ehemann, doch ein wenig Angst schwang auch mit.

„Das ist doch eine gute Idee, finden Sie nicht?", fragte er.

„Nicht, wenn er damit die Männer so zornig macht, dass sie sich zu unüberlegten Handlungen hinreißen lassen." Tante Ann seufzte.

„Aber Ihr Mann hat großen Einfluss", sagte Mr Giere. „Ich bin sicher, er schafft es."

Tante Ann nickte mit zusammengepressten Lippen.

„Einige von ihnen fahren schnell aus der Haut", bemerkte Susanna. „Das haben sie schon bewiesen."

„Es ist genug, Susanna." Ihre Tante verschränkte die Arme vor der Brust. „Lasst uns von angenehmeren Dingen sprechen."

„Schade, dass Mr Hanby heute Abend nicht dabei sein kann." Mr Giere hielt ihrer Tante einen Arm hin, den sie lächelnd ergriff, dann bot er den anderen Susanna an, die ihn weitaus weniger freundlich annahm. „Haben Sie sich schon ein wenig umgesehen? Das ist der größte Biergarten im *German Village*. Die Hosters sind heute Abend unsere Gastgeber. Ich bin sicher, dass Sie den Namen schon gehört haben."

„Ja", sagte Susanna widerwillig und dachte an den Schriftzug, den sie schon auf einigen Bierwagen in der Stadt gesehen hatte.

„Lassen Sie mich Ihnen alles zeigen."

Mr Giere führte sie an der Hecke und an einigen wunderschönen Rosensträuchern vorbei bis zum Ende des Gartens. Ein Teich spiegelte funkelnd das Licht der Sonne wider, hier und da schwammen Seerosenblätter.

„Es ist sehr schön hier, Mr Giere", sagte ihre Tante. Sie zeigte mit ihrer schmalen Hand auf den Teich. „Die Seerosen werden sich bald zur Nacht schließen."

Susanna dachte an die Blumenuhr. „Morgen früh öffnen sie sich wieder."

„Ja", sagte Mr Giere. „Sie sind im Tageslicht wunderschön. Ich habe den Eindruck, als spiegele sich in ihnen Gottes Anmut auf dem Wasser."

Susanna blickte ihn überrascht an. Sie hatte noch nie einen Mann getroffen, der sich so gewählt ausdrückte – vielleicht abgesehen von ihrem Onkel, wenn er über Glaubensangelegenheiten sprach. Doch Onkel Will zählte nicht, da Prediger die Kunst beherrschten, mit Worten gewandt umzugehen. Aber Mr Giere war der Sohn eines Brauers!

„Heute Abend wird es Musik geben", bemerkte ihre Tante. „Spielen Sie auch ein Instrument, Mr Giere?" Sie konnte den Schmerz, den sie bei dieser Frage empfinden musste, nicht vollkommen verbergen. Ja, die Musiker erinnerten sie gewiss an ihren Sohn Ben. Arme Tante. Es war schlimm genug, ein Kind zu verlieren – und dann auch noch einen Sohn wie Ben, dessen Musik die Herzen der Menschen erreicht hatte, dessen Lieder das Denken einer ganzen Nation verändert hatte, was die Sklaverei betraf … und dann hatte Tante auch noch Cyrus verloren, der zwar kein Komponist wie sein Bruder, aber dennoch ein begabter Cellist gewesen war.

„Ich bin kein Musiker." Mr Giere schüttelte verlegen den Kopf. „Ich spiele kein Instrument und kann auch nicht sehr gut Noten lesen. Aber ich singe gerne."

Ein Sänger. Susanna fragte sich, wie seine Stimme wohl klang. „Es ist sehr friedlich hier", bemerkte sie.

„Ja", sagte er und schaute sie so lange an, bis sie sich schließlich abwandte. Was sah er bloß in ihr?

„Die meisten Biergärten hier in Amerika sind nicht wie echte Gärten angelegt." Mr Giere verschränkte seine Arme über dem Mantel. „Aber von den Erzählungen meines Vaters weiß ich, dass es in Bayern wunderschöne Biergärten geben soll."

„Die Heimat Ihres Vaters", sagte Tante Ann nachdenklich. „Würden Sie eines Tages gerne dorthin reisen?"

Er schwieg. „Natürlich würde ich das gerne." Sein Akzent wurde stärker. „Aber ich liebe dieses Land. Ich bin Amerikaner. Meine Familie hat ihr Blut für Amerika vergossen; wir gehören jetzt hierher."

Susanna zwang sich zu schweigen. Sie kannte Mr Giere nicht gut genug, um ihn zu fragen, wer im Krieg gefallen war, obwohl sie seine Trauer mitfühlte.

Schließlich schaute er sie wieder an. „Und ich will meine Zeit nicht damit verbringen, von Bismarck und dem Kaiser zu sprechen, wie es die alten Männer in ihren Lederhosen tun." Er grinste.

Susanna war froh, dass sie wusste, wer Bismarck und der Kaiser waren, aber das tat ja jeder, der einmal im Monat aufmerksam die Zeitung las.

„Lassen Sie uns einen Sitzplatz suchen", schlug Mr Giere vor. „Die Musik fängt bald an und ich will nicht, dass Sie etwas verpassen."

Susanna hielt den Atem an. Jetzt würde er ihr beweisen wollen, dass nichts Schlimmes daran war, Alkohol zu trinken. Doch er würde sie niemals überzeugen können. Sobald die Männer betrunken herumtorkelten und grölten, würde sie von hier verschwinden, so wie die anderen Frauen das wahrscheinlich ebenfalls taten. Vielleicht waren die deutschstämmigen Frauen aber auch an diese Trinkerei gewöhnt. Susanna würde einfach beobachten, wann sie sich erhoben und den Biergarten verließen, und es ihnen gleich tun.

Die Musikanten setzten zu einem langsamen Walzer an. Susannas Herz wurde weich – es war schön, im Freien zu sitzen und der Musik zu lauschen, umgeben von fröhlichen Familien.

Doch sie durfte in ihrer Wachsamkeit nicht nachlassen. Das war erst der Anfang. Ah, da kamen die Kellnerinnen und brachten Dutzende Krüge mit Bier, die sie vor die Männer an den Tischen abstellten. Das Lächeln der Männer, die tranken und redeten und dabei ihre Kinder beobachteten, die unbekümmert auf dem Boden spielten, zeugte von der Unwissenheit des Unausweichlichen, das noch kommen würde. Es erinnerte sie an die Geschichte des Rattenfängers von Hameln – ein deutsches Märchen, nicht wahr?

„So schlimm ist es doch nicht, oder?", fragte Mr Giere. „Sollen wir uns setzen?"

„Nein, danke. Der Abend ist noch jung", sagte Susanna in unheilvollem Tonfall.

Er lachte. „Es wird sich aber den ganzen Abend über nichts ändern. Wir sind hier nicht in einem amerikanischen Saloon, Miss Hanby. Bier wird zum Essen getrunken und im Kreis der Familie."

Tatsächlich kehrten die Kellnerinnen zurück, die nun Wurst und frisches Brot auftischten.

„Mir gefallen Ihre amerikanischen Saloons auch nicht, müssen Sie wissen", sagte Mr Giere. „Es sind Orte, an die sich die Männer zurückziehen, um vor ihrem Leben und ihrer Verantwortung zu fliehen. Kein Wunder, dass sie so viel Unheil anrichten." Er wirkte nachdenklich. „Aber ein Biergarten ist ein Ort, an dem die ganze Familie zusammenkommt, an dem Gemütlichkeit herrscht und wo man sich wohlfühlt. Es ist kein Ort, um seinen Pflichten zu entkommen, sondern ein Ort der Freude, des Lachens, der Musik. Man kann hier die guten Dinge genießen, die Gott für einen bereithält."

Einige Paare erhoben sich und traten auf die freie Tanzfläche.

„Sehen Sie?" Er nickte in Richtung der Tänzer. „Man muss nicht jung sein, um das Tanzen zu lieben." Das stimmte. Susanna bemerkte, dass die Männer und Frauen, die sich zuerst vorwagten, schon älter waren. Einige waren sogar recht korpulent, doch ihre glücklichen Gesichter strahlten, als sie sich zu dem Walzertakt bewegten, ihre Schritte waren leicht, die Frauen anmutiger, die Männer galanter. Eine Angestellte trat an die Laternen und entzündete die Dochte. Auch wenn es noch nicht dunkel geworden war, verbreiteten die flackernden Lichter Gemütlichkeit.

„Meine Eltern", sagte Mr Giere und sprang auf. „Sie müssen sie kennenlernen!"

Er führte Susanna und ihre Tante zu einem Tisch, an dem ein freundlicher Mann mit aschgrauem Haar neben seiner Frau saß, einer hübschen Blonden mit Apfelbäckchen und Grübchen, die ihr Gesicht noch fröhlicher wirken ließen.

„Vater", sagte der junge Mann. „Ich würde dir gerne meine Gäste vorstellen. Das ist Mrs Hanby", er nickte Tante Ann zu, „und ihre Nichte, Miss Hanby."

Der ältere Mann erhob sich. „Es freut mich, Sie kennenzulernen." Er hatte einen viel stärkeren Akzent als sein Sohn, doch das ließ ihn sehr sympathisch wirken. „Johann hat uns gesagt, dass er Gäste erwartet, hat aber ein Geheimnis darum gemacht." Er schürzte die Lippen und zwinkerte seinem Sohn fröhlich zu. „Ich sehe, dass du uns zwei wunderschöne Damen vorenthalten hast, mein Junge."

Der jüngere Mr Giere lächelte, doch seine Mutter zog ihre Augenbrauen zusammen und musterte Susanna kritisch. Sie versuchte, unter dem kritischen Blick nicht zusammenzuzucken. Warum sah Mrs Giere sie so an? Ihr Sohn hätte ihr gleich sagen sollen, dass es keine romantischen Gefühle zwischen ihnen gab, nur eine Wette, die gewonnen werden wollte. Aber andererseits waren da die Blumen …

Susanna errötete, während ihre Tante höfliche Konversation mit Mr Gieres Eltern betrieb. Also trug der jüngere Mr Giere den Vornamen Johann? Das passte zu ihm, ließ ihn weniger förmlich wirken als *Mister Giere*, so wie sie ihn immer ansprach. *Johann*. Er war ein freundlicher Mann und ihr gegenüber immer zuvorkommend gewesen – doch er würde diese Wette nicht gewinnen.

Ein Mädchen brachte Bierhumpen und stellte sie vor ihnen auf den Tisch. Susanna starrte das schaumige Gebräu an. „Ich werde nichts trinken", flüsterte sie ihrer Tante zu.

Ihre Tante machte ebenfalls keine Anstalten, den Henkel zu ergreifen. Susanna blickte sich schockiert um. Jetzt erst erkannte sie, dass auch Frauen Bier tranken.

Johann winkte die Bedienung noch einmal zu sich. „Betty, bringst du für meine Gäste bitte Limonade?"

Das Mädchen nickte verwirrt und trug die Krüge zurück in Richtung Küche.

„Möchten Sie etwas von dem Brot probieren?", fragte er Susanna. „Oder von der Weißwurst?" Er schaute ihre Tante an.

„Die duftet köstlich." Tante Ann piekste mit einer Holzgabel ein Stück Wurst auf und probierte es. „Oh, wunderbar."

Susanna probierte ebenfalls und musste zugeben, dass die Wurst sehr gut schmeckte. Sie hatte eine ganz besonders weiche, cremige Konsistenz. Das dunkle Brot war ebenfalls köstlich, sodass sie nicht widerstehen konnte und es schnell aufaß.

Johann schaute sie an. Hatte sie das Brot etwa zu schnell verschlungen? Ihre Ohren prickelten und sie fürchtete, schon wieder zu erröten.

Doch er schien zufrieden zu sein. „Sie sehen, was Gott uns für wunderbare Dinge schenkte", sagte er so leise, dass nur Susanna ihn verstehen konnte. „Wir genießen sie einfach nur."

Die gelbe Flüssigkeit, die nun in den Humpen serviert wurde, war heller. Trotzdem fühlte es sich seltsam an für Susanna, die Limonade aus einem Bierkrug zu trinken. Sie zögerte einen Moment, doch dann probierte sie. Die Limonade war kalt und köstlich. Für einen kurzen Augenblick entspannte sie sich und gestattete sich, die Musik zu genießen und die fröhlichen Menschen zu beobachten. Doch die Menschen um sie herum tranken Rauschmittel. Wie lange würde es dauern, bis sie betrunken waren und die Stimmung umschlagen würde? Nein, Johann würde so etwas nicht tun – dafür war er zu klug. Doch andere würden es, da war sie sicher. Susanna bemerkte, wie sich ihr Körper wieder anspannte.

„Gefällt es Ihnen ein wenig?", fragte Mr Giere mit hoffnungsvollem Gesichtsausdruck.

Nein, sie wollte ihm diese Genugtuung nicht gönnen. Die würde er später nur gegen sie verwenden, um zu beweisen, dass er recht gehabt hatte.

„Möchten Sie gerne tanzen?" Er blickte sie neugierig an.

„Nein", sagte sie fest.

Er wirkte enttäuscht.

„Ich würde gerne tanzen", sagte Tante Ann plötzlich.

„Kennen Sie die Polka?", fragte Mr Giere. „Es ist ganz einfach." Die Tänzer bewegten sich nun langsam und sprangen grazil von einem Bein auf das andere.

„Ich kenne diesen Tanz", sagte Tante Ann. „Aber in meinem Alter ist das schon ein wenig anstrengend." Sie lächelte.

Mr Giere streckte ihr die Hand entgegen und verbeugte sich galant. Susanna beobachtete lächelnd, wie er ihre Tante auf die Tanzfläche führte und sie dort vor den anderen, jüngeren Tänzern abschirmte, die lebhaft hin und her wirbelten. Es war wirklich schön zu sehen, wie dieser gut aussehende junge Mann ihre betagte Tante behandelte, obwohl jedes junge Mädchen in diesem Biergarten wahrscheinlich gerne mit ihm getanzt hätte. Tatsächlich schien eine der jungen Frauen am Eingang ihre Augen gar nicht von Johann Giere nehmen zu können.

Mr Giere begleitete Tante Ann zum Tisch zurück. Sie war außer Atem, doch sie wirkte so glücklich, wie Susanna sie schon lange nicht mehr gesehen hatte.

„Jetzt haben Sie gesehen, wie es geht", sagte er zu Susanna. „Wollen Sie es nicht auch einmal ausprobieren?"

Da noch niemand betrunken herumtorkelte, die Musik wirklich mitreißend war und die Nacht so einladend, sollte sie es vielleicht tatsächlich versuchen. Wer konnte schon wissen, wann sie das nächste Mal die Gelegenheit haben würde, mit einem charmanten, gutaussehenden Mann zu tanzen? In der Kirche bestimmt nicht, da Tanzveranstaltungen von vielen dort sehr kritisch gesehen und verurteilt wurden.

Susanna ergriff seine Hand. Sie war wärmer als ihre eigenen, nervös kalten Finger. Johann führte sie auf die Tanzfläche und legte sanft ihre linke Hand auf seine Schulter. Zunächst starrte Susanna auf die Knöpfe seines Hemdes, dann wagte sie es doch, ihm in die Augen zu schauen. Es war ihr schon zuvor aufgefallen, wie wunderbar blau seine Augen waren. Doch noch nie hatte sie bemerkt, wie tief ihr Blick darin versinken konnte. Der Blick voller Fragen und Vertrautheit, den er ihr schenkte, raubte ihr den Atem. Johann legte seinen Arm um ihre Taille. Ihr Körper fühlte sich leicht an und ihre Haut wurde warm, als er sie berührte. Kein Wunder, dass manche in der Kirche etwas gegen das Tanzen hatten. Doch gleichzeitig wünschte Susanna sich, dass dieser Moment niemals enden würde.

Johann führte sie durch den Tanz. Anfangs konzentrierte sie sich fest auf die Schritte, hatte Angst, einen Fehler zu machen, und zählte im Stillen mit. Nach einer Weile, als sie begriff, dass die Schrittfolge sehr einfach war, entspannte Susanna sich und ließ sich von Johann führen. Sie sah auf und bemerkte, dass seine Augen auf ihr Gesicht gerichtet waren, errötete und schaute wieder weg. Dann blickte sie ihn wieder an. *Wie eine Motte, die vom Licht angezogen wird*, dachte sie. *Ich muss vorsichtig sein.* Doch es war schwer, ihre abwehrende Haltung aufrechtzuerhalten, wo er so unglaublich freundlich zu ihr war, selbst als sie sich ihm gegenüber abweisend verhalten hatte. Irgendetwas an Johann Giere war ganz besonders, trotz seiner falschen Meinung über Alkohol.

Als der Tanz endete, blieben sie dicht beisammen stehen. Sie befanden sich ganz am Ende der Tänzer, die sie vor den neugierigen Augen der Beobachter schützten. Etwas zwischen ihnen hatte sich verändert. Susanna zögerte, seine Hand loszulassen.

„Johann!" Die Stimme einer jungen Frau ließ sie zusammenzucken. Schuldbewusst ließ sie die Hand los. Johann wirkte ebenso überrascht wie sie und trat einen Schritt zur Seite.

Susanna wandte sich um und sah das blonde Mädchen, das ihr schon vorhin am Eingang aufgefallen war.

„Johann, ich dachte, du wärst nicht in der Stadt."

Er sah von Susanna zurück zu dem blonden Mädchen. „Lotte, das ist eine Freundin von mir, Miss Hanby. Miss Hanby, darf ich Ihnen Miss Thalberg vorstellen?"

„Ich habe schon seit zwei Tänzen keinen Partner." Lotte Thalberg schaute ihn mit einem koketten Schmollen an.

„Dann tanze ich natürlich mit dir", sagte er, wie es jeder Gentleman getan hätte. „Ich möchte nur Miss Hanby zurück zu ihrem Platz begleiten."

Er führte Susanna mit einem entschuldigenden Blick zurück, doch gerade als sie sich hinsetzen wollte, stand sein Vater auf und bot ihr seine Hand an. „Miss Hanby, darf ich bitten?"

„Sehr gerne." Diesmal zögerte sie nicht, als sie Mr Gieres Hand ergriff. Das Lied hörte sich wieder wie eine Polka an, also würde sie es schon schaffen. Außerdem musste sie dann nicht dasitzen und zuschauen, wie Johann mit dem blonden Mädchen tanzte, was ihr einen unangenehmen Stich versetzte. Es gehörte sich nicht, so vorlaut zu sein wie diese junge Frau, doch vielleicht war das hier so üblich. Vielleicht waren Johann und sie einander versprochen, vielleicht hatte sie ihn deshalb so vertraut angeredet. Susanna blickte sich nicht um, als sie mit seinem Vater zurück auf die Tanzfläche ging.

Nach einigen Drehungen im Takt der Musik eröffnete Mr Giere überraschend eine Unterhaltung. „Mein Sohn mag Sie."

Waren alle Deutschen so direkt? Nun, Susanna hatte kein Problem damit, ebenso offen zu sein. „Aber wir haben unterschiedliche Ansichten, deshalb bin ich heute Abend hier." Das würde die Unterhaltung auf vertrautes Terrain lenken.

„Wirklich?" Er hob eine Augenbraue. „Und worin bestehen diese unterschiedlichen Ansichten?"

„Ich finde, dass Männer keinen Alkohol trinken sollten."

„Und was ist mit Frauen?"

Natürlich sollten Frauen ebenso wenig trinken – darüber musste man doch nicht ausführlich sprechen. Aber darum ging es ja auch gar nicht. „Es wurden schon viel zu viele Familien durch den Alkohol zerstört.“ Mr Giere Senior wusste ja nicht, wie schwer es ihr fiel, das laut auszusprechen.

„Durch Whiskey, Gin, Rum, das stimmt. Aber nicht durch Bier.“

„Das sagt Ihr Sohn ebenfalls.“

„Was soll ich sagen? Er ist eben mein Sohn.“ Susanna fiel es schwer, dem Charme des älteren Mannes zu widerstehen. Offenbar lag das in der Familie. Sie musste ihn einfach mögen, genau wie seinen Sohn. Die Gieres hatten ein gutes Herz.

„Aber selbst wenn nur eine einzige Familie durch Ihr Unternehmen zerbrechen würde, Mr Giere“, sagte sie und ihre Augen funkelten, „wäre es das wert?“

Mr Giere wirkte gelassen, selbst als er ihre Füße vor einem wilden jungen Tänzer und dessen Partnerin beschützte. „Ich bete für mein Geschäft, Miss Hanby. Überrascht Sie das?“

„Ja, durchaus.“ Wieder war Susanna überrascht von der Offenheit und Direktheit seiner Worte.

„Ich stelle jeden Tag meines Lebens und Arbeitens unter Gottes Hand. Ja, auch ich kenne die Artikel über Betrunkene, die ihre armen Familien zerstört haben. Aber ebenso wie die Trunkenheit eine Sünde ist, ist es die Maßlosigkeit. Werden Sie allen Händlern verbieten, Brot zu verkaufen oder Fleisch, weil manche Menschen zu viel von dem essen, was Gott ihnen bereitstellt?“

Susanna schwieg einen Augenblick. „Ich wollte Ihnen nicht zu nahetreten, Sir.“ Sie folgte seinen Schritten – eins zwei drei, eins zwei drei.

„Natürlich nicht. Ich sehe, dass Sie eine ehrliche junge Dame sind und das, was Sie sagen, gut durchdacht haben und es ernst meinen. Und ich bin froh, dass Sie so direkt sind, damit man Ihren Vorwürfen begegnen kann.“ Mr Giere lächelte sie wieder an und wirbelte sie dabei an einer Hand um die eigene Achse, bevor sie auch nur wusste, wie ihr geschah. Dann fing er sie wieder auf.

Sie lächelte über die gelungene Tanzfigur. „Man konnte mir noch nie vorwerfen, dass ich nicht offen war, Sir.“

Er lachte laut auf. „Und das bewundere ich bei einer jungen

Dame.“ Die Musik kam zum Ende und er entließ sie mit einer Verbeugung. „Vielen Dank.“

Als sie zurück an den Tisch kamen, hatte auch Johann gerade das blonde Mädchen zurück zu seinem Sitzplatz gebracht. Er wirkte gehetzt und irgendwie verärgert.

„Wir können nicht viel länger bleiben“, mahnte Tante Ann. „Der letzte Zug fährt bald.“

„Ich wünschte, Sie müssten noch nicht gehen.“ Der junge Mr Giere blickte Susanna tief in die Augen.

Sie bemerkte, dass seine Mutter an den Nachbartisch getreten war, um mit einer Dame zu reden, offenbar die Mutter der blonden Lotte. Beide Mütter beäugten Susanna kritisch.

„Ich bringe Sie zum Bahnhof“, bot Johann an.

„Das kann Heinrich übernehmen“, sagte sein Vater. „Er tanzt nicht gerne.“ Er winkte einem jungen Mann. Susanna bemerkte, dass er nur einen Arm hatte. Mr Giere sprach kurz mit ihm, dann nickte er und verschwand in der Dunkelheit.

„Er fährt Sie zum Bahnhof“, sagte Mr Giere.

„Danke, Sir“, sagte Tante Ann. Ihre gelassene, vornehme Haltung erinnerte Susanna an die Geschichten, die sie aus Pittsburgh gehört hatte, wo man feine Dinnerpartys gab und Manieren das A und O zu sein schienen. Ihre Tante wusste, wie man sich zu verhalten und welche Worte man auszusprechen hatte. Auch hier wirkte sie nicht fehl am Platz.

„Aber ich habe Ihnen noch gar nicht den Springbrunnen gezeigt“, sagte Johann. „Warum gehen wir nicht noch schnell dorthin, während Heinrich den Wagen holt?“

Er nahm Susanna und ihre Tante wieder beim Arm und führte sie dieses Mal um die andere Hecke herum, wo das Summen der Musik und der Gespräche verstummte und durch das leise Flüstern von Wasser ersetzt wurde. Sie gingen an wunderbar blühenden Rosensträuchern vorbei. Schließlich standen sie vor einem Steinbrunnen, der das Wasser in alle vier Himmelsrichtungen aus den Mäulern vier springender Fische plätschern ließ.

„Wie wunderschön!“, rief Tante Ann und ließ Johanns Arm los, um bis an den Brunnenrand zu treten. „Ich werfe einen Penny hinein und wünsche mir etwas.“ Sie kramte in ihrer Handtasche.

Ihre Tante war vollkommen verändert. Susanna hatte sie noch nie so fröhlich und gelöst erlebt, fast wie ein junges Mädchen. Johann wandte sich ihr zu, die letzten abendlichen Sonnenstrahlen fingen sich in seinen goldenen Haaren. „Haben Sie Ihre Meinung geändert, Miss Hanby?"

„Nein", sagte sie störrisch, doch dann fügte sie hinzu: „Ich muss noch darüber nachdenken."

„Eine zufriedenstellende Antwort", sagte er. „Wir nennen es ein Unentschieden, bis wir uns wiedersehen."

Johann nahm ihre Hand zwischen seine beiden Hände. Susanna sah ihn verwundert an. Was hatte das zu bedeuten? Er schien ebenfalls diese unsichtbare Anziehungskraft zu spüren, die zwischen ihnen herrschte, eine Kraft, die nichts mit ihrem eigenen Willen zu tun hatte. Sie wünschte, dass er sie umarmte, sie festhielt. Sie dachte sogar daran, ihm einen Kuss auf die Wange zu geben.

So etwas war ihr noch nie zuvor geschehen. Sie zog ihre Hand aus seiner Berührung und trat einen Schritt zurück, gerade als ihre Tante den Penny in den Brunnen warf und sie wieder anschaute.

„Ein Wunsch, so etwas Albernes." Tante Ann lachte und wirkte im Licht des Mondes, das allmählich das Sonnenlicht ablöste, um Jahrzehnte jünger.

Das war es. Susanna war verwirrt. Diese romantische Atmosphäre, der Tanz, die Musik, das Mondlicht – und aus dem gleichen Grund verhielt sich auch ihre Tante so seltsam. Sie mussten unbedingt zurück nach Westerville.

„Ich bin sicher, Ihr Freund – Heinrich?" Susanna war sich nicht sicher, ob sie sich in ihrem zerstreuten Zustand den Namen richtig gemerkt hatte. „Er wird schon auf uns warten."

„Ja", sagte er leise. „Ich bringe Sie zu ihm." Er reichte ihrer Tante wieder den Arm und führte die beiden aus dem Garten heraus.

An der Hecke blieb er stehen. „Wir warten hier." Und während er das noch sagte, erklang schon das Trappeln von Hufen und kündigte Heinrich an. Er fuhr in einem eleganten Viersitzer vor.

Tante Ann verabschiedete sich von Johann Giere und ging auf den Wagen zu.

Johann umfasste Susannas Finger mit den seinen und hob sie hoch, strich mit seinen Daumen über ihren Handrücken. „Auf

Wiedersehen." Der Blick, den er ihr schenkte, war so intensiv, dass sie sich fast in seinen Augen verloren hätte.

Ihr stockte der Atem. „Auf Wiedersehen." Sie wandte sich um, folgte ihrer Tante und kletterte mit Heinrichs Hilfe rasch in den Wagen.

Was hatte sie nur getan? Sie wollte eine Wette gewinnen – und stattdessen sehnte sie sich nach Küssen.

Susanna hatte von vornherein gewusst, dass dieser Ausflug keine gute Idee gewesen war. Doch irgendwie schien sie nicht mehr aufhalten zu können, was sich in Bewegung gesetzt hatte. Wieder glühte ihre Haut, als sie an seine Berührung dachte, wie er über ihre Hand gestreichelt hatte.

Susanna schalt sich einen Dummkopf. Wie charmant Johann Giere auch immer sein mochte, durfte sie nicht vergessen, dass seine Familie Bier verkaufte. Sie würde ihre Prinzipien nicht über den Haufen werfen, egal wie wild ihr Herz klopfte. Sie war eine Frau mit Überzeugungen; sie konnte widerstehen.

Sie hatte sich aus dem einen Grund auf diesen Abend eingelassen, weil Mr Giere ihr in Aussicht gestellt hatte, Henry Corbin nicht mehr mit Bier zu beliefern. Wie um alles in der Welt hatte sie dieses Ziel aus den Augen verlieren können? Das durfte nicht mehr vorkommen.

Wenn sie Johann Giere das nächste Mal traf, würde sie ihm mitteilen, dass er seine Wette verloren hatte.

Kapitel 21

Die Druckerpresse klackte regelmäßig vor sich hin. Selbst jetzt, wo er im Nebenraum über seinem Artikel saß, schien der Rhythmus immer wieder ihren Namen zu sagen, *Susanna, Susanna* ... Johann konnte sie einfach nicht vergessen. Die hitzige Leidenschaft, mit der sie für ihre Ideale eintrat, gekleidet in ihr wunderschönes Äußeres, war eine Kombination, die seine Gedanken immer wieder fesselte.

„Johann?" Mr Reinhardt steckte seinen Kopf zur Tür herein und blickte über seine Brillengläser hinweg. „Ich muss dir etwas zeigen."

„Ja, Sir." Er legte den Stift weg und stand auf.

Mr Reinhardt trat ein. Er schien vor Neuigkeiten fast zu platzen. „Lies das." Er streckte ihm ein Telegramm entgegen.

Giere ist unser Mann. Sagen Sie ihm, dass er seine Arbeit über den Saloon noch beenden soll, dann erwarten wir ihn Ende September in New York. Die Bedingungen folgen.

„Sie werden dir ein gutes Gehalt zahlen", sagte Mr Reinhardt. „Was habe ich dir gesagt?" Er sah aus, als würde er am liebsten im Raum auf- und abspringen und in triumphierenden Jubel ausbrechen.

Johann las die Nachricht, las sie noch einmal. Er hatte ein Angebot von einer renommierten New Yorker Zeitung. Er könnte das größte Abenteuer seines Lebens erleben. Er blinzelte und räusperte sich. „Danke, Mr Reinhardt. Vielen Dank, dass Sie mich empfohlen haben."

„Und? Wirst du annehmen?" Mr Reinhardt beugte sich vor und schien den Atem anzuhalten.

„Ich wüsste nicht, warum ich solch eine Gelegenheit ausschlagen sollte." Johann hörte selbst die Unsicherheit in seiner eigenen Stimme, doch seinem Vorgesetzten schien sein Zögern nicht aufzufallen.

Es gab immer noch seine Familie – und es würde ihm schwerfallen, Susanna alleine zu lassen, vor allem, wenn sie ihre Nichten und Neffen verlieren würde. Doch das durfte ihn nicht aufhalten, wenn

Mr Reinhardt recht hatte und Gott selbst ihm diese Tür geöffnet hatte.

„Dann musst du es deinem Vater sagen“, gab Mr Reinhardt zu bedenken.

„Das wird sehr schwer werden.“ Konnte er das überhaupt übers Herz bringen? Er würde es wohl müssen, wenn er diese unglaubliche Möglichkeit nicht verstreichen lassen wollte, die ihm wie ein Geschenk des Himmels vorkam.

„Schieb es nicht zu weit raus, Johann. Gib deinem Vater Zeit, sich damit abzufinden, bevor du gehst. Er hat Heinrich; du lässt ihn nicht allein zurück. Irgendwann wird er dich verstehen und deinen Weg gutheißen.“

Johann nickte, doch er glaubte nicht, dass Mr Reinhardt wirklich verstand, was sein Vater empfinden musste. Der Zeitungsherausgeber hatte fünf Söhne. Sein Vater hatte nur einen.

Und genau deshalb musste er jetzt nach Hause gehen und gründlich darüber nachdenken, wie und wann er seiner Familie diese Neuigkeiten beibringen würde.

„Mein Sohn?“ Sein Vater lugte um den Türrahmen zu Johanns Schlafzimmer herum. „Schreibst du?“

„Ja. Aber das kann warten, wenn du mich brauchst.“ Sein Vater war immer so rücksichtsvoll, wenn es um die Zeitung ging; er spornte Johann an, gab ihm so viel Zeit, wie es im Alltag möglich war, damit er seinem Traum als Zeitungsjournalist folgen konnte – was es noch viel schlimmer machte, ihm von dem Angebot aus New York zu erzählen.

Sein Vater trat herein und setzte sich zögernd auf sein Bett, ein gedankenverlorener Ausdruck auf seinem Gesicht.

Johann wandte sich um. „Stimmt etwas nicht?“

„Nicht wirklich. Also …“ Sein Vater musterte den Bettpfosten, als interessiere er sich brennend für das eingeschnitzte Muster dort. „Du hast noch nie zuvor Gäste zum Tanz mitgebracht.“

„Das stimmt.“ Johann hatte gewusst, dass dieses Thema früher oder später zur Sprache kommen würde.

„Eine wunderschöne junge Dame, diese Miss Hanby. Und sie ist klug."

„Ja."

„Hast du sie durch deine Arbeit bei der Zeitung kennengelernt?"

„Wir sind zufällig im gleichen Zug nach Westerville gefahren, als ich Henry Corbin begleitete."

„Ich verstehe." Sein Vater rieb mit dem Daumen über den Bettpfosten. „Sie ist Alkoholgegnerin."

„Sie hat mit dir darüber gesprochen?"

„Als wir getanzt haben. Sie hat das Thema nicht aufgebracht; das war ich."

Johann war erleichtert. Susanna Hanby mochte forsch sein; doch eine solche Unhöflichkeit hätte er ihr dann doch nicht zugetraut.

Sein Vater schaute ihn an. „Ich sehe, dass du sie sehr gern hast."

Johann spürte ein plötzliches Kribbeln auf seiner Haut.

„Deine Mutter hat es auch bemerkt. Sie hat mich gebeten, dass ich mit dir spreche, weil sie sich Sorgen macht."

„Weshalb?"

„Wegen deines Herzens. Sie glaubt nicht, dass ein Mädchen aus Westerville, das eine überzeugte Abstinenzlerin ist, eine gute Wahl für dich wäre."

Johann versuchte, ein Augenrollen zu unterdrücken. „Mutter kennt nur eine richtige Wahl für mich – Lotte –, das weißt du ganz genau. Das ist ihre eigentliche Sorge."

„Ja." Sein Vater lächelte. „Magst du Lotte nicht?"

„Doch, ich mag sie, Vater. Lotte Thalberg ist für mich wie eine kleine Schwester. Aber sie ist noch ein kleines Mädchen."

„Und Miss Hanby ist kein kleines Mädchen."

„Nein."

„Was siehst du in ihr?" Der entschlossene Blick seines Vaters signalisierte Johann, dass er nicht um dieses Thema herumkommen würde. Sein Vater würde erst sein Zimmer verlassen, wenn er alles aus ihm herausbekommen hatte.

Johann erhob sich und trat an das Fenster, um auf die Wall Street hinunterzuschauen, wo einige Frauen unterwegs zum Wochenmarkt waren. „Du müsstest sie noch besser kennenlernen, Vater. Sie ist sehr intelligent, hat einen scharfen Verstand. Und doch hat sie ein mitfühlendes, warmes Herz."

„Mir hat auch gefallen, was ich gesehen habe – abgesehen davon, dass sie so engstirnig ist, was unser Geschäft angeht. Aber sie hat sich auch meine Perspektive angehört, was mehr ist, als die meisten Frauen mit solchen Überzeugungen getan hätten."

„Sie hat allen Grund, wegen dieses Themas so leidenschaftlich zu sein. Ihre Schwester hat einen gewissenlosen Trinker geheiratet und ist kürzlich verschwunden. Ihr Ehemann behauptet, sie sei mit einem anderen Mann weggegangen, doch vielleicht ist sie nicht einmal mehr am Leben. Ihre sechs Kinder, Miss Hanbys Nichten und Neffen, sind in Heimen gelandet. In gerade einmal zwei Wochen werden drei von ihnen an fremde Familien vermittelt und sie befürchtet, dass sie die Kinder niemals wiedersehen wird. Und die Hanbys können die sechs Kleinen nicht aufnehmen, weil ihnen die finanziellen Mittel fehlen, um sie durchzubringen." Johann merkte, dass er während seiner Rede mit der Schreibfeder auf den Tisch geklopft und überall Tintentropfen verteilt hatte. Er seufzte und wischte sie mit einem Finger weg. „Du musst also verstehen, dass Miss Hanby sehr sensibel ist, wenn es um Alkohol geht, da man ihr bald die Kinder, die sie liebt, nehmen wird."

Der Blick seines Vaters wanderte zu einem Gemälde, das Johanns Schwester Maria letztes Jahr im Turnverein gemalt hatte, ein Bild ihrer neuen Kirche. Er schwieg lange. Johann fragte sich, ob er überhaupt noch etwas sagen würde.

„Das ist eine tragische Geschichte." Die Stimme seines Vaters klang rau. „Es tut mir leid für Miss Hanby und ihre Familie."

„Ja." Beide betrachteten das Gemälde der Kirche und die farbenfrohen Strahlen, die Maria in reichen Farben eingefangen hatte.

„Du weißt, dass Fritz und ich unseren kleinen Bruder in der Rebellion von '48 verloren haben", erinnerte sein Vater.

„Ja." Natürlich würde er diese Geschichte niemals vergessen. In seiner Kindheit hatten sein Vater und Onkel Fritz jedes Jahr an dem Tag Kerzen entzündet, als der Fünfjährige in den Wirren eines bayerischen Volksaufstandes verloren gegangen war. Doch nach Fritz' Tod im Amerikanischen Bürgerkrieg hatte sein Vater damit aufgehört, weil der Schmerz des Verlustes zu groß gewesen war.

Sein Vater räusperte sich. „Wo sind die Kinder? Diese Nichten und Neffen?"

„In der *Hannah-Neil-Mission* und in einer anderen Einrichtung, dem *Hare-Waisenhaus.*"

„Ich kenne das *Hare-Waisenhaus.*" Sein Vater schien erschrocken und erhob sich. „Wenn du mich jetzt entschuldigst, ich muss in die Brauerei."

„Ich komme in einer halben Stunde nach."

Sein Vater verließ das Zimmer und zog die Tür hinter sich ins Schloss.

Gut. Vielleicht würde sein Vater seiner Mutter von ihrem Gespräch erzählen, damit sie Susanna in einem anderen Licht sah. Doch jetzt musste er erst einmal seinen Artikel fertig schreiben; sonst würde Mr Reinhardt keine Zeit mehr haben, um ihn dem Setzer zu geben.

Er durfte seine Objektivität nicht einmal für die bezauberndste Frau der Welt opfern. Johann tauchte die Feder in die Tinte und ließ die Worte auf die Seite fließen.

Kapitel 22

Susannas Füße fühlten sich schwer wie Blei an, als sie die State Street hinunterging, obwohl der Matsch getrocknet und ihre Schuhe gesäubert waren. Ihre Gedanken lähmten sie – das Wissen, dass es noch sechs Tage dauern würde, bis sie die Kinder wiedersehen konnte; die Ungeduld, dass sie warten musste, bis ihr Onkel weitere Nachforschungen über die Frau anstellen konnte, die Rachel so sehr geähnelt hatte. Tante Ann war einverstanden gewesen, dass Onkel Will bei den Docks nach der Frau mit dem rotbraunen Haar suchen wollte, aber er hatte Susanna auch gesagt, dass er zuerst einen Sattel fertigstellen musste. Es war wichtig, dass er Geld verdiente, falls sie die Kinder vielleicht doch noch zu sich holen konnten. Also hatte Susanna ihm in jeder freien Minute geholfen; sie hatte die Stunden gezählt, bis die beiden Tage endlich um waren und sie wieder nach Columbus fahren konnten, um ihre Schwester zu suchen. Doch trotz allem würde es ihr verwehrt bleiben, Clara, Wesley und Daniel zu besuchen. Der Gedanke bohrte sich wie ein Stachel in ihr Herz – vielleicht dachten die Kinder sogar, sie wären ihrer Tante Susanna gleichgültig und sie blieben für immer dem *Hare-Waisenhaus* überlassen.

Die Geschäfte waren an diesem Samstag sehr voll. Viele Einheimische und Reisende erledigten ihre Einkäufe vor dem Sonntag, an dem alle Läden geschlossen waren. Susanna warf einen Blick auf den Saloon, den sie in einigen Schritten erreichen würde. Selbst aus dieser Entfernung konnte sie das Stimmengewirr hören. Mr Corbin war schrecklich erfolgreich bei Reisenden und bei den Arbeitern aus den umliegenden Vororten.

Susanna beschleunigte ihren Schritt, als sie am Saloon vorbeiging. Sie hob die Augen nicht, sondern hielt sie auf ihre Schuhe gerichtet. Ein Aufbrüllen der Männer im Inneren ließ sie zusammenzucken.

Etwas traf sie von der Seite, riss sie zu Boden. Susanna prallte schmerzhaft auf die Seite, halb auf dem Bürgersteig, halb auf der

Straße; ihr Atem wurde aus den Lungen gepresst. Sie schnappte gegen ihr enges Korsett nach Luft und stemmte sich halb benommen auf die Hände, um besser atmen zu können.

„Miss Hanby!“ Die Stimme eines jungen Mannes drang durch den Schmerz. Schon kniete Abel Wilson neben ihr und half ihr auf.

Wütende Worte wurden hinter ihnen gewechselt. Susanna blickte über die Schulter und sah einen kleinen Pulk Männer; augenscheinlich alles Studenten vom Otterbein-College, die über einen betrunkenen Arbeiter gebeugt waren, der darum kämpfte, auf die Beine zu kommen.

„Sie schulden dieser Dame eine Entschuldigung!“, rief einer von ihnen.

„Lass mich in Ruhe, Schuljunge. Wenn sie in einen Saloon geht, ist sie selber schuld.“

Susanna schnappte empört nach Luft. Doch bevor sie sich selbst verteidigen konnte, knurrte Abel den zerzausten Arbeiter zwischen zusammengebissenen Zähnen an: „Wie können Sie es wagen? Sie sind aus diesem Höllenloch geflogen wie eine Kanonenkugel und haben sie einfach umgerissen.“

Ein raubeiniger Kerl öffnete die Saloontür und blickte hinaus. „Und auf Nimmerwiedersehen!“ Er funkelte den Arbeiter böse an, der knallrot wurde und mit erhobenen Fäusten auf den Mann zutorkelte.

Einer der Collegestudenten riss ihn zurück, sodass er wieder im Dreck der Straße landete. „Zuerst verletzen Sie diese Dame und dann wollen Sie sich auch noch vor ihren Augen schlagen? Sie, Sir, sind kein Gentleman.“

„Und Sie, Sir, sind überhaupt kein Mann“, lallte der Arbeiter. Er kämpfte sich auf die Füße und schnappte den Studenten am Kragen, schleuderte ihn gegen die Wand.

„Miss Hanby, kommen Sie mit mir!“ Abel Wilson nahm Susanna beim Arm und zog sie in das nächstbeste Geschäft – *Dusenberry Schuhe*. Sie hörte das Fluchen und die Schläge hinter sich, während er die Tür schloss.

„Bleiben Sie bitte hier drin, Miss“, sagte Abel. „Wir kümmern uns für Sie um diesen Kerl. Wir können nicht akzeptieren, dass ehrbare junge Damen von Betrunkenen auf der Straße angegriffen werden.“

„Bringen Sie sich meinetwegen nicht in Schwierigkeiten, Mr Wilson.“

„Ich werde für Sie einstehen, Miss Hanby, und für jede andere Dame in Westerville und für Otterbein. Sie sehen, was hier geschieht: Corbin ruiniert unsere Stadt.“ Die Wut und der Schmerz in seiner Stimme hingen noch im Raum, selbst als er die Tür hinter sich zugeschlagen hatte.

„Möchten Sie sich hinsetzen, Miss Hanby?“ Es war Mrs Dusenberry, die hübsche Frau, die die Gebetstreffen gegen Corbins Saloon organisierte. Sie trug eine elegante Jacke, wie es sich für die Frau eines Ladenbesitzers gehörte, die auf Kundschaft wartete. Sie zog einen Stuhl heran. Dankbar setzte sich Susanna und rang nach Atem.

„Ein Glas Limonade?“

Sie nickte, fühlte sich immer noch taub und benommen. Was geschah hier nur? Sie wollte nicht im Zentrum dieses Konfliktes stehen. Und dennoch, die Studenten hatten recht – man musste etwas gegen Corbin unternehmen.

Mrs Dusenberry brachte ein Glas Limonade aus dem Hinterzimmer. „Es tut mir leid, meine Liebe – ich weiß, dass Sie schreckliche Angst gehabt haben müssen. Ich habe Sie durch das Schaufenster gesehen.“

Susanna war froh, dass die Frau nicht so wütend war wie die jungen Männer. Jeder Schlag und Schrei von draußen machte sie nur noch unglücklicher. „Ich will nicht, dass sie kämpfen.“ Sie nippte an der kalten Flüssigkeit. Das Glas kühlte ihre zerschrammten Handflächen.

„Ich weiß, meine Liebe. Das möchte niemand. Oder zumindest niemand, den ich kenne. Wir alle wollen einfach nur, dass er verschwindet.“

„Der Saloon?“

„Ja.“

„Das will ich auch. Aber nicht durch Gewalt.“

Mrs Dusenberry seufzte. „Was geschieht, liegt nicht in unserer Macht. Die meisten Menschen hier sind gute Leute, aber einige sind zu voreilig. Ihr Onkel wird sie nicht mehr lange zurückhalten können.“

„Aber er versucht es."

„Ich weiß. Wir müssen einfach weiter beten."

Mrs Dusenberry holte ein feuchtes Tuch und wischte Susannas Hände ab. Als die Geräusche draußen endlich erstarben und sich die Straße leerte, schlüpfte Susanna aus der Tür und lief nach Hause. Sie wollte niemanden sehen, wollte einfach nur alleine sein. Ihre eigenen Sorgen waren schon so groß wie die Berge, ohne dass sie auch noch die der gesamten Stadt auf sich lud.

Die tief stehende Sonne warf die vertraute Silhouette des Westerviller Bahnhofes als Schatten auf den Bahnsteig neben den Zug. Johann hatte es nicht ausgehalten, noch länger von hier fernzubleiben, nicht wegen der Entwicklung bei der Saloon-Geschichte und auch nicht wegen dem sehnsüchtigen Wunsch, Susanna wiederzusehen. Er wollte zu ihr gehen und ihr noch einmal seine Hilfe anbieten, vielleicht einen Plan schmieden, wie das Unausweichliche im Waisenhaus verschoben werden konnte.

Doch zuerst musste er zum Hotel gehen und seine Reisetasche abstellen.

Johann stieg die Stufen zum Eingang hoch und betrat den Speisesaal. Ein schneller Bissen zur Stärkung; dann würde er die Details nutzen, die Mrs Hanby ihm bei ihrem Besuch im Biergarten genannt hatte, um das Haus der Hanbys ausfindig zu machen.

Außer bei seinen drei Aufenthalten im Hotel hatte Johann noch nie einen Speiseraum gesehen, in dem weder Bier noch Wein angeboten wurde. Die Gäste saßen schweigend an ihren Tischen und aßen still, einige vertieft in ihre Zeitungen.

Er war mit dem Essen fast fertig, als sich an einem entfernten Tisch einige junge Leute erhoben und zum Gehen bereit machten. Johann hielt seine Zeitung etwas höher, um seine Neugier zu verbergen, und linste um die Ecke herum.

Es waren diese Studenten, die in der Kirche so große Töne gespuckt hatten; diejenigen, die sich in der Nacht heimlich zu ihrer mysteriösen Mission aufgemacht hatten. Die jungen Männer wirkten grimmig und ungewöhnlich aufgebracht. Das war keine allzu beruhigende Kombination.

Johann wartete, bis sie aus der Tür getreten und die Stufen zur Straße hinuntergestapft waren. Dieses Mal würde er ihnen auf der Spur bleiben und feststellen, was sie vorhatten, auch wenn sich die Dunkelheit draußen schon wieder allmählich wie ein dunkles Tuch ausbreitete. Westerville brauchte unbedingt Gaslampen.

Johann war nicht überrascht, dass sich die jungen Männer wieder auf den Weg zu dem großen Gebäude machten. Doch als sie jetzt wieder herauskamen, trugen sie nichts bei sich. Johann blieb auf seinem Beobachtungsposten, versteckt in der Dunkelheit, bis ihre Schritte auf der State Street verklungen waren.

Diesmal würde er sich nicht abhalten lassen. Er schlich in Richtung der Tür, die sie benutzt hatten. Was war das für ein Ort? Im Dunklen konnte man es nicht erkennen. Ein Lager, das schien eindeutig. Vielleicht eine Ziegelfabrik? In einem großen Raum stapelte sich Reihe um Reihe von Ziegeln an den Wänden.

Die Studenten hatten hier nichts geklaut – es wäre viel zu leichtsinnig, wenn sie ihre Zukunft aufs Spiel setzten, nur um ein paar wertlose Ziegel mitgehen zu lassen.

Vorsichtig sah Johann sich um. Am anderen Ende der Halle war eine Steintreppe zu sehen, die in den Keller zu führen schien. Er blickte sich noch einmal um, dann zog er seine Streichhölzer hervor und entzündete die Öllampe, die neben ihm an der Wand hing. Er folgte der Treppe nach unten. Das dunkle Kellerloch wurde nur von seinem kleinen Lichtlein erhellt.

Es war kein großer Raum, gerade gut genug für ein kleines Lager. Krimskrams und Gerümpel stand überall herum, sodass er kaum einen Fuß in den Raum setzen konnte.

Doch etwas zog Johanns Aufmerksamkeit auf sich.

Zwei kleine Fässer mit Schießpulver standen in Reichweite, sodass man sie sich schnell greifen und damit weglaufen konnte. Und sie hatten die gleiche Größe wie der Gegenstand, den die Studenten neulich nachts zwischen sich getragen hatten.

Nun, er würde dafür sorgen, dass dieses Schießpulver nichts Böses mehr anrichten konnte. Johann wusste nicht, wem es gehörte, aber dass die Studenten davon wussten, war äußerst verdächtig. Er würde sich nicht schuldig fühlen, wenn er etwas mitnahm, das für illegale Aktivitäten benutzt werden sollte und wahrscheinlich Menschenleben gefährden würde.

Johann stellte das Licht ab und hob die Fässer hoch, eines unter jedem Arm. Jetzt konnte er allerdings die Lampe nicht mehr tragen. Er blies das Licht aus und ließ sie stehen, tastete sich die Stufen hinauf langsam mit dem Fuß vor. Endlich erreichte er die Lagerhalle, wo das Mondlicht von draußen seinen Weg erhellte.

Das Pulver war schwer und stank beißend. Es einfach nur zu verstecken würde nicht genügen. Johann musste es unbrauchbar machen.

Nach wenigen Minuten kam er am Bach an. Das Wasser! Er kletterte das Ufer hinunter und entfernte den Deckel des ersten Fasses mit Hilfe seines Taschenmessers. Das Pulver strömte heraus und verschwand im kühlen Nass. Als das Fass leer war, drückte er es unter Wasser, bis es vollgelaufen war, dann ließ er es in Richtung der Brücke davontreiben. Mit dem zweiten Fass verfuhr er genauso, dann wusch er sich die Hände. Im Licht der Straßenlaternen würde er gleich sehen, welche Spuren sein Handeln an seiner Kleidung hinterlassen hatte. Hoffentlich war es nicht zu offensichtlich.

Wenn diese jungen Männer tatsächlich diejenigen waren, die Selbstjustiz an dem Saloon verübt hatten, könnten sie beim nächsten Mal wenigstens nicht auf die Unterstützung des Schießpulvers zurückgreifen. Jetzt konnte er Susanna mit einem ruhigen Gewissen gegenübertreten und mit ihr über ihre Nichten und Neffen sprechen. Corbin musste sich allein um den Rest kümmern.

Kapitel 23

Ein Klopfen erklang an der Tür der Hanbys. Sollte Susanna öffnen? Onkel Will war bei einem Treffen, bei dem die Männer die Entlastung der Prediger durch das Gericht in Columbus feierten. Und er wollte sich noch einmal gegen die illegalen Aktivitäten gegen den Saloon aussprechen, was Tante Ann Sorgen bereitete. Ihre Tante schrubbte Onkel Wills Hemdkragen mit einer Vehemenz, die dem Stoff bestimmt nicht guttat. Und dabei war nicht einmal Waschtag.

Susanna beschloss, dass es besser wäre, die Tür zu öffnen, bevor Tante Ann das Klopfen hörte. Sie hoffte, dass sie nicht wieder eine Drohung auf der Türschwelle finden würde wie die, die sie gestern erhalten hatten.

Das ist unsere letzte Warnung, Hanby. Halten Sie sich raus oder es ergeht Ihnen und Ihrer Familie schlecht.

Die Erinnerung an die hasserfüllten Worte ließ Susanna immer noch erzittern. Doch sie durfte sich nicht so ängstigen lassen, dass sie nicht einmal mehr die Tür öffnete – was sollte als Nächstes kommen? Dass sie es nicht mehr wagte, das Haus zu verlassen? Susanna legte ihre Stickarbeit beiseite und erhob sich, dann warf sie einen schnellen Blick in den kleinen Spiegel an der Wand, um sicherzugehen, dass sie vorzeigbar war.

Als sie die Tür öffnete und den Besucher erkannte, traf sie der Schlag. Sie taumelte leicht zurück.

„'N Abend." George Leeds stand auf der Schwelle, sein Hemd so zerknittert wie immer, sein Bart zerzaust und die Haare fettig.

„George!"

„Lässt du mich nicht rein? Ich habe Neuigkeiten."

Rachel. Susannas Puls raste und sie atmete zitternd ein.

Ihr Schwager grinste sie breit an. Anscheinend hatte er einen oder zwei Zähne verloren, seit sie ihn das letzte Mal gesehen hatte – wahrscheinlich, weil er betrunken in der Gegend herumgefallen war, dachte Susanna. Er strömte den typischen süßlichen Geruch eines chronischen Trinkers aus, doch frischen Alkohol konnte sie nicht riechen.

„Komm rein." Sie zuckte angewidert zurück, als er sich an ihr vorbeischob.

„Susanna, wer ist da?", rief ihre Tante.

Sie antwortete nicht, sondern blickte George nur misstrauisch an. Er warf seinen Hut auf den Tisch, setzte sich auf Onkel Wills Platz und legte seine Füße auf den Schemel, als wäre er hier zu Hause. Wenn Onkel Will da gewesen wäre, hätte sich George mit Sicherheit nicht so unverschämt benommen. Doch ihr Onkel war ja bei dem Treffen.

Susanna setzte sich steif auf die Kante des Stuhles, der am weitesten entfernt von George stand, legte die Hände in den Schoß und starrte ihren Schwager an.

Tante Ann kam von hinten herein und wischte ihre nassen Hände an der Schürze ab. „Oh." Sie blieb in der Wohnzimmertür stehen.

„Mrs Hanby." George machte keine Anstalten, sich zu erheben, sondern lümmelte sich nur tiefer in den Stuhl. Was für ein armseliger Mann! Als Susanna sah, wie seine fettigen Haare sich gegen die Lehne drückten, schauderte es sie. Gut, dass Tante Ann Zierdeckchen auf den Möbeln liegen hatte.

„Ein unerwarteter Besucht, Mr Leeds." Tante Anns gelassene Reaktion überraschte Susanna.

„Ich habe meiner Schwägerin gerade erzählt, dass ich Neuigkeiten habe, die Sie bestimmt interessieren."

„Wirklich?" Ihre Tante hielt ihre Gelassenheit aufrecht, stellte sich jedoch näher an einen Stuhl heran, als müsse sie sich abstützen.

„Ich habe eine Entscheidung getroffen, die Sie bestimmt interessiert." George balancierte einen seiner Stiefel auf der Spitze des anderen, als säße er draußen und rede mit jemandem über Belanglosigkeiten, nicht über seine vermisste Frau und seine armen Kinder.

„Es war keine leichte Entscheidung", dehnte er seine Rede aus.

Susanna hätte ihn am liebsten angeschrien, zwang sich jedoch, gleichmäßig weiterzuatmen. Das war alles, worauf sie sich im Moment konzentrieren konnte.

George kratzte sich am Kinn. „Wenn ihr immer noch wollt, dass ich die Papiere für die Kinder unterschreibe, damit ihr sie behalten könnt, dann mache ich das."

Wie bitte? Susanna konnte seine Worte kaum begreifen, dachte wieder und wieder darüber nach, während er sie angrinste. Das konnte doch nicht ...

Jetzt legte er wieder beide Füße auf den Schemel. „Für tausend Dollar."

Wie bitte?

„Wie bitte?", fragte ihre Tante gleichzeitig. „Ich muss mich verhört haben, Mr Leeds."

„Nein, Ma'am." Er schüttelte langsam den Kopf. „Ich habe sehr viele Ausgaben auf meiner Farm. Auf diese Weise bekommen wir alle das, was wir wollen."

Heiße Wut durchströmte Susanna. „Hör mir zu, George." Sie erhob sich.

„Susanna!", flüsterte ihre Tante warnend.

Sie schaute sie nicht einmal an. „Meine Schwester ist eine gute Frau, die du missachtet und ausgebeutet hast. Sie und ihre Kinder mussten hungern, weil du einen miesen Charakter hast und ein gewissenloser Säufer bist. Und jetzt bist du so unverschämt und willst, dass wir für deine Kinder bezahlen?" Sie hob die Stimme, unendlich zornig. „Keiner von uns hat tausend Dollar für dich."

„Das behaupten doch alle, aber es stimmt nicht." Sein Blick erinnerte sie an den eines verschlagenen Fuchses.

„Wir haben aber kein Geld!" Ihre Wangen brannten. „Und selbst wenn wir es hätten, würden wir es keinem Unmenschen wie dir in den Rachen werfen. Was würdest du schon tun? Es versaufen!"

George Leeds erhob sich schwerfällig. „Sei nicht so respektlos, Susanna. Du wirst dir noch wünschen, dass du das niemals gesagt hättest." Kleine Funken schienen in seinen Augen lodern.

„Sag mir, wo Rachel ist! Du weißt es doch ganz genau!"

Hinter Georges Schulter wurde Tante Ann blass.

„Sie ist eine schlechte Frau, die von mir aus zum Teufel gehen kann. Vielleicht ist sie das ja schon." George grinste.

Susanna hob die Hand und schlug ihm direkt in sein widerwärtiges Gesicht.

Da explodierte er. Er rammte Susanna die Hand gegen den Brustkorb, sodass sie gegen die Wand flog und ihr Kopf hart dagegenschleuderte. Der Raum um sie herum drehte sich; Susanna wäre gestürzt, hätten sich nicht seine Hände um ihren Hals gelegt und zugedrückt. Sie bekam keine Luft mehr und ihr Körper platzte fast vor Schmerzen. Sie öffnete den Mund, doch es drang kein Laut heraus.

Susanna schlug wie wild auf Georges Arm ein, doch sie hatte nicht die Kraft, sich von ihm zu befreien. In seinen Augen erkannte sie die pure Mordlust. Sie hörte Tante Ann rufen, doch wie aus weiter Ferne.

Dann wurde alles um sie herum schwarz.

Kapitel 24

Johann blieb unter einer Laterne stehen und untersuchte im schummrigen Licht sein Hemd. Schwarze Pulverschlieren zeigten sich dort, wo die Fässer den Stoff berührt hatten. Er knöpfte seine Jacke zu und hoffte, dass darunter der meiste Schmutz verborgen bleiben würde. Den Hanbys würde es bestimmt nicht auffallen. Zum Glück waren seine Hosen schwarz, so konnte niemand sehen, dass er seine Hände daran abgewischt hatte. Doch Johann konnte den Schwarzpulvergeruch immer noch riechen.

Er ging an Corbins Saloon vorbei, in dem zu dieser Zeit immer noch fünf oder sechs Männer zu Gast waren, soweit er es von draußen beurteilen konnte. Johann hoffte, dass Arthur Pippen nicht unter ihnen war.

Er wischte sich noch einmal die Hände an den Hosen ab, während er eilig weiterging. Sollte er Susanna wirklich einen Besuch abstatten? Ja. Mittlerweile musste sie außer sich vor Sorge sein wegen der Kinder und der bevorstehenden Adoptionen. Er konnte zumindest mit ihr sprechen und zusammen mit ihr versuchen, eine Lösung zu finden.

Doch als das kleine weiße Haus in Sicht kam, das Mrs Hanby erwähnt hatte, fingen die Zweifel an, an Johann zu nagen. Er ging am Haus vorbei die State Street hinunter und dachte nach. Was wäre, wenn die verzaubernde Wirkung im Biergarten nur ein Ergebnis der Musik und der wunderschönen Umgebung gewesen war? Vielleicht begrüßte ihn kalte Feindseligkeit, wenn er das Haus der Hanbys betrat, weil Susanna womöglich ihren Ausflug in das deutsche Leben bereute – oder ihren Tanz mit ihm.

Er war mittlerweile etliche Schritte am Haus vorbeigegangen. *Sei kein Narr. Geh und sprich mit ihr*, ermahnte er sich selbst. Er blieb stehen, machte auf dem Absatz kehrt und ging entschlossen in Richtung Haustür.

Zwei Schritte vor der Veranda blieb er wieder stehen. *Du gehst nach New York, Johann. Das alles hat sowieso keine Zukunft.*

Doch als er erneut umkehren wollte, hörte er plötzlich die Stimme einer Frau schreien. „Hören Sie auf! Lassen Sie sie los!"

Es war Ann Hanbys Stimme. Irgendetwas stimmte nicht! Johann stürmte die Stufen hinauf und warf sich gegen die Haustür, sodass sie aufsprang und mit einem lauten Krachen gegen die Wand schlug.

An der Wand im Wohnzimmer stand ein schwarzhaariger Mann und presst seine Hände um Susannas Hals. Sie kämpfte verzweifelt gegen ihn an, doch ihre Kräfte waren beinahe geschwunden und sie schien fast ohnmächtig. Ihre Tante zog an den Haaren des Mannes und schrie auf ihn ein. Mit einem festen Schlag schleuderte der Kerl die alte Dame weg und sie stürzte rücklings gegen einen Stuhl.

Johann sprang durch den kleinen Raum und riss den Mann an der Schulter zurück. Als der Mann mit offenem Mund überrascht herumwirbelte, ballte Johann seine Faust und schlug mit aller Macht gegen die Schläfe seines Kontrahenten. Er ging zu Boden wie ein gefällter Baum. *George Leeds!*

Doch sofort brüllte er auf und kämpfte sich wieder auf die Füße, taumelte mit wildem Gesichtsausdruck auf Johann zu, um sich auf ihn zu werfen. Er verfehlte ihn, schnappte aber nach Johanns Hemd und wollte ihn mit sich zu Boden reißen. Johann versuchte, sich loszumachen. Irgendetwas traf ihn in den Kniekehlen. Er taumelte, dann schlug sein Kopf fest auf den Boden auf.

Plötzlich war George über ihm. Doch Johann reagierte schnell, er wirbelte herum und rammte ihm die Knie gegen die Brust. Sein Angreifer schnappte nach Luft. Der Schlag hatte ihm den Atem geraubt; er konnte sich für einen Moment lang nicht mehr rühren. Mit einem Ruck drehte Johann ihn auf den Bauch und presste Georges Arme auf seinen Rücken, sodass er bewegungsunfähig war, wie er es beim Ringen im Turnverein gelernt hatte. Was für ein Segen, dass es diesen Turnverein gab!

Das einzige Geräusch im Raum war das schwere Atmen – Johanns, Susannas und auch Georges.

„Sie Schwein!" Johann zwang die Arme weiter nach oben und der Mann stöhnte vor Schmerzen. „Was haben Sie hier zu suchen?"

George antwortete nicht.

Susanna und Ann taumelten in Johanns Sichtfeld, wobei die ältere Dame ihre Nichte stützen musste. Susanna versuchte zu sprechen, legte dann aber mit einer Grimasse ihre Hand auf den Hals.

„Alles ist gut, Liebes“, beruhigte ihre Tante. „Versuch jetzt nicht zu sprechen.“

„Was ist passiert?“, fragte Johann Mrs Hanby.

„Er wollte, dass wir ihm tausend Dollar geben, damit er die Kinder aus dem Heim holt. Susanna ist wütend geworden und hat ihn geohrfeigt. Da hat er sie angegriffen.“

„Ich hätte ihm nach so einem Angebot wahrscheinlich auch eine verpasst“, sagte Johann. Er erkannte Verlegenheit und Bedauern auf ihrem Gesicht und spürte tiefes Mitleid mit ihr.

Dann wandte er sich an George. „Haben Sie denn nicht den kleinsten Funken Ehrgefühl?“

George sagte immer noch nichts, knirschte nur mit den Zähnen.

„Nun, vielleicht sprechen wir lieber draußen miteinander.“ Johann riss den Mann unsanft auf die Beine und schob ihn in Richtung Tür. „Wenn Sie uns bitte entschuldigen würden, Myladies“, sagte er mit einem grimmigen Blick über die Schulter.

Nachdem er George etwa dreißig Meter mit sich hinter das Haus geschleift hatte, zog er ihm mit einem geübten Schwung erneut die Beine unter dem Körper weg, sodass er wieder bäuchlings zu Boden ging.

„Also sind Sie hierhergekommen, um die Frauen zu erpressen, die sich nur um Ihre Kinder kümmern wollen?“, fragte er. „Sind Sie völlig verrückt geworden?“

„Ich weiß ja nicht mal, ob das überhaupt meine Kinder sind“, knurrte George. „Wenn sie mit einem anderen Mann abgehauen ist, war sie vielleicht schon vorher eine Schlampe und ich wusste es nur nicht.“

Die Absurdität machte Johann sprachlos. Was für eine geringschätzige Meinung hatte dieser Mann von seiner eigenen Ehefrau? „Bis Sie keine Beweise haben, dass es sich eindeutig nicht um Ihre leiblichen Kinder handelt, haben Sie die Pflicht, sie zu unterstützen. Und das bedeutet, sie der eigenen Familie zu überstellen, damit sie nicht auseinandergerissen und an Fremde übergeben werden.“

„Wenn Sie wüssten, wie diese Schlampe war, würden Sie mich nicht verurteilen, Giere.“ Georges Stimme klang bitter. „Immer nörgelnd, immer jammernd, nie zufrieden. Und immer schwanger. Hat so viele Kinder auf die Welt gebracht, dass wir kaum noch leben konnten."

„Ich nehme an, dass Sie sehr viel mit diesem Zustand zu tun hatten, sonst hätten Sie Ihre Frau ja gleich der Untreue überführt." Johann konnte sich eine gewisse Ironie nicht verkneifen.

„Diese Frau hat mich ruiniert. Sie hat mich zum Trinker gemacht und sich dann darüber beschwert. Wir hätten ein gutes Leben haben können. Ich hatte Talent."

„Wofür?" Johann versuchte, nicht verächtlich zu schnauben. Je mehr George redete, desto größer war die Hoffnung, dass Johann etwas Nützliches über Rachel in Erfahrung brachte.

„Für die Schauspielerei. Das haben alle fahrenden Künstler gesagt, bei denen ich vorgesprochen habe."

Johann stellte sich den betrunkenen George vor, wie er Balladen rezitierte.

Es wirkte fast lächerlich, wie der im Dreck liegende Mann anfing zu prahlen. „Sie haben gesagt, ich sollte mit ihnen kommen. Aber zu der Zeit hatte ich schon drei Kinder und Rachel hat gemeckert und gemeckert und gemeckert. Und als sie mitbekommen hat, dass ich mit den Schauspielern mitgehen wollte, ist sie zu ihnen gerannt und hat ihnen auf die Nase gebunden, dass ich verheiratet bin und drei Kinder habe. Sie haben mir gesagt, dass sie einen Familienvater mit ihren geringen Einnahmen nicht mit durchbringen könnten. Also haben sie ihr Angebot zurückgenommen. Sie hat mich ruiniert." Er verstummte, atmete schwer.

Seine Selbstsüchtigkeit und Überheblichkeit verschlugen Johann fast die Sprache. „Wie auch immer", antwortete er, wobei er seine Abscheu kaum verbergen konnte. „Sie haben gerade eine junge Dame angegriffen, nachdem Sie versucht haben, sie zu erpressen. Der einzige Grund, warum ich Sie nicht direkt zur Polizei in Columbus zerre, ist meine Hoffnung, dass Sie zur Vernunft kommen und Ihre Kinder aus dem Heim holen werden, um sie Susanna zu übergeben."

George schnaufte. „Vielleicht, vielleicht auch nicht."

Johann erhob sich. „Verschwinden Sie von hier. Nehmen Sie den Zug oder Sie werden es bereuen. Und vergessen Sie nicht, dass ab jetzt immer eine Kugel im Haus der Hanbys sein wird, die Ihren Namen trägt. Wenn Sie noch einmal auf dumme Gedanken kommen sollten, wird niemand zögern, Sie zu erschießen. Und alle werden bezeugen, dass es sich um Notwehr gehandelt hat."

„Aber ich habe kein Geld", jammerte George und kämpfte sich auf die Füße.

Johann behielt ihn im Auge, doch George war der klassische Feigling – wenn er einen gleichwertigen Gegner vor sich hatte, gab er klein bei. Mit einem Seufzen nahm er seine Geldbörse hervor. „Das ist für die Reise." Er warf George das Geld vor die Füße, um eine Berührung zu vermeiden. Vielleicht würde ihn Susannas Schwager doch noch mit einem Angriff überraschen? Doch George fiel auf die Knie und suchte im Schmutz, bis er die Münzen gefunden hatte. Johann schüttelte den Kopf. Was für ein verabscheuungswürdiger Feigling. War es sein Charakter oder die Trinkerei? Das Trinken alleine konnte einen guten Mann nicht zu so etwas werden lassen, oder doch? Vielleicht war das möglich; aber Johann glaubte nicht, dass es bei George so gewesen war. Dieser Mann war ein Aufschneider und vollkommen selbstverliebt.

George erhob sich mit dem Geld in der Hand und humpelte in Richtung Bahnhof davon.

Johann beobachtete ihn, bis die Dunkelheit ihn verschluckte.

Fünf Minuten später klopfte Johann höflich an, bevor er das Haus der Hanbys betrat.

„Was ist passiert?", fragte Susanna. Ihre Stimme klang rau, fast wie ein Hauch. Sie hielt eine Tasse in Händen und saß neben ihrer Tante auf einer gepolsterten Bank im Wohnzimmer. Ann Hanby hatte ihr liebevoll den Arm um die Schulter gelegt.

„Wir hatten eine Unterhaltung über die Rechte eines Mannes, wenn es darum geht, das Leben von anderen zu beschützen."

„Sie meinen", sagte Mrs Hanby trocken, „dass Sie ihm gesagt haben, Sie würden ihn umbringen, wenn er sich hier noch einmal blicken lässt?"

„Im Wesentlichen. Oder Sie mit der Waffe, die nun hier auf seine

Rückkehr warten wird. Und ich habe es mit der Tatsache bekräftigt, dass wir auch jetzt schon genug Gründe hätten, ihn ins Gefängnis sperren zu lassen. Aber ich weiß, dass Sie immer noch die Hoffnung haben, dass er die Kinder für Sie holt, also habe ich ihn heute nicht abführen lassen."

„Und er ist weg?", flüsterte Susanna.

„Ich habe ihm gesagt, er soll den Zug nehmen. Auf meine Kosten."

Sie stellte die Tasse auf den Kaminsims neben sich. „Ich verstehe." Dann lehnte sie sich zurück und schloss die Augen. „Ich weiß nicht, wie wir das mit den Kindern jetzt noch erreichen sollen."

„Es tut mir leid. Hätte ich mich anders verhalten sollen?"

Sie riss erstaunt die Augen auf. „Nein – aber nein! Ich bin Ihnen unendlich dankbar, Mr Giere."

„Johann."

Sie seufzte. „Johann." Sie sah unglaublich jung und verletzlich aus, als sie ihn mit ihren verweinten Augen in dem blassen Gesicht anstarrte.

Ihre Tante zögerte einen Moment, widersprach aber nicht. Offenbar hatte Johann recht mit seiner Vermutung, dass man einander beim Vornamen nennen durfte, wenn man jemandem das Leben gerettet hatte.

Tante Ann wandte sich an Susanna und strich ihr fürsorglich über die Schulter. „Es wäre ohnehin gleichgültig gewesen, was wir getan hätten. Wir haben das Geld nicht, das er verlangt hat. Und Geld ist alles, was ihn interessiert."

Johann sah sie ungläubig an. „Hätten Sie es ihm denn gegeben, wenn Sie es gehabt hätten?"

Susanna legte sich eine Hand an die Stirn, als hätte sie Schmerzen. „Nein. Er hätte jederzeit hier auftauchen und uns die Kinder wegnehmen oder noch mehr Geld verlangen können."

„Sie haben vermutlich recht." Am liebsten hätte Johann sie umarmt, um sie zu trösten und ihr in dieser aussichtslosen Situation Nähe zu spenden.

Stattdessen ging er zur Tür. „Meine Damen, ich werde sichergehen, dass dieser Unglückliche die Stadt mit dem Zug verlassen hat. Und dann werde ich mein Bestes tun, um Ihnen in den nächsten

Tagen bessere Neuigkeiten zu überbringen." Er wusste nicht, wie er das bewirken sollte, doch er würde es herausfinden. Er würde alles tun, um Susanna glücklich zu machen, um zu erleben, wie ihre Augen wieder strahlten. Auch wenn er in einem Monat nach New York ziehen würde.

„Sie sind sehr freundlich zu uns." Susanna erhob sich und stand unschlüssig im Wohnzimmer, als könne sie sich nicht entscheiden, ob sie ihn zur Tür bringen oder einfach stehen bleiben sollte. Er trat zu ihr, nahm ihre Hand und führt sie an seine Lippen. Johann spürte, wie ihm das Blut in die Wangen stieg, doch das war es wert, denn sie machte keine Anstalten, ihm ihre Finger zu entziehen – ihre Augen wurden groß und ihre Lippen öffneten sich überrascht.

„Gute Nacht." Er nickte Mrs Hanby zu und ging.

Normalerweise hasste er es, vor anderen rot zu werden, doch heute fühlte sich die Hitze auf seinem Gesicht seltsam angenehm an. Den ganzen Weg die State Street hinauf erinnerte ihn das Kribbeln seiner Haut an die Berührung ihrer Finger an seinem Mund.

Kapitel 25

„Johann Giere ist ein netter junger Mann." Tante Ann klang verdächtig ungezwungen, während sie Onkel Wills Hemd in der Waschwanne schrubbte.

„Ja." Jetzt kam die Frage, vor der sie sich schon seit gestern fürchtete. Susanna wappnete sich innerlich, während sie den Teig in die Kuchenform füllte.

„Er scheint dich sehr zu achten."

Susanna strich den Teig mit einem Löffel glatt.

„Was verständlich ist, da du eine wunderbare junge Dame bist." Tante Ann weichte das Hemd noch einmal ein und rieb es dann energisch über das Waschbrett. „Aber es ist auch seltsam."

„Ja. Wir sind sehr unterschiedlich. Ich hätte gedacht, er würde mich hassen, weil ich ihm gegenüber so offen gewesen bin. Und manchmal, so fürchte ich, auch ein wenig unhöflich." Susanna dachte wieder an die leichte Berührung seiner Lippen auf ihrer Haut und ein wohliger Schauder lief ihr über den Rücken. Um es zu überspielen, griff sie sich ein Tuch, öffnete den Ofen und stellte die Kuchenform hinein.

„Es spricht für einen Mann, wenn er es schätzt, dass eine Frau offen ihre Ansicht äußert. Das ist nicht selbstverständlich."

„Sein Vater hat gesagt, dass er es schätzt, wenn man frei heraus spricht. Das hat Johann anscheinend von ihm geerbt."

„Ich respektiere seinen Vater." Tante Ann wrang das Hemd aus und betrachtete es zufrieden. „Männer mit Vätern, die Respekt verdienen, haben einen guten Start in der Welt, egal ob sie reich oder arm sind. Der Charakter zählt."

Worauf wollte Tante Ann hinaus? Ja, Johann war sehr attraktiv, und ja, sie hatte entdeckt, dass er sehr viele gute Eigenschaften hatte. Aber sie kamen aus zwei verschiedenen Welten. Außerdem produzierte seine Familie Bier! Es war Zeit für ein anderes Gesprächsthema.

„Heute ist der neunzehnte." Susanna legte das Tuch auf den Küchentisch und wischte sich die Hände ab.

„Ja. Nur noch wenige Tage, bis wir wieder ins *Hare-Waisenhaus* können." Ihre feinfühlige Tante wusste sofort, warum Susanna das Datum erwähnte. „Ich bin sicher, den Kindern geht es gut. Selbst wenn man nur einmal in der Woche etwas Gutes zu essen bekommt, macht das schon einen Unterschied."

Susanna hoffte, dass das stimmte. Sie ging ruhelos in der Küche auf und ab, dann fing sie an, die Kochutensilien im Regal geradezurücken.

Die Haustür öffnete sich. Onkel Will trat ein und schloss sofort wieder hinter sich ab. Nach dem, was mit George geschehen war, waren sie nun viel vorsichtiger. Onkel Will war furchtbar erschüttert gewesen, als er von der Sache erfahren hatte, und hatte sich schreckliche Vorwürfe gemacht, dass er nicht da gewesen war, um zu helfen. Susanna hatte ihm immer wieder versichert, dass er nichts hätte tun können. Es war sogar ein Segen gewesen, dass er nicht da gewesen war, dachte sie, denn trotz seiner guten Absichten war er viel zu gebrechlich, als dass er wirklich etwas gegen den Angriff hätte ausrichten können. Womöglich wäre er schwer verletzt worden.

„Ich hatte einen kleinen Erfolg im Hafen." Onkel Will setzte sich mit einem Stöhnen in seinen Sessel und stellte nicht einmal seinen Stock in den Ständer.

„Was ist passiert?" Susanna trat zu ihm, nahm sanft den Stock aus seiner Hand und stellte ihn weg, bevor sie sich selbst hinsetzte. Tante Ann nahm ebenfalls Platz.

„Ich habe unzählige Männer befragt, ob sie eine Frau mit rotbraunem Haar und grauem Kleid gesehen haben. Jeden Mann im Hafen und bestimmt das eine oder andere Maultier." Er schloss die Augen. Susanna musste lächeln. Dann bemerkte sie, dass sie vollkommen angespannt auf der Kante ihres Sessels saß. Sie lehnte sich zurück und versuchte ruhig zu bleiben. Tante Ann schaffte das ja auch.

„Endlich sagte mir jemand, dass er eine Frau gesehen habe, auf die diese Beschreibung zutrifft. Er erzählte, dass sie mit einem der Paketschiffe gekommen sei – er wusste nicht, mit welchem – und alle paar Tage im Hafen sei. Also habe ich die Frau eines Paketschiffkapitäns befragt, die gerade vor Ort war."

„Was hat sie gesagt?“ Susanna beugte sich gespannt nach vorne. Selbst Tante Ann schien jetzt die Luft anzuhalten.

„Sie sagte, sie sei sich sicher, dass die Frau die Ehefrau eines anderen Kapitäns sei, der regelmäßig die Route nach Cleveland fährt.“

Susannas Herz sank und hinterließ einen schmerzenden leeren Fleck in ihrem Brustkorb. „Das ist alles?“ Sie hörte den traurigen Ton in ihrer Stimme und fühlte sich schuldig. Ihr Onkel hatte sein Bestes getan. „Danke, dass du versucht hast, sie zu finden.“

„Es tut mir wirklich leid, dass ich nicht mehr herausfinden konnte. Aber ich glaube, wir sollten mehr über diese junge Frau in Erfahrung bringen. Die Meinung einer einzelnen Kapitänsfrau zählt nicht.“

„Das stimmt.“ Susannas Stimmung hob sich wieder etwas.

„Was duftet denn da so köstlich?“, fragte Onkel Will.

„Kuchen.“ Susanna lächelte matt. „Der erste ist für uns, der zweite soll für die Pippens sein.“

„Gut, gut.“

Einige Augenblicke lang saßen sie schweigend und gedankenverloren beieinander. Susanna blickte ihre Tante und ihren Onkel an. Wie sehr sie die beiden liebte, wie dankbar sie ihnen war! Ohne ihren Rat und ihre Unterstützung hätte sie es nie geschafft, ihren Eltern so lange nichts von dieser schrecklichen Situation zu erzählen. Und immer noch war sie davon überzeugt, dass es richtig war, so zu handeln. Sie würde ihren Eltern nichts von Rachel sagen, bis für die Kinder wirklich keine Hoffnung mehr bestand. Die beiden Briefe, die sie seit ihrer Ankunft in Westerville nach Hause geschickt hatte, waren voll von kleinen Belanglosigkeiten gewesen. Mit Informationen über den Saloon hatte Susanna nicht gegeizt, da sie wusste, dass ihre Eltern davon wahrscheinlich aus der Zeitung erfahren würden. Und bisher hatten sie noch nicht nach Rachel gefragt. Doch das würde nicht so bleiben. In einer Woche oder zwei würden sie anfangen, Fragen zu stellen, vor allem, wenn sie Rachel schrieben und keine Antwort erhielten.

Ihre Tante erhob sich und trat zu Onkel Will. Er war in seinem Sessel eingeschlafen, der Kopf war gegen die Kopfstütze gesunken. Das passierte in letzter Zeit häufiger. Er arbeitete so hart und gönnte sich keine Pause, bis ihn der Schlaf übermannte und er sich nicht mehr dagegen wehren konnte. Tante Ann küsste ihn sanft und ging leise in die Küche.

Eine Stunde später, als Susanna mit dem Backen fertig war, erklang ein Klopfen an der Tür. Onkel Will seufzte laut und erwachte. Sie konnte sehen, wie er sich in seinem Sessel aufrichtete. „Soll ich öffnen, Onkel?“, rief sie aus der Küche.

„Nein, mein Liebes, das mache ich schon.“ Er nahm seinen Stock, den Tante Ann ihm während seines Nickerchens auf die Knie gelegt hatte. Sobald er stand, wirkte er wieder würdevoll und standhaft. Er trat an die Tür.

„Wer ist da?“, rief er laut.

„Arthur Pippen“, erklang die Antwort.

Onkel Will hob eine Augenbraue und wandte sich zu Tante Ann um, die an seine Seite getreten war. Er entriegelte das Schloss und öffnete die Tür. „Guten Tag.“

„Guten Tag, Mr Pippen.“ Tante Ann lächelte ihn so herzlich an, als wäre er ein lang vermisster Verwandter. Eine solche Begrüßung musste jedes Herz erweichen.

Und Susanna behielt recht, denn der Mann erwiderte das Lächeln, wodurch seine eingefallenen Wangen noch dünner wirkten. „Guten Tag, Prediger Hanby, Mrs Hanby.“

„Wollen Sie nicht hereinkommen?“, bot Onkel Will an.

Arthur Pippen trat ein und sah sich um, als traue er sich nicht, Platz zu nehmen.

„Setzen Sie sich doch.“ Onkel Will ließ sich wieder in seinen eigenen gemütlichen Sessel sinken.

„Dann tue ich das mal“, sagte Mr Pippen und nahm langsam Platz.

„Möchten Sie vielleicht einen Tee?“, fragte Tante Ann freundlich.

„Nein, danke.“ Mr Pippen wirkte gehetzt. „Ich bin hier, um Ihnen meinen Dank auszusprechen, Mrs Hanby. Für all das, was Sie für meine Familie getan haben.“

Tante Ann zog sich einen Stuhl heran und setzte sich neben ihn. „Sie sind ein guter Mann, Mr Pippen.“

Er sagte nichts. Wie vielen Menschen hatte Tante Ann mit solch freundlichen Worten schon geholfen? Mr Pippen schien gebrochen zu sein – Susannas Herz schmerzte.

Sie stellte einen Kessel auf und hörte von der Küche aus zu, um nicht zu stören. Bestimmt würde ihr Besucher einen Tee trinken, auch wenn er eben abgelehnt hatte.

Susanna lauschte den Worten ihres Onkels und ihrer Tante über Abhängigkeit und Krankheit und die Macht Gottes, die Schuld wegzunehmen und Heilung zu schenken. Sie fühlte sich jung und unwissend. Tante Ann und Onkel Will schienen genau zu wissen, was sie sagen mussten, wo sie selbst herumgedruckst hätte und unsicher gewesen wäre. Ihr eigener Glaube war noch so unreif. Vielleicht würde er in fünfzig Jahren ebenso groß und unerschütterlich sein wie der ihrer Tante und ihres Onkels. Susanna hoffte es. Sie hätte mit Mr Pippen wahrscheinlich über Rechte und Pflichten gesprochen, wenn sie an ihrer Stelle gewesen wäre. Nicht der beste Ansatz, wie ihr nun klar wurde, als sie den liebevollen, aber direkten Worten ihres Onkels lauschte.

„Ich denke darüber nach, von hier wegzuziehen, wenn meine Familie mir jemals vergibt und überhaupt mit mir kommt", sagte Mr Pippen. „Irgendwohin, wo es keinen Saloon gibt."

„Wenn es eine zu große Versuchung für Sie ist, ist das vielleicht besser. Aber wie werden Sie anderen Saloons entgehen?", fragte Tante Ann.

„Durch die Farmerei", sagte er. „Nur ich und meine Frau und die Kinder, draußen in der Natur mit den Tieren und dem Getreide unter dem weiten Himmel. Wir können arbeiten und ich kann endlich ein guter Ehemann und Vater sein. Das ist alles, was ich will." Seine Stimme brach.

„Manche werden sagen, dass Sie davonlaufen, Arthur", gab Onkel Will zu bedenken. „Aber Sie sollten nicht auf sie hören. Wir alle müssen ein Leben wählen, das es uns erlaubt, mit Gott zu reden. Wenn der Saloon eine zu große Versuchung für Sie ist, dann unterstütze ich Ihren Mut, einen anderen Weg einzuschlagen. Lassen Sie sich diesen Plan nicht ausreden, wenn es wirklich das ist, was Sie für Ihr Leben und Ihre Familie wollen. Niemand kann beurteilen, was Sie durchgemacht haben. Niemand kann sich in Ihre Lage versetzen. Oder vielleicht können die anderen es doch und sind nur nicht so mutig wie Sie."

Mr Pippen schüttelte Onkel Wills Hand. „Ich werde mich nicht abbringen lassen, Sir. Und ich bete dafür, dass Gott mir hilft, meine Familie mehr zu lieben als alles andere auf der Welt."

„Das tun Sie doch schon lange", sagte ihr Onkel und umarmte den Mann.

Kapitel 26

„Er wollte sie erpressen. Für tausend Dollar. Er wollte, dass sie ihm Geld zahlt, damit er die Kinder aus den Heimen holt und sie ihr übergibt." Johann stocherte mit der Gabel in seinem Frühstück herum, während seine Mutter ihm noch mehr Rührei auftun wollte. „Nein, danke. Ich habe keinen Appetit."

„Wie schrecklich", sagte seine Schwester und starrte ihn mit ihren großen blauen Augen an. „Die arme Miss Hanby."

Johann liebte Marias weiches Herz – sie hatte mit allen Menschen Mitgefühl.

„Ja", murmelte sein Vater und blickte gedankenverloren aus dem Fenster. Johann ahnte, dass er an seinen kleinen, verschollenen Bruder denken musste. Wie schrecklich musste es gewesen sein, als der Junge einfach so verschwunden und niemals zurückgekehrt war.

Maria legte ihre Gabel beiseite. „Ich fand sie sehr nett auf dem Fest." Sie lachte. „Bist du nicht froh, dass ich nicht zu euch rübergekommen bin und dich genervt habe?"

„Ja." Johann lächelte trotz seiner Sorgen. Maria konnte ihn immer aufheitern.

Vera, seine jüngere Schwester, hatte das aschblonde Haar ihrer Großmutter geerbt und war ebenso direkt wie sie – was sein Vater immer wieder bemerkte. „Machst du ihr den Hof?" Sie nahm sich die Schale mit der Butter, die vor Johann stand, und fing an, sich ein Brötchen zu schmieren.

„Mädchen, lasst ihn in Ruhe", sagte ihre Mutter energisch.

Johann griff über den Tisch und schnappte sich die Butter wieder zurück. „Und was ist mit dir, Maria? Ich habe dich mit Peter Adler gesehen. Bussi, Bussi, Händchen halten!"

Sie schlug ihm mit der Hand auf den Arm. „Sei nicht so albern!"

Sein Vater lächelte über die geschwisterlichen Kabbeleien, doch er wurde gleich wieder ernst. „Bist du fertig mit Essen, mein Junge?"

„Ja."

„Dann komm mit mir nach draußen."

Johann erhob sich. Es gab immer einen wichtigen Grund, wenn sein Vater nach seiner Gesellschaft verlangte. „Bussi, Bussi", sagte er noch einmal über die Schulter zu Maria. Vera kicherte.

Die beiden Männer gingen durch die Küche nach draußen in den Garten, wo Johanns Vater einige Steine im Kreis um eine Feuerstelle positioniert hatte. Sein Vater setzte sich und suchte in der Tasche nach einer Zigarre. Johann nahm auf dem Stein neben ihm Platz und ließ seinen Blick schweifen. Es würde ein klarer, sonniger Tag werden. Die Büsche, die den Hof umgaben, lagen noch im Zwielicht des Morgens.

„Tausend Dollar wollte er?" Sein Vater steckte die Zigarre in den Mund.

„Ja."

„Ein Jahresgehalt für einen Arbeiter." Er entzündete ein Streichholz und paffte einige Male.

Johann wartete ab, worauf sein Vater hinauswollte.

„Vielleicht sollten wir ihm das Geld geben."

„Wie bitte?" Das hatte Johann nun wirklich nicht erwartet. „Das ist nichts anderes als Erpressung!"

„Aber es geht um das Leben von sechs Kindern."

Johann stieß den Atem aus. „Ich befürchte aber auch, dass Miss Hanby recht hat und er jederzeit weiter Geld fordern könnte."

„Die Zeit drängt, Johann, und wenn die Kinder erst einmal adoptiert wurden, ist es zu spät. Warum holen wir sie nicht erst einmal da raus und kümmern uns dann später um ihren nichtsnutzigen Vater?"

Johann klopfte gegen den harten Felsen unter ihm, als läge darin die Antwort verborgen. „Ich muss Miss Hanby erst fragen und ihr die Situation erklären."

„Das solltest du, ja." Wieder paffte sein Vater. Er gönnte sich nur selten eine seiner geliebten Zigarren. Meistens war es ein Zeichen dafür, dass ihn etwas beschäftigte.

„Lass mich darüber nachdenken", sagte Johann. „Ich kümmere mich heute um die Abrechnung und überlege es mir."

„Gut." Sein Vater wirkte erleichtert. „Und dann, wenn du darüber nachgedacht hast, entscheidest du dich dazu, mir zuzustimmen, und fährst nach Westerville zu der hübschen Miss Hanby."

Seine Familie war einfach viel zu direkt. Johann schüttelte den Kopf. Normalerweise hätte er zurückgestichelt, doch nicht heute. Hier ging es um zu viel. Und wahrscheinlich hatte sein Vater ohnehin recht und er würde noch heute nach Westerville fahren. Wenn er mit der Abrechnung fertig war, konnte er den letzten Zug nehmen und die Nacht im *Commercial House Hotel* verbringen, um gleich morgen früh mit den Hanbys zu sprechen.

Die Zikaden zirpten in der Dunkelheit der heißen Sommernacht. Susanna stand draußen vor der Tür der Scheune und beobachtete Onkel Will, der noch spät arbeitete, wie er es so oft tat, seit sie hier angekommen war. Es war weit nach Mitternacht und er beugte sich immer noch im Licht der Laterne über einen Sattel. Alles wegen der Kinder. Sie musste ihn mehr unterstützen, musste schneller lernen, wie man das Leder bearbeitete.

Sie lehnte sich gegen den Türrahmen, um ihn weiter zu beobachten, doch er blickte auf. „Guten Abend, Susanna."

„Guten Abend – oder besser gute Nacht." Sie schlüpfte hinein, setzte sich auf den Hocker, der an der Wand stand, und wickelte ihren Morgenmantel um die Beine.

„Es ist schon sehr spät." Er musterte sie über seine Arbeit hinweg, dann senkte er wieder die Doppelnadel in das Leder.

„Ich konnte nicht schlafen."

„Wegen deiner Schwester?"

„Und den Kindern. Es sind nur noch zehn Tage, bis sie die *Hannah-Neil-Mission* verlassen müssen."

Onkel Will arbeitete schweigend weiter. Er war so still, dass sie sich fragte, ob er betete, denn er hatte auch diesen intensiven, abwesenden Ausdruck in den Augen.

„Vielleicht sollten wir morgen wieder nach Columbus fahren", sagte sie zögernd. „Und uns noch einmal nach der rothaarigen Frau erkundigen ..."

Etwas explodierte laut wie eine Kanone, so laut, dass es die Luft erschütterte und in den Ohren schmerzte. Susanna taumelte, als der Boden unter ihren Füßen erzitterte. Onkel Will sprang auf und legte die Nadel beiseite.

„Um Himmels willen!" Er schwang sein Bein über die Bank und ergriff seinen Stock. Dann humpelte er schnell zur Tür.

Susanna hatte Angst, dass er in der Dunkelheit sein Gleichgewicht verlieren und stürzen würde, wenn er sich so sehr beeilte. „Lass mich das nehmen." Sie nahm ihm die Laterne ab, damit er wenigstens eine Hand frei hatte.

„Es ist der Saloon", sagte sie. „Bestimmt." Noch nie zuvor hatte sie ein so lautes Krachen gehört.

„Wir gehen zu deiner Tante", sagte er. Susanna hatte ihren Onkel lange nicht mehr so schnell und zielstrebig gehen sehen. Sie hob die Laterne und beleuchtete den Weg zum Haus.

Tante Ann riss die Küchentür auf und leuchtete selbst mit einer Laterne nach draußen. Erleichtert atmete sie auf, als sie die beiden auf sich zukommen sah. „Oh, Will, dir geht es gut. Aber was ist da passiert? Das kann nichts Gutes bedeuten."

„Nein", sagte er düster. „Komm, wir wollen nachsehen, ob wir gebraucht werden."

Tante Ann eilte die Stufen hinab. Sie beeilten sich, zur State Street zu gelangen. Andere Einwohner liefen mit schwingenden Laternen an ihnen vorbei. Eine Frau schrie und die Rufe eines Mannes wurden durch die Nacht getragen. Susanna fror. Ihre Knie zitterten und sie musste sich anstrengen, um mit Onkel Will Schritt halten zu können. Ein ekelhafter Gestank nach Schwefel und Kohle hing in der Luft; über allen Gebäuden schien dicker Rauch zu stehen. Susannas Augen brannten.

Als sie an der Ecke State Street und College Street ankamen, schnappte sie erschrocken nach Luft. Das Gebäude der Witwe Clymer lag in Trümmern, war wie ein Kartenhaus einfach zusammengebrochen. Vom Dach war nichts mehr zu sehen; das Obergeschoss hatte das untere Stockwerk unter sich begraben. An der Vorderseite war das Haus komplett zerstört. Im hinteren Bereich standen noch einige Mauerreste und erhoben sich nackt gegen den Himmel. Männer stürzten mit Wassereimern herbei und versuchten, die kleinen Feuerherde zu löschen, die ausgebrochen waren.

Wo sind die Kinder? Das Geschrei kam aus dem hinteren Teil des

Gebäudes, aus den Trümmern selbst. Panik und Schmerz, die in der Stimme der Frau mitschwangen, drehten Susanna fast den Magen um. Nur eine Mutter konnte so klingen – eine Mutter, die in Todesangst nach ihren Kindern rief. Susanna atmete zitternd ein und betete die einzigen Worte, die ihr in den Sinn kamen. *Herr, bitte verschone sie. Bitte verschone sie.*

Die Explosion hatte alle Debatten und Konflikte weggefegt. Jetzt erst zeigte sich das Mitgefühl der Menschen. Die Männer, die die Feuer löschten, wirkten betroffen und gleichzeitig entschlossen, eine noch größere Katastrophe abzuwenden, selbst als sie wegen des Rauches husten mussten. Die Frauen standen in ihren Morgenmänteln da, die Hände vor das Gesicht geschlagen; viele hatten den Kopf zum Gebet gesenkt. Im hinteren Gebäudeteil erkämpften sich einige Mutige mit nassen Tüchern vor dem Gesicht ihren Weg durch die Trümmer. Nach einer Minute kamen zwei von ihnen mit dem älteren Mädchen heraus, das Susanna gesehen hatte, als die Familie in der Stadt angekommen war. Ihr Gesicht war mit dunklem Ruß bedeckt, doch sie war bei Bewusstsein und hielt sich aufrecht im Griff der Männer. Hinter ihr taumelte der größere Junge, dann sah Susanna auch den anderen, der hustete und sich die Augen rieb.

Schließlich kam auch Mrs Corbin in Sicht, deren ängstliche Schreie aus dem Garten hinter dem Haus erklungen waren. Sie war nicht unter den Trümmern begraben gewesen, wie Susanna erleichtert feststellte. Die Frau drückte ihre drei Kinder an sich und sank neben ihnen auf die Knie. Sie schluchzte laut und blickte die Männer um sich herum an. „Bitte, bitte“, flehte sie, während sie die Kinder an sich presste. „Wo ist Oralie? Wo ist Henry?“

Niemand antwortete. Es war nur das schreckliche Knistern der Flammen zu hören, gegen die die Männer immer noch ankämpften, und das Zischen des Wassers, das in der Sekunde zu verdampfen schien, in der es auf das Feuer traf.

Die anderen Männer liefen zurück ins Gebäude.

Onkel Will bahnte sich einen Weg zu Mrs Corbin um die Glasscherben und Holztrümmer herum. Tante Ann und Susanna folgten ihm. Jemand musste ihr jetzt zur Seite stehen. Es war ein schrecklicher Anblick – die lodernden Flammen, die nach Schwefel stanken. Etwas stieß gegen Susannas Fuß und sie blickte hinab. Fast wäre sie auf eine Fotografie von Mr und Mrs Corbin getreten, die vom Gebäude bis hierher geschleudert worden war – vielleicht ein Bild von ihrer Verlobung. Ihre ernsten Gesichter waren hinter dem zerbrochenen Glas kaum zu erkennen.

Die geschundenen Balken gaben ein lautes Stöhnen von sich. Einige der Umstehenden schrien: „Raus da! Passt auf die Wand auf!"

Würde das Gebäude in der Hitze der Flammen weiter einstürzen?

Ein kräftiger Mann taumelte aus den Trümmern; er schwankte unter dem Gewicht von Henry Corbin, den er sich über die Schulter geworfen hatte. Einige Menschen liefen herbei, um ihm zu helfen, unter ihnen ein Mann im schwarzen Mantel. Susanna atmete erleichtert auf, als sie Dr. Amos erkannte.

Ein weiterer Mann, der letzte, der sich noch im Haus befunden hatte, kam heraus und trug ein kleines Mädchen in den Armen. Ihre Augen waren geschlossen und das Gesicht von schwarzen Schlieren gezeichnet. Die dunklen Streifen auf ihrem weißen Nachthemd ließen sie wie eine kaputte Puppe wirken.

Die Männer legten Corbin und seine jüngere Tochter vorsichtig auf den Boden. Mrs Corbin ließ ihre anderen Kinder los und taumelte auf die schreckliche Szene zu. Fast wäre sie über ein Holzgerippe gestolpert, das einmal ein Sessel gewesen sein musste. Von dem Polster war nichts mehr zu sehen.

Tante Ann berührte die Schulter des einen Jungen. Onkel Will streichelte die des anderen, als hätten sie sich im Stillen abgesprochen. „Bleib hier, meine Liebe", sagte Tante Ann zu dem älteren Mädchen. Diese wirkte unsicher, gehorchte aber.

Susanna wusste nicht, was sie tun sollte – das Mädchen wirkte so ängstlich und erschüttert. Sie ging zu ihr hinüber und legte einen Arm um ihre Schultern. Es war egal, dass es sich seltsam anfühlte. Sie musste so viel Wärme und Zuneigung spenden wie möglich. Das Mädchen fing an zu zittern, als der Arzt sich den beiden regungslosen Körpern auf dem Boden zuwandte. Selbst im Licht der Laternen konnte man sehen, dass aus einer Wunde an Corbins Kopf Blut sickerte.

„Sie leben", sagte der Arzt. „Bringen Sie sie in meine Praxis. Und seien Sie vorsichtig." Er ging voran, während einige andere Männer die Verletzten wieder aufnahmen und ihm folgten.

Mrs Corbin saß blinzelnd auf dem Boden, als wäre es ihr nicht möglich, sich zu bewegen. Tante Ann schob den Jungen, den sie tröstete, sanft Onkel Will in die Arme. Die beiden Kinder waren genauso in Schockstarre wie ihre Mutter und machten keine Anstalten, sich zu wehren. Tante Ann ging zu Mrs Corbin hinüber und beugte sich zu ihr hinab.

„Mrs Corbin", sagte Tante Ann. „Ich möchte Ihre Kinder an einen sicheren Ort bringen, damit ich mich um sie kümmern kann. Darf ich sie mit zu Professor Hayworths Haus nehmen?" Der Professor wohnte nur wenige Meter von der Kreuzung entfernt, auf der sie sich befanden.

Mrs Corbin nickte wortlos.

„Begleiten Sie uns? Sie sollten eine Tasse Tee trinken und wir finden sicher etwas Kleidung für Sie ..." Mrs Corbin trug nur ihr zerrissenes Nachthemd. Doch sie schüttelte den Kopf und blieb, wo sie war.

Tante Ann warf ihrem Mann einen besorgten Blick zu.

„Ich bleibe bei ihr", versprach er. „Susanna, gehst du bitte mit deiner Tante und hilfst ihr?"

„Natürlich."

Die beiden Frauen nahmen die Jungs zwischen sich und gingen ein paar Schritte, das Mädchen folgte ihnen.

„Fassen Sie mich nicht an!", schrie Mrs Corbin plötzlich laut.

Susanna wirbelte herum und sah, dass Mrs Corbin aufgesprungen war und auf Onkel Will losging, der alarmiert zurückgewichen war. Wie eine Verrückte schwang sie ihre Faust in seine Richtung. „Sie und die anderen haben Schuld an diesem Unglück! Sie sind voller Hass! Sie nennen sich Christen, aber was haben Sie nur getan? Wir haben das alles nicht verdient! Sehen Sie sich das an!"

Sie stürzte auf Onkel Will zu. Er hob abwehrend einen Arm, während er sich mit dem anderen auf seinen Stock stützte. Mrs Corbin landete einen Schlag auf seinem Arm, bevor zwei Männer bei ihr waren und sie festhielten. Sie brach in ihren Armen zusammen, schluchzte und verfluchte die Männer.

Tante Ann war wie erstarrt stehen geblieben und hatte die Szene beobachtet. Offenbar überlegte sie, zu ihrem Mann zurückzueilen, doch Onkel Will winkte ab und gab ihr ein unmissverständliches

Zeichen, die Kinder von hier wegzubringen. Die Jungs hatten angefangen zu weinen, doch das Mädchen wirkte zu ängstlich, um sich auch nur zu bewegen. Onkel Will trat zu ihnen.

Susanna wandte sich an sie. „Kommst du mit?", fragte sie das Mädchen sanft. „Du musst dich hinsetzen und etwas Warmes trinken."

„Ich will hierbleiben." Ihre großen Augen schienen sich nicht von ihrer Mutter lösen zu können. Sie schrie immer noch laut, doch sie schien fast keine Kraft mehr zu haben und wäre zu Boden gesunken, hätten die beiden Männer sie nicht immer noch gehalten.

„Dann bleibe ich mit dir hier." Susanna legte erneut ihren Arm um die Schultern des Mädchens, während Tante Ann mit ihren Brüdern und Onkel Will weiterging. Wie war es, die eigene Mutter so fassungslos und außer sich zu erleben, nachdem das Zuhause zerstört worden war? Ein tiefer Schmerz schnitt Susanna ins Herz, als sie das Gesicht des Mädchens betrachtete. Die Hitze flackerte um sie herum, ließ die Luft verschwimmen, sodass man nicht weiter als ein paar Meter sehen konnte. Die Gestalten der Männer, die immer noch im Einsatz waren, um das Feuer zu löschen, wirkten wie verzerrt.

Nach einer Minute wurde Mrs Corbin endlich still. Die Männer murmelten auf sie ein und sie antwortete ihnen. Ihre Worte waren leise, sodass Susanna sie nicht verstehen konnte, aber sie vernahm den Hass, der immer noch in ihrer Stimme mitschwang. Die Männer ließen Mrs Corbin los. Sie eilte zu ihrer Tochter und riss sie von Susanna weg.

„Benehmen Sie sich nicht wie eine Heilige", knirschte Mrs Corbin zwischen zusammengepressten Zähnen. „Die Zeit zu helfen ist vorbei." Der Blick aus ihren Augen zeigte lodernden Zorn. Sie marschierte zusammen mit ihrer Tochter auf die Praxis des Arztes zu.

Mrs Corbin mochte recht haben. Ihre Worte hatten Susanna ins Mark getroffen. Was hatte sie nur zu Abel Wilson gesagt? Womöglich hatten ihre Worte erst diese schreckliche Tat ausgelöst. Das Entsetzen in den Augen der Kinder, die schrecklichen Erinnerungen, die sie niemals wieder loslassen würden, und das grausame Wissen, dass sie heute Nacht ihren Vater oder ihre kleine Schwester hätten verlieren können.

Susanna konnte diese Gedanken nicht verdrängen, obwohl sie das am liebsten getan hätte. Die Schuld brannte wie die Flammen, die in dem Saloon loderten. Sie war mitverantwortlich für dieses Feuer und die Zerstörung, die in dieser Nacht über Westerville hereingebrochen waren.

*

Erschöpft stellte Johann seinen Eimer ab und wischte sich mit dem Ärmel über die Augen. Ein kleiner Brandherd war gelöscht, doch das schien ein lächerlicher Erfolg in den Trümmern des ehemaligen Saloons. Er griff nach dem Henkel und trat hinter dem Gebäude hervor. Es war das erste Mal, dass er auf die Straße kam, seit er vom Hotel hierhergelaufen war.

Susanna stand inmitten der kohlenden Trümmer, die einmal die Veranda gewesen waren. Der Ausdruck auf ihrem Gesicht spiegelte seinen eigenen inneren Zustand wider – die Augen voller Trauer, das Herz voller Schmerzen. Welcher böse Geist hatte dieses Verbrechen im Namen der Gerechtigkeit begangen? Johann hatte versagt, obwohl er so zufrieden mit sich gewesen war, das Pulver zerstört zu haben. Er hätte mehr tun müssen. Vielleicht starb das kleine Mädchen und er hatte nichts getan, um sie zu beschützen. Er hätte seinen Fund melden müssen, hätte der Polizei sagen müssen, was er über das Schießpulver und die jungen Männer wusste.

Er trat an sie heran. „Susanna?“

Sie nahm seine Anwesenheit vollkommen ohne Überraschung wahr, was zeigte, wie ergriffen sie von den schrecklichen Ereignissen sein musste.

Johann stand so nahe bei ihr, dass er ihre Hand hätte fassen können, doch unter diesen Umständen würde er sich ihr niemals so nähern. Zusammen beobachteten sie, wie die Männer die Trümmer durchsuchten, um vielleicht noch die eine oder andere Habseligkeit zu retten.

„Alle Fenster auf der State Street sind zerbrochen“, sagte Susanna unvermittelt.

Sie hatte recht. Die Gebäude in der Nähe waren alle beschädigt.

Es würde sehr viel Geld kosten, um die Wohnhäuser und Geschäfte wieder zu reparieren.

„Das ist nicht richtig", flüsterte sie. „Das ist böse. Ich wollte nicht, dass sie das tun. Ich wollte es nicht." Ihre Augen baten um Vergebung.

„Es ist nicht Ihre Schuld", sagte er leise.

Doch sie ließ den Kopf hängen.

„Wir sollten zu Ihrer Tante und Ihrem Onkel gehen. Sie können hier nichts mehr tun."

Das stimmte. Mrs Corbin und ihre Tochter wollten ihre Hilfe nicht haben und aus den Trümmern war kaum etwas zu bergen. Was die Männer hervorholten, war fast alles verkohlt und nicht mehr zu retten.

„Lassen Sie uns gehen." Johann streckte ihr seinen Arm hin und sie hakte sich unter, fast selbstverständlich und wie aus einem Reflex heraus.

Susanna führte ihn zum Haus von Professor Hayworth, einem bescheidenen Holzhaus mit kleinen Fenstern, vor denen in Kästen bunte Stiefmütterchen wuchsen. Neben der Eingangstür hing eine Lampe. Johann klopfte.

Susannas Tante kam an die Tür und öffnete ihnen. „Oh, guten Abend, Mr Giere." Sie hielt die Tür weit auf und bat sie herein. „Der Professor ist zu einem Notfalltreffen aufgebrochen. Aber er hat gesagt, dass wir uns wie zu Hause fühlen sollen. Die Kinder sind oben. Sie sind noch jung genug, um aus purer Erschöpfung zu schlafen, dem Himmel sei Dank."

Es musste mittlerweile fast ein Uhr nachts sein. Sie gingen den Flur entlang ins Wohnzimmer, wo Mr Hanby mit einer Bibel auf dem Schoß in einem Sessel saß. Er sah blass und abgekämpft auf.

„Onkel, bist du verletzt?" Besorgt setzte sich Susanna in den Sessel neben ihn.

„Nein, Liebes", versicherte er ihr.

„Was wird jetzt geschehen?", fragte sie traurig.

„Wir müssen weitermachen und helfen, so gut wir können. Aber ich befürchte, dass Mrs Corbin das nicht annehmen wird. Wahrscheinlich werden die Corbins von hier weggehen. Ich bete dafür, dass Gott Mr Corbin und seine kleine Tochter wieder gesund macht."

„Die Polizei wird kommen, um die Ermittlungen aufzunehmen", bemerkte Johann. „Sie werden wahrscheinlich alle Bewohner in der Stadt befragen, aber Sie ganz bestimmt, Mr Hanby."

„Ich werde der Polizei gerne helfen."

„Genau wie ich", versicherte Johann. „Ich habe Informationen, die hoffentlich helfen werden, die Verantwortlichen zur Rechenschaft zu ziehen."

Er hielt inne. Die Hanbys wirkten niedergeschlagen und erschöpft, was er nach dieser Nacht verstehen konnte. „Ich bin aber eigentlich in Westerville, weil ich morgen früh etwas mit Ihnen besprechen wollte. Da es schon fast Morgen ist, würde ich es gerne gleich tun."

„Bitte", sagte Mr Hanby. Sein weißes Haar war grau von Asche.

„Es geht um die Kinder Ihrer Schwester."

Susannas grüne Augen richteten sich erschrocken auf ihn. „Was ist mit ihnen?"

„Mein Vater hat angeboten, George Leeds das Geld zukommen zu lassen, damit die Kinder nicht zu fremden Familien gegeben werden."

Susanna sank fassungslos in ihren Sessel zurück. Mrs Hanby schlug erstaunt die Hände vor ihren Mund und Mr Hanby legte den Kopf gegen die Sessellehne und schloss für einen Moment die Augen.

„Sie haben es ihm erzählt?", fragte Susanna.

„Ja – ich hoffe, es macht Ihnen nichts aus."

„Nein … das ist sehr großzügig von ihm. Ich weiß nicht, was ich von diesem Angebot halten soll."

„Er möchte, dass Sie darüber nachdenken, denn er ist der Meinung, dass Sie die Kinder wahrscheinlich niemals wiedersehen werden, wenn sie erst einmal zur Adoption freigegeben wurden. Es wäre also besser, diesem erpresserischen Mr Leeds das Geld zu geben. Mein Vater hat es und stellt es Ihnen gerne zur Verfügung. Er kann durchaus darauf verzichten."

Mr Hanby lächelte gezwungen. „Lustig, dass man auf eine solche Summe ‚verzichten' kann."

Johann schwieg – Unbehagen von Seiten der Hanbys war in solch einer Situation absolut verständlich.

„Ihr Vater führt ein gutes Argument an", sagte Mr Hanby nachdenklich. „Doch wir brauchen Zeit zum Überlegen und Beten. Und ich denke, dass Susanna diese Sache entscheiden sollte."

„Alles, was ich weiß", sagte Susanna voller Sehnsucht, „ist, dass ich die Kinder gerne auf der Stelle sehen würde."

Die Sorge und Trauer in ihrem Gesicht rissen an Johanns Herz. Er wusste, dass sie an das kleine Mädchen dachte, das vorhin leblos aus den Trümmern des Hauses geborgen worden war. Dieser Anblick verfolgte auch ihn immer noch. „Dann kommen Sie mit mir, wenn ich mit dem Zug zurückreise", sagte er. „Sie alle drei."

„Will, ich denke, du bist zu müde", sagte Mrs Hanby, bevor ihr Ehemann auch nur antworten konnte. „Bitte bleib hier in Westerville und ruh dich aus."

Johann musste ihr zustimmen. Der alte Mann wirkte nur noch wie ein Schatten seiner selbst.

„Gut", sagte Mr Hanby. „Ich hoffe, dass ich den Corbins irgendwie helfen kann, während du weg bist." Er schloss die Augen.

„Und ich begleite Sie zu den Waisenhäusern", sagte Johann zu den Frauen.

„Danke", sagte Mrs Hanby. Susanna antwortete nicht, wirkte aber erleichtert.

Er war sehr froh, dass er ihre Lasten lindern konnte, dass er ihr etwas von ihrer Angst nehmen konnte, doch nichts würde die schrecklichen Bilder dieser Nacht aus seiner Erinnerung löschen können.

„Ich gehe ins Hotel. Und um acht Uhr", er warf einen Blick auf seine Taschenuhr, „das ist in sieben Stunden, treffen wir uns am Bahnhof." Er erhob sich. „Gute Nacht. Oder besser, guten Morgen." An einem anderen Tag wäre es eine humorvolle Bemerkung gewesen, heute war es nur eine Feststellung.

„Bis bald", sagte Mrs Hanby.

Johann ging und seine Schritte hallten laut in dem stillen Haus. *Herr, halte den Tod heute fern von dieser Stadt.* Er betete leise für Henry Corbin und seine Tochter, als er die Tür hinter sich schloss.

Kapitel 27

Der dunkle Schatten des *Hare-Waisenhauses* erhob sich vor ihnen. Susanna fühlte sich erstaunlich wohl in Johanns Anwesenheit. Es gefiel ihr, sich bei ihm unterzuhaken und ihre Schritte den seinen anzupassen. Er hatte nur kurz beim *Westboten* vorbeigeschaut, um seinen Artikel abzugeben, dann hatte er Susanna und ihre Tante sofort hierhergebracht. Es schien ihm nichts auszumachen, seine Zeit damit zu vergeuden.

Dieses Mal würde Susanna einen Weg finden, um von Clara jedes noch so kleine Detail darüber zu erfahren, was geschehen war, als Rachel ihre Kinder weggegeben hatte. Als sie den Schinken vorbeigebracht hatte, hatte sich nicht die richtige Gelegenheit ergeben. Ein Teil von ihr hatte sogar Angst zu erfahren, was Clara ihr erzählen würde; Angst vor dem, was zwischen Rachel und George vorgefallen sein mochte. Doch wenn es auch nur die geringste Hoffnung gab, Rachel zu finden, durfte sie nicht aufgeben. Das Geld von Mr Giere an George zu verschleudern, wäre die letzte Möglichkeit – eine Möglichkeit, die sie bis zum Ende hinauszögern würde.

Susanna hielt den schweren Korb in beiden Händen, während Johann klopfte. Mrs Grismer öffnete die Tür und funkelte böse durch den Türspalt. Ihr Gesichtsausdruck hellte sich jedoch sofort auf, als sie Susanna erkannte und den prall gefüllten Korb bemerkte.

„Guten Morgen, Mrs Hanby und Miss Hanby“, sagte sie. „Sie sind sehr früh.“ Ihre Stimme klang kalt und hinterhältig. „Ich hätte sie erst in drei Tagen erwartet.“

„Ja, Ma'am“, sagte Susanna. „Aber da wir Erdbeerkuchen hatten, dachten wir, wir sollten den Kindern welchen bringen.“

Johann hatte die Hanbys zu der deutschen Bäckerei mitgenommen und die beiden Kuchen sogar bezahlt. Susanna und Tante Ann waren sich sicher, dass die gierige Haushälterin einer solchen Verlockung nicht widerstehen konnte.

„Na gut.“ Sie war barsch wie immer und genoss offensichtlich ihre Macht. „Und wer sind Sie?“, fragte sie Johann.

„Ein Freund der Familie. Ich habe die Damen begleitet, Ma'am", erklärte er.

Susanna fand, dass er sehr charmant war mit seiner freundlichen und höflichen Art. Offensichtlich war auch Mrs Grismer dieser Meinung, denn sie hielt ihnen die Tür weit auf. „Kommen Sie herein."

„Nun, Mrs Grismer", sagte ihre Tante. „Ich denke, wir sollten zuerst gemeinsam ein Stück Kuchen genießen, was halten Sie davon?"

Susanna war fasziniert, wie unglaublich freundlich und höflich ihre Tante sein konnte. Man hatte das Gefühl, als könne sie sich nichts Schöneres vorstellen, als ein Kaffeekränzchen mit der schrecklichen Heimleiterin einzunehmen. Susanna bewunderte ihre Selbstbeherrschung, doch sie musste nicht in sich hineinkichern, wie sie es vielleicht noch vor wenigen Tagen getan hätte. Nein, ihr war das Lachen vergangen. Das Schießpulver hatte es aus ihr herausgerissen wie die zerbrochenen Fensterscheiben aus den Häusern auf der State Street.

„Wie freundlich, Mrs Hanby." Mrs Grismer schielte auf den Kuchen und watschelte in ihr Wohnzimmer.

Ihre Tante nahm den Korb und folgte ihr.

„Wir schauen ein paar Minuten nach den Kindern", sagte Susanna, doch Mrs Grismer schien sie gar nicht mehr zu bemerken, die gierigen Augen schon fest auf den Kuchen geheftet.

Johann hielt ihr seinen Arm hin, den sie gerne nahm. Sie hatte das in der letzten Woche so oft getan, dass es sich mittlerweile vertraut und selbstverständlich anfühlte. Die Berührung war nicht mehr fremd und neu, sondern bot ihr eine Zuflucht.

Gemeinsam gingen sie die Treppe hinauf. Johann ergriff mit der einen Hand das Geländer und führte Susanna hinauf.

„Entsetzlich", sagte er leise. Ein warmes Gefühl der Zuneigung stieg in Susanna auf. Sie drückte seinen Arm fester und es war ihr sogar gleichgültig, ob er es bemerkte. Nicht viele Männer würden sich um die Kinder eines Fremden sorgen und darum, wie man sie in einem Waisenhaus behandelte.

„Die drei hier sind dem Staat übergeben", flüsterte sie ihm zu. „Ich weiß nicht, wie wir sie hier rausholen sollen, selbst wenn George persönlich vorspricht."

Sie sah, wie er den Gedanken verarbeitete.

„Aber immerhin werden sie von hier aus nicht an fremde Familien vermittelt“, fügte sie hinzu.

Sie betraten den großen Raum mit dem unangenehmen Geruch und den bröckelnden Wänden. Clara erkannte sie nicht, bis sie direkt vor ihr standen, da sie so vertieft in ihre Näharbeiten war.

Doch dann sprang sie auf und umarmte Susanna, klammerte sich an ihr Handgelenk. Auch Wesley und Daniel waren beide da. Innerhalb weniger Sekunden waren Susannas Arme voller dürrer, ärmlich gekleideter Kinder. Tränen strömten über Wesleys Gesicht, als er sich wortlos an ihr festklammerte. Susanna musste sich zusammenreißen, um nicht auch anzufangen zu weinen. Es war eine Erleichterung, ihren Neffen nach all dieser Zeit endlich wiederzusehen. Sein rotbraunes Haar war lang und hing ihm bis in den Nacken, seine Augen waren fast so dunkel wie Daniels, doch er war größer und robuster als sein Bruder.

Johann schaute Susanna über die Köpfe der Kinder hinweg an. Seine Augen glitzerten. Er blinzelte und sah schnell weg, presste den Hut gegen seine Brust.

„Kommt hier ans Fenster, damit ich euch besser sehen kann.“ Susanna führte die drei ans Ende des Raumes, wo die Sonne durch ein rechteckiges Fenster schien. Johann folgte ihnen. „Das ist ein Freund von mir.“ Sie nickte in Johanns Richtung. „Sein Name ist Mr Giere.“

Keins der Kinder sagte ein Wort – Händeschütteln war etwas für Erwachsene. Johann schien ihre schüchterne Zurückhaltung zu verstehen.

„Ich habe euch Schinken mitgebracht.“ Sie zog einige Päckchen aus ihrem Rock und Johann aus seiner Westentasche. „Aber wir haben nicht viel Zeit. Ihr müsst mir ganz genau erzählen, was passiert ist, als eure Mutter euch zur *Hannah-Neil-Mission* gebracht hat. Ich versuche, sie zu finden, und muss deshalb alles wissen.“

„Sie hat uns dagelassen. Sie sagte, wir wären da in Sicherheit.“ Clara wickelte den Schinken aus, ließ ihn aber unberührt in ihrem Schoß liegen.

„Ich weiß, dass das ein trauriges Thema ist, Clara, aber du musst trotzdem essen. Wir wissen nicht, ob die Haushälterin euch das Essen wegnimmt."

Widerstrebend nahm Clara einen Bissen.

„Was hat sie damit gemeint, dass ihr dort in Sicherheit sein würdet?", fragte Susanna.

Wesley schluckte – er hatte keine Zeit verloren und sich den Mund vollgestopft. „Ich glaube, sie meinte das wegen Vater."

Ein kalter Schauer lief Susanna über den Rücken. „Warum, Wesley?"

Wesley war immer derjenige gewesen, der sich von seinem Vater am wenigstens hatte einschüchtern lassen. Deshalb hatte er oft seinen Stock zu spüren bekommen. Jetzt funkelten seine Augen feindselig. „Weil er, wenn er betrunken war, immer wieder gesagt hat, dass er uns Kinder umbringen würde, damit er endlich sein Leben so leben kann, wie er will."

Susanna hörte, wie Johann schockiert nach Luft schnappte. Sie sah ihn an, doch er schwieg.

Dann wandte sie sich wieder an die Kinder. „Wisst ihr, warum sie euch alleingelassen hat? Ist irgendetwas passiert?"

„Sie hat viel geweint", erinnerte sich Clara. „Zu Hause und dann, als sie weggehen musste."

„Zu Hause hat sie geweint, weil Vater sie geschlagen hat", warf Wesley ein. „Wenn er betrunken war." Er spuckte dieses Wort angewidert aus.

„Aber sie hat euch nicht gesagt, wohin sie gehen will?", fragte Susanna.

„Nein", sagte Clara und Wesley gleichzeitig. Daniel schwieg. Ihm schien es alle Kraft abzuverlangen, zu essen und sich halbwegs aufrecht zu halten. Sie legte ihm eine Hand auf die Schulter. „Iss weiter, Danny." Sie ließ ihre Hand liegen. Er lächelte, als er ihre Berührung spürte.

„Macht euch keine Sorgen, meine Kleinen, ich tue alles, um sie zu finden." Jetzt, wo sie die Kinder so aufgewühlt hatte, wünschte Susanna nichts lieber, als sie wieder beruhigen zu können. „Erzähl mir von eurer Arbeit", sagte sie zu Wesley.

Obwohl sie die Tatsache, dass die Jungs stundenlang hart arbeiten mussten, traurig machte, wurden Daniel und er immerhin nicht geschlagen oder anderweitig misshandelt. Susanna forderte sie immer wieder zum Essen auf und blickte ängstlich zur Treppe, weil sie befürchtete, dass Mrs Grismer jederzeit dort auftauchen könnte.

Johann fragte Clara, ob sie sich mit den anderen Mädchen angefreundet habe. Susanna bemerkte, wie einfühlsam er auf ihre verschüchterte Nichte einging.

Während er sich mit Clara unterhielt, wanderte Susannas Blick zum Fenster. Die Scheibe war grau verschmutzt, sodass selbst das Morgenlicht draußen gedämpft wirkte, aber immerhin konnten die Kinder nach draußen schauen, wenn Mrs Grismer nicht da war. Unten auf der Straße herrschte reges Treiben: Männer, die geschäftig hin und her eilten, und Frauen mit Körben oder Taschen, die langsamer die Straße entlangschlenderten. Ein fahrender Händler hatte seinen Wagen auf dem Bordstein geparkt, woraufhin ihn der Fahrer eines anderen Wagen anschrie, weil er den Weg versperrte.

Im Schatten einer Tür stand eine Frau. Sie trug einen Hut, der ihr Gesicht verdeckte. Auch im Sonnenlicht blieb ihr Kleid grau. Susanna konnte ihre Augen nicht erkennen, doch sie war sich sicher, dass die Frau sie beobachtete. Die Überzeugung, dass es Rachel war, war plötzlich übermächtig. Sie rief Johann zu sich, doch als sie sich wieder umwandte, war die Frau verschwunden.

Er sah sie fragend an.

„Wir müssen gehen“, murmelte sie. „Ich habe draußen jemanden gesehen, der aussieht wie meine Schwester.“ Sie riss sich von dem Fenster los und beeilte sich, die Papiere einzusammeln, in die der Schinken eingewickelt gewesen war, dann stopfte sie sie in ihre Tasche. Sie wollte keinen Hinweis auf das Essen hinterlassen. Ihre Bewegungen waren fahrig, genau wie die Gedanken in ihrem Kopf. Sie mussten auf der Straße sein, bevor die Frau gänzlich verschwunden war.

Susanna verabschiedete sich hastig von den Kindern und versprach ihnen, so bald wie möglich wiederzukommen. Ihre Schritte auf der Treppe waren schnell und ihr Rock schwang um die Knöchel. Sie musste so schnell wie möglich herausfinden, ob die Frau noch auf der Straße zu entdecken war.

Susanna polterte durch den Flur. Es war ihr gleichgültig, was Mrs

Grismer von ihr dachte. Sie stürmte durch die Haustür und auf die Straße, um die Ecke herum.

Fast wäre sie von einem Fuhrwerk erwischt worden. Sie taumelte erschrocken zurück, dann rannte sie über die Straße. Johann war nur einen Schritt hinter ihr.

Als sie die Allee erreichte, war sie verlassen. Susannas Herz sank. Sie war zu spät gekommen.

„Susanna." Johann war außer Atem und blickte sie beunruhigt an, während er wenige Schritte von ihr entfernt wartete. „Der Wagen hätte Sie fast überfahren."

Es war ihr egal. Sie spürte, wie ihre Lippen anfingen zu zittern.

Er trat näher an sie heran, legte ihr sanft die Hand auf den Arm und blickte die Allee entlang, als könne er mit seinem intensiven Blick das Phantom ihrer Schwester zurückbringen. „Es wird alles gut. Heute haben wir Ihre Schwester vielleicht nicht gefunden, aber die Kinder werden wir auf keinen Fall verlieren."

Sein Gesicht war dem ihren so nahe, dass Susanna spüren konnte, wie er atmete. Es kam noch näher, seine Lippen nur wenige Zentimeter von ihren entfernt. Ein Hunger wurde in ihr wach, der ihren ganzen Körper erfasste, eine Sehnsucht, die sie nicht beschreiben konnte. Sie bewegte sich nicht.

„Sie müssen mir versprechen, dass Sie nicht mehr über die Straße laufen, ohne zu schauen", sagte Johann.

Sie war in seinen Armen, beide standen regungslos da, in seinen Augen stand die Angst um sie, wie in ihren wohl die um ihre Schwester stand. Beide atmeten schnell.

„Sie hätten verletzt werden können", sagte er.

Susanna erwiderte nichts. Sie hätte sich von ihm zurückziehen sollen. Doch sie wollte ihm nahe sein, wollte ihn so anschauen, wie sie es gerade tat.

„Sie müssen vorsichtig sein", flüsterte Johann, ohne den Blick von ihr zu nehmen. Er legte seine Hände auf ihre Unterarme und die Wärme, die von ihm ausging, raubte ihr fast den Atem. Er senkte den Kopf und legte seine Lippen auf die ihren. Susanna schloss die Augen. Ihr Herz raste. Die sanfte Berührung seines Mundes auf ihrem verdrängte die Angst und machte der Leidenschaft Platz. Sie lehnte sich gegen ihn und erwiderte seinen Kuss. Er küsste ihren

Mund und wanderte dann ihren Hals hinunter, küsste den empfindlichen Punkt unter ihrem Ohr, was sie nach Luft schnappen ließ. Nach einem leidenschaftlichen Moment spürte sie, wie er plötzlich erstarrte. Immer noch waren seine Augen geschlossen, der Kopf gesenkt, doch er trat einen Schritt zurück.

Jetzt erwachte auch Susanna aus ihrer Versunkenheit. Was tat sie hier? Eine Woge der Schuld überflutete sie. Sie riss sich von Johann los, rannte die Straße zurück, wobei sie dieses Mal aber nach links und rechts schaute. Als sie langsamer wurde, hörte sie seine leichten Schritte und das Rascheln seines Mantels hinter sich. Das Prickeln auf ihren Lippen wollte einfach nicht aufhören – je mehr sie es sich wegwünschte, desto intensiver wurde es. *Halt! Hör auf damit. Das ist weder der richtige Ort noch der richtige Zeitpunkt. Geh zurück zu Tante Ann.*

Tante Ann wartete mit Mrs Grismer in der Eingangshalle. „Warum sind Sie rausgelaufen?", fragte die Frau argwöhnisch.

„Ich dachte, ich hätte jemanden gesehen, den ich kenne." Susanna versuchte, unbeschwert zu klingen.

„Ich hatte Angst, sie würde vor Aufregung unvorsichtig sein – und genauso war es auch." Johann wusste genau, was zu sagen war. Er war zu klug, um ihren Kontakt zu den Kindern aufs Spiel zu setzen. Tante Ann tauschte noch einige Nettigkeiten mit Mrs Grismer aus, auf die die Haushälterin grummelnd reagierte.

„Sie sind drei Tage zu früh gekommen." Mrs Grismer scheuchte die unerwünschten Besucher in Richtung Tür. „Das bedeutet, dass Sie bis zu Ihrem nächsten Besuch drei Tage länger warten müssen. Zehn Tage."

In Susanna stieg Wut auf, die ihr den Nacken hinaufkroch. Diese Frau war widerlich. Sie nutzte die wenige Macht aus, die man ihr übertragen hatte, um andere zu quälen.

Sie knirschte mit den Zähnen. „Ja, Ma'am", sagte sie unterwürfig wie ein Schulmädchen.

Sie wünschte, dass diese Frau eines Tages für ihre Selbstsucht bezahlen müsste. Doch das war jetzt egal. Sie trat auf die Straße und wartete auf ihre Tante, wobei sie versuchte, jeglichen Blickkontakt zu Johann zu vermeiden, obwohl sie spürte, dass er sie anschaute. Er verabschiedete sich kurz von Mrs Grismer, dann half er ihrer Tante dabei, die Stufen zur Straße hinunterzusteigen. Susanna bewunderte seine Gelassenheit und Höflichkeit. Schnell ging sie noch einmal zu der Hausecke und spähte die Allee hinunter. Sie war immer noch leer.

Als sie zu ihrer Tante zurückkam, musterte diese sie, als wüsste sie, dass etwas Ungewöhnliches vorgefallen war. Susanna spürte, wie ihr die Röte in die Wangen stieg. Doch ihre Tante sagte nichts.

„Als Nächstes wollen wir zur *Hannah-Neil-Mission.* Dafür müssen wir die Pferdebahn nehmen“, sagte Susanna.

„Ich komme mit Ihnen, wenn Sie mögen.“ Johann meinte es ernst. Konnte ihre Tante den neuen, vertraulichen Unterton in seiner Stimme hören? Susanna verschränkte die Arme und wagte es immer noch nicht, ihn anzuschauen.

Doch sie wollte auch nicht, dass er wegging. „Ja, das wäre schön.“

Sie sehnte sich danach, sich wieder bei ihm einzuhaken. Selbst diese förmliche Art des Körperkontaktes hob nun ihr Herz, genauso, wie es eben noch der Kuss getan hatte. Doch sie spürte auch etwas anderes, etwas Neues, ein tiefes Gefühl der Zusicherung, das durch seinen Respekt und seine Fürsorge entstanden war. Ihre Gedanken wurden leichter; trotz Rachels Verschwinden, trotz der Leiden der Kinder, trotz der schrecklichen Vorfälle mit den Corbins.

Sie hatte das Gefühl, dass sie überall mit ihm hingehen würde – und er mit ihr.

Kapitel 28

„Ist Mr Giere da?“ Die tiefe Männerstimme erklang aus dem vorderen Bereich des Büros des *Westboten*.

„Ja, Sir“, antwortete der Zeitungsjunge mit seiner hellen Stimme.

Johann erhob sich und betrat den Druckraum. Ein Mann mit grau meliertem Haar und Schnauzbart stand neben der Tür.

Johann trat auf den Fremden zu und hielt ihm seine Hand hin. „Ich bin Johann Giere.“

„Ronald Brundish.“ Der Mann hatte einen festen Griff. „Reporter bei der *Dispatch*.“ Er schien in den Fünfzigern zu sein, denn seine Stirn zeichneten schon einige Falten.

„Ah ja, Mr Brundish. Ich habe Ihre Artikel gelesen. Es ist mir eine Ehre, Sie kennenzulernen.“

„Ebenso. Ich habe heute Morgen Ihren Artikel über die Explosion gelesen.“

„Sie lesen Deutsch?“

„Meine Großeltern stammen aus Bayern.“

Seltsam, dass Johann ihn noch nie auf den deutschen Veranstaltungen gesehen hatte – doch einigen Männern waren ihre Wurzeln eben nicht so wichtig wie anderen.

„Meine Gratulation dafür, dass Sie uns alle ausgebootet haben“, sagte Brundish.

„Jederzeit gerne.“

Sie mussten beide grinsen, obwohl in Brundishs Tonfall doch etwas wie Ärger mitschwang. Kein Reporter konnte es ertragen, wenn er eine gute Story verpasste.

„Da Sie das einzige Mitglied der Presse waren, das diesen schlimmen Anschlag miterlebt hat, hätte ich gerne Ihre Erlaubnis, einen Bericht für die *Dispatch* zu schreiben, natürlich basierend auf Ihren Erzählungen.“

„Mit entsprechender Nennung?“

„Natürlich.“

Johann dachte darüber nach. Eigentlich konnte es ihm egal sein, wenn Brundish seinen Artikel schrieb, solange er Johann als Quelle zitierte. Und Johann war mit der Buchhaltung der Brauerei in Verzug, da er gestern den ganzen Tag mit den Hanbys verbracht hatte, also hatte er ohnehin keine Zeit, heute einen weiteren Artikel zu schreiben.

„Ja, ich bin einverstanden", sagte er. „Wenn Sie mit mir nach draußen kommen würden, ich habe noch einen Folgetermin." Mit den Büchern der Brauerei.

„Natürlich." Die beiden Männer fachsimpelten noch ein bisschen, während sie die High Street hinuntergingen. Die Pferdebahn kam gerade – Johann wünschte Brundish einen schönen Tag und schwang sich auf einen Sitz.

Das Gebäude des *Westboten* verschwand aus seinem Blickfeld. Johann seufzte. Er hätte niemals erwartet, dass er wegen des Schreibens jemals so hin- und hergerissen sein würde. Doch die Verlockungen der Großstadtverbrechen New Yorks hatten ernsthafte Konkurrenz bekommen – durch die verlockende, süße Susanna Hanby. Wenn er ehrlich zu sich war, musste Johann sich eingestehen, dass er seit gestern hunderte Male an sie gedacht hatte, sich nach ihrer Berührung sehnte, nach ihren Küssen. Auf dem Weg vom *Hare-Waisenhaus* zur *Hannah-Neil-Mission* hatten sie geschwiegen, doch Johann hatte gespürt, dass Susanna immer wieder seine Berührung gesucht hatte. Als sie dann ihre Nichten und den kleinen Neffen wiedergesehen hatte, war sie vollkommen abgelenkt gewesen. Das war Johann sehr recht gewesen, denn ihre Tante schien gespürt zu haben, dass zwischen ihnen beiden irgendetwas anders gewesen war als vorher. Johann wollte natürlich nichts verheimlichen, aber wer wusste schon, wie Susannas Familie auf seine Annäherung reagieren würde? Außerdem würde er sie nicht weiter umwerben können, falls er nach New York gehen sollte.

Wieder seufzte Johann tief. Was für ein Schlamassel! Schuldgefühle machten sich in ihm breit. Er hätte Susanna nicht küssen dürfen, nicht, wenn er von hier weggehen wollte. Das war leichtsinnig gewesen und er schämte sich dafür, dass er seine Zurückhaltung verloren hatte. Doch trotzdem – eine leise Stimme in seinem Inneren flüsterte ihm zu, dass er sich ja auch dazu entscheiden könnte, hierzubleiben, dass er seine und Susannas Familie davon überzeugen könnte, dass sie füreinander bestimmt waren.

Aber warum hatte Gott dann die Anstellung in New York für ihn möglich gemacht, wie Mr Reinhardt es ausgedrückt hatte? Wie konnte es dazu kommen, dass ausgerechnet in dem unbedeutenden Westerville ein solches Verbrechen stattfand, über das Johann exklusiv berichten konnte? Das konnte doch alles kein Zufall sein. Wenn es Gottes Plan war, Johann nach New York zu schicken – warum dann die Ablenkung mit Susanna? Gott hätte keine bessere Ablenkung schicken können, um Johanns Gefühle vollkommen zu verwirren.

Wie es auch immer sein mochte: Er konnte auf keinen Fall von hier weg, bevor er Susanna nicht geholfen hatte, die Kinder aus den Heimen zu holen. Es war eine Sache, von ihrer Situation zu wissen; eine völlig andere, die Leeds-Kinder mit eigenen Augen in einem solch erbarmungswürdigen Zustand zu sehen wie im *Hare-Waisenhaus*. Wenn die Kleineren wirklich für immer von ihren Geschwistern getrennt würden, würde es Susanna das Herz brechen. Und was sollte aus den älteren Kindern werden? Als Susanna sie an sich gedrückt hatte, hätte es ihm selbst fast das Herz zerrissen, sodass er sich hatte abwenden müssen, um seine Tränen zu verbergen. Niemand konnte die Auswirkungen absehen, die es auf die Kinder haben würde, wenn man ihre Familie wirklich vollends zerstören würde. Es war schlimm genug, dass ihre Mutter verschwunden war.

Johann war so sehr in Gedanken versunken, dass er kaum auf seinen Weg achtete, sodass er fast die Haltestelle in der Nähe der Brauerei verpasst hätte. Als der Pferdewagen langsamer wurde, sprang er auf das Kopfsteinpflaster. Er ging die Brewery Alley entlang, vorbei an der Wall Street und der Front Street. Der Eingang zur Brauerei lag nur noch wenige Meter entfernt. Johann bog um die Ecke und ging auf den vertrauten hölzernen Zaun zu.

„Giere!“ Zu seiner Rechten tauchte ein Mann auf.

Johann zuckte zurück und brachte etwas Abstand zwischen sich und den unerwarteten Besucher.

Es war George Leeds, das Haar gestutzt und die Kleidung nicht mehr so verknittert. Selbst der Bart wirkte gepflegt. Doch der Gestank von Whiskey ließ sich selbst über einige Schritte Distanz nicht verbergen.

„Was führt Sie hierher?“ Johann versuchte gar nicht erst, freundlich zu klingen. Es war zu unheimlich, dass Leeds wie aus dem Nichts auftauchte, als hätte er ihm aufgelauert.

„Ich bin hier, um Ihnen mitzuteilen, dass mein Angebot immer noch steht, aber nur noch für vier Tage. Ich wusste gleich, wer Sie sind, als ich Ihren Namen hörte.“ Leeds zeigte auf die Brauerei. „Und ich weiß, dass Sie es sich leisten können, mir die paar Dollar zu geben.“

Johann biss die Zähne zusammen und wartete.

George warf sich in die Brust. „Ich habe eine Rolle bei der Schauspieltruppe. Am Montag geht die Reise los.“ Er strahlte stolz, als erwarte er eine Gratulation. „Also, wenn ich die Kinder holen soll, müssen Sie mir das Geld geben. Und ich werde Ihnen auch keine Vorhaltungen machen, wegen unseres letzten … Zusammentreffens.“

Du ungeheuerliches Monster. Johanns Puls beschleunigte sich und er ballte die Hände zu Fäusten. Doch sosehr der Mistkerl es auch verdient hatte – eine Schlägerei würde das Problem nicht lösen. „Ich habe Ihr Angebot verstanden“, sagte er widerstrebend. „Und wo finde ich Sie?“

„Hier.“ Leeds reichte Johann eine Karte, grell und auffallend. Darauf stand *George Leeds* in verschnörkelten Lettern, darunter *Schauspieler*.

„Ich brauche eine Adresse.“

„Auf der Rückseite“, sagte George selbstgefällig.

Die handgeschriebene Adresse gab die Rich Street nahe des Flusses an. Kein bevorzugter Stadtteil, doch Johann hatte auch nichts anderes erwartet. „Ich suche Sie auf, falls es nötig sein sollte“, sagte er widerwillig und trat in den Hof der Brauerei.

Sein Magen drehte sich um. Was für ein armseliger Abklatsch eines Mannes! Seine Frau und die sechs Kinder bedeuteten ihm rein gar nichts, doch ein Leben auf der Bühne war alles für ihn. Es war, als hätte George Leeds sieben Menschen einfach so weggeworfen, ohne sich noch einmal umzuschauen.

Als Johann das Büro erreichte, war niemand dort. Er setzte sich hin und nahm sich die Bücher. Doch anstatt mit der Arbeit anzufangen, starrte er lange Zeit darauf, zu sehr gefangen in seinen düsteren Gedanken.

Kapitel 29

Sie träumte von ihm, während sie die Töpfe und Pfannen abwusch, während sie Zaumzeug nähte und während sie Tante Ann mit den Stoffteilen für einen Quilt half.

Den ganzen Nachmittag über war Susanna in Gedanken versunken. Sie kochte Brombeermarmelade ein. Der warme Dampf erfüllte die Küche und benetzte ihre Stirn mit Schweiß. Wenn sie ihre Tante und ihren Onkel schon Geld kostete, konnte sie es wenigstens ein wenig wiedergutmachen, indem sie neue Vorräte anlegte. Marmelade zu kochen, war bei dieser Hitze unglaublich anstrengend. Susanna war froh, dass sie Tante Ann diese Aufgabe abnehmen konnte. Sie nahm von ihrer Umgebung sowieso nicht viel wahr, weil ihre Gedanken immer wieder in die Gasse und zu Johanns blauen Augen zurückkehrten. Zu seinen Küssen. Zu diesem atemlosen Augenblick. Susanna schüttelte den Kopf und versuchte, sich auf ihre Arbeit zu konzentrieren. Es war fast unerträglich heiß in der Küche, doch nach draußen wollte sie nicht gehen, da sie dort immer den Saloon – oder das, was davon übrig war – vor Augen hatte.

Jemand klopfte an der Küchentür. Das war seltsam; Besucher standen eigentlich immer vor der Haustür und Familienmitglieder klopften normalerweise nicht an. Susanna blickte durch das kleine Fenster in der Tür und sah sich dem sommersprossigen Abel Wilson gegenüber.

„Guten Tag, Miss Hanby."

„Guten Tag, Mr Wilson. Suchen Sie nach meinem Onkel?"

„Nein, ich wollte nach Ihnen sehen und sichergehen, dass Sie sich gut von dem Schock erholen. Sie wissen schon, wegen des Saloons." Abel Wilson wirkte unbehaglich.

„Danke, Mr Wilson, mir geht es gut. Ich mache mir viel mehr Sorgen um die Corbins."

„Für mich stehen Sie an erster Stelle."

Susanna wollte solche Zuneigungsbeteuerungen nicht hören.

Wie konnte er es nur wagen, den Gedanken an die Corbins zur Seite zu schieben, wo der Mann und sein Kind immer noch in Lebensgefahr schwebten? „Haben Sie etwas von dem Zustand von Mr Corbin gehört?"

Abel winkte ab. „Sind Sie nicht froh, dass der Alptraum mit dem Saloon endlich vorbei ist?" Er sah sie erwartungsvoll an. Was erwartete er nur von ihr?

„Ich denke nicht, dass es vorbei ist, Mr Wilson."

Er zuckte zurück. „Warum nicht?"

„Jedes Mal, wenn ich dieses Gebäude sehe, sehe ich, dass der Alptraum in dieser Stadt weitergeht."

„Ich dachte, Sie wollten so sehr wie ich, dass der Saloon verschwindet." Er zog die Augenbrauen zusammen.

„Ja, das wollte ich, doch ich hatte unrecht. Was geschehen ist, ist schrecklich. Mein Onkel wird darüber predigen. Jeder Prediger der Stadt hat ihn um Hilfe gebeten, um die Mitglieder der Gemeinden zu trösten. Erkennen Sie denn nicht, wie schrecklich das ist, was geschehen ist? Die Menschen können sich nicht einmal mehr gegenseitig ins Gesicht schauen. Niemand wagt es mehr, die State Street entlangzugehen." Susanna bemerkte, dass sie ein Geschirrtuch in den Händen erdrosselte, und legte es auf den Tisch.

Abel Wilson biss sich mit seinen großen Schneidezähnen in die Unterlippe. „Ich denke nicht, dass Ihr Onkel darüber predigen sollte."

„Warum nicht?"

„Er war viel zu kritisch; er hat die Bibel so ausgelegt, als hätte niemals jemand darin gegen das Böse gekämpft, als wäre es falsch, die Waffen zu erheben und sich zu wehren."

Susanna starrte ihren Besucher fassungslos an. Dachte er wirklich, dass es eine Heldentat war, Kinder in die Luft zu jagen? „Wenn es Ihnen nichts ausmacht, Mr Wilson, ich habe noch zu arbeiten."

Feindseligkeit mischte sich in seine weichen Gesichtszüge. „Ich verstehe, Miss Hanby. Guten Tag."

Selbst der heiße Wasserdampf konnte die Eiseskälte nicht vertreiben, die sich in ihrem Magen ausgebreitet hatte.

Zwanzig Minuten später kam ihre Tante nach Hause. Ihre Wangen waren von dem Fußmarsch gerötet. „Sie sind nach Columbus gegangen."

„Wer?", fragte Susanna.

„Die Corbins." Tante Ann zog zwei lange Nadeln aus ihrem Hut, nahm ihn ab und hängte ihn an den Haken. „Mr Corbin und seine kleine Tochter werden wieder gesund, sagen die Leute. Gott sei Dank! Aber sie werden nicht zurückkehren. Auch wenn ich froh bin, dass der Saloon in Westerville Geschichte ist, kann ich diese grauenhafte Tat wirklich nicht gutheißen."

„Ich denke, wir sollten froh sein, dass Arthur Pippen und andere Männer die Stadt nicht verlassen müssen, um der Versuchung des Saloons zu entgehen." Susannas Stimme klang schwach. Abel Wilsons Besuch hatte sie erschüttert. Das seltsame Gefühl, das sie bei seinen Worten gehabt hatte, wollte sie einfach nicht loslassen.

„Die Vorteile werden das Böse niemals überwiegen, das hier geschehen ist", erwiderte ihre Tante. „Hast du das schon gesehen?" Sie legte eine Zeitung auf den Küchentisch. „Das sorgt für Tumult im Hotel und auf der Poststelle."

Susanna trat neugierig an den Tisch heran. Es war die *Daily Evening Dispatch*. Ganz oben stand *Nationale Depesche*, was nichts anderes bedeutete, als dass dieser Artikel im ganzen Land erscheinen würde, auch in der *New York Times* und anderen angesehenen Zeitschriften.

Saloon weggesprengt

COLUMBUS – Letztlich haben es die Menschen in Westerville, einem kleinen Ort der Gemeinde Columbus, geschafft: Henry Corbin, der Saloonbesitzer der Stadt, wird hochkant aus der Stadt geworfen. Und wie ist den Westervillern dieses Kunststück gelungen? Indem sie ihm den Saloon über dem Kopf weggesprengt haben.

Doch wie konnte es überhaupt dazu kommen, dass in dieser kleinen Stadt ein so unsägliches Etablissement entstehen konnte? Die Bewohner hatten doch alle Möglichkeiten – legale wie illegale – genutzt, um den Saloon gar nicht erst eröffnen zu lassen. Der Großteil der Menschen in diesem Ort unterstützt die Abs-

tinenzbewegung und gehört einer religiösen Sekte an, die sich „Die Vereinigten Brüder in Christus" nennt. Sie bekämpfen jeden Feind ihres Glaubens; ein Außenseiter wird wie der letzte Abschaum behandelt.

„Um Himmels willen", sagte Susanna fassungslos. Ihr Herz sank. „Hat Onkel Will das schon gesehen?" Was für ein schreckliches Geschmier! Hier wurde die gesamte Stadtbevölkerung für die schlimmen Taten weniger bestraft. Und was sollte diese Aussage, die Brüder seien eine Sekte, als gingen sie einem fremden Glauben nach und wären nicht einfach nur eine christliche Konfession? Ihr Onkel würde erschüttert sein. Vielleicht sollte sie den Artikel lieber vor ihm verstecken.

„Ja." Tante Ann runzelte die Stirn. Sie ergriff eine Zange und schraubte mit geschickten Bewegungen die Deckel auf die Marmeladengläser. „Hast du alles gelesen?"

Susanna schüttelte den Kopf und überflog den Rest des Artikels, in dem es zum Großteil um die Beschreibung der Explosion ging, aber auch um die Verletzten und den großen Schaden, der entstanden war. Dann zog ein weiterer Abschnitt ihre Aufmerksamkeit auf sich.

Während die Bürger beteuern, unschuldig zu sein, und behaupten, alles zur Aufklärung dieses schrecklichen Anschlages beizutragen, kann man kaum darauf vertrauen, dass dies wirklich geschehen wird. Es ist wohlbekannt, dass niemand, der nicht den Vereinigten Brüdern angehört, in Frieden in dieser Stadt leben kann. Nein, Außenseiter werden gemieden und schikaniert, bis sie die Stadt verlassen oder in die Luft gesprengt werden.

Susanna legte eine Hand auf ihr Herz, doch der Schmerz wollte nicht nachlassen. Oh, der arme Onkel Will. Er hatte sein Leben der Gemeinde verschrieben und ihr immer gedient.

Sie las den letzten Satz:

Wir bedanken uns bei unserem deutschen Kollegen vom Westboten, der uns mit diesen hochinteressanten Informationen versorgt hat.

Was? Sie starrte ihre Tante an, dann wieder auf die Zeitung und las die letzte Zeile noch einmal. „Johann hat das getan?"

Wie konnte er nur? Es war zu schlimm, zu schrecklich, um es begreifen zu können.

„Ich weiß es nicht, mein Liebes." Die Falten im Gesicht ihrer Tante wurden tiefer. „Vielleicht war es auch jemand anderes, ein Kollege von ihm." Sie nahm den heißen Kessel vom Herd und stellte ihn beiseite.

Tante Ann war zu freundlich. Es gab keinen anderen Reporter beim *Westboten*, der über diese Sache berichtet haben konnte. Es war Johanns Geschichte – Susanna wusste das.

Die Vordertür öffnete sich und ihr Onkel trat herein. Er schien um Jahre gealtert zu sein, seine Schultern hingen nach unten, das Gesicht war grau.

„Hallo, Liebling", begrüßte ihn ihre Tante.

Er antwortete nicht, sondern ging langsam nach oben.

Susanna riss sich die Schürze ab und warf sie wütend auf den Tisch.

Ihre Tante legte ihr eine Hand auf die Schulter. „Jetzt lass dich davon nicht zu sehr aufbringen." Doch in ihren Augen funkelten ungeweinte Tränen und sie wandte sich schnell wieder zum Herd.

Susanna schnappte sich ihre Tasche aus dem Versteck in der Speisekammer. Ihr Studiengeld war dort drin – davon würde sie das Zugticket bezahlen.

„Wohin gehst du?", rief Tante Ann ihr hinterher.

Susanna antwortete nicht; sie wollte nicht aufgehalten werden. Sie riss die Tür auf und lief zum Bahnhof.

Johann senkte den Kopf und rieb sich seine schmerzenden Schläfen. Zu viel Arbeit, zu wenig Schlaf. Gestern hatte er mehrere Stunden damit verbracht, auf den Docks und in den nahe gelegenen Geschäften nach Rachel Leeds zu suchen, doch niemand kannte eine Frau mit diesem Namen. Und die Beschreibung ihres Äußeren brachte ihn zu dem gleichen Ergebnis wie Mr Hanby: eine Kapitänsfrau, die von Zeit zu Zeit mit ihrem Mann im Hafen anlegte.

Wegen seines Ausflugs war er in der Nacht lange wach geblieben, um die Monatsabrechnung fertigzustellen. Manchmal wünschte er sich, er käme nicht so gut mit den Zahlen klar; doch sein Vater hatte sein Talent früh entdeckt und so war er nun für die Finanzen der Brauerei verantwortlich. In einem so großen Betrieb wie dem ihren war das eine existentiell wichtige Aufgabe, die Johann sehr ernst nahm.

Heinrich streckte den Kopf zur Tür herein. „Johann, Besuch für dich!" Er zwinkerte.

Es musste Lotte sein. Johann unterdrückte ein Stöhnen und erhob sich.

„Vorne im Hof", sagte Heinrich.

Das Letzte, was er in seinem jetzigen Zustand ertragen konnte, war ein Liebeslied, das ihm ins Ohr gesäuselt wurde. Doch Johann wollte nicht unhöflich sein. Er fühlte sich immer noch schuldig, weil er mit jemand anderem getanzt hatte. Bestimmt hatte er Lottes Gefühle verletzt.

Er ging um die Maischefässer herum, dann trat er aus der Flügeltür. Ein leichter Regen hatte eingesetzt und fing an, auf dem trockenen Steinboden dunkle Kleckse zu zeichnen. Und es war nicht Lotte, die dort auf ihn wartete; sondern eine Besucherin, die ihm tausendmal willkommen war.

Susanna! Ihr Anblick ließ sein Herz sofort leichter werden, obwohl sie sehr ernst und angespannt aussah. Er wünschte, er hätte Neuigkeiten über ihre Schwester, die ihr die Sorgen nehmen könnten.

„Guten Tag!" Johann lächelte erleichtert.

Doch sie erwiderte sein Lächeln und seine Begrüßung nicht. Stattdessen wedelte sie wütend mit einer Zeitung und drückte sie ihm gegen die Brust – die *Dispatch*. „Haben Sie das gelesen?"

„Nein." Er hatte heute noch keine Zeit gefunden, die anderen Zeitungen zu studieren.

„Hier." Sie riss ihm die Zeitung wieder aus den Händen, um sie ihm direkt vor die Augen zu halten.

Was hatte das zu bedeuten? Er nahm sich die Zeitung und besah sich die erste Seite. Susanna stieß mit dem Finger wie mit einem Dolch auf die *Nationale Depesche*. Er las den Artikel. *Ach du mei-*

ne Güte. Es waren harte Worte. Er verstand, warum Susanna so verstört war. Er überprüfte noch einmal die Fakten – ja, Brundish hatte alles, was aus Johanns Feder stammte, richtig zitiert. Doch die Worte, die er gebrauchte, waren verletzend und gemein. Neutrale Berichterstattung sah eigentlich anders aus. Johann spürte, dass Susanna wütend war, und überlegte, wie er sie beruhigen konnte. Dann las er die letzte Zeile. Er hob den Kopf. Susanna schien fast zu platzen vor Wut und ihre grünen Augen glühten.

„Wie konnten Sie das nur tun?", brachte sie durch zusammengebissene Zähne hervor. Die Anschuldigung verblüffte ihn.

Susanna trat auf ihn zu. „Warum? Warum geben Sie uns auf diese Weise der Lächerlichkeit preis? Haben wir Sie die ganze Zeit amüsiert? Die verrückten *Vereinigten Brüder* – Sie müssen sich ja ordentlich ins Fäustchen gelacht haben, als Sie es endlich geschafft haben, uns bei dem Tanz mit Ihrem Charme zu überzeugen … und auch sonst." Er wusste, dass sie an die Allee hinter dem *Hare-Waisenhaus* dachte. Susanna klang so verbittert, dass er ihr keine Antwort geben konnte. Ihre Worte schnitten in sein Herz wie ein Messer und blieben dort stecken, brachten ihn zum Schweigen. Hielt sie denn so wenig von ihm? Sie müsste ihn doch mittlerweile besser kennen. Sie hatten so viel Zeit miteinander verbracht.

„Sie scheinen keine Erklärung zu wünschen", sagte er und versuchte, sein eigenes Temperament unter Kontrolle zu halten. „Oder doch? Denn es gibt vielleicht etwas, das Sie übersehen."

„Es gibt nichts zu erklären. Es ist alles klar. Sehr klar." Der Regen wurde jetzt stärker.

„Sie sind sehr hart in Ihrem Urteil, Susanna. Vielleicht sollten Sie mehr Fragen stellen und weniger Anschuldigungen …"

„Ich will Sie nie mehr wiedersehen, Mr Giere." Ihre Worte waren knapp und eiskalt, doch als sie sich zum Gehen wandte, brach ihre Fassung in sich zusammen. Sie barg ihr Gesicht in den Händen und lief über die nassen Pflastersteine des Hofs davon.

Johann blickte ihr verstört hinterher. Was war geschehen? Susanna hatte ihn verurteilt und bestraft, ohne auch nur eine einzige Frage zu stellen, ohne auch nur das geringste bisschen Gnade walten zu lassen.

Das war zu viel. Ihr Ausbruch war so unerwartet gekommen.

Johann fühlte sich, als hätte sie ihn hinterrücks überfallen und dann blutend liegen gelassen. Ihr aufbrausendes Wesen war keine Entschuldigung für solch ein Verhalten, für dieses mangelnde Mitgefühl oder Erbarmen einem Freund gegenüber. Und als „Freund" hatte sie ihn noch vor wenigen Tagen bezeichnet, bei ihrem Besuch im Waisenhaus.

Er hätte weinen können über ihre Ungerechtigkeit und über die Tatsache, dass er ihr trotz ihrer harschen Worte am liebsten nachgelaufen wäre und sie in die Arme geschlossen hätte. Wie gerne hätte er sie wieder geküsst. Doch nichts, was er hätte tun können, hätte ihr Herz weicher machen können – es war ihm gegenüber vergiftet.

Johann hielt noch immer die Zeitung in Händen, rollte sie zusammen. Wütend schlug er sich damit in die Handfläche, bis es schmerzte. Dann stürmte er zurück nach drinnen.

„Darf ich hereinkommen?" Sein Vater stand an seiner Zimmertür.

„Bitte", sagte Johann müde. Das Telegramm aus New York lag verdeckt auf seinem Schreibtisch – er ließ es in der Schublade verschwinden, während sein Vater sich auf das Bett setzte.

„Haben die Hanbys sich entschieden, ob sie George Leeds das Geld geben wollen?"

Johann zögerte. Er nahm seinen Stift auf und trommelte damit auf das Löschpapier. „Sie haben es mir noch nicht gesagt."

„Aber es sind nur noch zwei Tage, oder? Und dann verschwindet der Mann aus der Stadt."

„Das stimmt."

„Und das wissen sie?"

„Nein."

„Du hast es ihnen nicht gesagt?" Sein Vater hob irritiert die Augenbrauen. Johann wusste es, ohne ihn auch nur anzuschauen.

„Es ist ein Problem aufgetreten", murmelte er.

„Was für ein Problem? Egal, was es ist, du musst es ihnen sagen."

„Miss Hanby und ich haben uns entzweit. Hast du den Artikel in der *Dispatch* über Westerville gelesen?"

„Nein. Nur deinen aus dem *Westboten*."

„Tja, hier ist die nicht ganz so freundliche Version." Johann reichte seinem Vater die nassen Zeitungsblätter der *Dispatch*.

Für einige Minuten wurde es still. Sein Vater hatte Mühe, Englisch zu lesen, und entzifferte sorgsam Wort für Wort. Johann hätte am liebsten seinen Kopf auf den Tisch gelegt und die Augen geschlossen, doch diesem Wunsch würde er jetzt nicht nachgeben. Er trommelte weiter.

Endlich seufzte sein Vater und ließ die Zeitung sinken. „Und der Schreiber bezieht sich auf dich."

„Er bringt mich in Misskredit, wolltest du sagen."

„Ich kann verstehen, dass deine Freundin verletzt ist."

„Sie ist rasend vor Wut."

„Das ist das Gleiche." Das Bett knarrte, als sein Vater sich erhob. Er trat auf Johann zu und stützte sich auf seinen Schreibtisch. „Das ändert nichts an der Tatsache, dass du ihr von George Leeds erzählen musst, bevor die Gelegenheit vorbei ist."

„Du scheinst deine tausend Dollar ja unbedingt ausgeben zu wollen." Johann klang barsch. Das wollte er nicht – er wollte diese Kinder unbedingt retten, sogar noch mehr als sein Vater. Aber was würde sein Vater denken, wenn er den Hanbys das Geld gab und Johann ihm kurz darauf mitteilte, dass er nach New York ging? Er würde sich betrogen fühlen. Johanns Herz schmerzte.

Wenn Susanna jemals ihren Hass auf ihn überwinden würde, könnten sie dann heiraten und gemeinsam nach New York gehen?

Nein, das Gehalt eines Reporters reichte nicht aus, um eine Familie zu ernähren. Außerdem würde Susanna Ohio ohnehin nicht verlassen wollen, solange ihre Nichten und Neffen hier waren. Und genau das liebte er ja so an ihr. Ihre tiefe Zuneigung für ihre Familie war eine ihrer besten Eigenschaften.

Sein Vater ging zur Tür. „Die Zukunft ist zu wichtig, um sie den Streitigkeiten von Verliebten zu opfern. Denn nichts anderes ist das, oder?"

Johann merkte, wie er rot wurde. „Nein, es ist viel ernster – sie wird mir nicht zuhören, auch wenn ich gut argumentiere oder ihr alles erkläre. Sie wird mir diesen Artikel niemals vergeben."

„Das denken Verliebte immer." Der Blick seines Vaters durchbohrte ihn. „Und du bist in sie verliebt, das kann jeder sehen."

Jetzt wurden auch Johanns Ohren heiß. Angestrengt starrte er auf das Löschpapier vor sich. „Ich kümmere mich darum, dass sie von Leeds erfährt."

„Danke. Du wirst es nicht bereuen. Hab Vertrauen, dass die Hanbys sich dazu entscheiden, das Geld anzunehmen. Niemand wird die eigenen Verwandten aufgeben, wenn es eine Möglichkeit gibt, dieses Schicksal abzuwenden."

„Außer George Leeds."

„Ja. Aber Miss Hanby ist eine anständige junge Dame, die ihre Nichten und Neffen liebt. Die Zeit heilt alle Wunden, egal wie bitter sie sich auch anfühlen mögen. Die Hanbys werden das Geld nehmen und die Kinder zu sich holen. Nach ein paar Monaten – vielleicht sogar schon nach ein paar Wochen – werdet ihr zwei euch wieder blendend verstehen und du wirst sie zum Tanzen ausführen. Ich mag sie, deine Miss Hanby." Sein Vater tätschelte Johanns Schulter und verließ den Raum.

In ein paar Monaten werde ich nicht mehr hier sein. Und du wirst tausend Dollar ärmer sein und das alles für eine Frau, die uns für den Feind hält.

Hierbleiben oder weggehen – es war eine unmögliche Entscheidung.

Kapitel 30

Dicker schwarzer Rauch hing überall und verfolgte sie, während sie versuchte, davonzulaufen.

Susanna erwachte in der Dunkelheit ihres Schlafzimmers. Durch das Fenster fiel nur schwaches Mondlicht. Sie lag mit hämmerndem Herzen in ihrem Bett und versuchte, sich zu beruhigen. Es war nur ein Traum gewesen, mehr nicht.

Doch es roch wirklich nach Rauch. Sie rieb sich die Nase und atmete noch einmal tief ein. Bildete sie sich das nur ein? Nein. Susanna schwang die Füße aus dem Bett und schlüpfte in ihren Morgenmantel. Ein Gefühl des Unbehagens kroch über ihre Haut, während sie nach unten ging.

Dort sah alles aus wie immer. Der Ofen war kalt. Ein leises Zischen erklang von hinter dem Haus. Susanna öffnete die Küchentür und spähte hinaus.

Eine dicke Rauchsäule stand über der Scheune und hinter dem kleinen Fenster tanzten Flammen.

„Onkel! Tante!“ Sie stürzte zu ihrem Schlafzimmer. Verschlafen setzten die beiden sich in ihrem Bett auf und starrten Susanna schlaftrunken aus großen Augen an. „Die Scheune brennt!“

Dann rannte sie wieder in die Küche, schnappte sich einen Eimer und stürzte nach draußen. Sie spürte kaum die Stufen, als sie auf die Scheune zulief.

Susanna riss die Tür auf, froh darüber, dass der Griff aus Holz war. *Gott, steh uns bei!* Die Flammen hatten den Heuboden über der Sattlerei fest im Griff. In der Mitte des Heus lag ein Holzscheit und brannte unnatürlich hell, wie eine Fackel.

Ein ängstliches Wiehern erklang von der anderen Seite der Scheune. Glücklicherweise waren die Sattlerei und der Unterstand für die Tiere durch eine Wand getrennt, das hatte dem Pferd und der Kuh wahrscheinlich das Leben gerettet. Susanna ließ den Eimer fallen und lief, um die Vordertür der Scheune zu öffnen. Drinnen stach ihr der dicke Qualm in die Augen, während sie das Zaumzeug von der Wand nahm.

Der rotgraue Wallach hatte die Augen so weit aufgerissen, dass man das Weiße sehen konnte, und buckelte aufgeregt in seinem Unterstand. Es war unmöglich, ihm das Zaumzeug anzulegen – er würde sie erdrücken oder tottreten. Also zog sie den Riegel zurück, ging in Deckung und hielt die Boxentür weit auf. Der Wallach schoss an ihr vorbei und verschwand in der Nacht.

In dem anderen Unterstand hatte sich die Kuh in die hinterste Ecke zurückgezogen und stand mit der Nase an der Wand, als könne sie sich so verstecken. Susanna warf das Zaumzeug weg und griff sich die Leine der Kuh. Doch als sie der Kuh den Strick angelegt hatte, stand diese wie angewurzelt da und weigerte sich, auch nur einen Schritt zu tun. Egal, wie sehr Susanna auch an dem Seil zog – das Tier rührte sich nicht von der Stelle. Susanna wirbelte herum und suchte hektisch nach etwas, das ihr helfen könnte.

Die schmale Gestalt ihrer Tante huschte durch die Tür. „Ich hole sie." Sie trat langsam an die Kuh heran, legte ihr eine Hand zwischen die Ohren und ergriff das Seil. Susanna verließ den Unterstand – Tiere gehorchten den Menschen, denen sie vertrauten. Und tatsächlich; nach einer Weile gab die Kuh nach und folgte ihrer Tante am Seil nach draußen. Susanna lief ihnen voraus aus der Scheune. Ihre Tante wandte sich in Richtung des Hauses – sie wollte das Tier auf der anderen Seite in Sicherheit bringen.

„Hilf Onkel Will!", rief Tante Ann zurück. „Ich hole die Nachbarn!"

Susanna lief zurück in die brennende Sattlerei. Fast wäre sie mit ihrem Onkel zusammengestoßen, der gerade hustend aus der Tür trat. Er hatte zwei Eimer dabei.

„Der Wassertrog", keuchte er. Sie nahm einen der Eimer und lief zu der kleinen Koppel hinter der Scheune.

Sie tunkte den Eimer tief ins Wasser und zog ihn mit beiden Händen wieder heraus. Dann taumelte sie mit dem schweren Gewicht zurück zur Scheune. Etwas von dem Wasser tropfte auf ihre Füße. Es waren so viele Flammen und nur so wenig Wasser im Eimer! Die Hitze war so stark, dass sie die Scheune nicht mehr betreten konnte. Die Flammen fingen schon an, neben ihr an der Außenwand zu lecken. Susanna schüttete den Eimer durch die Tür – immerhin zischte es. Ein weiterer Eimer ergoss sich gegen die Wand neben ihr.

Die lauten Rufe der Nachbarn deuteten an, dass Hilfe nahte. Doch die Flammen wurden immer stärker und fraßen sich durch die Wände. Ihr Kampf hier war schon verloren. Jetzt ging es nur noch darum zu verhindern, dass das Feuer auch auf das Haus übergriff.

ଓ

Eine Stunde später war es still geworden. Die Nachbarn waren nach Hause gegangen, nachdem sie ihr Mitgefühl über den Verlust der Scheune ausgedrückt und Fleisch, Brot oder andere Lebensmittel für die Speisekammer der Hanbys gebracht hatten. Onkel Will schlief erschöpft im Hinterzimmer. Tante Ann war zu Mrs Hayworth gegangen, um dem schrecklichen Bild wenigstens für eine oder zwei Stunden zu entkommen.

Susanna fühlte sich ausgewrungen wie ein altes Geschirrtuch, doch sie konnte einfach keinen Schlaf finden. Sie presste die Finger gegen ihre schmerzenden Schläfen, atmete tief ein und aus, doch immer noch lag der beißende Rauchgeruch in der Luft. Sie ließ sich schwerfällig auf der Hintertreppe nieder und starrte in den Garten. Ihr Verstand weigerte sich zu akzeptieren, was sie dort sah.

Die Ruine der Scheune sah aus wie eine geöffnete Muschel. Selbst die eine Seitenwand, die stehen geblieben war, war von schwarzen Streifen gezeichnet. Susanna erhob sich und ging langsam und schwerfällig zu dem zerstörten Teil des Gebäudes. Die Sattlerei war mit Asche bedeckt. Das, was einmal das Lager gewesen war, war nur noch das nackte Skelett eines Raumes. Glasscherben lagen überall herum, da die Vorratsgläser durch die Hitze geplatzt waren. Säcke über Säcke mit Lebensmitteln waren bis zur Unkenntlichkeit verbrannt. Selbst die Arbeitsbank ihres Onkels und seine Werkzeuge waren nicht verschont geblieben: Die meisten Arbeitsgeräte hatten hölzerne Griffe gehabt, von denen nur noch traurige Aschehäufchen übrig geblieben waren.

Was sollten sie nun tun? Das ganze gesammelte Essen, das Rachels Kinder hätte ernähren sollen – verbrannt. Die Werkzeuge, die sie für ihren Lebensunterhalt gebraucht hatten – alles zerstört. Hatten die Drohbotschaften gegen ihren Onkel sie auf diese Katastrophe vorbereiten sollen? Wusste der unbekannte Feind, was es für sie bedeutete, dass die Scheune abgebrannt war? Oder war es einfach ein gedankenloser Akt der Zerstörung? Der Feuerteufel hatte ihnen die letzte Hoffnung genommen, Rachels Kinder zu sich zu nehmen.

Susanna ging langsam durch die verkohlten Reste der Scheune hindurch. Überall schwebten Ascheflocken in der Luft.

Ihr Onkel hatte die brennende Fackel im Heu entdeckt, deren ölige Flammen so ganz anders ausgesehen hatten als normal brennendes Holz. Auch unter den Nachbarn hatten erste Gerüchte die Runde gemacht, als das Feuer endlich gelöscht gewesen war.

„Ich weiß, dass Corbin etwas damit zu tun hat", hatte einer gesagt. „Auge um Auge."

Ein anderer Mann, den Susanna nicht kannte, hatte die Arme auf den Koppelzaun gestützt. „Erscheint mir unwahrscheinlich", hatte er erwidert. „Aber Mr Hanby hat sich deutlich gegen den Angriff auf den Saloon ausgesprochen. Was, wenn die gleichen Leute, die den Saloon gesprengt haben, auch das hier angerichtet haben?"

Die Unterhaltung voller Wut, Schmerz und Empörung war weitergegangen, doch Onkel Will hatte sich nicht beteiligt. Er hatte erschöpft dagestanden mit ausgezehrtem Gesicht und leerem Blick.

Susanna sollte nachsehen, ob er wieder wach war. Sie musste sich um ihn kümmern, ihm etwas von dem Essen geben, das die Nachbarn vorbeigebracht hatten. Langsam wandte sie sich um und ließ die Zerstörung hinter sich, ging leise durch die Küche ins Wohnzimmer, um ihn nicht zu stören, falls er noch schlief.

Onkel Will saß in seinem Sessel, den Kopf nach hinten gelegt, die Füße auf dem Schemel. War er im Sitzen eingeschlafen? *Oder schlimmer …* Ein Stich durchdrang Susannas Herz. Schnell schlich sie zu ihm hin. Erleichtert sah sie, wie sich seine Brust gleichmäßig hob und senkte. Er hielt etwas im Schoß in seinen Händen. Sie betrachtete es näher. Es war das altmodische Bild, das ihren Onkel und ihre Tante mit ihren Kindern zeigte, gerahmt in einem einfachen Holzrahmen. Es musste vor vielen Jahren aufgenommen worden sein, lange bevor Susanna selbst geboren worden war. Onkel

Will war darauf in der Blüte seines Lebens zu sehen; sein Haar war noch dunkel, ebenso wie das ihrer Tante.

Ihre Kinder saßen und standen um sie herum – alle ihre acht Cousinen und Cousins. Amanda, Anna und Jenny standen hinter ihren Eltern. Amanda hatte den Kopf schief gelegt und grinste, als hätte sie gerade jemand zum Lachen gebracht. Dieser Jemand war wahrscheinlich Ben, der mit perfekt ernstem Gesicht zwischen seinen Schwestern stand. Wahrscheinlich hatte er wie so oft mit seinem trockenen Humor etwas Witziges gesagt. Cousin Ben sah sehr gut aus, mit dunklen Haaren und so beeindruckend, wie Susanna ihn in Erinnerung hatte; doch jünger und gesünder und stärker, als sie ihn kannte. Wahrscheinlich hatte er damals noch nicht den Husten gehabt, der ihn immer gequält hatte, wenn er lachen musste. Das Bild musste kurz vor seiner Heirat mit Kate aufgenommen worden sein.

In der Mitte des Fotos stand Cyrus mit verschränkten Armen und wirkte verärgert, wahrscheinlich ebenfalls wegen Bens Bemerkung. Es gab so viele lustige Geschichten über Ben und Cyrus zu berichten. Die Erinnerung daran versetzte Susanna einen erneuten Stich ins Herz. Ihr Onkel und ihre Tante hatten schon so viel verloren, so schrecklich viel. Ihre Augen füllten sich mit Tränen. Sie blinzelte sie weg, dann beugte sie sich vor, um ihrem schlafenden Onkel das Bild aus den Händen zu nehmen, damit es nicht aus Versehen runterfiel.

Als sie ihm ins Gesicht blickte, um sicherzugehen, dass sie ihn nicht weckte, entdeckte sie, dass Tränen über seine blassen Wangen strömten. Er weinte. Konnten Menschen beim Schlafen weinen?

„Onkel“, murmelte sie.

Seine Augen öffneten sich und waren vollkommen klar. Er war die ganze Zeit über wach gewesen.

Wie sehr sie mit ihm litt! Susanna hatte ihn noch nie weinen sehen und es zerriss ihr fast das Herz, ihn so niedergeschlagen zu sehen. „Hast du Schmerzen? Kann ich irgendetwas für dich tun?“

Er wandte den Kopf zum Fenster. Vielleicht war es ihm peinlich.

Susanna wünschte sich, sie hätte ihn nicht in diesem privaten Augenblick der Trauer gestört. „Jeder würde trauern, Onkel Will.

Es ist keine Schande." Sie kniete sich neben ihn und legte ihre Hand auf die seine.

„Ich trauere nicht um das, was ich verloren habe, Susanna", sagte er so leise, dass sie es kaum hören konnte. „Ich bin dem Herrn dankbar, so dankbar für alles, was er mir geschenkt hat." Er wischte sich die Tränen ab, doch sie flossen weiter. „Ich hätte mit achtzehn Jahren in der Scheune meines Herrn sterben können. Dann hätte ich niemals meine geliebte Frau kennengelernt oder die Freude gehabt, meine Kinder aufwachsen zu sehen. Ich preise den Allmächtigen für all das Gute, dass er mir gegeben hat, für die Liebe und unglaubliche Freude."

Der Kloß in ihrem Hals raubte Susanna die Stimme. Sie erhob sich langsam und küsste ihren Onkel auf die wettergegerbte Wange. Das Leben hatte sich tief in sein Gesicht eingegraben und ihn mit Liebe und Weisheit ausgestattet.

Sie musste noch so viel lernen.

Kapitel 31

Johann ging am Süßwarenladen vorbei, dann tauchte die Ruine des Saloons in der State Street auf. Es war kein Wunder, dass Susanna so leicht die Nerven verlor und wütend wurde, wenn sie tagtäglich diesen schrecklichen Anblick vor Augen hatte.

Er fühlte nach dem Brief in seiner Tasche. Er hatte alles aufgeschrieben, jede Einzelheit über das Gespräch mit George Leeds und seine Forderungen, falls Susanna ihn nicht sehen wollte. Er schickte ein kleines Stoßgebet gen Himmel, dass alles gut gehen würde. Doch selbst wenn es das tat, wartete immer noch New York mit all seinen Verlockungen auf seine Entscheidung.

Jetzt war nicht die Zeit, um sich ablenken zu lassen – die Kinder standen an erster Stelle, dann würde sich der Rest schon ergeben.

Endlich erreichte Johann das Haus der Hanbys. Er wünschte sich nichts sehnlicher, als dass sich die Tür öffnen und Susannas Gesicht dahinter erscheinen würde.

Und das tat es auch. Susanna sah noch erschöpfter aus als bei ihrer letzten Begegnung, unter den Augen standen dunkle Ringe. Anstatt der Wut, die er erwartet hatte, las er Schmerz in ihren Augen, als sie ihn anblickte. Das war noch viel schlimmer – fast wäre es ihm lieber gewesen, wenn sie ihn angeschrien oder ihm die Tür vor der Nase zugeschlagen hätte. Obwohl ihre Vorwürfe ihm gegenüber unberechtigt waren, litt Johann darunter, diese bezaubernde junge Frau so verzweifelt zu sehen.

Er holte tief Luft. „Ich muss Ihnen etwas sagen. Wegen der Kinder."

„Was ist?" Susanna verbarg sich halb hinter der Tür, als könne sie ihm kaum in die Augen schauen. Eine Locke ihres braunen Haares ringelte sich im Nacken und berührte ihren Kragen.

„George Leeds hat mir gesagt, dass sein Angebot, die Kinder aus dem Heim zu holen, nur noch zwei Tage lang gilt. Danach wird er die Stadt verlassen. Mein Vater bittet Sie darum, seine Hilfe anzunehmen."

Ihre Lippen schlossen sich und sie senkte den Blick. „Mr Giere …"

Ein schwerer Schlag, dass sie ihn nicht mehr mit seinem Vornamen ansprach.

„Auch wenn wir das Angebot Ihres Vaters gerne annehmen würden" – sie betonte das Wort *Vater*, als wolle sie klarstellen, dass sie *Johanns* Hilfe auf keinen Fall annehmen würde –, „haben wir nicht länger die Möglichkeit, uns um die Kinder zu kümmern." Sie konnte ihren abgrundtiefen Schmerz nicht länger verbergen, als Tränen in ihre Augen stiegen.

„Was meinen Sie damit?"

Ohne weitere Antwort öffnete sie die Tür. Johann trat ein.

„Kommen Sie mit", sagte sie leise.

Er folgte ihr durch das Haus zur Hintertür.

Die Scheune war auf der einen Seite bis auf die Grundmauern niedergebrannt. Hier war die Sattlerei gewesen, wie er aus früheren Gesprächen wusste. Johann spürte den Schock wie einen körperlichen Schlag. Was musste diese Familie noch alles ertragen?

„Wir können die Kinder nicht nehmen." Susanna klang resigniert. „Wie Sie sehen können, besitzen mein Onkel und meine Tante kaum mehr als die Kleider, die sie auf dem Leib tragen, und das Essen in der Speisekammer. Mit den Vorräten aus der Scheune hätten wir es schaffen können, die Kinder zu ernähren. Jetzt wäre es töricht. Meine Eltern haben ebenfalls keine Mittel, um zu helfen. Meine Cousinen und Cousins sind entweder in alle Welt zerstreut oder kämpfen ebenfalls um ihr Auskommen. Keiner von uns verdient genug, um sich um die Kinder zu kümmern." Susanna hatte jeglichen Stolz abgelegt; ihr Bekenntnis war einfach und ehrlich.

Es zerriss ihn fast. Johann legte sanft eine Hand auf ihre Schulter.

Susanna erstarrte unter der Berührung, dann wich sie zurück und brachte einige Schritte zwischen sie. „Da haben Sie Ihre Antwort. Teilen Sie George mit, was Sie gesehen und gehört haben. Und jetzt gehen Sie bitte." Ihre Schultern sanken entmutigt nach unten.

Wollte sie so schnell aufgeben? Einen Augenblick lang musste Johann seinen Unmut bekämpfen. Doch er mahnte sich zur Geduld. Susanna hatte so viele Tiefschläge erlebt, dass er ihr Zeit geben musste, sich davon zu erholen, genau wie sein Vater es gesagt hatte.

Er nickte ihr zu. „Dann noch einen guten Tag."

War dieses kurze Flackern in ihren Augen ein Zeichen von Bedauern oder vielleicht sogar Sehnsucht? Johann wandte sich ab und ging die State Street zurück, mit erhobenem Kopf und aufrechten Schultern. Ihn traf keine Schuld, was ihre Vorwürfe betraf. Er würde sich nicht davonschleichen wie ein Verräter.

Doch weder seine Unschuld noch seine Wut würden ihren Nichten und Neffen helfen. Sein Vater hatte recht – die Kinder standen nun an erster Stelle.

Kapitel 32

Etwas in dem Paket klapperte, als Susanna es vorsichtig umdrehte. Es kam aus Columbus, trug aber keinen Namen als Absender. Konnte es etwas mit Rachel zu tun haben? Sie zwang sich dazu, den Karton langsam und bedächtig zu öffnen. Ein Brief in einem grünen Umschlag lag obenauf. Mit zitternden Händen öffnete sie ihn.

Johann Giere
Wall Street 30
Columbus

Miss S. Hanby
State Street 21
Westerville

Verehrte Miss Hanby,
mein Vater hat von der Situation Ihrer Familie nach dem Verlust der Scheune erfahren. Bitte nehmen Sie sein Hilfsangebot an. Wenn Sie zustimmen, George Leeds das Geld zu geben, wird mein Vater Ihnen dabei helfen, einen Weg zu finden, die Kinder zu versorgen. Er kennt viele Arbeitgeber in Columbus, die gut bezahlen; vielleicht könnten Sie als Krankenschwester oder Lehrerin arbeiten. Es würde das Ende Ihrer Collegepläne bedeuten, deshalb zögere ich, Ihnen diesen Vorschlag überhaupt zu unterbreiten. Doch ich weiß auch, dass Sie keine Almosen annehmen würden; selbst mein Vater kann nicht anbieten, sich jahrelang um sechs Kinder zu kümmern, deren Vormundschaft er nicht innehat. Er möchte Ihnen gerne helfen, Ihre Familie zusammenzuhalten, da es ihm nicht möglich war, diesen Dienst seiner eigenen Familie zu erweisen.
Ich sende Ihnen anbei ein kleines Präsent, das hoffentlich den Schmerz des Verlustes Ihres Onkels und Ihrer Tante etwas lindern kann.
Aufrichtig, Johann

Wenn es ein Geschenk für sie gewesen wäre, hätte Susanna es ungeöffnet weggeworfen. Ihr Gesicht schmerzte, als sie die Brauen fest zusammenzog. Johann Giere hatte ihr Vertrauen missbraucht, nachdem er sie mit seinem Verhalten – *und seinen Küssen* – davon überzeugt hatte, dass er sich um sie kümmern würde. Warum er das getan hatte, wusste sie nicht; doch sie hatte schon davon gehört, dass Männer sich manchmal so benahmen. Sie war eine Närrin gewesen, ihm ihr Herz zu schenken. Wenn sie an ihn dachte, schmerzte selbst das Atmen, doch das war ihre eigene Schuld. Sie war einfach zu leichtgläubig gewesen.

Susanna würde überprüfen, was er ihrem Onkel geschickt hatte, um sicherzugehen, dass es ihn nicht beschämte oder beleidigte. Sie nahm das in Stoff eingewickelte Bündel und klappte es langsam auf.

Zwischen den Falten des Stoffes kam eine Ahle zum Vorschein, dann Nadeln, in großer Stückzahl; Hammer, verschiedene Meißel, Prägestempel.

Johann hatte ihrem Onkel einen neuen Satz Lederwerkzeuge geschickt, sorgfältig ausgewählt und präzise gearbeitet mit wunderschönen polierten Holzgriffen.

Die Mischung aus Dankbarkeit und Verwirrung trieb ihr die Tränen in die Augen. Warum war er weiterhin so gütig zu ihnen? Natürlich war dieses Geschenk eine Ermutigung für Onkel Will und Tante Ann.

Sie erhob sich, faltete den Stoff wieder zusammen und trat an Onkel Wills Schlafzimmertür. „Onkel Will?", rief sie.

„Komm rein."

Susanna öffnete die Tür mit dem Ellbogen.

„Sieh dir das an", sagte sie.

„Was ist das?"

„Mr Giere schickt es dir." Sie legte ihm das Bündel auf den Schoß.

Ihr Onkel legte sein Buch auf den Tisch und wickelte den Stoff auf. Ein leises Seufzen war seine einzige Reaktion. Er berührte das Metall mit den Fingerspitzen, nahm die Ahle und wog sie in der Hand. Seine Augen strahlten.

„Ein ungewöhnliches Geschenk", sagte er schließlich und berührte die Nadeln nacheinander. „Woher weiß er von meinen Werkzeugen?"

„Er ist vorbeigekommen und da habe ich ihm die Reste der Scheune gezeigt."

„Und warum war er da?"

„Er wollte mich überzeugen, dass ich das Geld seines Vaters annehme, um die Kinder aus dem Heim zu holen. Er hat gesagt, dass George bald die Stadt verlässt und dass dann unsere Hoffnung vorbei ist."

„Und du hast ihm wahrscheinlich gesagt, dass wir nicht länger dazu in der Lage sind, das großzügige Angebot seines Vaters anzunehmen."

„Ja."

Schweigen breitete sich zwischen ihnen aus, bis Susanna schließlich sagte: „Aber heute hat er mir einen Brief geschickt, in dem er mir neue Vorschläge gemacht hat. Sein Vater würde mir eine Anstellung verschaffen, bei der ich ein gutes Einkommen hätte und mich so um die Kinder kümmern könnte."

Ihr Onkel blickte von den Werkzeugen auf. „Und was hältst du davon? Würdest du deine Studienpläne aufgeben?"

„Das scheint mir jetzt vollkommen unbedeutend." Susanna rang die Finger. „Deshalb widerstrebt es mir nicht, das Angebot anzunehmen."

Onkel Will schaute sie prüfend an. „Du willst es seinetwegen nicht annehmen. Wegen Johann."

„Stimmt." Ein schrecklicher Schmerz riss an ihrem Herzen. „Er hat uns betrogen. Ich habe Angst, dass er es wieder tun könnte. Was, wenn er wieder nur alles tut, um einen guten Artikel zu schreiben?"

„So kommt es mir aber nicht vor", sagte Onkel Will nachdenklich. „Nicht im Mindesten. Dieser junge Mann scheint mir durch und durch aufrichtig und ehrlich zu sein. Susanna, hast du jemals darüber nachgedacht", fragte er leise und vorsichtig, „dass du dir deine Meinung vielleicht manchmal ein wenig vorschnell und unbeherrscht bildest?"

„Ja", sagte sie leise.

„Wenn wir unsere Schwächen erst einmal erkannt haben, können wir gegen sie angehen und verstehen, wann sie uns blind machen.“ Er nahm seine Brille ab und legte sie vor sich auf den Tisch neben das Mäppchen mit den Werkzeugen.

„Ja.“ Susanna blickte auf den Teppich zu seinen Füßen. „Ich will es versuchen, Onkel.“

Sie wandte sich ab und ging mit hochrotem Kopf aus dem Zimmer. Ahnte er, was zwischen ihr und Johann geschehen war? Falls ja, würde er vielleicht verstehen, warum sie nicht ruhig und besonnen reagieren und sofort wieder zur Tagesordnung übergehen konnte.

Doch sie musste aufhören, sich herauszureden. Sie würde sich ihren Schwächen stellen, vorsichtiger sein und die Wahrheit herausfinden, was Johann betraf, was auch immer sie dafür tun musste. Doch sie musste schnell handeln – denn die Zeit, um George das Geld zu geben, lief unaufhaltsam ab.

In der deutschen Bäckerei duftete es nach frischen Brötchen, süßen Teilchen und Brezeln. Susanna lief das Wasser im Mund zusammen, als sie die mit Delikatessen beladenen Bleche sah. Doch für solche Extras hatte sie kein Geld – selbst das Zugticket konnte sie sich heute kaum noch leisten.

„Kann ich Ihnen helfen, Miss?“ Ein Mann mit weißer Schürze und freundlichem roten Gesicht begrüßte sie. Deutlich vernahm Susanna den deutschen Akzent in seiner Stimme und dachte für einen Augenblick sehnsüchtig an Johann.

„Darf es heute vielleicht ein Mohnbrötchen sein?“

„Nein, vielen Dank, Sir“, lehnte sie ab. „Ich möchte Sie um einen Gefallen bitten.“ Sie war schon von zwei Händlern auf der High Street abgewimmelt worden. Doch sie würde den ganzen Tag weiterfragen, wenn es nötig sein sollte.

Er musterte sie interessiert. „Worum geht es denn?“

„Ich weiß, dass Sie Ihre Waren häufig in Zeitungspapier einschlagen. Haben Sie vielleicht zufällig die Ausgabe des *Westboten* vom 23. Juli?“

Der Mann bückte sich, um hinter der Theke eine Schublade zu öffnen. Er kramte durch einen Stapel Zeitungen. „Ah ja. Hier ist sie. Möchten Sie sie gerne haben?“

„Ja, Sir." Sie starrte auf das Papier in seinen Händen. „Nur die erste Seite."

Er riss die erste Seite ab, faltete sie zusammen und reichte sie ihr über die Theke. „Lesen Sie denn deutsch?" Er klang überrascht.

„Nein, Sir. Aber sie hat eine persönliche Bedeutung für mich." Zum Guten oder zum Schlechten, je nachdem, wie ihre Mission heute ausging.

„Na dann." Der Bäcker lächelte.

„Guten Tag."

„Ihnen auch, Miss."

Die Türglocke klingelte, als Susanna wieder hinaus auf die High Street trat und sich unter die anderen Fußgänger mischte. Da jeder Penny gespart werden musste, würde sie dieses Mal nicht die Pferdebahn nehmen. Und ein Spaziergang durch die weiten Straßen von Columbus war ja nun wirklich keine große Anstrengung.

Das Blumengeschäft war ebenso farbenfroh und duftend, wie sie es in Erinnerung hatte. Susanna trat unter dem Läuten des Türglöckchens ein und ging vor bis an die Theke.

„Orangefarbene Lilien, Miss?" Die alte Floristin humpelte aus ihrem Hinterzimmer und grinste sie spitzbübisch an. Wie konnte sie sich nur an ihren letzten Besuch vor zwei Wochen erinnern, vor allem, da Susanna den Einkauf nicht einmal selbst getätigt hatte? Dieser Gedanke beunruhigte sie – vor allem in Anbetracht ihres Wunsches. Doch sie würde sich nicht von ihrem Ziel abbringen lassen.

„Ich habe eine Bitte, Ma'am." Susanna zog die Zeitungsseite hervor und entfaltete sie. „Ich bitte um Entschuldigung, da ich eine völlig Fremde für Sie bin, doch Sie sind die einzige Person, die ich kenne, die Deutsch spricht und nicht direkt beteiligt ist."

„Woran, junge Dame?" Die alte Frau sah Susanna aufmerksam, fast prüfend, aber keinesfalls unfreundlich an.

Susannas Ohren fingen an zu brennen. „Das kann ich nicht sagen. Aber ich wäre Ihnen sehr dankbar, wenn Sie einen kurzen Artikel für mich lesen könnten." Sie hoffte, dass die Frau überhaupt des Lesens mächtig war und dass sie sie durch ihre Frage nicht beleidigte.

„Lassen Sie mich mal sehen." Die Frau stützte die Ellbogen auf die Theke und beugte sich vor, fuhr mit dem Finger die Zeilen entlang. Sie zögerte, als sie den Namen unter dem Artikel entdeckte, und warf Susanna einen schnellen Blick zu. Als sie fertig war, blickte sie wieder auf. „Ich kann Ihnen den Text gerne übersetzen. Wenn Sie es möchten?"

„Ja, bitte." Susanna fühlte sich wie ein Angeklagter vor Gericht, der auf sein Urteil wartete. Ihre Handflächen waren nass geschwitzt.

Die Frau fing an, las erst immer leise für sich auf Deutsch und übersetzte dann stockend in Englisch.

Der Artikel war nichts anderes als ein sachlicher Bericht über die Ereignisse in Westerville. Keine Hasstiraden gegen die *Vereinigten Brüder*, keine Verleumdung der Bürger. Mit jedem Satz wuchs Susannas Kummer. Ihr Onkel hatte recht gehabt – sie hatte geurteilt, ohne nachzudenken, und allzu rasch die Beherrschung verloren. Johann war loyal; er hatte sie nicht verraten. Es war der Reporter der *Dispatch* gewesen, der dem Artikel diesen gemeinen Unterton verliehen und die Abstinenzbewegung in ein schlechtes Licht gerückt hatte.

Susanna konnte ihr Spiegelbild in der polierten Oberfläche der Verkaufstheke kaum ertragen. Es war vorschnell und ungerecht von ihr gewesen, Johann so zu verurteilen, wo er ihr doch nichts als Hilfe und Unterstützung angeboten hatte. Die Wahrheit traf sie wie ein Hammer. Susanna konnte kaum noch atmen, so entsetzt war sie über sich selbst. Und was noch viel schlimmer war – Johann musste das sofort erkannt haben.

Wie hatte er nur weiterhin so geduldig mit ihr sein können, nachdem sie ihn so schrecklich beleidigt hatte? Sein Verhalten erinnerte sie an ihren Onkel, der immer wohlüberlegt und vorsichtig sprach, auch wenn es um so emotionale Themen wie den Saloon ging. Susanna wusste sehr wohl, was die Bibel in dem Buch der Sprüche oder im Jakobusbrief darüber sagte, dass man seine Zunge zügeln sollte. Warum schaffte sie es nicht, in Liebe zu sprechen, wie Gott es sich von ihr wünschte? Sie spürte, wie sie innerlich in sich zusammenfiel.

Johann hatte wegen der Kinder sogar mit seinem Vater gesprochen, obwohl sie sich so furchtbar verhalten hatte. Sie konnte immer noch die Anstellung annehmen, die Mr Giere ihr angeboten hatte, und zustimmen, dass er George das Geld gab, um die Kinder aus dem Heim zu holen. Es gab bei der ganzen Sache keine Hintergedanken oder Fallstricke außer denen, die sie sich selbst gelegt hatte.

In der blanken Theke sah Susanna, dass ihr Kopf hochrot geworden war. Sie dankte der Floristin mit leisen Worten und verließ das Geschäft. Selbst in ihrer Beschämung spürte sie, wie die Erleichterung sie durchströmte. Ein Damm war gebrochen. Sie würde die Kinder endlich nach Hause holen können.

Doch zuerst musste sie sich von Herzen bei jemandem entschuldigen. Ohne zu zögern, machte Susanna sich auf den Weg zur Brauerei der Familie Giere.

Kapitel 33

Im Polizeibericht stand Selbstmord. Solche Feststellungen mussten immer hinterfragt werden, denn oft verbargen sich interessante Geschichten dahinter. Schon zweimal hatte Johann herausgefunden, dass ein augenscheinlicher Selbstmord ein Mord gewesen war. Mr Reinhardt liebte solche Storys, also war Johann klar, was er zu tun hatte.

Er sah auf die Adresse in seiner Hand. Ja, hier war er richtig. Ein heruntergekommener Saloon nahe des Hafens, aus dessen Fassade in den letzten Jahren schon etliche Backsteine gebrochen waren. Die Tür bestand aus brüchigem Holz. Er ergriff den Knauf vorsichtig, um sich nicht einen Splitter einzufangen.

Drinnen stank es nach Alkohol und nach ungewaschenen Menschen. Johann rümpfte angeekelt die Nase und trat an die Bar. Ein kleiner Mann mit Hosenträgern sortierte die Flaschen im hinteren Regal und ließ sich nicht von seiner Aufgabe abbringen, bis alle Etiketten ordentlich nach vorne zeigten. Dann erst wandte er sich endlich Johann zu.

„Einen Drink?“, fragte er barsch.

„Nein, danke.“ Es war erst acht Uhr morgens.

Der Barkeeper zuckte mit den Schultern. „Wie Sie wollen. Und was machen Sie dann hier?“

„Ich bin Reporter. Ich möchte Ihnen ein paar Fragen über den Toten von gestern stellen.“

„Ich rede nicht mit der Zeitung. Bringt zu viele Schwierigkeiten.“

„Aber im Polizeibericht stand, dass es ein Selbstmord war. Dadurch bekommen Sie doch keine Schwierigkeiten.“

„Ich habe nichts damit zu tun.“

„Da bin ich sicher. Wie ist der Mann gestorben?“

Der Barkeeper presste die Lippen zu einem schmalen Schlitz zusammen und wandte sich wieder seinen Flaschen zu.

Hier würde er nichts herausfinden. Seltsam, da Barkeeper normalerweise sehr redselig waren.

Aber er hatte es versucht. Vielleicht hätte er einfach als Kunde auftreten und den Mann ausfragen sollen, überlegte Johann. Tja, diese Gelegenheit hatte er vertan. Er würde andernorts nach Antworten suchen müssen.

Das Leichenhaus der Stadt war ihm vertraut. Es roch nach Alkohol und einer Spur Knoblauch, die von der arsenhaltigen Einbalsamierung herrührte. Wahrscheinlich war der Gestank der Verwesung noch schlimmer gewesen, bevor es im Krieg in Mode gekommen war, Leichen zu balsamieren. Trotzdem war es für Johann immer noch grauenvoll, die Leichen mit ihren dunklen Händen und Füßen zu sehen. Für die meisten interessierte sich niemand, nur Ärzte und Medizinschulen. Sie bezahlten gut für die einbalsamierten Leichen, die sie für ihre Studienzwecke brauchten.

Johann hatte nur wenige Minuten gewartet, bis der Assistent des Gerichtsmediziners durch die Tür trat. Es war ein junger Mann im braunen Anzug, Mr Jeffries oder so ähnlich. Er hatte beim letzten Mal, als Johann wegen einer Leiche hier gewesen war, genau den gleichen Anzug getragen. Braun. Offenbar die beste Farbe, um Blutreste zu verbergen. Der Gedanke drehte Johann den Magen um – oder vielleicht lag es auch an dem seltsamen Geruch.

„Mr Giere, Sie haben eine Frage?“ Jeffries hatte es offenbar eilig.

„Ja, ich suche nach dem Selbstmord von gestern.“

„Selbstmord … Selbstmord.“ Jeffries rieb sich nachdenklich die Augen, sein Schnurrbart zuckte. „Ach ja. Die Leiche ist noch hier. Heute Nachmittag geht sie an die medizinische Fakultät. Wollen Sie sie sehen?“

„Wenn Sie so freundlich wären.“ In Johanns Ohren klang es seltsam, sich für den Anblick einer Leiche zu bedanken. „Und vielleicht kann ich ja bei der Fakultät nachfragen, um zu hören, was sie bei der Obduktion herausfinden.“

„Ihre Schlussfolgerung wird die Gleiche sein wie meine und die des zuständigen Arztes.“ Jeffries führte Johann durch die Tür in einen Nebenraum. Auf einigen Obduktionstischen lagen Leichen. Johann versuchte, sie sich nicht allzu genau anzuschauen, vor allem diejenigen, bei denen die Leichenöffnung schon begonnen hatte. Verbrechen waren eine Sache; die Medizin mit ihrer kalten Analytik war etwas ganz anderes.

Jeffries führte seinen Besucher zu einem Toten am Rande des Raumes. „Hier ist er."

Johann straffte die Schultern und unterdrückte ein Schaudern. Diese leblosen Körper wirkten unmenschlich, wie aus einer anderen Welt. Er trat näher heran und besah sich den Toten.

Dann spürte er, wie alles Blut aus seinem Gesicht wich, und taumelte erschrocken rückwärts.

Vor ihm lag George Leeds.

„Gehen Sie näher ran und Sie werden wissen, was ich meinte", sagte Jeffries, der Johanns Reaktion offenbar nicht bemerkt hatte. Er hatte einige Papiere zur Hand genommen und blätterte hindurch. „Der Mann stank wie eine Schnapsbrennerei, als er hier eingeliefert wurde. Unsere Einbalsamierung hat nur vollendet, was er mit dem Hochprozentigen schon vor Jahren begonnen hat. Er hat sich auf offener Straße zu Tode gesoffen. Das sehen wir jede Woche."

Georges Augen standen offen – kein geliebtes Familienmitglied hatte sie ihm geschlossen. Sie starrten glasig und leer an die Decke.

Was sollte er nur Susanna sagen? Selbst wenn sie sich dazu entschließen sollte, das Geld seines Vaters anzunehmen, war nun alles verloren. Johanns Magen rebellierte spürbar. Er würde bestimmt nicht noch einmal näher an George herantreten.

„Das ist alles, was ich wissen muss, Mr Jeffries. Vielen Dank, dass Sie sich die Zeit genommen haben."

„Guten Tag."

„Ach, noch eins." Johann wandte sich zur Tür. „Ich würde gerne Ihre Aufzeichnungen lesen. Nur zur allgemeinen Information."

„Die sind ohnehin der Öffentlichkeit zugänglich. Bitten Sie den Sekretär darum; wenn Sie dann noch Fragen haben, können Sie noch einmal zu mir kommen." Der Mann kümmerte sich nicht weiter um Johann, sondern trat an die Wand und hängte sich eine Arbeitsschürze um.

Johann beeilte sich, aus dem Raum zu kommen.

Sobald er alle nötigen Informationen eingeholt hatte, musste er seinem Vater von George erzählen und seinen Rat einholen.

Doch er hatte kaum noch Hoffnung, dass sie eine Lösung finden würden. Es wäre ein schrecklicher Schlag für Susanna. Wieder einmal waren die Kinder in unerreichbare Ferne gerückt. Er würde dafür beten, dass sie es mit ihrer Dickköpfigkeit und Sturheit auch ohne George schaffen würde, die Kleinen zu sich zu nehmen. Denn diese Möglichkeit war ihnen nun für immer genommen.

„George Leeds ist tot."

„Wie bitte?" Johanns Vater ließ den Stift fallen und wirbelte in seinem Stuhl herum.

„Er hat sich mit Whiskey umgebracht."

Sein Vater ließ sich zurückfallen und stöhnte. „Er ist einer dieser Männer, die das Leben anderer Menschen ruinieren, egal ob sie leben oder tot sind."

Johann kämpfte gegen seine Wut an. Er ließ sich auf dem Stuhl neben dem Schreibtisch nieder. So konnte er seinem Vater direkt in die Augen schauen. „Ein selbstsüchtiger Mann." Johann konnte die Bitterkeit in seinem Tonfall nicht verbergen. „Verzehrt von seiner eigenen Eitelkeit. Ich vermute, es ist nur natürlich, dass er unbedingt auf die Bühne wollte."

„Nicht alle Schauspieler sind stolze Unmenschen", bemerkte sein Vater. „Dein Onkel Fritz wollte auch einmal Schauspieler werden, mehr als alles andere. Er liebte die großen Worte und die Träume, die auf der Bühne wahr wurden. Er wollte auch schreiben."

„Wirklich?" Weder Johanns Vater noch sein Onkel hatten jemals davon gesprochen. „Warum hat er es nicht getan?"

„Wir haben so viele Verluste erlebt, Fritz und ich. Das Verschwinden unseres kleinen Bruders, die vielen Toten von '48, alles, was wir zurückgelassen haben, um hierherzukommen." Seine Augen waren auf die Wand gerichtet, an der eine Landkarte von Bayern hing. „Ich glaube, das hat uns gezeigt, wie wertvoll die Familie ist. Wir haben zusammengehalten, was auch kommen mochte. Die Familie steht über allem. Man hört es so oft in den Predigten, doch unser Leben hat uns gezeigt, dass es die Wahrheit ist."

„Wenn George Leeds es nur auch erkannt hätte!" Johann verschränkte die Arme und verbot sich jeden weiteren Kommentar. Verwünschungen würden sie nicht weiterbringen, der Mann war tot. „Was soll ich nur Miss Hanby sagen?"

„Wir haben alles getan, was wir konnten."

Die Endgültigkeit dieser Worte war wie ein Schlag in den Magen. Die Gesichter der Leeds-Kinder waren schreckliche Wirklichkeit – sie waren keine Gestalten aus einem Märchen, sondern menschliche Seelen, die auseinandergerissen und an Fremde übergeben werden würden. Und wenn diese Fremden schlimme Absichten hatten, hätten die Kinder keine Möglichkeit, sich gegen sie zur Wehr zu setzen.

„Ich muss arbeiten." Johann sprang auf.

Sein Vater nickte voller Mitgefühl.

Als er in sein Elternhaus trat, hörte Johann seine Mutter und seine Schwestern reden, während sie arbeiteten, doch er schlüpfte unbemerkt an der Küche vorbei und stieg die Treppe hinauf. Er konnte jetzt mit niemandem sprechen.

Er setzte sich sofort an seinen Schreibtisch und zog ein Blatt Papier hervor. Der Stuhl kratzte über den Boden, als er ihn zurechtrückte, dann fing er an zu schreiben. Minute um Minute verging, bis zwei Seiten mit seiner ordentlichen, gleichmäßigen Schrift gefüllt waren. Er setzte den letzten Punkt und stieß den Atem aus. Diesen Text würde er bei Mr Reinhardt einreichen und hoffen, dass er ihn als Leitartikel veröffentlichte. Vielleicht würden Johanns leidenschaftliche Worte den einen oder anderen Trunkenbold davon abhalten, seine Familie zu ruinieren.

Ein Gemälde seiner Familie hing an der Wand. Onkel Fritz hatte noch gelebt, als es gemalt worden war. Die Ähnlichkeit war erstaunlich. Johann blickte sein zwölfjähriges Selbst an, das ihn vom Portrait her anstarrte. Ein blonder Junge, der keine Ahnung hatte, was ihn in seinem Leben alles erwarten würde. Wieder dachte er an die Neffen und Nichten von Susanna. Der ältere Junge schien im gleichen Alter zu sein.

Johann wusste nicht, was er tun sollte. Er senkte den Kopf, bis er auf seinen gefalteten Händen lag, und fing an zu beten.

Kapitel 34

„Mr Johann ist nicht hier“, sagte der einarmige Braumeister zu Susanna. „Er ist nach Hause gegangen, um die Bücher zu führen.“

Und jetzt? Eine junge Frau konnte schlecht einen Mann allein und ohne Begleitung aufsuchen. „Ich muss ihn aber dringend sprechen. Gibt es eine Möglichkeit, ihn zu kontaktieren?“

„Wir haben Botenjungen.“

„Gibt es einen angemessenen Ort, wo ich mich mit ihm treffen könnte? Ich möchte Sie nicht bei der Arbeit stören.“ Dieser Vorschlag war Susanna peinlich und ihr Gesicht musste knallrot sein, doch sie hatte sich das alles selbst zuzuschreiben.

„Ja, Miss.“ Der Braumeister tat so, als bemerke er ihr Unbehagen nicht. Vielleicht waren sie hier im deutschen Teil der Stadt auch nicht so streng. „Es gibt den Stadtpark, etwa eine Meile Richtung Süden. Dort sind immer viele Menschen.“

„Danke, das wird gehen.“

Er beschrieb ihr den Weg. „Und, Miss, wenn Sie meine Meinung hören wollen, machen Sie am besten einen Treffpunkt aus. Der Park ist sehr groß.“

„Haben Sie einen Vorschlag?“

„Die griechische Statue. Sie wurde vor ein paar Jahren bei einem Wasserbrunnen aufgestellt, südlich des Pavillons. Sie steht nahe der Stewart Street, Miss.“

„Danke … Mr Heinrich.“ Immerhin erinnerte sie sich noch an seinen Namen.

Er zwinkerte ihr verschwörerisch zu. Susanna senkte den Blick. Oh, wie schrecklich peinlich!

Susanna musste ein gutes Stück laufen, durch das ganze Südviertel der Stadt, doch der Park war wunderschön und grün. Die Pflanzen hatten sich bereits von der langen Trockenheit erholt. Hohe Bäume ragten dreißig Fuß oder mehr über gepflegte Rasenflächen. Sie durchquerte den Park, bis sie den Pavillon entdeckte, den Heinrich beschrieben hatte. Sie war froh, dass gestern Waschtag gewesen war: Ihr gelbes Kleid war trotz der Reise immer noch sauber und frisch.

Dort war die Statue. In Bronze gegossen thronte sie über einem Becken, in dem klares Wasser plätscherte. Und daneben stand Johann in einem hellen Leinenmantel und mit Krawatte, was ihn fast so elegant wie die Statue wirken ließ.

Wie war er nur so schnell hierhergekommen? Susanna sah sich mit pochendem Herzen um. Sie hätte mehr Zeit gebraucht, um sich auf das Gespräch vorzubereiten. Sie hätte diejenige sein müssen, die geduldig an der Statue wartete.

Zehn Meter hinter Johann entdeckte sie ein dunkles Pferd, das an einen Pfosten gebunden war. Das war also sein Trick.

Sie zwang sich dazu, nicht loszulaufen, eine angemessene Geschwindigkeit beizubehalten, auch wenn ihre Handflächen immer feuchter wurden und ihr Herz vor Angst und Aufregung immer schneller schlug.

Zwei Meter vor Johann blieb sie stehen, sodass die Statue wie ein Schutz zwischen ihnen stand.

In seinem Gesicht konnte sie Schmerz erkennen, seine blauen Augen wirkten traurig. Er nahm den Hut ab, wodurch sein Haar seinen typischen zerzausten Charakter bekam. „Miss Hanby."

„Mr Giere ... danke, dass Sie gekommen sind." Susanna war unsicher, wie sie ihre Entschuldigung beginnen sollte. „Ich hoffe, ich habe Sie nicht bei etwas Wichtigem gestört."

„Es ist eine willkommene Ablenkung." Auch Johann schien sich immer noch unwohl zu fühlen.

Je mehr er sich wie ein Gentleman verhielt, desto schuldiger fühlte sie sich wegen ihres ungebührlichen Verhaltens. Sie holte tief Luft. „Ich möchte mich bei Ihnen entschuldigen. Ich habe Ihren Artikel vorschnell verurteilt und Sie beschuldigt, uns hintergangen zu haben. Das war absolut falsch."

„Das macht doch nichts. Machen Sie sich deshalb keine Gedanken." Er blickte den Fußweg entlang.

Johann schien immer noch distanziert. Susanna sehnte sich nach seiner Vergebung – und das nicht nur um der Kinder willen, sondern um die vertraute Freundschaft wiederzubekommen, die zwischen ihnen geherrscht hatte. Doch nach ihrem verletzenden Verhalten war es natürlich sein gutes Recht, zurückhaltend zu sein.

„Wenn es etwas gäbe, das ich tun oder sagen kann, um meine Worte zurückzunehmen, nichts lieber als das“, sagte sie und trat näher heran. Wenn sie betteln musste, würde sie es tun. „Ich würde sehr gerne das Angebot Ihres Vaters annehmen.“

Johann überbrückte die Distanz zwischen ihnen mit einem großen Schritt, sodass sie nun direkt vor der Statue standen. „Susanna …“ In seinen Augen stand Bedauern.

„Können Sie mir denn nicht verzeihen?“, flüsterte sie.

„Natürlich. Ich vergebe Ihnen vollkommen.“ Trotzdem war er traurig. „Aber … ich habe schreckliche Neuigkeiten für Sie. George Leeds ist tot. Er starb an einer Alkoholvergiftung.“

„Was sagen Sie?“ Sie krallte sich in seine Ärmel, als würde der Boden unter ihren Füßen weggerissen. „Er ist tot?“

„Es tut mir so leid.“ Er stützte sie, sicher wie ein Fels, während der Rest des Parks zu schwanken schien. Endlich wurde ihr Kopf wieder klarer.

„Dann habe ich keine Hoffnung mehr. Und die Kinder auch nicht.“ Ihr Hals schien immer enger zu werden, sodass ihre Stimme nur noch wie ein krächzendes Flüstern zu vernehmen war. „Und alles wegen meiner eigenen Dummheit.“ Verzweifelt schüttelte Susanna den Kopf und ging einige Schritte von ihm weg. Ihre Stiefel schabten über Holz. Gedankenverloren erkannte sie, dass sie auf einer Brücke stand, die über einen Ausläufer des Sees führte.

Eine Hand fasste sie am Ellbogen. „Warten Sie.“ Johann war ihr nachgegangen und sie wandte sich ihm widerstrebend zu. Gemeinsam standen sie auf der Brücke, Bäume umgaben sie, weit und breit war niemand zu sehen.

„Es ist nicht Ihre Schuld, dass Leeds gestorben ist.“ Seine Stimme war sanft, aber eindringlich.

„Aber wenn ich Sie nicht so schnell verurteilt hätte“, sagte sie und umklammerte das Brückengeländer, „hätten wir die Kinder schon lange holen können.“

Johann legte tröstend seinen Arm um ihre Schultern. Für einige Minuten standen sie schweigend da, die Wärme seines Armes umfing sie und sie blickten auf die Seerosen hinab, weiß und strahlend im hellen Sonnenlicht.

„Sie sind genauso frisch und natürlich wie diese Seerosen, Susanna", sagte er schließlich. „Die Rosen öffnen sich zu der Zeit, die Gott für sie vorgesehen hat, um das Licht aufzunehmen, das er über sie ausgießt. In der Dunkelheit schließen sie sich. Sie waren gefangen und umschlossen von der Dunkelheit um Sie herum. Dafür kann ich Ihnen keinen Vorwurf machen. So hat Gott Sie gestaltet – sensibel und leidenschaftlich. Er hat Sie wunderbarer und schöner als alles Licht dieser Welt gemacht, ob es nun dunkel oder hell um Sie herum ist."

So etwas hatte noch nie jemand zu ihr gesagt. Sie war diese Worte nicht wert. Susannas Augen wurden feucht. „So wunderbar fühle ich mich aber gar nicht." Sie wandte sich ihm zu, konnte ihm aber nicht in die Augen schauen.

Sie spürte eine sanfte Berührung, als seine Finger über ihre Wange streichelten. Schließlich wagte sie es doch aufzublicken.

„Das sind Sie aber." Er beugte sich vor und küsste sie zärtlich, legte seine Hände auf ihre Schultern.

Es war ein bittersüßer Augenblick, von ihm geküsst zu werden, seine Nähe zu spüren. In dieser schlimmen Situation war er ihr Halt. Am liebsten hätte sie sich an ihn geschmiegt und ihn nie wieder losgelassen.

Johann trat etwas zurück, ließ aber seine Hände auf ihren Schultern liegen. „Es ist nicht meine Art, Küsse von bezaubernden jungen Damen zu stehlen. Meine Absichten sind ernst und ehrenhaft."

Sie starrte ihn an, ihr Herz schlug schneller.

„Wenn wir heiraten, könnte ich die Kinder mit meinem Gehalt aus der Brauerei ernähren. Du könntest aufs College gehen."

„Aber … aber …" Sie konnte keinen klaren Gedanken fassen. Schließlich schaffte sie es doch, einen zu ergreifen. „Trotzdem bekommen wir die Kinder nicht. Nicht ohne George."

„Wenn wir heiraten und genug Einkommen haben, um sie zu ernähren, dann überlegt die Heimleiterin es sich vielleicht doch noch anders."

„Aber wenn nicht, hättest du mich umsonst geheiratet."

Johann lachte laut auf. „Umsonst?" Er wurde ernst und seine

Stimme klang tief und weich, als er weitersprach. „Das ist keine Heirat aus Vernunftgründen, Susanna. Ich liebe dich. Ich will dein Ehemann sein und ich hoffe, dass du auch meine Frau sein willst."

Susanna zitterte am ganzen Körper, als sie erkannte, dass sie sich nichts sehnlicher wünschte, als ein Heim mit Johann zu teilen, seinen Namen und alle Dinge, die sie momentan noch erröten ließen, wenn sie daran dachte. Hatte sie jemals einen besseren Mann kennengelernt? Niemand hatte allein aus der Güte seines Herzens heraus so viele Dinge für sie getan wie Johann. Doch …

„Wir können niemals heiraten", sagte sie.

„Warum nicht?" Johann schien nicht vor den Kopf gestoßen zu sein. Seine Hände ließen sie nicht los.

„Wegen dem Bier. Ich könnte es niemals ertragen, alkoholische Getränke in meinem Haus zu haben. Nicht nach dem, was mit George und Rachel geschehen ist." Tiefer Schmerz durchzuckte Susanna. Jetzt erst erkannte sie, wie gerne sie Ja gesagt hätte. Und doch würde sie nicht den gleichen Fehler wie ihre Schwester begehen und einen Mann heiraten, der Alkohol trank, der sogar vom Verkauf des Alkohols lebte. Ihre Schwester hatte dieses Schicksal gewählt und es hatte nichts als Leid gebracht.

Es riss sie fast entzwei, ihn abzulehnen, doch sie konnte nicht anders.

Johann legte eine Hand an ihre Wange. „Und du glaubst wirklich, dass ich deinetwegen sechs Kinder adoptieren würde, aber nicht auf Alkohol verzichten könnte? Wenn das alles ist, was zwischen uns steht, verzichte ich noch heute darauf."

Sie blinzelte. „Du würdest den Alkohol aufgeben?"

„Aber natürlich."

Sie hielt inne. Und jetzt? Das Zittern fing wieder an. „Aber du würdest immer noch in der Brauerei arbeiten."

„Ja. Denn ohne dieses Gehalt könnten wir die Kinder niemals ernähren."

Susanna zog sich von ihm zurück und spürte, wie die Panik in ihr aufstieg. „Ich kann es einfach nicht. Ich würde alles verraten, wovon ich überzeugt bin." Ihre moralischen Grundsätze mussten stärker sein als ihre Sehnsucht nach ihm, die allerdings so stark war, dass sie sich kaum beherrschen konnte. Verräterische Tränen strömten ihr übers Gesicht.

Als wäre nicht schon genug Schreckliches geschehen, musste sie nun auch noch das ablehnen, was sie sich insgeheim mehr als alles anderen wünschte – einen Mann, der sie den Rest ihres Lebens ehren und lieben würde. Doch sie durfte nicht leichtsinnig sein. Sie musste aus Rachels Fehlern lernen.

Johann zog ein Taschentuch hervor und tupfte sanft ihr Gesicht ab. Sie spürte, wie er sie sanft dort küsste, wo gerade noch die Tränen gewesen waren. Dann flüsterte er: „Denk wenigstens darüber nach. Wirf diese letzte Hoffnung, die Kinder aus dem Heim zu holen, nicht einfach so weg."

„Es ist nicht die letzte Möglichkeit." Sie wandte sich ab und ging über die Brücke davon.

„Was bleibt denn noch?", rief er ihr enttäuscht nach.

Susanna blickte nicht zurück. „Gott wird einen anderen Weg weisen. Ganz bestimmt. Ich werde meine Schwester finden, was auch immer es kostet."

Kapitel 35

Das Büro war fremd, groß und dunkel, die hölzernen Möbel auf Hochglanz poliert. Ein luxuriöser Teppich bedeckte den Boden des Wartezimmers.

„Miss Hanby?"

Susanna stand auf, als der Sekretär sie neugierig musterte. „Ja?"

„Mr Piper hat nun Zeit für Sie."

Sie folgte dem jungen Mann in das majestätische Büro. Ein grauhaariger Mann mittleren Alters erhob sich hinter einem enormen Schreibtisch.

„Miss Hanby." Er streckte ihr seine starke Hand entgegen. „Ich bin Ernest Piper. Willkommen in unserer Kanzlei."

„Vielen Dank." Erkannte er an ihrer Kleidung, dass sie nicht aus der gleichen Gesellschaftsschicht stammte wie die Klienten, die er sonst vertrat?

„Sie haben einen Fall für mich?"

„Ja, Sir." Sie gab ihm eine kurze Zusammenfassung von allem, was mit Rachel und ihren Kindern geschehen war.

„Und Sie wollen die legale Vormundschaft für diese Kinder übernehmen?"

„Ja, Sir."

„Nun, rechtlich gesehen haben Sie keinerlei Ansprüche, doch Sie könnten auf die Gnade des Richters hoffen."

„Kann man denn auf Erfolg hoffen?"

„Das kommt darauf an." Der Anwalt zögerte und tippte mit seinem Stift auf den Schreibtisch. „Diese Dinge, die Ihr Schwager über Ihre Schwester gesagt hat … dass sie mit einem anderen Mann weggegangen ist. Sie sind sich sicher, dass diese Vorwürfe unbegründet sind?"

„Das bezeuge ich bei meiner Ehre."

„Gut." Mr Piper lehnte sich in seinem Stuhl zurück. „Dann gibt es Hoffnung. Das Gericht hätte kein Mitleid mit einer Ehebrecherin."

„Aber der Richter könnte mir die Kinder zusprechen, wenn ich beweisen kann, dass Rachel eine ehrenhafte Frau ist?"

„Ja, natürlich. Wenn ich Sie vertreten soll, brauche ich einen Vorschuss. Ich muss Nachforschungen anstellen und Papiere ausfüllen."

„Wie viel brauchen Sie?"

Der Anwalt nannte eine Summe. Sie war fast so groß wie der Betrag, den Susannas Eltern für ihr Studium zusammengespart hatten. „Ist das akzeptabel, Miss Hanby?"

„Ja." Sie öffnete ihre Tasche. „Hier ist das Geld." Sie zählte die Scheine ab und versuchte, ihre Emotionen zu verbergen. Es durfte ihr nichts ausmachen, dass ihr Onkel wahrscheinlich schrecklich enttäuscht wäre. Selbst er würde zugeben müssen, dass das Wohl der Kinder vor ihrem eigenen Studium stand. Wenn sie ihre Collegepläne für die Kinder aufgab, war das ihre eigene persönliche Entscheidung.

„Sehr gut. Und jetzt mache ich mich an die Arbeit. Sie hören in etwa einer Woche wieder von mir."

„Danke."

„Eins müssen Sie noch wissen, Miss Hanby – der Vorschuss kann nicht zurückgezahlt werden."

„Ich verstehe. Guten Tag."

„Guten Tag."

Der Sekretär kam herein und geleitete sie nach draußen.

Jetzt gab es kein Zurück mehr. Susanna hatte alles in ihrer Macht Stehende getan, um ihre Schwester zu finden. Doch ihr Herz schmerzte bei dem Gedanken an Johann.

Der Anwalt würde einen Weg finden, wie sie die Kinder zu sich nehmen könnte. Niemand hatte jemals auch nur ein schlechtes Wort über Rachel verloren. Wenn ein guter Charakter das Erbarmen eines Richters wecken konnte, würden sie mit Rachels Leidensweg vor Gericht bestimmt Recht bekommen. Susannas Opfer war nichts im Vergleich dazu.

„Es tut mir leid, Mr Reinhardt. Ich bin Ihnen mehr als dankbar für Ihre Empfehlung, aber ich kann nicht gehen."

„Johann, was ist geschehen? Du hattest doch praktisch schon deinen Koffer gepackt." Tiefe Falten gruben sich in Mr Reinhardts Stirn. „Du willst diese großartige Gelegenheit einfach so wegwerfen?" Verärgert trommelte er mit seinen Fingern auf die große Platte seines Schreibtisches.

Johann hasste es, seinen Vorgesetzten so zu enttäuschen. „Sir, Sie haben gesagt, dass Gott einen Plan für uns bereithält."

„Ja. Und was ist mit deinem Talent?"

„Ich kann es immer noch nutzen, wenn Sie mich weiterhin beschäftigen. Aber ich glaube, dass Gott mir diese Woche eine Nachricht geschickt hat."

„Einen Engel?" Mr Reinhardt schnaubte nicht verächtlich, auch wenn er Johanns Entscheidung offensichtlich nicht verstehen konnte.

„Einen Toten."

„Derjenige, über den du den Artikel geschrieben hast?"

„Ja, Sir."

„Ach, dagegen kann ich nicht argumentieren." Mr Reinhardt nahm den *Westboten* auf und öffnete ihn. Das Gespräch war anscheinend beendet. Johann verließ das Büro und trat in den dunklen Hausflur.

Die Tür zur Straße hin öffnete sich, als eine Frau den Flur betrat. Sie war für diesen warmen Sommertag viel zu dunkel angezogen; offensichtlich trug sie Trauer. Sie sah sich suchend um, dann entdeckte sie Johann und kam mit der Handtasche im Arm und einer Zeitung in der Hand auf ihn zu.

„Kann ich Ihnen helfen, Ma'am?", fragte er höflich.

„Ich suche den Autor dieses Artikels." Sie streckte ihm die *Dispatch* entgegen. Zu Johanns Verwunderung las er die Überschrift *Die Tragödie eines Trunkenboldes,* eine Übersetzung des Artikels, den er über George Leeds verfasst hatte. Und darunter stand als Referenzangabe der *Westbote*.

„Entschuldigen Sie mich bitte einen Moment", sagte er zu der Dame und ging zurück in das Büro seines Verlegers. „Mr Reinhardt, haben Sie der *Dispatch* die Erlaubnis gegeben, meinen Artikel zu drucken?"

„Ja, Brundish hat mich gefragt. Er mag deinen Stil."

„Wird er mich dafür bezahlen? Oder Sie?"

„Wir werden sehen." Reinhardt legte seine Zeitung nicht beiseite. Offensichtlich war er immer noch verärgert über Johanns Absage an New York.

Johann ging zurück zu der Frau. „Ich bin der Autor dieses Artikels."

„Ich muss ganz sicher sein. Dieser Mann", sie zeigte auf den Namen *George Leeds,* „war aus Union Center und hat sechs Kinder hinterlassen. Und seine Frau ist verschwunden?"

„Ja." Er starrte sie an, konnte den dichten Schleier vor ihrem Gesicht aber nicht durchdringen.

Endlich nahm sie den Hut ab und enthüllte ein hübsches, seltsam vertrautes Gesicht. Als auch ihre Haare zum Vorschein kamen, wusste Johann Bescheid. Sie war rothaarig.

„Ich bin Rachel Leeds", sagte sie überflüssigerweise. „Und ich brauche Ihre Hilfe."

Kapitel 36

Susanna nahm das Bügeleisen, tunkte ihre Finger ins Wasser und warf einige Tropfen auf das heiße Metall. Es zischte und dampfte. Regen prasselte gegen das Fenster; dann und wann erklang ein fernes Donnern. Sie drückte das Eisen auf den Kragen des Hemdes und beeilte sich mit dem Bügeln, um den Stoff nicht zu verbrennen. Professor Hayworth und seine Frau hatten ihr einige Bügelarbeiten gegeben, damit sie sich für die Zugfahrt etwas Geld verdienen konnte. Sobald sie ihre Aufgaben erledigt hatte, würde sie sich auf den Weg nach Columbus machen, um an den Hafen zu gehen.

Onkel Will arbeitete im Keller, wo er seine neue Sattlerei eingerichtet hatte. Tante Ann war mit einigen anderen Frauen in der Kirche, um für bedürftige Kinder zu nähen und zu stricken. Susanna und ihre Tante wollten die Schals und Mützen am nächsten Tag mit nach Columbus nehmen, um sie dem Waisenhaus für den Winter zu übergeben.

Eine Rückkehr nach Columbus, um nach Rachel zu suchen – doch dieses Mal würde Johann nicht da sein, um ihr zu helfen. Sie würde sich nicht auf seinen starken Arm stützen können. Susanna versuchte, gegen den Schmerz in ihrer Brust anzuatmen. Es war nur ihr betrügerisches Herz, das unbedingt seine Frau werden wollte. Und wenn ihr Körper schmerzte, als werde er entzweigerissen, dann war es einzig und allein ihre eigene Schuld, weil sie sich in einen Mann verliebt hatte, mit dem sie niemals eine gemeinsame Zukunft haben würde. Es konnte nicht Gottes Wille sein, dass sie einen Mann heiratete, dessen Familie so ein unmoralisches Geschäft führte. Es musste also eine andere Antwort auf die Frage geben, wie sie die Kinder innerhalb der nächsten beiden Tage retten konnte.

Mit geübten Griffen zog sie das Hemd über das Bügelbrett und fing an, die Ärmel zu plätten. Warum nur tauchte in ihrem Kopf immer wieder das Bild von Johann auf, als wäre es sein Hemd, das sie bügelte, und als würde er jeden Augenblick durch die Hintertür treten, seine Arme um sie legen und sie in den Nacken küssen, als wären sie verheiratet? Susanna versuchte, das Bild von George vor sich erstehen zu lassen, verschwitzt und nach Alkohol stinkend. Das würde ihre Sehnsucht nach Johann dämpfen. Frustriert stellte sie das Eisen zurück auf den Herd.

Ein lautes Donnern ließ sie zusammenfahren. Und fast zur gleichen Zeit erklang ein Klopfen an der Tür. Wer war bei diesem Wetter unterwegs? Tante Ann würde nicht klopfen – es sei denn, sie hätte die Arme voll mit Taschen. Susanna lief zur Tür und drehte den Schlüssel herum, zog sie auf und wurde sofort vom Regen erfasst.

Ein Paar stand auf der Schwelle.

Nein, kein Paar – es war Johann mit einer verschleierten Frau. Er hielt einen Regenschirm über seine Begleiterin, doch gegen diesen strömenden Regen konnte der kaum etwas ausrichten. Von seinem Hut tropfte es, seine Kleidung hing an ihm wie ein nasser Sack. Die Frau war nicht ganz so durchnässt, doch der Schleier hing so schwer vor ihrem Gesicht, dass Susanna ihre Züge nicht ausmachen konnte.

„Bitte kommen Sie doch herein", sagte Susanna überrascht.

„Ich hatte etwas in der Stadt zu erledigen und dachte, ich bringe dir eine Besucherin vorbei", sagte Johann. „Ich komme in etwa einer halben Stunde wieder."

Susanna trat beiseite und ließ die Frau eintreten, während er sich wieder in das Unwetter hinausbegab. Warum verschwand er so plötzlich? Das war wohl kaum das Wetter, bei dem man seinen Geschäften nachging – er hätte hereinkommen und den Sturm abwarten sollen. Und er hatte die Fremde nicht einmal vorgestellt, die immer noch im Flur stand. Damit der Regen nicht weiter in das Haus hineinwehte, schloss Susanna die Tür und wandte sich an die Frau.

„Bitte kommen Sie doch in die Küche, Ma'am", bot sie an. „Der Herd ist warm und Sie sind vollkommen durchnässt. Nicht, dass Sie sich eine Erkältung holen. Darf ich Ihnen den Hut abnehmen?"

Die Frau zog die Hutnadeln heraus und nahm Hut und Schleier ab.

Das konnte nicht wahr sein! Susanna schlug ihre Hand vor den Mund und schnappte erschrocken nach Luft, taumelte zurück. Als ihr Herzschlag wieder einsetzte, streckte sie die Arme aus. „Rachel!"

Sobald ihr der Name über die Lippen gekommen war, strömten auch die Tränen über die Wangen. Sie ging langsam auf ihre Schwester zu und zog sie fest an sich ungeachtet ihrer nassen Kleidung. Sie schluchzte, Schmerz und Freude kämpften gegeneinander an.

Susanna klammerte sich an ihre Schwester, um einen Halt zu haben. Als ihre Tränen langsam wieder versiegten, schob sie Rachel ein wenig von sich weg und hielt sie auf Armeslänge vor sich. Sie konnte immer noch nicht glauben, dass sie endlich wieder vereint waren.

Rachel weinte ebenfalls, ihre braunen Augen schwammen in Tränen, ihr hübsches Gesicht war gerötet. „Es tut mir leid", sagte sie mit brüchiger Stimme. „Ich hatte Angst, dass George mich finden und den Kindern etwas antun würde. Ich konnte dir nicht sagen, wo ich war."

Susanna wusste kaum, was sie sagen sollte. „Alles ist gut." Und das war es auch – die Gebete der letzten Wochen waren erhört worden. Nun würde alles gut werden, auch ohne eine überstürzte Hochzeit. Doch warum spürte sie dann trotz ihrer Freude Bedauern? Das war nur ihr schwaches Herz, das sich nach Johann sehnte. Wie selbstsüchtig von ihr, wo Gott gerade dafür gesorgt hatte, dass ihre Familie wieder zusammenkommen würde! Der Gedanke trieb ihr neue Tränen in die Augen und sie zog Rachel erneut an sich, die Liebe und Erleichterung wuschen alles andere weg.

Als Susanna sich ein wenig beruhigt hatte, führte sie Rachel in die Küche. „Lass dir helfen." Ihre Schwester trug einen weiten Umhang, der den Großteil des Regens abgehalten hatte. Nun tropfte das Wasser auf den Holzboden.

Rachel schüttelte den Stoff ab und reichte Susanna den Umhang, die ihn über die Lehnen der Küchenstühle hängte.

Als sie sich wieder zu Rachel umwandte, erstarrte sie. „Oh. Oh!" Eine deutliche Wölbung zeigte sich unter dem Kleid ihrer Schwester.

„Du bist wieder schwanger – bist du deshalb weggegangen?" Susanna wusste nicht, was sie davon halten sollte. Alles schien ständig noch komplizierter und verworrener zu werden.

„Komm, wir setzen uns." Rachel wirkte zurückhaltend, fast zögernd, doch das wäre Susanna wahrscheinlich auch gewesen, wenn sie so schreckliche Dinge erlebt hätte.

Susanna trat an die Stühle heran, die direkt beim Ofen standen, und setzte sich. Rachel tat es ihr gleich, doch ihr Gesicht war verschlossen und abweisend geworden.

„Du kannst mir alles sagen", versprach Susanna. „Ich bin deine Schwester. Ich kann alles ertragen, was du ertragen musstest."

Rachel holte tief Luft. „Ja, ich bin weggegangen, als ich erkannt habe, dass ich schwanger bin. Aber es ist nicht Georges Kind. Er und ich – wir beide … nun ja, wir lagen schon lange Zeit nicht mehr beieinander."

Susanna blinzelte. Was ihre Schwester gerade gesagt hatte, wollte sich nicht in ihren Verstand senken. Sie musste sich verhört haben. „Was? Ich habe dich nicht richtig verstanden."

Rachels Stimme klang schwach. „Ich habe mein Ehegelübde gebrochen."

Susannas Kinnlade fiel herunter, als sie die Worte nun doch endlich begriff. Das Kind … war nicht von George.

War also alles wahr, was er gesagt hatte? War Rachel eine gewissenlose, leichtlebige Ehebrecherin? Was war nur aus ihrer Schwester geworden?

„Dann hast du wirklich deine Kinder im Stich gelassen, um mit einem anderen Mann wegzugehen?" Susanna konnte nicht glauben, was sie laut aussprach.

„Nein! Ich habe sie im Heim gelassen, weil sie bei mir in Gefahr waren. An dem Morgen, als ich geflohen bin, hatte George geschworen, sie vor meinen Augen zu töten. Ich musste sie schnell in Sicherheit bringen. Erst danach habe ich mich an Richard gewandt. Ich hatte niemanden, zu dem ich gehen konnte, und er hatte mir versprochen, sich um mich zu kümmern."

Rachel hatte einen Geliebten – sie hatte all dieses Leid durch Sünde über ihre Familie gebracht. Susanna sprang auf. „Wer ist dieser Richard?" Der Schock ließ ihre Stimme trocken und hart klingen.

Rachel schaute beschämt zu Boden. „Er ist ein reisender Händler. Er kam eines Tages bei uns vorbei … und dann öfter."

„Und dann hat George euch erwischt?" Susannas Stimme zitterte. All dieses Durcheinander – die Kinder im Heim, Daniels schlechte Gesundheit, eine zerbrochene Familie. Was sollte nun geschehen? Wenn sie den Aussagen des Anwalts Glauben schenken konnte, dann würde sie die Kinder auf keinen Fall wiederbekommen. Und das alles, nachdem Susanna sich für die Ehre ihrer Schwester verbürgt hat.

„George hat etwas vermutet." Rachels Stimme klang flehend. „Deshalb hat er gedroht, uns alle umzubringen. Und da ich wusste, dass ich schwanger war, musste ich verschwinden, bevor er es herausfindet. Was ich getan habe, tut mir so unendlich leid …" Ihre Stimme erstarb.

„Und warum bist du jetzt zurückgekommen?" Es war Susanna egal, dass ihre Worte wie eine Anschuldigung klangen. Warum war Rachel nicht einfach bei ihrem Geliebten geblieben?

„Richard wollte seine Frau nicht verlassen. Ich habe in der Zeitung gelesen, dass George gestorben ist, und ich wusste, dass ich wieder in Sicherheit wäre. Und …" Wieder traten ihr Tränen in die Augen. „Ich liebe meine Kinder."

„Anscheinend nicht genug, um sie bei dir zu behalten." Susanna fühlte sich, als hätte Rachel sie vor eine Pferdebahn gestoßen. Der Schmerz war kaum auszuhalten. Er reichte bis tief auf die Knochen und bis in ihre Seele hinein. „Ich kann jetzt nicht weiter mit dir sprechen."

Rachels Gesicht fiel in sich zusammen.

Das machte Susanna nur noch wütender. Was hatte ihre Schwester denn erwartet? Wenn sie nicht sofort von hier verschwand, würde sie Rachel anschreien oder schlagen. Etwas in ihr wollte sich Bahn brechen, etwas Wütendes, Unbeherrschtes, das sie kaum noch zähmen konnte.

Susanna wirbelte herum und stürmte hinaus in den Regen. Die kalten Tropfen klatschten ihr ins Gesicht. Es war ihr gleichgültig; das Stechen in ihrem Herzen war viel schlimmer. Zerzaust vom Wind stolperte und rutschte sie über die Straße. Sie konnte fast nichts sehen. Der Regen prasselte in ihr Gesicht und mischte sich mit den Tränen der Wut und Enttäuschung.

Endlich erreichte Susanna die Towers Hall. Sie warf sich gegen die Tür, die sich quietschend öffnete. Ihre regendurchtränkte Kleidung schleifte über den Boden und hinterließ überall feuchte Spuren. Susanna schluchzte laut und es war ihr vollkommen gleichgültig, ob jemand sie hören konnte. Langsam taumelte sie den Flur entlang auf die Bücherei zu. Alles, alles hätte sie für Rachel und ihre Kinder getan – doch ihre eigene Schwester hatte leichtfertig ihre Tugend weggeworfen und sie alle ins Unglück gestürzt.

Als Susanna die Bücherei erreicht hatte, schloss sie die Tür hinter sich und ließ sich an der Wand zu Boden rutschen. Sie schlang ihre Arme um sich und weinte leise vor sich hin. Was sollte sie nur tun? Sollte sie Rachel erzählen, was ihr Handeln für schreckliche Konsequenzen gehabt hatte? Susanna würde nicht studieren können, denn ihr Studiengeld hatte sie völlig unnötigerweise für den Anwalt ausgegeben. Die Kinder würden an fremde Familien vermittelt werden.

Plötzlich öffnete sich die Tür. Susanna spürte die Wut in sich aufsteigen – konnte sie denn nicht ein einziges Mal alleine sein? Nicht einmal in diesem Sturm an diesem abgeschiedenen Ort? War es etwa wieder Abel Wilson, der ihr nachspionierte?

Doch der Kopf, der in der Tür erschien, war blond und ebenso nass wie ihr eigenes Haar. Susanna setzte sich aufrecht hin und atmete tief durch. Johann durfte sie auf keinen Fall so aufgelöst sehen. Doch sie spürte, wie seine Anwesenheit eine unglaubliche Ruhe auf sie ausstrahlte und ihr dabei half, ihren Schmerz zu tragen. Johann war gekommen, um nach ihr zu sehen – das war alles, was zählte.

„Woher weißt du, dass ich hier bin?“ Ihre Stimme war rau vom Weinen. Sie musste schrecklich aussehen, mit dem nassen Haar, das ihr in Strähnen ums Gesicht hing. Nicht dass das noch wichtig wäre …

„Deine Schwester hat mir gesagt, dass du in Richtung College gelaufen bist.“ Johann trat ein und ließ sich neben ihr nieder.

„Ich war gestern bei einem Anwalt. Er hat mir gesagt, dass wir die Kinder möglicherweise zurückbekommen könnten, wenn Rachels Verhalten untadelig war. Ich habe bei meiner eigenen Ehre versichert, dass es das war.“

Johann legte ihr einen Arm um die Schultern und sie spürte, wie seine Wärme ihren Körper durchfloss. „Es ist schlimm, wenn Menschen uns enttäuschen.“

„Warum?“, brach es aus ihr hervor. „Warum können nicht einfach alle tun, was richtig ist? Warum muss jeder immer nur seinen eigenen Wünschen folgen, egal was für Konsequenzen es für andere hat?" In ihren Fragen schwang all der Schmerz mit, den sie in den letzten Monaten hatte aushalten müssen. „Wie können wir nur jemals allen Menschen helfen, die durch Selbstsucht verletzt wurden?" Ihre Stimme wurde leiser, während er einfach nur dasaß und ihr zuhörte, ihren Schmerz aufnahm und ihn mit ihr teilte.

„Du hast dein Bestes getan, mein Liebes." Johann zog sie dicht an sich.

Sie lehnte sich gegen seine Schulter und weinte. „Ich wollte mein ganzes Leben lang so sein wie mein Onkel und meine Tante und mein Cousin Ben. Sie sind so gute Menschen. Ich wollte sein wie sie, wie die Hanbys, die mutig und tapfer und gerecht sind, die allem Bösen widerstehen."

„Sind sie wirklich so? Ist es das, was du in ihnen siehst?" Er streichelte ihre Schulter.

Ihr fiel ein, wie ihre Tante mit Mrs Pippen umgegangen war und ihr Onkel mit Mr Pippen. Was hatten sie getan? Wie waren sie für die Gerechtigkeit eingetreten?

Eigentlich nicht so, wie Susanna es erwartet hatte. Sie waren nicht die unerschütterlichen Kämpfer, für die Susanna sie all die Jahre gehalten hatte. Nein, sie nahmen andere Menschen in den Arm und spendeten ihnen Trost und Liebe, ermutigten sie und teilten ihren Glauben mit ihnen.

„Sie sind nicht so, wie ich dachte." Sie klang wie ein kleines Mädchen.

„Was werden dein Onkel und deine Tante zu deiner Schwester sagen?"

Es schmerzte, darüber nachzudenken – Tante Ann und Onkel Will würden natürlich ganz anders reagieren als Susanna. Sie würden Rachel keine Vorwürfe ins Gesicht schleudern oder wütend davonstürmen, sodass sie sich ungeliebt und zurückgewiesen fühlen musste.

„Ich weiß nicht, ob ich ihr vergeben kann, was sie getan hat", gab Susanna zu. Sie hatte aufgehört zu schluchzen, doch die Tränen strömten immer noch über ihre Wangen.

„Das kannst du", versicherte Johann ihr. „Ich habe gesehen, wie sehr du deine Familie liebst. Du trägst die Vergebung in dir. Du hast ein gutes Herz."

Sie wischte sich die Augen trocken. „Ich denke, wir sollten zurückgehen."

Er half ihr beim Aufstehen. Draußen hatte sich der Wind gelegt, doch als sie unter dem Dach hervortraten, waren sie in wenigen Sekunden wieder vollkommen durchnässt. Johann zog seine Jacke aus und wickelte sie um Susannas Schultern.

Er dachte, sie hätte ein gutes Herz. Doch mit ihrem Verstand schien es nicht allzu weit her zu sein, wenn sie sich all die Jahre so ein falsches Bild von ihren Verwandten gemacht hatte.

Die Welt brach nicht zusammen, wenn Gerechtigkeit fehlte.

Sie brach zusammen, wenn es an Liebe mangelte.

Ihre Tante und ihr Onkel wussten es, ihr Cousin Ben und seine Frau hatten es gewusst, ihre Cousins in Sierra Leone hatten aus diesem Grund extra den Ozean überquert.

Nur Susanna hatte die Wahrheit jahrelang nicht erkannt. Sie hatte immer nur nach Gerechtigkeit gestrebt, ganz egal, was es kostete.

Johann ergriff Susannas Hand, als sie an der geisterhaften Ruine des Saloons vorbeikamen. Die verkohlten Balken und Wände waren eine stille Anklage.

Warum hatte sie nie erkannt, dass ein Herz ebenfalls bis auf die Grundmauern zerstört werden konnte, wenn es an Liebe fehlte?

Sie klammerte sich an Johanns Hand, als die Wahrheit sie wie eine Welle überrollte.

Wenn sie ihrer Schwester weiterhin Vorwürfe machte und sie verurteilte und lieblos behandelte, verhielt sie sich nicht besser als diejenigen, die hilflose Menschen mit Schießpulver bekämpften.

Tante Ann und Onkel Will beschlossen, gleich am nächsten Morgen nach Columbus zur *Hannah-Neil-Mission* zu fahren. Johann blieb über Nacht im Hotel, wo er auch ein Zimmer für Rachel gemietet hatte, als wüsste er, dass die beiden Schwestern erst einmal Abstand voneinander brauchten.

Die Zugfahrt nach Columbus würde sicherlich in angespannter Atmosphäre verlaufen, überlegte Susanna. Am Bahnhof angekommen, unterhielten Onkel Will und Tante Ann sich leise miteinander, einige Bänke entfernt von den anderen. Johann versteckte sich hinter der Zeitung, als wäre er froh, dem angespannten Schweigen zwischen Susanna und ihrer Schwester zu entgehen. Rachel starrte mit großen Augen auf die Schienen.

Sie hatten fünf Minuten lang schweigend gewartet, als Susanna den Blick hob und erstarrte.

Abel Wilson kam in Begleitung eines anderen jungen Mannes auf den Bahnhof. Sie flüsterten leise miteinander. Erst zehn Schritte vor der Bank, auf der Susanna und Rachel saßen, bemerkte Abel, wem er sich dort näherte. Er wurde schneeweiß und trat zur Seite, als wolle er einer Konfrontation entgehen. Als sein Begleiter die Hanbys erkannte, zuckte er erschrocken zusammen.

Susanna würde sich diese Gelegenheit nicht entgehen lassen. „Mr Wilson!"

Abel nickte und tippte sich unsicher an den Hut. „Miss Hanby, Mr und Mrs Hanby." Als er ihre Namen sagte, schien es, als würde er gleich in Ohnmacht fallen.

„Sie reisen nach Columbus?"

„Viel weiter", erklärte der andere Mann mit einem unbehaglichen Grinsen. „Nach Washington und dann nach Übersee."

„Wirklich. Wie aufregend!", sagte sie leise, während sie fieberhaft überlegte. „Haben Sie bestimmte Pläne, Mr Wilson?"

„Ja – John hat mich für ein Jahr nach Paris und London eingeladen. Wie könnte ich das ablehnen?" Abel Wilson sah aus wie eine wandelnde Leiche, sein Kiefer bewegte sich kaum.

„Natürlich."

Ihre Tante murmelte ein paar gute Wünsche. Hastig beeilten sich die beiden jungen Männer, ans andere Ende des Bahnsteigs zu gelangen, wo sie mit der Backsteinmauer zu verschmelzen versuchten. Abel Wilson hatte ganz offensichtlich ein mehr als schlechtes Gewissen. Er war schuldig, dessen war Susanna sich sicher. Und doch hatte die Polizei, die jeden Bewohner in Westerville befragt hatte, keine Hinweise auf den oder die Schuldigen gefunden, obwohl mehrere Verdächtigungen ausgesprochen worden waren. Schließlich hatte man den Fall abgeschlossen, da man keine Hexenjagd wie in Salem heraufbeschwören wollte.

Susanna versuchte, nicht in die Richtung der beiden jungen

Männer zu schauen. Wenigstens würden sie in einem anderen Abteil reisen. Alles andere hätte sie auch nicht ertragen bei dem, was heute noch vor ihr und ihrer Familie lag. Sie kämpfte einen anderen Kampf.

Der Zug fuhr ein. Die Hanbys und Johann stiegen ein und suchten nach freien Plätzen. Susanna ließ sich in das Polster sinken und versuchte, sich an die tiefe Zuneigung zu erinnern, die sie für ihre Schwester empfand; an die Liebe und Vertrautheit ihrer Kindheit; an alles, was Rachel erlitten hatte, bevor sie in diese schreckliche Situation geraten war.

Doch zu vergeben fiel ihr nicht leicht, sosehr Susanna es sich auch wünschte. Die anderen lasen. Johann war immer noch in seine Zeitung vertieft – oder tat so, um das unangenehme Schweigen zu meiden. Onkel Will und Tante Ann lasen gemeinsam im *Harpers Monthly*. Rachel hatte die Augen geschlossen und lehnte mit blassem Gesicht in ihrem Sitz.

Susanna nahm ihre kleine Bibel aus der Tasche und öffnete sie. Onkel Will hatte ihr das Buch der Sprüche empfohlen.

Ein Tor schüttet all seinen Unmut aus, aber ein Weiser hält an sich. Sie warf Johann einen verstohlenen Blick zu. Wie ihr Onkel hatte er sich als geduldig und beherrscht gezeigt – in krassem Gegensatz zu ihr selbst.

Ein zorniger Mann richtet Zank an. Sie blätterte weiter. *Tod und Leben stehen in der Gewalt der Zunge.* Sie schloss die Bibel wieder. Es war schmerzhaft, in diesen Spiegel zu schauen. Sie hatte nicht darüber nachgedacht, was ihr Reden Abel Wilson gegenüber für Konsequenzen haben mochte. Ihre fehlende Liebe hatte dazu geführt, dass sie die Angreifer unterstützt hatte.

Susanna konnte diesen Mangel nicht länger ignorieren, diese nicht vorhandene Gnade in ihrem Herzen. Warum umarmte sie nicht einfach ihre Schwester, so wie sie es bei ihrem langersehnten Wiedersehen getan hatte? Johann konnte Rachel so annehmen, wie sie war – und sie selbst nicht?

Doch, sie konnte es. Und sie würde es.

„Möchtest du gerne die Zeitung lesen?" Johann faltete die Zeitung zusammen und reichte sie ihr rüber. Er war immer so aufmerksam, so zuvorkommend. Das wollte sie auch sein. Vielleicht gelang ihr das, wenn die Kinder endlich nach Hause zurückgekehrt und ihre Nerven nicht mehr so schrecklich angespannt waren. Diese Fahrt zur *Hannah-Neil-Mission* war erst die halbe Herausforderung – dann mussten sie es nur noch schaffen, die Kinder aus dem *Hare-Waisenhaus* zu holen.

Ein Problem nach dem anderen. Eins nach dem anderen.

Die Hanbys und Johann saßen im Salon der *Hannah-Neil-Mission* und warteten. Niemand sagte ein Wort. Die Schwester hatte versichert, dass Mrs Loomis gleich kommen würde.

Wenige Minuten später trat die Heimleiterin ein, ordentlich und sauber gekleidet wie immer. Ihre Augen wurden groß, als sie Rachel auf dem Stuhl sitzen sah, doch sie versteckte ihre Überraschung sofort wieder. Johann und Onkel Will erhoben sich, um sie zu begrüßen.

„Guten Morgen", sagte die Oberin. „Womit verdiene ich diesen unerwarteten Besuch?" Sie nahm auf dem einzigen noch freien Sessel Platz.

„Wie Sie sehen können, Ma'am", sagte Susanna und knetete den Stoff ihres Kleides zwischen den Fingern, „ist meine Schwester zurückgekehrt und möchte ihre Kinder wieder abholen."

„Sie tragen Trauer, Mrs Leeds?"

„Mein Ehemann ist verstorben." Rachels Gesicht war weiß und angespannt.

„Ich verstehe." Die Leiterin warf einen vielsagenden Blick auf Rachels runden Bauch, den auch ihr Umhang nicht verbergen konnte. „Ich fürchte, ich muss ganz offen sprechen. Vergeben Sie mir." Sie rutschte in dem Sessel hin und her. „Wenn noch lebende Mütter ihre Kinder bei uns abgeben, tun sie das normalerweise, weil sie sich einen anderen … vergnüglicheren Lebensstil wünschen. Ohne Rücksicht auf die kleinen Seelen, die sie in die Welt gesetzt haben."

Rachel wurde tiefrot.

Susanna verschränkte ihre Füße unter dem Rock. Das war weit mehr als nur offen gesprochen. Rachel war keine Straßendirne. Das hätte Susanna der Oberin am liebsten sofort entgegengehalten. Doch die Bibelverse, die sie im Zug hierher gelesen hatten, schwirrten ihr im Kopf herum und zügelten ihre Zunge. Sie durfte jetzt nicht vorpreschen und alles ruinieren – das hatte sie schon viel zu oft getan.

„Mrs Leeds war immer eine gute Mutter und hat den festen Vorsatz, auch wieder zu einer solchen zu werden", versicherte Onkel Will. „Deshalb sind wir mit ihr hierhergekommen, um für ihre mütterlichen Qualitäten zu sprechen."

Es musste schrecklich für ihre Schwester sein, wie eine Angeklagte hier zu sitzen, während man über sie richtete. Mitleid stieg in Susanna auf. Offensichtlich war Rachel nicht in der Lage, sich selbst zu verteidigen. Sie brauchte eine Fürsprecherin.

„Bitte", sagte Susanna flehend. „Wir würden die Kinder gerne heute wieder mit uns nehmen, damit sie bei ihrer Mutter sein können, wie es recht und gut für sie ist."

„Die Familien, die auf die Kinder warten, sind aufrecht, moralisch und freundlich", sagte die Heimleiterin. „Ich hege keinen Zweifel daran, dass die Kinder sich in ihren Adoptivfamilien mehr als wohl und geborgen fühlen werden, wo sie Mutter und Vater haben. Ich glaube nicht, dass das bei Ihnen der Fall sein wird, Mrs Leeds. Es tut mir leid."

Ein kalter Schauer lief Susanna über den Rücken. „Wollen Sie etwa sagen, dass die Kinder nicht zu ihrer Mutter zurückkehren dürfen?" Sie bemühte sich, ihren Tonfall freundlich zu halten.

„Genau das möchte ich sagen. Es tut mir leid. Wir haben klare Richtlinien hier. In zwei Tagen werden die Kinder vermittelt; ich kann sie nicht in Mrs Leeds Obhut geben."

Rachel wurde so weiß, dass Susanna Angst hatte, sie würde in Ohnmacht fallen.

Am liebsten hätte sie geschrien, Mrs Loomis am Kragen gepackt und geschüttelt, doch sie hielt den Blick gesenkt, schaute auf des Muster des Teppichs und zählte still vor sich hin. *Ruhe. Überzeugungskraft.*

Sie hörte, wie Johann sich räusperte. „Dann möchte ich gerne einen Vorschlag machen. Miss Hanby und ich wollen bald heiraten."

Susanna blickte ihn fassungslos an. Die Köpfe von Onkel Will und Tante Ann fuhren zu ihm herum wie bei Marionetten.

Er beugte sich auf seinem Stuhl nach vorne. „Wenn wir die Kinder aufnehmen, könnten wir eine ebenso gute Familie sein wie Ihre anderen Kandidaten."

„Es tut mir leid, Sir, aber ich habe Ihren Namen nicht richtig verstanden."

Bei der ganzen Anspannung hatten weder Susanna noch Onkel Will daran gedacht, Johann vorzustellen.

Er erhob sich und verbeugte sich, ganz der perfekte Gentleman. „Mein Name ist Johann Giere, Ma'am. Mein Vater ist Konrad Giere."

Sie wirkte beeindruckt, selbst über ihre Strenge hinweg. „Konrad Giere? Aus dem *German Village?*"

„Ja, Ma'am. Durch meine Arbeit in unserem Familienunternehmen, das ich später einmal übernehmen werde, wird es den Kindern an nichts mangeln."

Susanna konnte kaum atmen, weil unzählige Gefühle auf sie einstürmten. Johann war zu weit gegangen, hatte übertrieben. Doch andererseits war sie ihm so dankbar, dass sie ihm am liebsten um den Hals gefallen wäre. Er kämpfte für ihre Nichten und Neffen, wollte sie nicht im Stich lassen.

„Sie haben gesehen, wie sehr Miss Hanby sich um das Wohlergehen ihrer Nichten und Neffen sorgt", fuhr er fort. „Sie ist eine tugendhafte und liebevolle Frau. Und ich kann Bürgen für meinen Charakter und den meiner Familie vorbringen, wenn Sie es wünschen."

Die Oberin schwieg. Sie rang ihre Finger im Schoß, dann sah sie Johann an. „Ich muss die Heiratsurkunde sehen oder persönlich Zeugin der Hochzeit sein. Diese Sache ist zu wichtig, um einen Fehler zu machen."

Susannas Herz galoppierte. Sie wusste nicht, ob sie das wirklich tun konnte – und doch hatte sie keine Wahl. Sie würde sich zurückhalten und schweigen.

„Dann ist es beschlossen." Ein breites Lächeln stand auf Johanns Gesicht, obwohl er es nicht wagte, Susanna anzuschauen.

Tante Ann saß immer noch mit großen Augen wie erstarrt da. Onkel Will hatte ihr eine Hand auf den Arm gelegt und musterte Johann nachdenklich, aber nicht unfreundlich. Über Rachels Wangen strömten Tränen. Es musste schrecklich sein, wenn einem offen ins Gesicht gesagt wurde, dass man moralisch nicht dazu geeignet sei, die eigenen Kinder zu betreuen. Susanna dachte an all die Liebe, mit der Rachel ihre Kinder überschüttet hatte, an all die Arbeit, die sie für sie auf sich genommen hatte, die schlaflosen Nächte ohne Hilfe vonseiten ihres Ehemanns. Die Liebe zu ihrer Schwester durchströmte sie wie ein Fluss und überschwemmte alle anderen Gefühle. Leise zog sie ein Taschentuch hervor. Rachel seufzte zitternd und tupfte sich das Gesicht ab.

„Und jetzt entschuldigen Sie mich bitte", sagte die Heimleiterin. „Ich muss mich um meine Aufgaben kümmern."

„Natürlich. Dann sehen wir uns morgen." Johann war vollkommen selbstsicher und zuvorkommend – der perfekte Gentleman, um die Oberin von ihrer Sache zu überzeugen.

„Lucy wird Sie nach draußen begleiten. Guten Tag." Mrs Loomis wandte sich ab und verschwand auf der Treppe.

Sie alle saßen schweigend da und sahen sich gegenseitig an, nur Rachel hatte den Blick gesenkt und hielt das Taschentuch in ihrer zitternden Hand.

„Dann sollten wir uns auf den Weg machen", sagte Johann. Er trat vor Rachel und hielt ihr seine Hand hin. „Mrs Leeds." Sie sah auf, ergriff seine Hand und erhob sich. Große Dankbarkeit lag in ihrem Blick.

Wenn Susanna Johann nicht ohnehin schon geliebt hätte, wäre es in diesem Augenblick so weit gewesen – sein liebevolles Verständnis für Rachel und sein Respekt ihr gegenüber berührten ihr Herz zutiefst.

Doch die Frage, ob sie ihn liebte, war nicht länger wichtig. Es war die Hochzeit, die über ihrem Kopf schwebte wie ein Damoklesschwert. Die Vergangenheit hatte bewiesen, dass, wenn es ums Heiraten ging, Gefühle nebensächlich waren, ganz im Gegensatz zu Prinzipien.

Herr, was soll ich nur tun?

Sie ließ ihrer Tante und ihrem Onkel den Vortritt und folgte ihnen, tief in Gedanken versunken.

Kapitel 37

Johann entriegelte die Seitentür des Versammlungshauses, in dem sich der deutsche Männerchor traf, und hielt seinen Gästen die Tür auf.

Mrs Leeds betrat den Raum als Erste. Sie sah so unglaublich jung aus und hatte doch so schreckliche Sorgen. Sie wirkte kaum älter als Susanna, obwohl anhand des Alters und der Anzahl ihrer Kinder Johann mindestens zehn Jahre Altersunterschied zwischen den Schwestern vermutete. Rachel Leeds verdiente Mitgefühl und keine Demütigung. Das Leben und ihre falschen Entscheidungen hatten ihr schon genug Schmerzen zugefügt.

Mr und Mrs Hanby folgten und sahen sich interessiert in dem mit dunklem Holz ausgekleideten Foyer um. An den Wänden hingen die Wappen der Städte, aus denen die Mitglieder des Chores stammten. Der Männerchor war im ganzen Land bekannt und diese Halle, die mehr an ein kleines Opernhaus erinnerte, war reich und kostbar ausgestattet.

Susanna kam als Letzte. Sie hielt den Blick gesenkt und ihr wunderschönes Gesicht war gerötet. Nach dem gestrigen Regen lockten sich ihre Haare immer noch widerspenstig um den Nacken herum. Was würde sie sagen? Er konnte ihre Reaktion nicht einschätzen. War ihr Gesicht aus Wut rot angelaufen? Oder einfach nur aus Schüchternheit? Er würde abwarten müssen.

„Wird uns hier wirklich niemand stören, Mr Giere?“, fragte Mr Hanby. „Ich dachte, es handele sich um einen Geselligkeitsverein.“

„Morgens ist es hier immer sehr ruhig. Die Männer versammeln sich erst abends.“ Johann zeigte auf eine Treppe. „Die Versammlungsräume sind oben, wenn Sie mir bitte folgen wollen.“

Er ging den Hanbys voraus. Der erste Raum im Obergeschoss war eine Bücherei mit Ledersesseln, einem Sofa und Bücherregalen, in denen sich deutsche, lateinische und englische Klassiker aneinanderreihten. „Hier können Sie sich ein wenig ausruhen. Nebenan gibt es noch einen kleinen Salon, sollte sich jemand … ungestört unterhalten wollen." Die Situation war äußerst seltsam. Konnte er es wagen, alleine mit Susanna zu sprechen? Vielleicht sollte er zuerst mit ihrer Familie reden.

„Ich würde sehr gerne etwas mit Ihnen besprechen, Mr Giere", sagte Mr Hanby. „Es wird auch nicht lange dauern."

„Natürlich, Sir." In gewisser Weise war es eine Erleichterung, dass man Johann die Entscheidung abnahm. Außerdem konnte er so das Gespräch mit Susanna noch etwas hinauszögern. „Die Damen können sich gerne bei den Büchern umschauen." Mit einem Nicken in Richtung der drei Damen führte Johann Mr Hanby in den Flur und schloss die Tür hinter sich.

Im Salon angekommen schwieg Susannas Onkel, stützte sich auf seinen Stock und zog fragend seine weiße Augenbraue hoch. „Eine überraschende Ankündigung, Mr Giere."

„Ja, Sir."

„Und wusste meine Nichte, dass Sie dies tun würden?"

„Nein, Sir." Johann merkte, wie er errötete, doch er hielt dem Blick des Älteren stand. „Sie hat auch noch nicht zugestimmt."

„In der Tat." Mr Hanby musterte ihn prüfend. „Ich muss Ihnen Bewunderung dafür zollen, wie Sie die Gunst der Stunde ergriffen haben, wenn auch sehr unorthodox."

„Ich verstehe Ihre Bedenken, Sir. Die Dringlichkeit des Augenblicks hat mich zu diesem Schritt gebracht, doch Susanna kann mein Angebot immer noch ablehnen. Dann würden sie und Mrs Leeds die Kinder aber mit Sicherheit verlieren."

„Ihre Motive sind ehrenhaft. Sollen wir uns setzen?" Mr Hanby ging auf einen großen Ohrensessel zu und ließ sich nieder.

Johann wählte den Stuhl schräg gegenüber. Zwischen ihnen stand ein niedriger Tisch auf einem Orientteppich. Unwillkürlich fühlte Johann sich an eine Audienz bei einem Scheich erinnert. Alles, was Mr Hanby noch fehlte, war der Turban.

„Soweit ich weiß, Mr Giere, wollten Sie eigentlich Zeitungsreporter werden. Haben sich Ihre Pläne in den letzten Wochen geändert?"

„Ja, Sir. In gewisser Weise."
„Auf eine Weise, sodass Sie weiter für Ihren Vater arbeiten können, nehme ich an?"
„Ich kann auch schreiben, ohne es zu meinem Hauptberuf zu machen."
„Und was hat Sie zu dieser Erkenntnis gebracht?"
„Ich denke, es war ein Wink des Himmels. Ich hatte viele Fragen, was meine Zukunft betraf, Sir. Es erscheint mir nicht richtig, meinen Vater zu verlassen, der sich darauf verlässt, dass ich sein Erbe weiterführe."
„Sie sind sein einziger Sohn?"
„Ja, Sir."
„Es ist sehr altmodisch, sich um solche Dinge Gedanken zu machen. Vor allem in dieser modernen Zeit. Was ist mit Ihrem eigenen Vermächtnis? Würden Sie sich nicht wünschen, dass einer Ihrer Söhne später einmal schreibt?"
„Mein Vermächtnis ist eng mit dem meines Vaters verwoben."
„Aber Ihr Vater ist nicht der einzige Grund für diesen Sinneswandel, nehme ich an. Haben die Gefühle für meine Nichte auch damit zu tun?"
„Ja, Sir." Johanns Wangen brannten.
„Einer meiner Söhne wollte einst seinen Berufswunsch für eine Frau aufgeben. Ich war mir damals sicher, dass es ein Fehler gewesen wäre. Haben Sie keine Sorge, dass Sie sich von Ihrer eigentlichen Berufung abbringen lassen?"
„Nein, Sir. Mir bereitet blinder Ehrgeiz viel mehr Sorgen. Liebe lässt Männer zum Narren werden, doch Ehrgeiz macht sie grausam. George Leeds war ein trauriges Beispiel dafür."
„Ich schätze Ihre Ehrlichkeit."
„Ich kann hier in Columbus weiterhin als Reporter arbeiten, wo es immer etwas zu berichten gibt. Was gibt es schon in New York, was ich nicht auch hier haben kann? Nur rücksichtslose Selbsterfüllung und die Möglichkeit, Ruhm zu erheischen. Doch das hat nichts mit der Qualität meiner Arbeit zu tun."
„Das stimmt. Doch wird es Sie erfüllen, im Geschäft Ihres Vaters zu arbeiten? Ein unglücklicher Mann ist kein guter Ehemann."
„Die Arbeit dort hat ihren eigenen Reiz. Es ist nicht meine Lei-

denschaft, aber ich fühle mich wohl. Es gibt einen guten Zusammenhalt in der Firma und wir kennen einander unser Leben lang."

„Gut." Mr Hanby erhob sich. „Ich war ja schon überzeugt von Ihren Vorzügen, Mr Giere, und jetzt bin ich auch sicher, was Ihre Motive angeht. Aber ich bin ja nicht der Einzige, der zustimmen muss."

„Das stimmt, Sir." Johann erhob sich ebenfalls.

„Dann schlage ich vor, dass Sie zu Susanna gehen. Die Zeit ist knapp."

„Ja, Sir. Und ich danke Ihnen." Johann streckte ihm die Hand entgegen, die Mr Hanby mit erstaunlich festem Griff nahm. Johann wünschte, seine Finger wären nicht so schrecklich kalt – er wollte keine Nerven zeigen. Doch Mr Hanby lächelte nur.

„Gehen Sie zu meiner Nichte. Sie kann Ihren Antrag immer noch ablehnen, was ihr gutes Recht wäre."

„Susanna", begann Tante Ann. „Das ist eine sehr ungewöhnliche Situation. Würde es dir etwas ausmachen, wenn wir uns kurz unterhalten? Rachel, mein Liebes, wenn du uns bitte entschuldigst – wir sind gleich wieder da. Und dir wird bestimmt nicht langweilig." Sie ließ noch einmal ihre Blicke über die gut gefüllten Bücherregale wandern, dann öffnete sie ihrer jüngeren Nichte die Tür.

„Wohin gehen wir?" Susanna hatte das Gefühl, in dem langen, mit Teppichen ausgekleideten Flur flüstern zu müssen.

„Wir finden schon ein Plätzchen, an dem wir uns unterhalten können." Ihre Tante schwebte den Flur entlang. Susanna folgte ihr. Hinter einer der Türen hörte sie Onkel Wills Stimme, konnte aber nichts verstehen.

Am Ende des Flures befand sich eine Flügeltür. Tante Ann lauschte einen Augenblick, dann öffnete sie einen Türflügel und lugte hinein. „Nicht besetzt." Sie trat ein.

Es war ein Ballsaal mit schwarzweißem Marmorboden und reich verzierten Wänden. Susanna konnte sich vorstellen, wie hier Damen in eleganten Kleidern mit ebenso eleganten Gentlemen tanzten. Sie selbst hatte solch einen Ort noch nie gesehen, hatte aber in der Zeitung davon gelesen.

„Ein großer Raum für eine kleine Unterhaltung." Tante Anns Stimme hallte von den Wänden wider. „Aber wir haben Wichtiges zu besprechen." Sie trat an die Wand, wo Stühle aufgereiht standen, und schob zwei zusammen, sodass sie sich gegenüberstanden. „Bitte setz dich."

Susanna tat wie befohlen. Als sie beide Platz genommen hatten, bauschten sich ihre Röcke nur wenige Zentimeter voneinander entfernt. Susanna spürte, wie sich die Ruhe und Gelassenheit ihrer Tante langsam auf ihr aufgeregtes Herz legte.

„Mr Giere hat sich etwas vage ausgedrückt bei dem, was er im Waisenhaus gesagt hat, richtig?"

„Stimmt. Er hat etwas ... improvisiert."

„Das habe ich mir fast gedacht. Habt ihr beide denn im Vorfeld schon einmal über eine Heirat gesprochen?"

„Ja. Und ich habe ihm gesagt, dass ich unmöglich seine Frau werden kann."

„Und warum nicht?" Ihre Tante sah sie aufmerksam an.

„Tante Ann, er arbeitet in einer Brauerei und wird sie auch erben."

„Ja, das hat mich auch beschäftigt, als mir klar wurde, dass er sich für dich interessiert."

„Wann hast du das denn gemerkt?"

„Die Blumen waren ein dezenter Hinweis." Ihre Tante lächelte.

Die Lilien. Zu dem damaligen Zeitpunkt waren sie vielleicht ein wenig unangemessen gewesen – doch die Leidenschaft, die sie bei Johanns Küssen gespürt hatte, konnte sie nicht leugnen. Susanna blickte zu Boden und wartete darauf, dass die Röte ihr Gesicht verließ.

„Aber wenn ich meine Gefühle beiseiteschiebe, ist sein Beruf unmoralisch." Sie hörte die Anspannung in ihrer Stimme. „Bestimmt denkst du doch genauso, Tantchen. Du bist doch auch eine Verfechterin der Abstinenz."

„Ich habe lange darüber nachgedacht, mein Liebes. Da deine Mutter nicht hier ist, muss ich als ihr Ersatz fungieren."

„Und du stimmst mir zu." Susanna bemerkte, dass sie ununterbrochen das Scharnier ihrer Tasche öffnete und schloss. Sie zwang sich, damit aufzuhören, und legte die Hände in den Schoß.

„Tatsächlich denke ich genau wie dein Onkel, dass von hochprozentigem Alkohol eine große Gefahr ausgeht. Aber ich weile schon um einiges länger auf dieser Erde als du und erkenne, dass Mr Giere einen guten Charakter hat, der auch große Vorzüge aufweist."

„Was für Vorzüge hat es denn, das Laster zu fördern?"

„Er ist ein Mann, der mit Hingabe seinen Pflichten nachgeht. Er ist mitfühlend und großzügig. Er stellt sich nicht an erste Stelle, wie es viele andere Männer tun. Und er liebt Kinder und schätzt die Familie über alles außer seinem tiefen, aufrichtigen Glauben. Kurzum, er erinnert mich sehr stark an deinen Onkel. Und solche Männer sind schwer zu finden. Ich wusste damals gar nicht, wie sehr ich gesegnet wurde, als ich deinen Onkel geheiratet habe. Dieser Segen ist mir erst im Laufe der Jahre klar geworden, als ich bemerkte, dass viele Ehen unter Stolz und Selbstsucht leiden."

„Aber Onkel Will ist Prediger und stellt keine Rauschmittel her." Susannas Protest klang schwach – wusste ihre Tante überhaupt, wie schwer es war, Johanns Antrag zu widerstehen, wo doch alle ihre Gefühle, ja ihr ganzes Herz sie drängten, Ja zu sagen?

„Es ist leicht, den Beruf des Predigers als Ideal zu sehen. Aber Wills Tätigkeit für die Gemeinde war der Punkt in unserem gemeinsamen Leben, mit dem wir die meisten Schwierigkeiten hatten. Ich habe seine Aufgabe nicht bereut, das nicht, aber es war auch niemals einfach, wenn seine Reisen ihn von mir und seinen acht Kindern weggeführt haben."

„Aber wenn ich Johann heirate ..." Allein wenn sie diese Worte nur aussprach, klopfte ihr Herz schneller. „... bringe ich mich dann nicht in Gefahr? Sieh dir nur Arthur Pippen an oder George."

Tante Ann seufzte. „Die Ehe ist wohl das größte Risiko, das wir in unserem sterblichen Leben eingehen. Ich kann dir nicht versprechen, dass es einfach wird. Und natürlich bist du diejenige, die die Entscheidung treffen muss. Aber ich möchte auch die Gedanken mit dir teilen, die ich in den letzten Wochen gehabt habe. Und ich möchte sie teilen ..." Ihre Tante blickte Susanna fest in die Augen. „... weil ich nicht will, dass dein analytischer Verstand dir im Weg steht, wenn es um dein Herz und dein Glück geht."

„Oh." Susanna wich dem Blick ihrer Tante aus. War sie so leicht zu durchschauen?

„Würdest du es ablehnen, einen Mann zu heiraten, weil sein Vater eine Waffenfabrik besitzt?"

Susanna beugte sich vor. „Aber Tante, man könnte argumentieren, dass Waffen zwar großes Unheil anrichten können, aber auch zum Schutz der Menschen dienen. Alkohol dagegen ist nur schlecht."

„Das stimmt nicht, fürchte ich – auch wenn ich nach wie vor der Meinung bin, dass Abstinenz der sicherste Weg ist, den Gefahren des Alkohols zu entgehen. Aber bedenke bitte: Erstens hat Gott uns keine Schusswaffen gegeben und sie werden auch nicht in der Heiligen Schrift erwähnt. Sie sind die Erfindung von Menschen."

„Aber Gott hat uns auch kein Bier und keinen Schnaps gegeben."

„Das stimmt, doch er hat uns Trauben und Gerste gegeben und Wein wird in der Schrift häufig genannt. Es ist eins der Dinge, mit denen unser Heiland eng in Verbindung gebracht wird. Er hätte auf der Hochzeit zu Kana kein Wasser in Wein verwandelt, wenn Wein an sich etwas Schlimmes wäre."

„Das hätte ich nicht von dir gedacht." Susanna erhob sich und schritt durch den Saal bis zum Fenster. Es fühlte sich fast wie Betrug an, Tante Ann so reden zu hören. Was sollte sie nun tun? Sie hatte auf eine einfache Entscheidung gehofft, doch ihre Tante hatte mit ihren Worten alles nur noch komplizierter gemacht.

„Susanna, liebst du ihn?"

Sie wirbelte herum. „Ja."

„Johann ist ein guter Mann, der dich von ganzem Herzen liebt. Wirf das nicht gedankenlos weg. Du wirst lange warten müssen, um wieder einen Mann zu finden, der auch nur ansatzweise an ihn heranreicht. Ich selbst habe in meinem Leben nur eine Handvoll Männer mit solch einem guten Charakter kennengelernt, wie Will und auch dieser junge Mann ihn haben. Nur wenige Frauen werden mit einem solchen Ehemann gesegnet. Nur wenige Männer können so lieben."

Susanna wandte sich zurück zum Fenster und riss es auf, atmete die frische Luft ein. Hier drinnen war es kühler als draußen und doch schien der Raum immer mehr zusammenzuschrumpfen.

„Susanna ..." Ihre Tante war hinter sie getreten und legte ihr eine Hand auf die Schulter. „Die Ehe ist keine Falle, nicht mit so einem guten Mann. Du darfst dir durch das, was Rachel zugestoßen ist, nicht deine Freude und deine Zuversicht rauben lassen."

Susanna schloss ihre Augen. „Danke, Tantchen. Ich weiß, dass du aus dem Herzen sprichst."

Ihre Tante tätschelte ihre Hand. „Wollen wir gemeinsam beten?"

Susanna nickte und senkte den Kopf. Tante Ann bat um Weisheit für die richtige Entscheidung, wie auch immer sie ausfallen sollte, und dafür, dass Susannas Gedanken sich beruhigten. Dann dankte sie dem Herrn für seine Führung und Nähe. „Amen", beendete sie das Gebet.

„Amen", brachte Susanna heraus. Sie war so ängstlich, dass sie kaum sprechen konnte.

In diesem Moment öffnete sich die Tür und Johann trat ein.

Kapitel 38

„Störe ich?“, fragte Johann. Ann Hanby und ihre Nichte standen am Fenster, sodass das Sonnenlicht auf Susannas gelbes Kleid fiel.

„Nein, wir sind gerade fertig“, sagte Susannas Tante. Sie kam langsam auf ihn zu. „Jetzt könnt ihr miteinander sprechen.“

Susanna wich nicht vom Fenster, schaute ihn mit großen Augen an und hielt ihre Handtasche fest umklammert.

Höflich hielt Johann Mrs Hanby die Tür auf, die ihm noch einmal zunickte, bevor sie den Raum verließ.

Als er sich wieder umwandte, stand Susanna immer noch unbeweglich da, weiß wie eine Marmorstatue. Sollte er zu ihr gehen? Sie schien so nervös zu sein, dass er sie nicht noch mehr in Panik versetzen wollte.

„Zuerst“, sagte er und trat nun doch einen Schritt auf sie zu, „möchte ich mich dafür entschuldigen, dass ich dich in solch eine Situation gebracht habe.“

„Du hast es für die Kinder getan“, sagte sie leise. „Das verstehe ich.“

Er wollte sie nicht bedrängen. „Willst du mit mir sprechen?“

So zögernd und unsicher hatte er sie noch nie zuvor erlebt. Das war nicht die Susanna, die er kennengelernt hatte. Doch dann trat sie langsam auf ihn zu, bis sie nur noch eine Armlänge von ihm entfernt stand.

„Susanna“, sagte er mit aller Zärtlichkeit seines Herzens. „Du musst keine Angst haben. Es ist nur dein Widersacher Johann, der dich zur Heirat zwingt.“

Sie lachte und ihr Gesicht entspannte sich.

„Ich verspreche dir, dass du dich wegen der Brauerei nie unwohl fühlen musst. Ich kann dir nur schwören, dass ich dir mein ganzes Leben lang ein guter Ehemann sein werde.“ Es fühlte sich seltsam an, hier zu stehen und so etwas inmitten eines Ballsaales zu sagen. Johann trat so dicht an sie heran, dass er den Duft ihrer Haare wahrnehmen konnte, einen Hauch von Pfirsich. Sein Drang, sie zu umarmen, war überwältigend, doch er musste sich kontrollieren. Er durfte sie nicht unter Druck setzen, sie musste sich frei entscheiden. Sie hielt ihren Blick gesenkt.

Er senkte die Stimme zu einem leisen Flüstern. „Es wird Schwierigkeiten geben – meine Familie mag seltsame Sitten und Gebräuche haben. Aber mit Liebe und Verständnis können wir alles überstehen. Und ich verspreche dir, dass es in unserem Haus keine alkoholischen Getränke geben wird, wenn du es nicht gestattest."

„Danke", erwiderte sie, dann atmete sie tief ein. „Diese Entscheidung kommt sehr plötzlich."

„Ja, das stimmt", sagte er. „Die Umstände tun mir leid. Und ich will auch nicht, dass du meinen Antrag annimmst, bevor du nicht restlos davon überzeugt bist, dass du als meine Frau glücklich werden wirst. Wenn ich selbst nicht absolut dieser Meinung wäre, hätte ich dich niemals gefragt."

Sie streckte ihre Hand aus, die er sanft ergriff.

„Hast du denn gar keine Angst?", fragte sie. „Die Verantwortung für sechs Kinder zu übernehmen? Rachel wird natürlich bei ihnen sein, aber die Vormundschaft werden wir übernehmen. Es könnte sogar sein, dass meine Schwester und ihre Kinder bei uns leben."

„Ich weiß." Die Größe dieser Bürde war Johann bewusst – eine Frau unter ihrem Dach, die ihr siebtes Kind erwartete. Plötzlich würde er als Stiefvater sechs hungrige kleine Mäuler ernähren müssen. „Wenn du es schaffst, mit meiner Familie auszukommen, kann ich mich auch mit deiner Schwester arrangieren."

Ihre Augen funkelten und strahlten noch grüner als sonst. „Ich werde sehr gut mit deiner Familie zurechtkommen", flüsterte sie.

„Und wirst du mit mir glücklich werden?" Johann wagte es kaum, diese Worte auszusprechen. Die ganze Welt hing an ihrer Antwort.

„Ich denke, das werde ich", sagte Susanna schließlich.

Sie *dachte* es? War das genug, um eine Ehe darauf aufzubauen?

Sie lächelte. „Ganz sicher jedenfalls wäre ich *ohne* dich unglücklich."

Die Erleichterung, die ihn durchströmte, war unermesslich und zauberte ein breites Lächeln auf sein Gesicht. „Darf ich das etwa so verstehen, dass du mich genauso sehr liebst wie ich dich?"

„Genauso darfst du es verstehen.“ Ihre Lippen zuckten, als sie versuchte, ein ernstes Gesicht zu bewahren.

„Das gefällt mir.“ Jetzt endlich wagte er es, sich vorzubeugen und sie zu küssen. Susanna schlang ihre Arme um seine Taille und erwiderte seinen Kuss. *Donnerwetter*, wie sehr ihn nach ihr verlangte. Er zog sie an sich.

„Ihr scheint zu einem Ergebnis gekommen zu sein.“ Mr Hanby war eingetreten, ohne dass Johann ihn bemerkt hatte, und stand lächelnd in der Tür. Johann ließ Susanna los und richtete seinen Mantel. Er fühlte sich wie ein Schuljunge, der bei einer Ungehörigkeit ertappt worden war.

„Ich habe Johanns Antrag angenommen, Onkel.“ Susanna klang glücklich. Sein Herz hob sich noch mehr.

„Dann müssen wir zum Gericht. Kommt mit.“ Mr Hanby klang pragmatisch, doch seine Augen funkelten und sein Lächeln strahlte durch den großen Saal.

Susanna trat ruhig und selbstbewusst auf ihren Onkel zu.

Johann hatte noch nie in seinem Leben etwas so Schönes gesehen wie seine Verlobte in ihrem gelben Kleid. Er folgte ihr und sein Herz sang vor Freude. *Danke, Herr.* Seine Gefühle waren zu tief, um weitere Worte zu finden.

Susanna fühlte sich wie in einem Traum, als sie sich auf den Weg zum Gerichtsgebäude machten. Die Ereignisse überstürzten sich geradezu. Glücklicherweise hatte Onkel Will in seiner Funktion als Prediger bereits unzählige Paare getraut, sodass er die gesetzlichen Vorschriften kannte. Der Richter ließ Susanna schwören, dass sie über achtzehn Jahre alt war, noch nicht verheiratet und auch nicht näher mit Johann verwandt als eine Cousine zweiten Grades. Sie bejahte alles. Die gleichen Worte wurden an Johann gerichtet, der ebenfalls zustimmte. Dann notierte der Richter ihre Namen auf einer Heiratsurkunde, unterzeichnete sie und reichte sie Johann. Tante Ann und Rachel schwiegen. Susanna hatte das Gefühl, den Kopf schütteln zu müssen, um den Nebel um sie herum zu vertreiben, doch stattdessen ergriff sie Johanns Arm. Wie jedes andere verliebte Paar verließen sie gemeinsam das Gerichtsgebäude.

Als sie auf den Stufen standen, blieb Johann stehen und wandte sich Susanna zu. „Möchtest du die Urkunde sehen?" Er zog sie aus der Tasche.

Eine Familie war oben auf das Blatt gezeichnet, umflattert von zwei Putten mit Pfeil und Bogen in der Hand. Susanna hätte fast über das kitschige Bild gelächelt, wenn sie nicht die Namen auf dem Papier gesehen hätte: *Susanna M. Hanby und Johann C. Giere.* Unter der Unterschrift des Richters stand *Heiratsurkunde* in schön verzierten Lettern, darunter befanden sich weitere Zeilen, in die Namen eingetragen werden konnten.

Johann zeigte darauf. „Wer auch immer uns traut, wird sich hier als Zeuge verewigen. Mr Hanby, möchten Sie uns diese Ehre erweisen?"

„Kommt darauf an, wo ihr heiraten wollt." Susannas Onkel richtete seinen Hut. „Ich vermute, meine Nichte möchte nicht so gerne hier mitten auf der Straße im Gewühl von Columbus getraut werden. Wo befindet sich die Kirche Ihrer Familie, Mr Giere?"

„Nicht weit weg. Nur ein paar Blocks. Möchtest du gerne dort heiraten, Susanna?"

„Oh ja." Susanna hatte noch gar nicht darüber nachgedacht, aber sie wollte unbedingt in einer Kirche heiraten – lieber als irgendwo anders. „Das würde mir gefallen."

Onkel Will räusperte sich. „Dann, Mr Giere, sollten Sie vielleicht Ihren Pastor fragen, ob er Sie traut."

„Ach so, ja, eine wunderbare Idee. Unsere Kirche ist *St. John's*. Nur zwei Blocks von hier." Johann wandte sich an Susanna. „Ich würde gerne noch einige Vorbereitungen treffen, wenn es dir nichts ausmacht", sagte er. „Bist du damit einverstanden, wenn wir uns in etwa zwei Stunden wiedertreffen? Ich schicke dich, deine Schwester und deine Tante auf eine kleine Reise, während ich mit deinem Onkel zu meiner Familie und unserem Pastor gehe. Du wirst erst eine wunderschöne Braut sein und dann meine Ehefrau."

Susanna konnte nichts sagen, so tief rührte sie seine Liebe und Rücksichtnahme. Sie nickte schweigend.

Johann zog eine goldene Taschenuhr hervor. „Ich werde um drei

Uhr wieder hier sein. Und ich gebe deiner Tante etwas, damit ihr bis dahin beschäftigt seid.“ Er grinste spitzbübisch und ging, um mit Tante Ann zu sprechen, die bei Rachel auf dem Bordstein stand.

Onkel Will rieb sich mit der einen Hand die Stirn und stützte sich mit der anderen auf seinen Stock. „Nur schade, dass deine Eltern nicht dabei sein werden. Aber das können wir jetzt leider nicht ändern.“

„Besser eine Hochzeit verpassen, als die Enkel zu verlieren“, bemerkte Susanna. „Sie werden es noch früh genug erfahren.“ Sie wollte gar nicht so weit denken. Heute würde sie heiraten; morgen konnte sie dann endlich die Kinder holen. Das war alles, was zählte. Danach konnte alles andere geklärt werden und sie würde in Ruhe mit ihren Eltern sprechen.

Johann kam zurück und steckte etwas in seine Tasche. Seine Geldbörse? Wie seltsam, dass er nun alles für ihre Familie bezahlen konnte, ohne dass es unangemessen war. Tante Ann schloss ihre Handtasche mit einem lauten Schnappen, bestimmt vor lauter Aufregung. Selbst Rachels Gesicht hatte sich aufgehellt. Zaghaft lächelte sie Susanna an.

„Ich bin bald wieder da“, versprach Johann. Er zögerte, als würde er sie am liebsten noch einmal küssen, doch mit einem Blick auf ihre Familie entschied er sich dagegen. Sie war gleichzeitig enttäuscht und erleichtert. Es fühlte sich so ungewohnt und neu an, ihn zu küssen, dass sie es erst einmal ungestört genießen wollte.

„Danke“, sagte sie leise.

Er fing den Blick ihres Onkels auf, dann machten sich die beiden Männer auf den Weg zur Third Street.

„Und wir haben auch noch das eine oder andere zu erledigen“, verkündete ihre Tante, während Rachels Lächeln immer breiter wurde. Sie wirkte fast so wie das fröhliche Mädchen, das sie damals zu Hause gewesen war. „Kommst du?“

Nachdem sie mehrere Geschäfte auf der High Street besucht hatten, waren Rachel und Susanna mit zahlreichen Taschen beladen. Tante Ann hatte es jedoch auf unglaublich geschickte Weise fertiggebracht, Susanna und Rachel jedes Mal auf die andere Straßenseite zu schicken, sodass Susanna nicht einmal wusste, in welchen Läden sie überhaupt gewesen war.

„Und jetzt muss ich das alles tragen, obwohl ich gar nicht weiß, was da drin ist?", fragte sie amüsiert und gleichzeitig schrecklich aufgeregt.

„Ja, genauso ist das." Tante Ann öffnete ihre Handtasche, nahm einen Geldschein heraus und reichte ihn Rachel. „Und jetzt nimm Susanna bitte mit zu dieser neumodischen Eisdiele. Gönnt euch eine Erfrischung, während ich Mr Gieres letzte Anweisungen erledige."

In dem Café war es angenehm kühl. Susanna beobachtete die Menschen auf der Straße, während sie das Vanilleeis auf ihrer Zunge schmelzen ließ. Sie zögerte kurz, bevor sie ihre Schwester fragte: „Bin ich von allen guten Geistern verlassen, dass ich so etwas tue?"

„Nein, das bist du nicht", versicherte ihr Rachel. „Er ist ein guter Mann. Und ich verspreche dir, dass ich dir niemals mehr Schande bereite, sondern eine vorbildliche Mutter sein werde." Sie ließ den Blick sinken und legte den Löffel weg, als hätte sie den Appetit verloren.

„Ich vertraue dir", sagte Susanna liebevoll. Sie berührte die Hand ihrer Schwester und ihre Blicke trafen sich. Die Wärme durchflutete ihr Herz wie Sonnenlicht.

Tante Ann trat mit einer flachen Schachtel in der Hand durch die Tür des Cafés. „Es ist Zeit, dass wir zurückgehen." Sie strahlte glücklich. Wenn ihre Tante so aufgeregt und glücklich war wegen der Hochzeit, machte sich Susanna keine großen Sorgen mehr. Sie wusste, dass ihre Tante diese Verbindung guthieß, und sie vertraute auf ihre Lebenserfahrung.

Als die drei Damen an der Haltestelle Mound Street aus der Pferdebahn stiegen, ragte ihnen gegenüber das Gerichtsgebäude auf. Davor wartete eine schwarze, glänzende Kutsche, die von zwei grauen Pferden gezogen wurde. Johann saß auf dem Fahrersitz. „Meine Damen", sagte er und sprang hinunter, um ihnen beim Einsteigen zu helfen. Susanna strich bewundernd über den roten Lederbezug.

„Gefällt dir der Wagen?", fragte er. „Er gehört jetzt nämlich uns. Mein Vater hat ihn uns geschenkt."

Susanna schnappte erschrocken nach Luft. „Das … das ist unglaublich großzügig von deinem Vater." Etwas anderes fiel ihr ein und sie fragte: „Was hält deine Mutter davon?"

„Ach, ihr ist der Wagen gleichgültig. Außerdem wird mein Vater bestimmt eine neue Kutsche für sie besorgen."

„Nein, ich meine, was sie von unserer Hochzeit hält."

Johann wirkte ein wenig verlegen. „Sie wird sich daran gewöhnen. Es war ein kleiner Schock." Er zuckte mit den Schultern. „Na gut, ein etwas größerer Schock, aber sie ist eine liebevolle Frau und wird dich herzlich in der Familie aufnehmen."

Er schnalzte, woraufhin sich die Pferde in Bewegung setzten. In wenigen Minuten erreichten sie eine große Kirche mit beeindruckenden Glasfenstern und einer großen Eingangstür. Johann hielt den Wagen an und sprang ab, band die Pferde an einer Stange fest. Dann kam er zurück und reichte ihr seine Hand. Sein Blick traf ihren, hielt ihn für einen Moment fest. Über ihren Rücken lief ein wohliger Schauer.

Johann sammelte die Päckchen und Taschen ein und musste grinsen, da es so viele waren. Dann führte er Susanna und Rachel mit ihrer Tante zur Tür. „Reverend Purpus hat mir gesagt, dass du dich in der Sakristei umkleiden kannst."

Irgendwie schaffte Johann es, die Tür aufzuhalten, obwohl er so schwer beladen war. Susanna trat ein. Er folgte ihr und stapelte seine Päckchen an der Wand des kleinen Eingangsbereiches.

Als sie die Kirche betraten, raubte es Susanna fast den Atem.

Blumen zierten jede Nische und den Altar mit unglaublicher Schönheit. Rosen, Lilien, Chrysanthemen, alle in Weiß, rein und wunderschön. Das Licht, das durch die bunten Fenster fiel, brach sich in alle Farben des Regenbogens. Susanna blinzelte die Tränen weg, die in ihre Augen stiegen. „Hast du das gemacht?"

„Mit der Hilfe einiger Freunde." Sobald er das gesagt hatte, erkannte sie die Verkäuferin aus dem Blumenladen in einer der Bänke, neben ihr der Botenjunge.

„Ich weiß doch, wie sehr du Blumen liebst", sagte er. „Komm."

Er führte sie um einige Bänke herum und die kleine Treppe hoch zur Sakristei. Als er die dunkle Tür öffnete, erkannte Susanna seine Mutter in einem wunderschönen, eleganten blauen Kleid.

„Guten Tag, Susanna", sagte sie mit einiger Anstrengung, doch Susanna spürte echte Zuneigung in ihrem Blick. „Darf ich hierbleiben und Ihnen bei den Vorbereitungen helfen?"

„Sehr gerne. Vielen Dank." Ohne weiter nachzudenken, ging Susanna auf Johanns Mutter zu und küsste sie auf die Wange.

Die blonde Frau mit den rosigen Wangen lächelte. „Ich muss zugeben, dass ich sehr überrascht bin, aber äußerst angenehm überrascht."

Mrs Giere war zu freundlich. Keiner Mutter konnte es gefallen, wenn ihr Sohn eine völlig Fremde heiratete.

Tante Ann gab Johann einige Anweisungen, woraufhin er ging, um die Päckchen und Taschen zu holen. Als er die Sachen an Tante Ann übergeben hatte, schaute er sich fragend um. „Braucht ihr noch etwas?"

„Nein, Johann. Verschwinde jetzt!" Seine Mutter scheuchte ihn aus dem kleinen Raum. Sie und Tante Ann öffneten schon eifrig die ersten Taschen, schoben Susanna aber weg, als sie versuchte, einen Blick auf den Inhalt zu erhaschen.

„Ich habe etwas für Sie, wenn Sie mögen", sagte Mrs Giere. Sie trat an einen großen Schrank und öffnete die Türen. Weißer Satin kam zum Vorschein, als sie ein bezauberndes Kleid hervorholte.

Susanna schlug überrascht die Hände vor ihren Mund. Ein weißes Brokatkorsett mit unzähligen funkelnden Perlen, dazu ein langer Rock aus Seide und Spitze. Sie hätte niemals von einem solchen Kleid zu träumen gewagt. „Wo kommt das denn so plötzlich her?" Sie streckte die Hand aus und berührte ehrfürchtig den Stoff.

„Die Tochter der Hosters hat letzten Monat geheiratet und sie leiht Ihnen gerne ihr Kleid. Was für ein Segen, dass sie es noch nicht zu einem Ballkleid hat umarbeiten lassen. Ich war der Meinung, dass sie ungefähr Ihre Figur hat." Mrs Giere musterte Susanna prüfend. „Dann mal los."

Tante Ann half Susanna, ihr gelbes Kleid auszuziehen, bis sie im Unterrock in der Sakristei stand. Zusammen mit Mrs Giere hob sie das schwere Kleid über ihren Kopf, sodass Susanna hineinschlüpfen konnte.

„Passt fast perfekt", sagte Johanns Mutter zufrieden. „Nur ein bisschen weit an der Hüfte. Aber dank des Korsetts wird man es nicht sehen." Sie reichte das Kleidungsstück an Tante Ann weiter, die es Susanna über Arme und Schultern zog. Die Ärmel waren mit der gleichen Perlenstickereien verziert wie der Kragen. Susanna fühlte sich wie eine echte Prinzessin.

Tante Ann zog die Schnüre straff und trat bewundernd zurück. „Du siehst wunderschön aus. Und wir sind noch gar nicht fertig." Sie wandte sich um und zog den größten Karton hervor. Nachdem sie den Deckel angehoben hatte, nahm sie einen hübschen weißen Hut heraus, der von zarten kleinen Röschen geziert wurde. „Ich wusste, dass dir der am besten gefallen würde."

„Er ist wunderschön." Susannas Wangen schmerzten schon von dem breiten Lächeln, das sie gar nicht mehr aus dem Gesicht bekam, während ihre Tante den Hut in ihren Haaren feststeckte. Rachel brachte weiße Seidenhandschuhe und zog sie Susanna über die Hände.

Bei ihrer doch recht überstürzten Hochzeit sah sie schöner aus, als sie es sich jemals hätte träumen lassen. Gott schien diese Ehe schon jetzt zu segnen. Aber natürlich würde er Johann segnen – welcher Mann würde schon sechs vaterlose Kinder und ihre Mutter mit einer solchen Großherzigkeit aufnehmen?

Die Damen zupften an Susannas Haar und ihrem Kleid herum, bis ein Klopfen an der Tür erklang.

„Ist die Braut bereit?" Onkel Wills Stimme.

Tante Ann öffnete die Tür. „Das ist sie. Und der Bräutigam?"

„Bereit und ungeduldig."

„Dann sollten wir unsere Plätze einnehmen", sagte Mrs Giere. Sie, Rachel und Tante Ann gingen an Onkel Will vorbei, der seine Nichte bewundernd ansah. „Du siehst aus wie ein Engel", sagte er und verbeugte sich ehrfürchtig. „Darf ich dich zum Altar führen?"

Sie lächelte und reichte ihm die Hand. Nichts hätte sie sich mehr gewünscht.

„Hier entlang", sagte er und führte sie zu einer zweiten, verborgenen Tür. „Mr Giere hat mir von diesem Ausgang erzählt", erklärte er.

Susanna bückte sich und hob ihre Schleppe auf, damit diese den Boden nicht berührte. Wenn sie über die Straße gehen musste, wollte sie das Kleid nicht ruinieren. Es war ohnehin eine große Ehre, dass man es ihr geliehen hatte.

Als Susanna nach draußen ins Tageslicht trat, schien ihr die Sonne warm ins Gesicht, doch ihre Hände wurden kalt vor Nervosität. Jetzt war es gleich so weit. Heilige Schwüre, die nicht gebrochen werden konnten. Es gab kein Zurück mehr. Onkel Will geleitete sie zur Eingangstür und öffnete die Türflügel weit.

Susanna trat in die Kirche. Als ihre Augen sich an das Licht gewöhnt hatten, erkannte sie Johann, der vor dem Altar mit zwei anderen Männern wartete.

Onkel Will bot ihr seinen linken Arm an. Sie hakte sich bei ihm unter und zusammen gingen sie den Gang entlang. Die Stille war allgegenwärtig, eindrucksvoller als jede Musik. Selbst ihre Schritte wurden von dem dicken Teppich geschluckt. Nur die Schleppe von Susannas Kleid raschelte leise.

Jetzt sah sie, dass der Mann neben Johann sein Vater war, der feierlich dreinblickte, wie es jeder Vater tat, wenn sein Sohn diesen Schritt im Leben machte. Der Reverend stand mit der Bibel in der Hand in der Mitte.

Auch die Oberin der *Hannah-Neil-Mission* war da, aber sie musterte ihre Umgebung gleichgültig, als besuche sie diese Veranstaltung nur, um sie aus rechtlichen Gründen in ihrer stets gegenwärtigen Mappe festzuhalten. Susanna war froh, als sie an ihr vorbeigegangen war und nur noch die Floristin und ihre Familie sah: Johanns Mutter und Schwestern sowie Tante Ann und Rachel.

Onkel Will blieb stehen. Der Reverend fragte mit lauter Stimme: „Wer übergibt diese Frau in die Ehe?"

„Das tue ich", sagte Onkel Will und trat beiseite. Er wusste genau, wie er sich bei einer Hochzeit zu verhalten hatte, hatte er doch mehr erlebt als alle anderen hier.

Johann trat nah an seine Braut heran und sie standen sich von Angesicht zu Angesicht gegenüber. Der Reverend sagte einige Dinge, die an Susanna vorbeiflossen, da sie in Johanns Augen versunken war und in seiner Liebe badete.

„Und jetzt bitte ich Sie darum, mir nachzusprechen", sagte der Prediger. Susanna wiederholte das Ehegelöbnis langsam. Die Worte fielen tief in ihr Herz. Sie gab dieses Versprechen nicht nur ihrem Ehemann, sondern auch Gott. Sie hatte noch niemals zuvor in ihrem Leben etwas so Wichtiges gesagt. Ihre Hände fingen an zu zittern, doch sie atmete tief ein und sprach weiter. Sie würde nicht weinen; der Moment war zu heilig. Sie brachte den Schwur zu Ende, ohne die Augen von Johann zu nehmen. Sie vertraute ihm. Dann war Johann an der Reihe und versprach ihr, sie sein Leben lang zu lieben und zu ehren.

Und dann war es plötzlich geschehen.

„Sie dürfen die Braut nun küssen", sagte der Pastor.

Johann beugte sich vor. Für einen unendlich langen und doch so kurzen Augenblick berührten seine Lippen die ihren – es war nicht der feurige, leidenschaftliche Kuss, den sie zuvor geteilt hatten, sondern ein Echo dessen, was ihren lebenslangen Bund besiegelte.

„Meine Damen und Herren, Mr und Mrs Johann Giere."

Sie gingen den Gang hinunter wie in einem Traum, während ihre Gäste applaudierten und einander anlächelten. Es war vollbracht. Jetzt gab es kein Zurück mehr. Von nun an gingen sie gemeinsam durchs Leben – sie und ihr Ehemann.

Kapitel 39

Selbst im Halbschlaf konnte er sie neben sich spüren. Johann öffnete die Augen und wandte den Kopf. Das Licht, das durch das Fenster des Hotelzimmers fiel, funkelte in ihrem Haar. Susanna lag so dicht neben ihm, dass er ihren süßen Duft riechen und die Linien ihres Körpers unter der Decke sehen konnte. Er strich ihr durch das braune Haar und spielte mit den Fingerspitzen in ihren Locken. Es war unglaublich weich und hatte diese lebhafte Farbe. Er genoss den Anblick seiner wunderschönen Ehefrau, während sie neben ihm schlief.

Doch aufwecken würde er sie nicht. Er rollte sich leise an den Bettrand und schwang die Beine hinaus. Langsam erhob er sich und warf einen letzten Blick auf Susanna. Gott hatte ihm zugelächelt. Am liebsten hätte er seine geliebte Frau in seine Arme gezogen und sie liebkost.

Doch er hatte noch etwas Wichtiges zu erledigen, bevor sie zur *Hannah-Neil-Mission* aufbrechen und die Kinder holen würden. Und er würde seine Frau nicht enttäuschen. Das *Hare-Waisenhaus* war nur eine kurze Fahrt mit der Pferdebahn entfernt. Wieder einmal war er schockiert von dem trostlosen, schmutzigen Anblick des Gebäudes, das durch seine Hässlichkeit zwischen den anderen hervorstach. Er hob die Faust und schlug dreimal fest gegen die Tür.

Das breite Gesicht der Haushälterin erschien hinter dem Fenster, dann öffnete sie die Tür. „Was ist?" Mrs Grismer schien ihn nicht zu erkennen und hatte die Schweinsäuglein zu engen Schlitzen zusammengepresst.

„Guten Morgen. Ich war letzte Woche schon einmal hier. Ich bin hier, um etwas Geschäftliches mit Ihnen zu besprechen."

„Ach ja?" Sie machte keine Anstalten, ihn hereinzulassen.

„Ich muss Sie unter vier Augen sprechen."

„Ich bin gerade sehr beschäftigt."

„Es ist aber wichtig."

Immer noch verweigerte sie ihm den Zutritt.

Gut, dann eben anders. Johann zog einen Zettel aus der Tasche. „Vielleicht sind Ihnen diese Namen ein Begriff. Sarah Eddy, Dick McIntyre, Martha Daggett, Edward Clark?“ Er warf ihr einen finsteren Blick zu. „Soll ich weitermachen?"

Sie öffnete wortlos die Tür. Er nahm das als Einladung und folgte ihrem zerknitterten Rock.

Im Wohnzimmer drehte die Haushälterin sich um und funkelte ihn böse an. „Also, setzen Sie sich. Anscheinend haben Sie mir ja etwas wirklich Wichtiges mitzuteilen.“ Ihr Tonfall war eiskalt, doch das beeindruckte Johann nicht im Geringsten. Er ließ sich auf einem Stuhl nieder, in dessen Ritzen sich Kuchenkrümel angesammelt hatten. Mrs Grismer schloss die Tür hinter sich und schnappte sich den Zettel, den er immer noch in Händen hielt. „Woher haben Sie diese Namen?“ Sie überflog die Liste.

Er bemühte sich, einen neutralen Tonfall beizubehalten. „Aus dem Leichenhaus.“

„Ach ja, die armen Kinder.“ Sie änderte ihren Tonfall so abrupt, dass Johann sie erstaunt musterte. „Sie müssen wissen, dass es mir das Herz zerreißt, wenn ich eines von den Kleinen verliere. Es ist schrecklich, wenn sie so krank werden, dass man ihnen nicht mehr helfen kann.“

„Diese zwölf Kinder sind alleine im letzten Jahr gestorben.“

„Wie ich schon sagte …“

„Ich habe Sie gehört, Ma'am.“ Er hielt die Hand hoch, um sie zum Schweigen zu bringen. Dann zeigte er auf ein Portrait über dem Kamin. „Ist das nicht Timothy Hare, der Gründer dieses Hauses?“

„Ja.“ Sie trat von einem Fuß auf den anderen.

„Und er ist verstorben?“

„Vor fünf Jahren, Gott sei seiner Seele gnädig.“ Das klang mehr nach einem Fluch als nach einem frommen Wunsch.

„Und durch seinen Nachlass wird dieses Haus nun finanziert?“

„Wer sind Sie? Was geht Sie das überhaupt an?“

„Ich bin Reporter.“

Die Frau wurde noch blasser. Es sah aus, als würde sie gleich nach Luft schnappen wie ein Fisch auf dem Trockenen.

Johann zwang sich, ruhig weiterzusprechen. „Ich kann mir vorstellen, dass der Verwalter des Vermögens nicht so sehr in die Leitung dieses Hauses involviert ist, wie Mr Hare es einmal gewesen ist.“

Sie schwieg, ihre Augen zwei kleine schwarze Murmeln, die ihn boshaft musterten, während sie auf ihrer Unterlippe kaute.

„Aber als ich mir die Veranstaltungsanzeigen in der *Dispatch* angesehen habe, musste ich feststellen, dass in den letzten fünf Jahren mehrere Benefizgalas für diese Einrichtung abgehalten worden sind. An diesen Abenden wurden große Mengen an Geld gespendet, wie Sie sich vielleicht vorstellen können. Und das zusätzlich zu seinem beträchtlichen Vermögen, das diesem Haus nach seinem Tod vermacht wurde.“

„Für welche Zeitung schreiben Sie?“

„Für den *Westboten*.“

„Ach. Nur eine kleine, deutsche Zeitung.“ Ein breites Grinsen zerriss ihr Gesicht. „Wer wird schon lesen, was Sie zu sagen haben?“

„Darf ich Sie daran erinnern, dass unser Bürgermeister deutsche Wurzeln hat? Und er ist wohlbekannt für seine Wohltätigkeit gegenüber benachteiligten Frauen und Kindern.“

„Was wollen Sie?“ Mrs Grismer trat an einen Schrank und öffnete ihn. Dahinter kam ein Tresor zum Vorschein. Sie fing an, an dem Rädchen zu drehen.

Er war so angewidert, dass er nichts sagen konnte, bis sie den Geldschrank geöffnet hatte. „Ich will kein Geld. Ich will einfach nur, dass Sie mir drei Kinder überlassen.“

Sie hielt inne und blickte ihn über die Schulter hinweg an. „Die Kinder wurden an das Heim übergeben. Sie gehören von Rechts wegen hierher.“

„So wie Sie von Rechts wegen dazu verpflichtet sind, die Gelder zu nutzen, um die Kinder bestmöglich zu versorgen?“

Sie blickte ihn nervös an, während ihr Kehlkopf in ihrem Hals aufgeregt auf und ab hüpfte. „Welche Kinder wollen Sie?“

„Wesley, Clara und Daniel Leeds.“

Jetzt schien sie sich zu erinnern. „Sie waren mit den Hanbys hier.“

„Ich bin ein Freund der Familie.“ Und mittlerweile auch ein Mitglied, doch das brauchte sie nicht zu wissen.

Die Haushälterin griff in den Safe und holte einen Stapel Dokumente hervor. Hektisch blätterte sie darin herum, dann warf sie drei Zettel auf den Tisch. „Hier“, schnarrte sie.

Er studierte die Papiere. Es waren tatsächlich die Dokumente der Übergabe der drei Leeds-Kinder, unterschrieben von der Oberin der *Hannah-Neil-Mission*. Natürlich hatte Mrs Loomis unterschrieben; Rachel war ja nie hier gewesen.

„Und die Kinder?“

„Sie werden niemals in Ihrer Zeitung über diese Sache berichten? Jetzt nicht und auch später nicht?“

„Wenn Sie mir jetzt die Kinder bringen und vergessen, dass sie jemals hier gewesen sind.“

„Gut. Aber Sie müssen bei Ihrer unsterblichen Seele schwören, dass Sie niemals über dieses Haus schreiben werden.“

„Ich werde bestimmt nicht bei meiner Seele schwören – das werde ich als Christ nicht tun. Aber ich gebe Ihnen mein Wort als Gentleman, dass ich nicht in meiner Zeitung über dieses Thema schreiben werde.“

„Dann warten Sie hier, ich bringe sie runter.“ Sie hoppelte durch die Tür und ließ ihn alleine sitzen.

Er hatte sein Wort gegeben. Er würde nicht derjenige sein, der über Mrs Grismers Hinterhältigkeit und Grausamkeit berichtete, die den Hungertod von so vielen Unschuldigen zur Folge gehabt hatten. Der Assistent des Gerichtsmediziners hatte ihm erzählt, wie schrecklich abgemagert die Kinder aus dem *Hare-Waisenhaus* gewesen waren, als sie auf seinem Tisch gelandet waren.

Doch selbst wenn Johann selbst sich dieses Themas nicht annehmen konnte, würde es eine Möglichkeit geben. Er würde die Leeds-Kinder bitten, eine Weile im Wagen zu warten, während er der *Dispatch* einen kurzen Besuch abstattete.

Johann war sicher, dass sein Kollege Brundish sich dieser Story mit großem Eifer annehmen würde.

Kapitel 40

Claras kornblumenblaues Kleid leuchtete im Sonnenschein, als sie das Pferd um Onkel Wills Haus herumführte. Annabeth klammerte sich kichernd an seine Mähne und wirkte auf dem Rücken des großen Tieres noch kleiner als sonst.

Susanna trug den Wassereimer an ihnen vorbei und wich dabei den Männern aus, die Holzlatten über die Wiese schleppten. Die State Street war voller Wagen. Es mussten an die zwanzig sein.

Daniel hielt den kleinen Jesse auf dem Arm, der wartete, bis er mit dem Reiten an der Reihe war, und dessen rotbraune Haare vom Wind zerzaust wurden. Susanna liebte ihre glücklichen Gesichter, ihre saubere Kleidung und die ordentlichen Schuhe. Sie konnte kaum glauben, wie weit sie alle in diesen wenigen Wochen gekommen waren, wie fern die Strapazen des Sommers nun lagen.

Der Wassereimer schien immer schwerer zu werden – sie konnte ihn gerade noch über die Schwelle der Küchentür schleppen.

Drinnen begrüßte Tante Ann sie mit einem glücklichen Lächeln und stellte vorsichtig einen Kuchen in den Schrank. Sie hatte sich das Haar unter ihrem Kopftuch zurückgebunden, genau wie Mrs Pippen, die am Tisch stand und die Körner von den Zuckermaiskolben rieb.

„Susanna, wo ist deine Mutter?“, fragte Tante Ann. „Sie sollte sich nicht überanstrengen.“

„Das wird sie schon nicht“, versicherte Susanna. „Sie pflückt Brombeeren drüben bei den Hayworths.“

Tante Ann und Mrs Pippen lachten.

Rachel kam mit einer Schüssel Kartoffelbrei herein. „Sind die Kinder euch auch nicht im Weg?“

Susanna war froh, dass die Falten um die Augen ihrer Schwester sich geglättet hatten. Sie lächelte auch viel mehr als sonst, so wie früher, bevor sie geheiratet hatte.

„Die Mädchen spielen mit dem Pferd. Wesley ist bei den Männern, aber mach dir keine Sorgen, sie werden ihn schon nicht aufs Dach klettern lassen."

Ein Ruf erklang von draußen. War irgendetwas passiert? Susanna eilte an die Tür und spähte zu den Männern hinaus, die die neue Scheune bauten. Von hoch oben stichelte Johann, dass er seine Reihe mit Dachziegeln als Erster fertig gelegt hatte. Die anderen Männer antworteten ihm lachend, dass er dann ja alleine weitermachen könne, wenn er so unglaublich schnell sei. Er verdrehte die Augen und machte sich wieder an die Arbeit. Susanna schüttelte den Kopf. Alles lief blendend.

„Darin sind wir gut in Bayern!" Diese Bemerkung konnte sich ihr Mann dann aber doch nicht verkneifen.

Die anderen Männer stöhnten und ächzten lachend und einer warf einen Apfel in Johanns Richtung, der aber viel zu kurz flog. Johanns Vater gluckste in sich hinein, während er einem der Männer eine Kiste mit Nägeln abnahm, die dieser ihm anreichte.

„In Bayern ist sowieso alles besser", sagte Mr Giere, woraufhin Heinrich und die anderen deutschen Männer, die angereist waren, um beim Scheunenbau zu helfen, zustimmend applaudierten. Auf der Zugfahrt hatte es wohl das eine oder andere gut gemeinte Gejammer gegeben, dass es kein ordentliches Bier in Westerville gab – das hatte jedenfalls Johann berichtet –, doch jetzt waren alle sehr höflich, als sie mit frischer Limonade versorgt wurden. Sie wussten, was die Stadt durchgemacht hatte, und waren gutmütige und äußerst hilfsbereite Menschen.

Onkel Will trug seine Werkzeugkiste in die Scheune. Sein Gesicht strahlte unter seinem weißen Haar.

„Außer dem Schornstein ist alles fertig", rief Reverend Robertson und stieg die Leiter hinunter. „Lasst uns ein Lied anstimmen!"

Einer der Gäste trat an den Tisch und holte seine Geige hervor. Er stimmte das Instrument und fing an, ein schnelles, fröhliches Lied zu spielen. Die Männer klatschten im Takt.

Rachel trat neben Susanna. In Händen hielt sie ein Tablett, das sie auf ihrem immer runder werdenden Bauch abstützte. Susannas Vater kam aus der Scheune und klopfte Onkel Will auf die Schulter.

Ihr Vater wirkte immer noch verwirrt, wenn er Rachel oder Susanna anschaute, weil die eine Tochter plötzlich Witwe und die andere verheiratet war. Doch sie würden ihm alles genau erklären, wenn Rachel dazu bereit war und er Johann besser kennengelernt hatte. Für den Augenblick war Susanna überglücklich, dass die Kinder wieder gesund und munter bei ihnen waren und durch Gottes Gnade alles ein gutes Ende gefunden hatte.

Nun kamen die anderen Frauen, beladen mit Essen, aus dem Haus. Die Kinder liefen ihnen jubelnd hinterher. Sie stellten sich auf die Zehenspitzen, um einen Blick auf die Köstlichkeiten in den Körben und auf den Tellern zu erhaschen. Die Männer mussten sie zurückhalten, damit die Frauen die Gerichte auf den Tischen abstellen konnten. Es war ein wahres Festmahl. Selbst Jesse ließ sich von der Freude anstecken und blubberte glücklich vor sich hin. Am liebsten wäre Susanna zu dem Baby hingegangen und hätte es geküsst, doch dazu hatte sie in den nächsten Jahren noch Zeit genug. Zumindest so lange, bis es ihm zu peinlich war, sich von seiner Tante küssen zu lassen. Sie atmete tief ein und aus.

Die Männer verschwanden, um sich zu waschen, kamen aber alle schnell wieder zurück, angetrieben von der schwungvollen Musik und der Aussicht auf das köstliche Essen. Einer fing an, ein Volkslied zu singen, einige andere stimmten mit ein; doch die meisten interessierten sich mehr für die reich gedeckten Tische.

Als Susanna die letzten Schüsseln abstellte, legten sich vertraute Arme um ihre Taille und Johann zog sie an sich. „Bist du glücklich?", flüsterte Johann ihr ins Ohr. Ein wohliger Schauer lief ihr über den Rücken.

Sie lächelte und wandte sich ihm zu. „Mehr als das, Liebling. Danke für deine Hilfe."

„Es tut einer Stadt gut, gemeinsam etwas aufzubauen."

Sie wusste, was er meinte. Mit jedem Balken, jedem Nagel und jedem Stein schienen die Menschen mehr zusammengewachsen zu sein. Sie hatten gemeinsam etwas geschaffen und diese Erfahrung und Erinnerung verband sie nun.

Die Musik verstummte und Onkel Will räusperte sich. „Wir wollen beten." Die Menschen beugten die Köpfe.

Er schickte ein kurzes, kräftiges Gebet gen Himmel, das ihm aus dem Herzen zu sprechen schien. „Und, Herr, danke für die Liebe unserer Nachbarn und das gute Essen. Alles, was wir haben, kommt alleine von dir. Amen!", beendete er seine Worte.

„Amen", riefen alle. Und dann nahm das Durcheinander seinen Lauf. Frauen griffen nach Schüsseln, Männer luden sich ihre Teller voll, Kinder saßen auf dem Boden und kauten mit offenen Mündern. Susanna musste lächeln, als Danny sich drei Kekse auf einmal in den Mund stopfte und dann zu allem Überfluss auch noch mit einem seiner neuen Freunde sprach. Überall flogen Krümel herum.

Sie selbst setzte sich auf die Treppenstufen und Johann gesellte sich zu ihr. Als niemand hinsah, legte sie ihre Hand in die seine und lehnte sich an ihn.

Als der erste Hunger gestillt war, fanden sich ein paar Männer zusammen, die gemeinsam musizierten. Einige Pärchen erhoben sich und fingen in der Ecke des Hofes an zu tanzen. Johann drückte fest Susannas Hand und hob grinsend eine Augenbraue – sie folgte seinem Blick. Heinrich hielt Lotte in seinem Arm, die ihn überglücklich anstrahlte. Susanna wusste, wie viel es Johann bedeutete, dass auch Lotte nun glücklich war. Er hatte ihr erzählt, wie sehr sie für ihn geschwärmt hatte. Nun würde er ihre Liebeslieder nicht mehr ertragen müssen. Susanna musste ein Kichern unterdrücken. Auch Johann grinste. Sie wusste, dass er genau das Gleiche dachte.

Er sah ihr tief in die Augen, erhob sich und streckte ihr die Hand hin.

„Würdest du mir die Ehre erweisen?", fragte er.

Susanna ließ sich von ihm aufhelfen und tanzte mit ihm, während die Mädchen sich neben den Blumen im Kreis drehten. Noch mehr Paare gesellten sich zu ihnen, doch Susanna hatte nur Augen für ihren Mann. Seine sanften Hände führten sie, wie sie es bei ihrem ersten Tanz getan hatten. Sie hätte sich niemals träumen lassen, dass diese schreckliche Zeit so wunderbar enden würde.

Als das Lied aufgehört hatte, stimmten die Musiker gleich ein neues an – es kam ihr bekannt vor. Wo hatte sie es nur gehört? Ach ja, es war eins der Stücke, die ihr Cousin Ben geschrieben hatte. Keins seiner bekannten Lieder, aber ein fröhliches, leichtes Stück. Susanna hielt einen Moment im Tanzen inne und warf einen Blick in Richtung ihrer Tante und ihres Onkels. Sie hielten sich bei der Hand und Tränen rannen über Anns Wangen. Onkel Will lächelte seine Frau mit einer so innigen, vertrauten Liebe an, wie man sie nur nach fünfzig Ehejahren empfinden konnte.

Susanna fielen die Worte wieder ein, die Johann damals im Garten beim Schein der Laternen zu ihr gesagt hatte. *Man kann hier die guten Dinge genießen, die Gott für einen bereithält.* Und die Worte ihres Onkels, nachdem die Scheune abgebrannt war: *Ich preise den Allmächtigen für all das Gute, das er mir gegeben hat, für die Liebe und unglaubliche Freude.*

Ja. Ja, sie hatten recht. Susannas Herz jubelte vor Glück, als sie ihre Familie betrachtete, die tanzenden Kinder, die lächelnde Rachel und ihre Tante und ihr Onkel, die sich immer noch bei der Hand hielten. Auch ihre Eltern schienen um Jahre jünger geworden zu sein.

Diese unendliche Dankbarkeit machte sie ganz schwindelig. Wie die wunderschönen Blüten im Garten würde keine Freude auf Erden ewig andauern, doch sie hoffte, dass sie und Johann ihre Spuren ebenso hinterlassen würden wie Onkel Will oder Ben. Sie würde mit ihrem Ehemann tanzen für ihre Liebe und für das Erbe, das sie an ihre Kinder weitergeben würden.

Nachwort

Fakten und Fiktion

Als ich mich daran gemacht habe, *Lovelier than Daylight* zu schreiben, war mir schon klar, dass ich ungewöhnlich offen die vielen Meinungen und Verhaltensweisen behandeln muss, die die sogenannten Westerviller Whiskey-Kriege von 1875 und 1879 prägten.

In meinem Roman kämpfen Menschen, die bewusst ihren christlichen Glauben leben, mit den unterschiedlichen Ansichten über den Genuss von Alkohol. Sie müssten sich mit den Fragen und Problemen auseinandersetzen, die in den betroffenen Familien und Gemeinden dadurch entstehen – und die sie vielleicht auch auseinanderreißen können. Mein Ziel war es, alle diese Auffassungen darzustellen und zu zeigen, wie eine dieser Familien mit diesem Thema umgegangen sein könnte. Ich habe nicht versucht, eine Meinung besonders wertzuschätzen oder einen Charakter über den anderen zu stellen; vielmehr war meine Absicht, uns allen einen Spiegel vorzuhalten und uns mit einem Thema zu konfrontieren, das uns und unsere Moral auch heute noch herausfordert.

Meine Charaktere sind nicht perfekt, ebenso wenig wie wir es sind. Doch ich liebe meine Helden und Heldinnen, weil es sie so sehr danach verlangt, anderen zu helfen und Gutes zu tun, auch wenn sie manchmal schlechte Entscheidungen treffen oder selbst mit dem Leben hadern. Doch immer haben sie Jesus Christus und seine Liebe als Vorbild. Wenn sie nicht ebenso fehlerhaft wären wie wir, wären sie Märchengestalten. Um also den wahren Menschen hinter meiner Geschichte gerecht zu werden, muss ich noch einiges erklären.

Ben Hanby, der bekannte Komponist und Held meines Romans *Süßer als das Lied der Lerche,* hatte tatsächlich eine Cousine mit dem Namen Susan. Susan war die Nichte des echten William Hanby, der uns in *Lovelier than Daylight* und fünfzig Jahre früher in *Das Glück, von dem ich träume* begegnet.

Während meiner Recherchen in den Archiven in Westerville

fand ich heraus, dass Susan Hanby eine Schwester hatte, Ruth Ann Hanby, die mit einem gewissen George Lehman verheiratet war. Als Ruth Ann jung starb, gab ihr Mann ihre sechs Kinder in das *Hardin County Armenspital* in Kenton. Im Gegensatz zu den fiktiven Leeds-Kindern in *Lovelier than Daylight* wurden die Lehman-Kinder voneinander getrennt und in Familien über den ganzen Staat verteilt. Diese Tragödie hat mich tief getroffen und ich fragte mich, wie ein Vater seinen Kindern so etwas antun kann. Und dann fragte ich mich ebenfalls: Warum war es keinem der Hanbys möglich, die Kinder zu sich zu nehmen, die Neffen und Nichten von Susan Hanby und Großneffen und -nichten von William Hanby waren?

Diese Geschichte faszinierte mich zunehmend und ich beschloss, Susan Hanby als Susanna Hanby zu einer der Hauptfiguren meines dritten Romans über die Hanby-Familie zu wählen. Einige familiäre Details wurden verändert, doch die meisten Informationen über die Familie Hanby entsprechen den historischen Quellen.

Ein gewisser Henry Corbin versuchte tatsächlich leichtsinnigerweise, den Alkohol nach Westerville zu bringen, eine Hochburg der Abstinenzbewegung. Niemand konnte jemals feststellen, wer Corbins Saloon in die Luft sprengte oder wie oft er versuchte, sein Geschäft zu eröffnen. Um des Romans willen habe ich die Geschehnisse der Whiskey-Kriege in ein einziges Jahr gepackt. Hier bin ich vor allem Harold Hancocks *Our Ancestors of the Westerville Area: A Genealogical History* zu Dank verpflichtet, in dem durch Isaac Speers Tagebuch die genaue Beschreibung der Konfrontation zwischen Bürgern und Saloon beschrieben ist. Isaac war Augenzeuge der Ereignisse. Ich habe mich auch auf Zeitungsartikel gestützt, die über die Auseinandersetzungen berichteten. Die meisten der dramatischen Ereignisse meines Romans sind wahr: das Läuten der Glocken und die Streitgespräche zwischen Corbin und den Stadtbewohnern; die Versammlungen in der Kirche; die Explosionen; die aufgehängte Puppe in Lebensgröße.

William Hanbys Scheune wurde tatsächlich angezündet, vielleicht von jemandem, der sich durch seine offenen Worte gegen die Gewalt während der Whiskey-Kriege angegriffen fühlte. Die Worte, die ich ihm in meinem Roman nach dem Brand in den Mund lege, spiegeln die Aussage wider, die er auf seinem Sterbebett gemacht haben soll. Dort pries William Gott für sein gesegnetes und erfülltes Leben, obwohl er als Kind misshandelt worden war, obwohl zwei seiner Söhne vor ihm verstarben und obwohl William praktisch mittellos starb. Sein Mitgefühl für andere und die Dankbarkeit Gott gegenüber haben mich all die Jahre inspiriert, in denen ich an der Trilogie geschrieben habe.

Westerville und die *Vereinigten Brüder in Christus* wurden in den lokalen und nationalen Zeitungen für das geächtet, was sie Corbin angetan hatten. Der schroffe, höhnische Artikel, den ich der *Dispatch* zuschreibe, wurde in Wirklichkeit am 16. September 1879 von einem Reporter in der *New York Times* veröffentlicht.

Johann Giere und seine Familie sind Fiktion, doch nahe angelehnt an die deutsch-amerikanischen Brauereifamilien, zu denen auch die Borns oder die Hosters gehörten. Die deutsche Bevölkerung Ohios war produktiv und sehr erfolgreich und brachte dem Land viele kulturelle Einflüsse, z.B. die Musik, die Kunst und die körperliche Betätigung im Turnverein. Der Männerchor von Columbus, dem der Johann in meinem Roman angehört, wurde 1848 gegründet und singt immer noch auf Deutsch. Ich hatte die Ehre, die Männer während meines Besuches kennenzulernen, und wurde herzlich von ihnen willkommen geheißen.

Der Stadtpark im deutschen Viertel, in dem Johann und Susanna sich treffen, wird heute Schiller-Park genannt. Es existieren wunderschöne historische Fotografien von den alten Holzbrücken und den verschlungenen Pfaden.

Auch viele andere Orte und Geschehnisse in meiner Geschichte entsprechen den historischen Fakten. An Orten wie dem *Hanby House Museum*, der *Ohio Historical Society*, der *Columbus Metropolitan Library* und der *Westerville Public Library* kann man noch viel darüber erfahren.

Ohio hat eine interessante und inspirierende Geschichte und es war mir eine große Freude, diese Trilogie zu schreiben. Mit dankbarem Herzen, aber auch mit ein wenig Bedauern, beende ich hiermit die Chronik der Hanbys. Ich hoffe, dass Ihnen, liebe Leser, das Leben dieser Familie genauso viele spannende und fesselnde Momente bereitet hat wie mir.

Rosslyn Elliott

Weitere Romane von FRANCKE

Rosslyn Elliott
Das Glück, von dem ich träume
ISBN 978-3-86827-559-9
364 Seiten, Paperback

Ohio 1826. Ann Miller träumt von einem Leben an der Seite von Eli, der Arzt werden will und Literatur und Poesie genauso liebt wie sie. Doch als er ihr einen Heiratsantrag macht, verspürt sie nichts als Panik. Sie weiß, dass ihr Vater gegen eine Eheschließung ist, zumal sie sich seit dem Tod ihrer Mutter um die zwei kleinen Schwestern kümmert.

Eine Reise nach Pittsburgh soll Ann auf andere Gedanken bringen. Und tatsächlich stellt diese Reise ihr Leben auf den Kopf. Sie kommt hinter lange gehütete Geheimnisse ihres Vaters, lernt einen jungen Mann kennen, der tagtäglich ums Überleben kämpfen muss, und gerät in Lebensgefahr. Mit einem Mal stellt Ann alles infrage, was ihr bisher wichtig war. Worauf kommt es im Leben wirklich an?

Rosslyn Elliott
Süßer als das Lied der Lerche
ISBN 978-3-86827-628-2
334 Seiten, Paperback

Ohio, 1855: Als eine der ersten weiblichen Studentinnen träumt Kate Winter von einer selbstbestimmten Zukunft – weit weg von ihrer kaputten Familie. Doch zwei Dinge stehen diesen Träumen im Weg: die Absicht ihrer Mutter, Kate reich zu verheiraten, und Kates unüberwindbare Schüchternheit. Nur ihrem Kommilitonen Ben Hanby gelingt es, Kate mithilfe der Musik aus ihrem Schneckenhaus zu locken.
Eine turbulente Reise stellt Kates Welt auf den Kopf. Unvermutet findet sie ihre Bestimmung darin, gemeinsam mit Ben für das Ende der Sklaverei zu kämpfen. Doch können ihre Gefühle für Ben alle Hindernisse überwinden?

Tamera Alexander
Wer sein Herz riskiert
ISBN 978-3-86827-707-4
352 Seiten, Paperback

Nashville, Tennessee, 1871: Alexandra Jamison ist eine junge Südstaatlerin aus gutem Hause. Seit ihr Verlobter David bei einem tragischen Eisenbahnunglück ums Leben kam, ist sie fest entschlossen, ihrem Leben eine neue Wendung zu geben. Gegen den Willen ihrer Eltern, die sie mit einem betagten Gentleman verheiraten wollen, bewirbt sich
Alexandra um eine Stelle als Lehrerin. An einer neugegründeten Schule will sie ehemalige Sklaven unterrichten.
Doch ihrem Traum stellen sich unerwartete Hindernisse entgegen. Da begegnet sie Sylas Rutledge, einem attraktiven, aber ungehobelten Eisenbahnbesitzer aus Colorado. Er nimmt ihre Berufung ernst und unterstützt sie. Doch kann es sein, dass Sylas in den mysteriösen Unfall verwickelt war, der David das Leben kostete?

Ruth Axtell
Maskerade im Mondlicht
ISBN 978-3-86827-713-5
368 Seiten, Paperback

London, 1813: Die Wirren der Französischen Revolution haben die junge Céline nach England ins Exil getrieben. Nach einer kurzen, unglücklichen Ehe bleiben ihr eine Menge Geld – und äußerst wertvolle Kontakte zur High Society. Doch wem gilt ihre wahre Loyalität? Den Franzosen oder den Briten?
Das herauszufinden, ist die Aufgabe von Rees Phillips. Als Butler wird er in den Haushalt der jungen Witwe eingeschleust. Doch bald schon stellt er fest, dass die Dinge wesentlich komplizierter sind als erwartet. Und das liegt nicht zuletzt an den Gefühlen, die Céline in ihm wachruft …

Lynn Austin
Töchter der Küste
ISBN 978-3-86827-706-7
400 Seiten, Paperback

Niederlande 1845: Geesje ist 15, als ein Stein im Schaufenster ihres Vaters ihre Kindheit zerstört. Wegen ihres lebendigen Glaubens werden sie fortan immer wieder angegriffen und schikaniert. Schließlich sehen ihre Eltern keinen anderen Ausweg, als nach Amerika auszuwandern. Doch Geesje ist alles andere als begeistert. Zumal sie den Mann, den sie liebt, in den Niederlanden zurücklassen muss. Wird sie ihn jemals wiedersehen?
Gut 50 Jahre später erinnert Geesje sich zurück. Sie ahnt nicht, dass unweit von ihr die junge Anna vor ähnlichen Entscheidungen steht, wie sie sie einst treffen musste. Vor allem aber ahnt sie nicht, dass ausgerechnet diese junge Frau ihrem Herzen endlich Frieden schenken könnte.

Elizabeth Camden
Die Grenzen der Wahrheit
ISBN 978-3-86827-663-3
309 Seiten, Paperback

Washington 1897: Anna O'Brien ist Bibliothekarin in der berühmten Library of Congress und führt ein eher vorhersehbares Leben. Doch dann stolpert sie über eine Karte, die auf Fehler in einem alten Bericht hinweist. Vor Jahren soll ein Schiff angeblich während eines Wirbelsturms gesunken sein, doch das neue Material stellt das eindeutig in Frage. Anna beantragt die Korrektur des Berichts – und plötzlich werden ihr an allen Ecken und Enden Steine in den Weg gelegt. Sogar mit Entlassung droht man ihr.
In ihrer Verzweiflung wendet Anna sich an den Kongressabgeordneten Luke Callahan und bittet ihn um Hilfe. Denn sie kann den alten Fall nicht einfach ruhen lassen: Ihr Vater kam bei diesem Schiffsunglück ums Leben. Doch ist die Wahrheit es wert, alle ihre Träume für die Zukunft aufs Spiel zu setzen … und die von Luke gleich mit?

Karen Witemeyer
Selbst ist die Frau!
ISBN 978-3-86827-662-6
326 Seiten, Paperback

Texas, 1894: Die lebensfrohe junge Bankerin Emma leitet eine Kleinstadt, in der Frauen Zuflucht finden, mit denen es das Leben nicht gut gemeint hat. Doch die Unabhängigkeit der Frauen und die Zukunft von »Harpers Station« gerät unter Beschuss: Banditen versuchen, die Gemeinschaft zu vertreiben. Da greift Emma zu ihrer Geheimwaffe, dem Sprengstoffexperten Malachi, dem sie als Kind einst das Leben rettete. Dieser nimmt einen weiten Weg und viele Gefahren auf sich, um dem Engel seiner Kindheit zu helfen und die Frauenkolonie zu schützen.
Während sie gemeinsam für das Gute kämpfen, fühlen Emma und Malachi sich mehr und mehr zueinander hingezogen. Doch die Welten, in denen sie leben, scheinen einfach zu verschieden zu sein …